dtv

ANTHONY POWELL

Das Tal der Gebeine

Roman

Aus dem Englischen
von Heinz Feldmann

dtv

Von Anthony Powell ist bei dtv außerdem erschienen:
Ein Tanz zur Musik der Zeit
›Eine Frage der Erziehung‹ Band 1 (14594)
›Tendenz: steigend‹ Band 2 (14595)
›Die Welt des Wechsels‹ Band 3 (14596)
›Bei Lady Molly‹ Band 4 (14628)
›Casanovas chinesisches Restaurant‹ Band 5 (14637)
›Die Wohlwollenden‹ Band 6 (14679)

Ausführliche Informationen über
unsere Autoren und Bücher
www.dtv.de

MIX
Papier aus verantwortungsvollen Quellen
FSC® C019821

2018 dtv Verlagsgesellschaft mbH & Co. KG, München
Die Originalausgabe erschien 1964 unter dem
Titel ›The Valley of Bones‹
bei William Heinemann, London.
Band 7 des Romanzyklus ›A Dance to the Music of Time‹

Umschlaggestaltung: Wildes Blut, Atelier für Gestaltung,
Stephanie Weischer unter Verwendung eines Fotos
von gettyimages/A. R. Tanner
Gesamtherstellung: Druckerei C.H.Beck, Nördlingen
(Satz nach einer Vorlage des Elfenbein Verlags)
Gedruckt auf säurefreiem, chlorfrei gebleichtem Papier
Printed in Germany · ISBN 978-3-423-14680-7

I

Der am Vortag gefallene Schnee war an einigen Stellen liegengeblieben, und die Morgenluft war eisig. Zu dieser Stunde war noch niemand in den Straßen zu sehen. Rechts und links neben mir schritten Kedward und der Kompaniehauptfeldwebel forsch dahin, als seien wir auf dem Exerzierplatz. Irgendwann in der Vergangenheit – vor langer, langer Zeit, in einer anderen Existenzform, in einer früheren, weniger beschwerlichen Inkarnation – hatte ich einmal eine Nacht in dieser Stadt verbracht, damals nur gekommen, um mir die Gegend anzusehen, in der meine eigene Familie vor mehr als einem Jahrhundert gelebt hatte. Einer von ihnen (ein ziemlich schwieriger Bursche, so wie es aussieht, auf den Onkel Giles' Unzulänglichkeiten vielleicht zurückgingen) war aus dem Grenzgebiet zwischen Wales und England nach Westen gezogen, um die Erbin eines kleinen Anwesens zu heiraten, das oberhalb einer Bucht an dieser verlorenen, einsamen Küste lag. Die Klippen unter dem Gelände um das Haus, von dem nur die Fundamente den Jahreszeiten widerstanden hatten, umschlossen unregelmäßig aufragende Felsbrocken, an denen sich die auslaufenden Wellen des Atlantiks unaufhörlich brachen, unaufhörlich ihre schäumende, grünliche Gischt erneuerten: *la mer, la mer, toujours recommencée,* wie Moreland so gerne zitierte, eine Alltagslandschaft rollender Wogen, zu offenkundig dramatisch für meinen eigenen Geschmack. Später dann zogen sie, in dem gleichen Landesteil bleibend, auf eine grasbewachsene Halbinsel in dem Delta, wo das sich verengende Meer tief in das Land eindrang. Dort hatten sich Moos und Efeu über verfallene, dachlose Gemäuer gebreitet, auf die dichter Regen niederging. In der nahegelegenen Kirche war eine weiße Marmortafel *in memoriam* angebracht. Das waren die sichtbaren Überreste gewesen. An die Stadt selbst konnte ich mich kaum noch erinnern. Die Straßen, in dauernd wechselnden Höhen angelegt, waren nicht ohne düsteren Charme und vermittelten einem die Illusion, im Winter durch Grecos Toledo zu stapfen, oder durch eine jener schlossähnlichen Bergstädte der Toskana, die ohne viel Rücksicht auf die Perspektive im Hintergrund von Porträts des Quattrocento dargestellt sind. Irgendwie hatte man, ohne zu wissen, warum dieses Faktum so unausweichlich war, stets das Gefühl, dass das Meer nicht weit entfernt sei. Die Unaufhörlichkeit der Wellen des Ozeans, wie sie das Gedicht betont, weckte in meiner Vorstellung tausend flüchtige Bilder, Bruchstücke von Gedichten, Fragmente von Gemälden, vergessene Melodien, ungeordnete Erinnerungsstücke jeglicher Art – alles eigentlich, außer den praktischen Dingen, die jetzt von einem erwartet wurden. Doch als ich versuchte, mich zusammenzureißen, wurde ich erneut von Tagträumen überwältigt.

Obwohl sie nur zwei Generationen lang in diesem Teil des Landes geblieben waren, lag eine gewisse Angemessenheit, etwas fast Unausweichliches, darin, dass ich mich im Rang eines Fähnrichs in einem Ort zu melden hatte, von dem aus eine nicht unbeträchtliche Anzahl von Vorläufern des gleichen Blutes sich aufgemacht hatte, um nicht weiter auffallende Offiziere in der Marine oder der East India Company zu werden; und oft genug auch, um ihre zwanzig Jahre alten Gebeine in Gräber auf den Friedhöfen von Bombay und Mysore zu legen. Ich war nicht eigentlich überrascht, mich selbst jetzt den gleichen Dienstbedingungen verpflichtet zu sehen, und hatte dies in gewisser Weise stets als Teil eines vorgegebenen Musters aufgefasst, das zu erfüllen mir irgendwie Erleichterung verschaffte. Dennoch, welche militärischen Assoziationen sich mit dieser Region auch immer aufdrängten, Bonapartes Überzeugung war nicht zu widerlegen – das Französische schien mir in diesem Moment Halt zu geben: *A partir de trente ans on commence à être moins propre à faire la guerre.* Das war genau, wie ich mich fühlte; nicht mehr, nicht weniger. Vielleicht hatten auch andere Mitglieder dieses Geschlechts nicht ohne Vorbehalte das Schwert als ihre Karriere gewählt. Jedenfalls hatte sich vier-

oder fünfhundert Jahre lang niemand von ihnen auch nur in geringstem Maße besonders ausgezeichnet. Im Mittelalter allerdings hatten sie sich in Kriegen als von größerer Bedeutung erwiesen; und einmal, in tiefer Vergangenheit, waren sie sogar, als Glieder in der irritierenden, anarchischen Kette keltischer Erbfolge, Könige gewesen – so unwahrscheinlich das im Hinblick auf das viel umkämpfte Land dieses südlichen Königreichs jetzt auch erscheinen mag. Ich fragte mich, wie wohl solche Vorfahren als Menschen gewesen sein mochten – gewiss auch fähig dazu, anderen die Augen auszustechen und sie zu kastrieren, wenn sie in der rechten Stimmung waren. Eine blasse, mysteriöse Sonne spiegelte sich trübe in dem Goldreif um ihre Helme, während die bewaffneten Männer, ihre Umrisse immer schwächer und substanzloser werdend, sich in den glänzenden Nebelschwaden in zeitlose Zwischengestalten auflösten, zugleich nachweisbar historisch als auch mythisch-heroisch: Llywarch der Alte, ein unzufriedener Gast an der Tafel König Arthurs; Cunedda – König allerdings nur über die weibliche Linie –, dessen Reiter die Mauer bewacht hatten. Irgendwie drängte sich der Brythone Cunedda besonders der Vorstellung auf. Hatte seine mit großem Gemetzel verbundene Vertreibung der Goidels auf ausdrücklichen Befehl Stilichos, des vandalischen Heerführers, der beinahe das römische Imperium für sich gewonnen hätte, stattgefunden? Ich dachte über diese Möglichkeit nach, während wir, ohne den Schritt zu wechseln, einen kurzen, sehr steilen, sehr rutschigen gepflasterten Abhang hinaufmarschierten. Auf dem Gipfel dieses kleinen Hügels stand ein graues Steingebäude, das von einem Gitter aus spitzen Eisenstäben umgeben war – eine Kapelle oder ein religiöses Versammlungshaus, in eisiger Düsternis vor sich hin brütend. Eine geschnitzte Schnecke unter dem Portikus trug die Inschrift:

SARDIS
1874

Kedward kam zackig vor den Eingang dieses Tabernakels zum Stehen. Der Hauptfeldwebel und ich schlossen zu ihm auf. Ein Sturm blies lärmend die Straße hinauf. Gedämpft zwar, aber irritierend klagten die Kriegshörner Cuneddas, wie er hoch oben über der Wolke davonritt, in dem eisigen Wind.

»Dies ist das Quartier der Kompanie«, sagte Kedward. »Rowland wollte uns hier treffen.«

»War er gestern Abend in der Offiziersmesse?«

»Nicht, als du da warst. Er machte als Hauptmann der Woche seine Runde.«

Ich folgte Kedward durch das abschreckende Portal von Sardis – eine der Sieben Kirchen Asiens, wie ich mich erinnerte –, und wir traten unmittelbar in eine Art Höhle ein, dunkler als die Straßen, doch eine Spur wärmer. Der Form genügend befahl der Hauptfeldwebel dem Raum, Haltung anzunehmen, doch in dem bedrohlichen Halbdunkel, über dem der schwere Geruch kürzlich verstorbener Männer lag, überlagert noch von dem Odeur ausströmenden Gases, war keinerlei erkennbare Bewegung auszumachen. Kedward befahl denselben schemenhaften Wesen: »Weitermachen.« Er hatte mir vorher erklärt, dass die Kompanie in dieser Woche wieder »wie verdammt üblich mit dem Küchendienst und so was« dran sei. Zuerst war es nicht leicht zu erkennen, was um uns vor sich ging in dieser Daumier-Welt bedrohlicher, sich stark neigender Schatten, in deren Mitte zwei schwache, bläuliche Gasflammen, die Ursache jenes scharfen Geruchs, der amorphen Masse nebliger Kuben und Pyramiden unregelmäßige, stetig wechselnde Konturen gab. Aber allmählich zogen sich die Formen neben mir zu asymmetrischen Reihen von Etagenbetten zusammen, auf denen Stapel von vorschriftsmäßig gefalteten grau-braunen Decken lagen. Jetzt erhob sich plötzlich am hinteren Ende der Höhle – wie die Hymne eines Solisten, der glorreich aus einem versteckten Chor herausbricht – die Stimme eines Mannes, tief, kehlig und durchdringend, und schwoll an zu einem Klagelied von herzzerreißender Melancholie:

»Sie war die Schönste, ich war so verliebt.
Und viele tausend Sterne sah'n auf unser Glück herab.
Denn es war ja *mañana,*
Und wir waren so froh
Südlich der Grenze
Auf Mexiko zu …«

Ein weiterer der Männer, die Stubendienst hatten – denn als einen solchen schätzte ich den unsichtbaren Sänger zu Recht ein – tauchte jetzt an meinem Ellbogen aus der Dunkelheit auf und stimmte kraftvoll in die beiden letzten Zeilen ein. Dabei schwang er seinen Besen wie den Stab eines Dirigenten mit beträchtlicher Wucht hin und her, bis er ihn schließlich mit voller Kraft gegen den Holzpfosten eines der Etagenbetten schlug.

»Na, na, da«, rief der Hauptfeldwebel, der das bloße Singen zunächst nicht untersagt hatte. »Nicht so viel Lärm, sag ich euch.«

Als sich das Auge an die Düsterheit gewöhnt hatte, konnte man in dem flackernden Licht der Gasflammen gotische Lettern von enormer Größe, ausgemalt in Rot, Schwarz und Gold, an den Wänden des Gebäudes erkennen: ein Text, dessen Botschaft man direkt von den offenen Seiten eines gewaltigen Buches las, das uns von hoch oben über dem gepflasterten Boden anblickte wie die warnende Schrift auf der Wand bei dem Gelage des Belsazar:

»Aber du hast etliche Namen zu Sardis,
die nicht ihre Kleider besudelt haben;
und sie werden mit mir wandeln in weißen Kleidern,
denn sie sind es wert.«

Offb. 3,4

»Einige dieser Decken sind noch nicht richtig gefaltet, Hauptfeldwebel«, sagte Kedward. »So geht das nicht, wissen Sie.«

Er sprach in einem sehr ernsten Ton, so wie zur Bekräftigung des apokalyptischen Urteils an den Wänden. Obwohl er mir versichert hatte, er sei fast zweiundzwanzig, erweckte Kedward den Eindruck eines kleinen Jungen, der sich aus Jux die Uniform eines Offiziers angezogen und, um die Verkleidung zu vervollständigen, die Oberlippe mit verbranntem Kork eingerieben hatte. Er sah jung genug aus, um der Sohn, fast der Enkel, des Hauptfeldwebels zu sein. Gleichzeitig besaß er so etwas wie eine kindhafte Würde, ein koboldhaftes Prahlgebaren, das ihm das Recht verlieh zu erwarten, dass man ihm gehorchte.

»Einigen der neuen Rekruten ist es beigebracht worden, die Decken anders zu falten«, sagte der Hauptfeldwebel vorsichtig.

»Gucken Sie sich das mal an, und diese hier.«

»Ich dachte, die Jungs werden es hier jetzt besser lernen, sozusagen.«

»Ich hab noch nie so was gesehen.«

»Ein persischer Basar, könnte man meinen«, stimmte der Hauptfeldwebel zu.

Er trug keinen Bart, und mit den streng puritanischen Gesichtszügen eines ›Ironsides‹ – eines ›Eisenharts‹ der Kavallerie Oliver Cromwells – in den Illustrationen viktorianischer Romanzen über Republikaner und Royalisten im siebzehnten Jahrhundert war Kompaniehauptfeldwebel Cadwallader in Wirklichkeit nicht so alt, wie er aussah, und, wie ich im Laufe der Zeit entdeckte, auch nicht annähernd so puritanisch. Sein klangvoller Familienname verband ihn mit jenen halbhistorischen, halbmythischen Zeiten, in denen meine Gedanken einige Minuten zuvor umhergestreift waren; und der ernste Adel seiner Züge ließ an einen Krieger aus einer heroischen Zeit denken, mit Drachenbanner zurückgekehrt jetzt zur Unterstützung einer sich im Krieg befindenden Armee. Wie alle anderen ›Nichtoffiziere‹ des Bataillons war er Bergmann gewesen. Sein glatter, gänzlich unbehaarter Schädel war von einem verschlungenen Muster blauer Venen überzogen, wo der Kohlenstaub vieler Jahre unter Tage seinen Weg unter seine Haut gefunden und sich zu einem Design ausgebreitet hatte, das einem Geburtshoroskop ähnelte – seinem eigenen vielleicht –, das als Tattoo über die ockerfarbene Oberfläche seines Kraniums geworfen war. Er trug das Ordensband der Krönungsmedaille und das gelb-grüne Band für langjährigen Dienst in der Landwehr. Wir drei schlenderten an den Etagenbetten entlang.

»Macht weiter mit dem Putzen«, sagte Kedward in einem scharfen Ton.

Er sagte das zu den Männern des Stubendienstes. Sie hatten den Tadel des Kompaniehauptfeldwebels Cadwallader als Anordnung aufgefasst, bis unsere Gruppe wieder gegangen sein würde, alle Arbeit einzustellen, und standen nun an der Wand herum und flüsterten miteinander. Sie wurden mir später als Jones D. – klein und hellhäutig, mit fast weißen Haaren, eine Seltenheit in dem Bataillon – und Williams W. H. – groß und dunkel, das Gesicht mit Pickeln übersät – vertraut. Jones D. war der erste Sänger gewesen. Jetzt begannen sie wieder, heftig zu fegen und, den Befehl gleichzeitig auch als Erlaubnis dazu auffassend, zu singen, denn während wir uns zu dem hinteren Teil des Raumes begaben, nahm Jones D. seinen Gesang wieder auf, allerdings, vielleicht wegen der veränderten Stimmung des Liedes, jetzt zurückhaltender:

»In einem weißen Kleid dort
Beim Kerzenschein
Beugte sie sich nieder, um zu beten ...«

Die traurigen, langgezogenen Töne erstarben für einen Augenblick. Ich schaute zurück und dachte, auch der Sänger bete jetzt; dann sah ich, dass er eine gebückte Stellung eingenommen hatte, um besser unter den Etagenbetten fegen zu können. Diese verkrampfte Haltung behinderte ihn zweifellos bei seiner Darbietung; vielleicht hatte er aber auch für einige Sekunden innegehalten, weil die Sehnsucht mit dem bezaubernden Gedanken an eine junge, leicht in schimmerndem Weiß – wie die Würdigen von Sardis – gekleidete Frau ein Bild des

Friedens und der Unschuld und die Aussicht auf ein schönes Erlebnis in ihm wachrief – etwas so sehr anderes als die fade, freudlose Atmosphäre in dieser soldatischen Unterkunft. Als er sich aufgerichtet hatte, schmetterte er wieder los mit erneuter, schmerzerfüllter Beharrlichkeit:

»Die hellen Glocken der Missionsstation
Sie sagten mir, dass ich nicht länger bleiben dürft'
Südlich der Grenze
Auf Mexiko zu …«

Die Botschaft der Glocken und der tragische Ton, mit dem der Sänger sie verkündete, verstärkten noch des Lebens unerbittlichen Ruf zur Ordnung, betonten die trügerische Natur von Liebe und Freude. Schon während die Worte verklangen, waren schwere Schritte vom anderen Ende der Kapelle her zu hören gewesen, so als ob befugte Kräfte bereits auf dem Weg seien, die Vertreibung des unglücklich Liebenden aus der Missionsstation und den Freuden Mexikos zu bewirken. Zwei Personen waren gerade durch die Tür gekommen. Kedward und der Hauptfeldwebel lehnten noch kritisch über einem der Etagenbetten und besprachen die vielen Ungeheuerlichkeiten seines inkorrekt gefalteten Bettzeugs. Ich wandte mich von ihnen ab und erblickte einen sich nähernden Offizier, der von einem Feldwebel begleitet wurde. Der Offizier war ein Hauptmann, etwas klein, mit einem schwarzen Schnurrbart wie der, den Kedward trug, nur war seiner weitaus dichter; der Feldwebel war ein hochgewachsener, breitschultriger, bulliger junger Mann mit blondem Haar und sehr blauen Augen – zweifellos ein weiterer brythonischer Typ –, die mich an die Peter Templers erinnerten. Das Singen hatte wieder aufgehört, aber der kleine Hauptmann starrte ärgerlich auf die Etagenbetten, so als ob er sich von ihnen gekränkt fühle.

»Lassen Sie die Leute nicht strammstehen, wenn Ihr Kompaniechef hereinkommt, Hauptfeldwebel?«, fragte er scharf.

Kedward und Kompaniehauptfeldwebel Cadwallader nahmen hastig Haltung an und grüßten. Ich tat das Gleiche. Der Hauptmann erwiderte steif den Gruß, wobei er die Hand länger an dem Schirm seiner Mütze hielt als wir anderen.

»Jawohl, ich bitte um Verzeihung, Sir«, sagte der Hauptfeldwebel. Er sprach jetzt wieder sehr laut, obwohl ihn die Schärfe dieses Tons offensichtlich kaum berührte. »Ich hab Sie anfangs nicht gesehen, Sir.«

Kedward trat vor, so als ob er, wenn das möglich sei, weiterer Nörgelei ein Ende bereiten wolle.

»Dies ist Mr. Jenkins«, sagte er. »Er ist gestern zur Armee gekommen und Ihrer Kompanie zugeteilt worden, Hauptmann Gwatkin.«

Gwatkin fixierte mich mit seinen ärgerlichen kleinen schwarzen Augen. Der Erscheinung nach war er in verschiedener Hinsicht eine ältere Version von Kedward. Ich schätzte, dass er etwa in meinem Alter sei, vielleicht ein oder zwei Jahre jünger. Fast alle Offiziere der Einheit sahen für mich zu diesem sehr frühen Zeitpunkt gleich aus; Maelgwyn-Jones, der Adjutant, und Parry, sein Assistent, schienen mir, wie sie nebeneinander am Tisch saßen, als ich mich am Abend zuvor im Ordonnanzzimmer gemeldet hatte, so ununterscheidbar zu sein wie Tweedledum und Tweedledee. Später konnte ich es nicht mehr glauben, dass mir Menschen, die sich so sehr voneinander unterschieden, auch nur für einen Augenblick, außer in äußerst oberflächlichen Aspekten, als einander ähnlich erschienen waren. Gwatkin war, obwohl er etwas von dem Äußeren Kedwards hatte, doch ganz anders als jener. Selbst dieser erste Eindruck von ihm offenbarte mir ein charakterliches Novum. Zunächst einmal hatte er so etwas wie Stil. So sehr er auch physisch den Übrigen gleichen mochte, etwas in seinem Gebaren und seinen Bewegungen zeigten eine Abweichung vom faden Durchschnittsmenschen – wenn es denn wirklich so etwas wie den faden Durchschnittsmenschen gibt.

»Es ist keineswegs normaler, ein Bankmanager oder Busschaffner als Baudelaire oder Dschingis Khan zu sein«, hatte

Moreland einmal gesagt. »Es hat sich nur so ergeben, dass es mehr von den ersteren Typen gibt.«

Schließlich zufrieden, in dem trüben Licht des Quartiers genug von meiner äußeren Erscheinung aufgenommen zu haben, streckte Gwatkin mir seine Hand entgegen.

»Ihr Name war auf Teil II des Tagesbefehls, Mr. Jenkins«, sagte er, ohne zu lächeln. »Der Adjutant hat Sie auch mir gegenüber erwähnt. Ich heiße Sie in unserer Kompanie willkommen. Wir werden sie zur besten Kompanie des Bataillons machen. Das ist bis jetzt noch nicht gelungen. Ich weiß, ich kann bei unserem Versuch, das zu erreichen, auf Ihre Unterstützung zählen.«

Er äußerte diese formale Ansprache in einem rauen Ton, aber mit einer ganz leisen Andeutung eines Singsangs. Seine Stimme war gebieterisch, doch nicht völlig selbstsicher.

»Mr. Kedward«, fuhr er fort, »haben die neuen Rekruten heute Morgen ihre Decken anständig gefaltet?«

»Nicht alle«, sagte Kedward

»Warum nicht, Hauptfeldwebel?«

»Es braucht einige Zeit, um das zu lernen, Sir. Einige von ihnen haben sich noch nicht an unsere Ordnung gewöhnt. Sie sind aber gute Jungs.«

»Spielt keine Rolle, ob sie gute Jungs sind, Hauptfeldwebel, diese Decken müssen ordentlich sein.«

»Jawohl, das müssen sie, Sir.«

»Sorgen Sie dafür, Hauptfeldwebel.«

»Das werde ich, Sir.«

»Wann war die letzte Gewehrinspektion?«

»Beim Soldappell, Sir.«

»Waren die Gewehre der Kompanie in Ordnung?«

»Außer Williams T., Sir, der auf einem Trainingskurs ist und sein Gewehr mitgenommen hat, und Jones A., der mit Flechte auf der Krankenstation liegt, und Williams H., der auf Urlaub ist, und die beiden Gewehre, von denen ich Ihnen erzählt habe, die der Waffenmeister sehen wollte, Sir, und das

Gewehr mit dem fehlerhaften Bolzen, das vorübergehend, wie Sie gesagt haben, im Kompaniemagazin ist und um das ich mich kümmern werde. Ach ja, und Williams G. E., der für eine Woche an die Brigade ausgeliehen wurde und sein Gewehr mitgenommen hat. Das wäre alles, glaube ich, Sir.«

Gwatkin schien diese Aufzählung zufriedenzustellen.

»Haben Sie Ihren Bericht schon eingereicht?«, fragte er.

»Noch nicht, Sir.«

»Sehen Sie zu, dass ich die Namensliste heute Abend habe, Hauptfeldwebel, bis sechzehn Uhr.«

»Das werde ich, Sir.«

»Mr. Kedward.«

»Sir?«

»Ihr Mützenabzeichen ist nicht auf einer Linie mit dem oberen Saum Ihres Mützenbandes.«

»Ich werde mich darum kümmern, sobald wir in der Offiziersmesse zurück sind.«

Gwatkin wandte sich an mich.

»Offiziere unseres Bataillons tragen bronzefarbene Sterne, Mr. Jenkins.«

»Der Zeugmeister hat mir gestern Abend in der Offiziersmesse gesagt, er könne mir bis heute Abend die richtigen Sterne besorgen.«

»Sehen Sie zu, dass der ZM das auch tut, Mr. Jenkins. Unkorrekt gekleidete Offiziere geben ein schlechtes Beispiel ab. Zufälligerweise haben wir gerade Feldwebel Pendry hier. Er ist diese Woche Bataillonsordonnanzfeldwebel und wird der Feldwebel Ihres eigenen Zuges sein.«

Feldwebel Pendry grinste sehr freundlich, und seine blauen Augen blitzten im Licht der Gasflammen und glichen mehr denn je denen von Peter Templer in früheren Zeiten. Er streckte seine Hand aus. Ich nahm sie, obwohl ich mir nicht sicher war, ob diese Vertraulichkeit konform ging mit Gwatkins Vorstellung von Disziplin. Doch Gwatkin schien ein Händeschütteln unter diesen Umständen für normal zu halten. Bis zu diesem

Augenblick war sein Ton streng gewesen – absichtsvoll, aber nicht sehr überzeugend streng. Jetzt sprach er mit einer freundlicheren Stimme.

»Wie ist Ihr Vorname, Mr. Jenkins?«

»Nicholas.«

»Meiner ist Rowland. Der Bataillonskommandeur sagt, wir sollen, außer beim Appell, nicht so formell zueinander sein. Wir sind doch alle Offiziere, wie eine Familie, wissen Sie. Also, wenn wir nicht im Dienst sind, sollen Sie mich Rowland nennen. Ich werde Nicholas zu Ihnen sagen. Mr. Kedward hat Ihnen gesagt, dass sein Name Idwal ist.«

»Das stimmt, und so nenne ich ihn auch. In der Praxis bin ich Nick.«

Gwatkin sah mich fest an, so als ob er sich nicht sicher sei, was ich mit »in der Praxis« gemeint habe, oder ob es angemessen sei, dass ein Untergebener diesen Begriff seinem Kompaniechef gegenüber gebrauche. Doch er kommentierte ihn nicht weiter.

»Kommen Sie, Feldwebel Pendry«, sagte er, »ich will mir diese Urin-Eimer ansehen.«

Wir salutierten. Gwatkin ging seinen weiteren Verpflichtungen als »Hauptmann der Woche« nach – wie ›das Buch des Monats‹, sagte ich respektlos zu mir selbst.

»Das ist ja ganz gut abgelaufen«, sagte Kedward, so als ob meine Bekanntmachung mit Gwatkin sich als ein Desaster hätte erweisen können. »Ich glaub nicht, dass er eine Abneigung gegen dich gefasst hat. Was muss ich dir jetzt zeigen? Ach ja, die Waschgelegenheiten.«

Das war meine erste Begegnung mit Rowland Gwatkin. Sie hätte insofern kaum charakteristischer gewesen sein können, als er bei dieser Gelegenheit fast perfekt in der Rolle erschien, die er für sich selbst ausgesucht hatte: jemand, der Befehle erteilt; jemand, der streng auf Disziplin achtet; der ein wenig unnahbar seinen Untergebenen gegenüber ist, aber auch eine menschliche Seite hat; vor allem jedoch ein Mann der Pflicht. Es war ein klares, fest umrissenes Bild, mit dem übereinzustimmen Gwatkin allerdings aus irgendeinem Grund nie völlig gelang. Auch sein Name schien ihn in zwei Hälften zu spalten – eine poetische und eine prosaische. ›Rowland‹ suggerierte sofort große Taten:

Der tapf're Rowland und auch Olivier
Und jeder Paladin und Peer
In Roncesvalles fanden den Tod!

Während andererseits ›Gwatkin‹ nichts Eindrucksvolleres insinuierte als ›Klein Walter‹, etwas, das nicht völlig unangemessen war.

»Rowland kann 'ne verdammte Plage sein«, sagte Kedward, als wir uns besser kannten. »Er hat eine gewaltige Meinung von sich selbst, weißt du. Lyn Craddocks Vater ist der Direktor von Rowlands Filiale, und er hat Lyn erzählt, dass Rowland gar nicht so verdammt wundervoll im Bankgeschäft ist. Nicht jemand, der in die Leitung aufsteigen wird oder so was. Bei weitem nicht. Rowland ist das auch nicht besonders wichtig, glaube ich. Er möchte nur ein großer Soldat werden. Du solltest dich gutstellen mit Rowland. Er kann dir verdammt Schwierigkeiten machen.«

Das war genau der Eindruck, den ich mir selbst von Gwatkin geformt hatte – dass er sich selbst sehr wichtig nahm und dass er äußerst unangenehm werden konnte, wenn er eine Abneigung gegen jemanden gefasst hatte. Gleichzeitig empfand ich ein seltsames Interesse an ihm, fühlte mich sogar zu ihm hingezogen. Er hatte etwas Melancholisches, vielleicht sogar Tragisches an sich, das nur schwer zu definieren war. Sein extremes Bestehen auf ›soldatischer Disziplin‹ ging weit über alles hinaus, was ich bis dahin von anderen Offizieren des Bataillons erfahren hatte. Wir befanden uns natürlich noch in den vergleichsweise glücklichen Tagen am Anfang des Krieges, als es genug zu essen und zu trinken gab und die Stimmung besser war, als sie es dann in der Folgezeit wurde. Wenn man über dreißig war, hielt man sich für clever, es überhaupt geschafft zu haben, die Uniform tragen zu dürfen, und jeder verhielt sich so, als nähmen wir an Reserveübungen in Friedenszeiten teil (dies war eine Landwehreinheit) und würden nach einigen wenigen Wochen einer veränderten Routine bald wieder zu Hause sein. Davon unterschied sich Gwatkins Verhalten. Er machte den Eindruck, mehr zu sein als bloß ein Zivilist in einer neuen, militärischen Rolle, begierig, aus einem ungewohnten Job einen Erfolg zu machen. Ihn umgab vielmehr eine Aura der Entschlossenheit, des Sichbewusstseins, einen Part einzunehmen, zu dem das Schicksal ihn berufen hatte. Ich vermutete, sein Bild von sich selbst entsprach in großem Maße dem der Helden bei Stendhal – nicht eines Stendhal'schen Liebhabers wie Barnby, weit entfernt davon –: ein ehrgeiziger, ruheloser Geist, der, durch den Krieg endlich erlöst von den verkrampfenden Fesseln des Lebens in einer Provinzstadt, im Begriff ist, vor dem Hintergrund Meissonier-ähnlicher Bildlichkeit von Federbusch und Brustharnisch die Rolle eines schneidigen Soldaten einzunehmen: Dragoner, die ihre Pferde durch den Weizen führen; Grenadiere, die es sich in einer Taverne wohl sein lassen, wo junge Frauen Krüge mit Wein hereintragen. Die Wertschätzung der Armee – die in diesem Land nie in der Weise, wie es sonst in Europa der Fall ist, als allgemeiner Ausdruck des nationalen Willens erachtet wird – impliziert eine Art Unschuld. Das war etwas gänzlich anderes als Kedwards Hoffnung, erfolgreich zu sein. Kedward hatte nichts am Hut mit Träumen, weder mit militärischen noch mit sonstigen. Wir waren inzwischen wieder auf unserem Weg zurück zur Offiziersmesse. Kedward behandelte mich glücklicherweise so, als ob wir einander schon ein ganzes Leben lang kennten; er ignorierte den Altersunterschied zwischen uns zwar nicht völlig, akzeptierte ihn aber wenigstens als einen Grund für sein Wohlwollen mir gegenüber.

»Ich nehme an, du bist bei einer der Großen Fünf, Nick«, sagte er.

»Die Großen Fünf was?«
»Also, Banken, natürlich.«
»Ich bin nicht bei einer Bank.«
»Ach, nicht? Dann bist du die Ausnahme in unserem Bataillon.«
»Ist es das, was die meisten der Offiziere tun?«
»Alle, bis auf drei oder vier. Wo arbeitest du?«
»London.«
Da Banken jetzt als ein möglicher Beruf gestrichen waren, zeigte er wenig weitere Neugier hinsichtlich dessen, wie ich meinen Lebensunterhalt verdiente.
»Wie ist es so in London?«
»Nicht schlecht.«
»Bist du es nie leid, in einer so großen Stadt zu leben?«
»Manchmal ja.«
»Ich bin zweimal in London gewesen«, sagte Kedward. »Eine Tante von mir lebt da – in Croydon –, und ich hab bei ihr gewohnt. Ich bin mehrere Male in West End gewesen. Die Geschäfte da sind verdammt toll. Aber ich möchte nicht da arbeiten.«
»Man gewöhnt sich daran.«
»Ich glaube, ich nicht.«
»Verschiedene Leute mögen verschiedene Städte.«
»Das stimmt. Ich mag es da, wo ich geboren bin. Das ist ziemlich weit weg von hier, aber es ist nicht sehr anders. Ich glaube, du würdest es da mögen, wo ich zu Hause bin. Die meisten unserer Offiziere kommen aus dieser Gegend. Übrigens, wir hätten gestern zusätzlich zu dir einen weiteren Offizier zur Verstärkung bekommen sollen, aber er ist nicht aufgetaucht.«
»Eine Notlagen-Ernennung?«
»Nein, Landwehr.«
»Wie heißt er?«
»Bithel – ein Bruder des Victoria-Kreuz-Trägers. Wäre es nicht toll, ein Victoria-Kreuz verliehen zu bekommen?«
»Er muss also Jahre jünger sein als sein älterer Bruder. Bithel

erhielt sein VK, während er 1915 oder 1916 eines der regulären Bataillone befehligte. Ich hab meinen Vater von ihm sprechen hören. Jener Bithel muss jetzt also wenigstens über sechzig sein.«

»Warum sollte er nicht viel jünger sein als sein Bruder. Dieser hier hat mal Rugby für Wales gespielt, hab ich gehört. Das muss auch toll sein. Aber ich glaube, du hast Recht. Dieser Bithel ist nicht mehr sehr jung. Der Bataillonskommandeur hat sich über das Alter der Offiziere beschwert, die sie uns schicken. Er sagte, es sei schrecklich, du seist viel zu alt. Bithel wird wahrscheinlich noch älter sein als du.«

»Nicht möglich.«

»Man weiß nie. Jemand sagte, er glaube, er sei siebenunddreißig. So alt kann er doch nicht sein, oder? Wenn doch, werden sie ihm einen Verwaltungsposten geben müssen, wenn die Division verlegt worden ist.«

»Werden wir denn verlegt?«

»Ziemlich bald, hört man.«

»Wohin?«

»Niemand weiß es. Es ist natürlich ein Geheimnis. Einige sagen Schottland, andere Nordirland. Rowland glaubt, es geht nach Ägypten oder Indien. Rowland hat immer diese großartigen Vorstellungen. Es könnte natürlich sein. Ich hoffe, wir gehen ins Ausland. Mein Vater war im letzten Krieg in diesem Bataillon, und sie schickten ihn ins Heilige Land. Er hat mir ein Gebetbuch mitgebracht, das in das Holz von den Zedern des Libanon eingebunden ist. Ich war damals natürlich noch nicht geboren, aber er brachte das Gebetbuch für seinen Sohn mit, falls er einen haben würde. Natürlich für den Fall, dass er nicht umkommen würde. Er hatte damals noch nicht einmal meine Mum gebeten, ihn zu heiraten.«

»Benutzt du es jeden Sonntag?«

»Nicht in der Armee. Ganz bestimmt nicht. Jemand würde es mir klauen. Ich will es an meinen eigenen Sohn weitergeben, weißt du, wenn ich mal einen habe. Bist du verlobt?«

»Ich war es mal. Ich bin jetzt verheiratet, als Konsequenz daraus.«

»Wirklich? Also, ich glaube, in deinem Alter ist man das. Yanto Breeze – das ist der andere von Rowlands Zugführern – ist jetzt auch verheiratet. Die Hochzeit war vor einem Monat. Yanto ist natürlich fast fünfundzwanzig. Wie heißt deine Frau?«

»Isobel.«

»Ist sie in London?«

»Sie lebt auf dem Land bei ihrer Schwester. Sie erwartet ein Baby.«

»Ach, du hast Glück«, sagte Kedward, »ich frag mich, ob es eine Tochter wird. Ich hätte gerne eine kleine Tochter. Ich bin verlobt. Möchtest du eine Fotografie von meiner Verlobten sehen?«

»Sehr gern.«

Kedward knöpfte die Brusttasche seiner Tunika auf und entnahm einem der Fächer eine Brieftasche, aus der er den Schnappschuss zog. Er reichte ihn mir. Stark abgegriffen von dauernder liebevoller Zuwendung, waren die Gesichtszüge der dargestellten Person, obwohl noch als das Bild einer Frau erkennbar, fast gänzlich unkenntlich geworden. Ich gab meiner Anerkennung Ausdruck.

»Sie ist verdammt wunderbar, was?«, sagte Kedward.

Er küsste die verblichenen Umrisse, ehe er das Porträt wieder zurück in die Brieftasche steckte.

»Wir werden heiraten, wenn ich Hauptmann bin«, sagte er.

»Wann, glaubst du, wird das sein?«

Kedward lachte.

»Noch lange nicht, nehme ich an«, sagte er. »Aber ich sehe keinen Grund, warum ich nicht eines Tages befördert werden sollte, wenn der Krieg noch eine Zeit andauert und ich mich anstrenge. Du vielleicht auch, Nick. Man kann nie wissen. Da sind diese verdammten achtzehn Monate, die du als Fähnrich hinter dich bringen musst, ehe du deinen zweiten Stern kriegst. Ich glaube, der Krieg wird noch dauern, du nicht? Die Franzosen werden sie an der Maginot-Linie aufhalten, bis unser Land seine Luftmacht aufgebaut hat. Dann, wenn die Deutschen versuchen vorzurücken, werden Kerle wie du und ich zum Zuge kommen, weißt du. Wir könnten natürlich vorher auch nach Finnland geschickt werden, um dort zu helfen und gegen die Russkis zu kämpfen statt gegen die Deutschen. Jedenfalls ist die Infanterie die entscheidende Gattung. Alle sind dieser Meinung – außer Yanto Breeze. Der sagt, es sind die Panzer.«

»Wir werden sehen.«

»Yanto sagt, er ist sicher, er wird den ganzen Krieg über bei seinen zwei Sternen bleiben. Ihm ist das egal. Yanto hat keinen Ehrgeiz.«

Ich hatte Evan Breeze – gewöhnlich bekannt unter dem Diminutiv ›Yanto‹ – am Abend zuvor in der Offiziersmesse kennengelernt, eine hochgewachsene, watschelnde, bartlose, völlig unmilitärische Figur, die im Privatleben Steuerberater war und so wie ich ein wenig von der Norm abwich, Bankbeamter zu sein. Wie ich im Laufe der Zeit merkte, mochte Gwatkin ihn nicht besonders. Ja, es wäre nicht falsch zu sagen, dass er ihn hasste – ein Gefühl, das Breeze still erwiderte. Die gegenseitige Abneigung wurde allgemein Gwatkins Missbilligung von Breeze' nachlässigem Äußeren und seiner Weigerung zugeschrieben, sich soldatischen Gepflogenheiten und Sprechweisen anzupassen. Es ist sicher, dass ihm diese Haltung ziemliche Verfolgung seitens Gwatkins und anderer Autoritätspersonen einbrachte. Außerdem, es gelang Breeze stets, den Eindruck zu erwecken, er lache über Gwatkin, während er sich gleichzeitig selbst kein Wort und keine Handlung erlaubte, die man vernünftigerweise als Kränkung hätte deuten können. Als Kedward und ich einander besser kannten, eröffnete er mir, dass Gwatkin vor seiner Ehe in die Schwester von Breeze verliebt gewesen sei, aber eine ziemlich unsanfte Abfuhr erhalten habe.

»Wenn es Rowland packt, dann packt es ihn richtig, glaub mir – wenn er sich in eine Frau verknallt. Er war so hin von

Gwenllian Breeze, man hätte meinen können, er hat die Masern.«

»Was ist passiert?«

»Sie wollte nichts von ihm wissen. Hat einen Universitätsprofessor geheiratet. Einen von diesen Leuten in Swansea.«

»Und Rowland hat eine andere geheiratet?«

»O ja, natürlich. Er hat Blodwen Davies geheiratet, die ihr ganzes Leben lang im Nebenhaus gewohnt hat.«

»Und wie ist die Ehe gelaufen?«

Kedward sah mich verständnislos an.

»Also, wie meinst du das?«, fragte er. »Gut. Warum auch nicht? Sie sind jetzt schon eine lange Zeit verheiratet, haben aber keine Kinder. Die ganze Sache mit Gwen Breeze ist Jahre her. Yanto muss inzwischen vergessen haben, dass Rowland sein Schwager hätte werden können. Was für ein Paar sie in einer Familie gewesen wären. Sie wären wie Kampfhunde zueinander gewesen. Rowland weiß immer alles besser. Er kehrt gerne den Chef raus. Yanto hat auch seinen eigenen Kopf, aber anders. Er sollte sich sauberer halten. Er sieht aus wie eine alte Henne in Uniform.«

Dennoch, obwohl Breeze vielleicht nicht Kedwards Lebhaftigkeit, seinen Ehrgeiz und seine Fähigkeit besaß, alles mit konzentrierter Energie zu tun, merkte ich später, dass er, auf seine eigene Art, kein schlechter Offizier war, wie ungepflegt sein Äußeres auch sein mochte. Die Männer mochten ihn, und sein Rat im Hinblick auf sie war wertvoll.

»Halt ein Auge auf Feldwebel Pendry, Nick«, sagte er, als er hörte, dass Pendry der Feldwebel meines Zuges war. »Er macht jetzt 'ne große Schau, aber ich bin mir nicht sicher, ob das auch anhält. Er ist erst kürzlich befördert worden und im Augenblick noch sehr eifrig. Aber er war eine Zeitlang als Unteroffizier in meinem Zug, und ich weiß nicht recht, ob er so bleiben wird. Er ist vielleicht einer von den Leuten aus den unteren Rängen, die ein oder zwei Wochen lang alles geben und dann schlappmachen. Davon gibt es 'ne ganze Menge.

Sie müssen wieder abgesetzt werden. Das ist das Einzige, was man tun kann.«

Es war Breeze, der mich an dem Abend des Tages, an dem Kedward mir das Terrain gezeigt hatte, zu der Bar des Hotels mitnahm, in dem die Offiziere der Einheit ihr Quartier hatten. Nach dem Abendessen überließen die Offiziere der niedrigeren Ränge gewöhnlich das Vorzimmer der Messe den Majoren und Hauptmännern und zogen sich zu Lokalitäten zurück, wo Unterhaltungen ungezwungener geführt und Getränkerunden ›ausgegeben‹ werden konnten. Diese Saloonbar war verräuchert und überfüllt. Zusätzlich zu einer großen Klientel aus der Zivilbevölkerung und ein paar Mitgliedern unseres eigenen Regiments waren da noch mehrere Offiziere der Fernmeldeeinheit der Division, die auch in der Stadt stationiert war, und zwei oder drei Angehörige der Royal Air Force. Pumphrey, einer von unseren Leutnants, lehnte gegen die Theke und unterhielt sich mit zwei Militärgeistlichen und einem weiteren Leutnant, der auch unsere Regimentsabzeichen trug, den ich aber bisher noch nicht gesehen hatte. Dieser Offizier hatte ein großes, rundes, käsiges Gesicht und einen ungepflegten Schnurrbart, in dessen verfilzten Haaren das Bier glänzte. Seine dicken Lippen umschlossen den Stummel einer Zigarre. Trotz des Schnurrbarts und der Tatsache, dass er auf dem Kopf ziemlich kahl war, hatte er etwas von Kedwards Aussehen eines kleinen Jungen, der sich aus Spaß eine Uniform angezogen hat, erweckte jedoch diesen Eindruck aus ganz anderen Gründen. In starkem Kontrast zu Kedwards Gebaren verbreitete dieser Mann ein außergewöhnliches Fluidum von so etwas wie Schuld, die irgendwie an Jugendlichkeit denken ließ – an einen Schuljungen mit einem falschen Schnurrbart (etwas Stärkeres als verbrannter Kork diesmal), der nur ein paar Minuten zuvor etwas ganz Scheußliches getan hatte und sich völlig sicher war, dass diese Tat jeden Moment von dem Schuldirektor, mit dem er schon vorher oft Ärger gehabt hatte, entdeckt werden würde. Ehe ich weitere Diagnosen stellen konnte, kam Kedward selbst in die Bar. Er schloss sich uns an.

»Ich möchte dir ein Bier ausgeben, Idwal«, sagte Breeze.

Kedward nahm das Angebot an.

»In den Nachrichten prügelt sich Finnland immer noch mit der Roten Armee herum«, sagte er. »Vielleicht gehen wir doch noch dahin.«

Pumphrey, ein weiterer von unseren Offizieren, die nicht bei einer Bank arbeiteten (er verkaufte Gebrauchtwagen), forderte uns auf, uns der Gruppe mit den Kaplänen anzuschließen. Er hatte rote Haare, war laut und ziemlich aggressiv und sprach dauernd davon, von der Armee zur Royal Air Force wechseln zu wollen.

»Dies ist unsere neue Verstärkung, Yanto«, rief er. »Leutnant Bithel. Er hat gerade seine Ankunft im Ordonnanzzimmer gemeldet, und man hat ihm gezeigt, wo er untergebracht ist. Jetzt feuchtet er sich mit mir und den Padres die Tröte an.«

Wir drängten uns durch die Menge zu ihnen hin.

»Hier ist Iltyd Popkiss, die Anglikanische Kirche«, sagte Breeze, »und Ambrose Dooley, der die Seelen der Römisch-Katholischen rettet. Er ist ein Mann, der euch einige Geschichten erzählen kann, die einen vom Hocker hauen.«

Popkiss war klein und blass. Es war sofort evident, dass es ihm schwerfiel, mit seinem römisch-katholischen Kollegen in puncto Herzlichkeit und Vermeidung des Anscheins von Prüderie Schritt zu halten. Dooley, ein großer, dunkelhaariger Mann mit öligem Teint, der aussah, als habe er sich an diesem Morgen nicht allzu gut rasiert, akzeptierte mit freundlicher Zustimmung seinen Ruf als Erzähler haarsträubender Anekdoten. Die beiden Kapläne schienen bestens miteinander auszukommen. Bithel selbst lächelte zaghaft, wobei er unter seinem zotteligen Schnurrbart eine Doppelreihe erstaunlich schlecht sitzender falscher Zähne entblößte. Er reichte uns zögernd seine schwabbelige Hand. Seine innere Unsicherheit war ziemlich beunruhigend.

»Ich hab ihnen gerade erzählt, wie schrecklich die Reise von dort, wo ich wohne, hierher war«, sagte er. »Der Adjutant war sehr verständnisvoll hinsichtlich des Kuddelmuddels, das passiert ist. Es war die Schuld des Kriegsministeriums, wie gewöhnlich. Aber jetzt bin ich hier und froh, wieder beim Regiment zu sein und etwas zu trinken zu haben, nach all dem, was ich durchgemacht habe.«

Ich dachte zuerst, er sei vielleicht Reisevertreter von Beruf, denn er redete, als ob er es gewohnt sei, soziale Kontakte durch Geschwafel herzustellen, obwohl mir schien, dass er kaum genug Selbstsicherheit für eine solche Tätigkeit besitze. Seine Redeweise mochte ihren Grund auch in bloßer Verlegenheit haben. Seine Tunika war an den Revers voller Flecken von etwas, das wie Ei aussah, seine Hosen waren alt und ausgebeult. Er sah aus, als ob er schon ziemlich viel getrunken habe. Ich sah mit Erleichterung, dass er ohne Zweifel älter war als ich. Wenn er wirklich je Rugby für Wales gespielt hatte, war er in der Zwischenzeit sehr stark heruntergekommen. Auch daran konnte kein Zweifel bestehen. Er schien sich fast schmerzlich seines eigenen Verfalls bewusst zu sein, auch des ramponierten Zustands seiner Uniform, an der er jetzt Verzeihung heischend hinunterblickte, wobei er die Klappe einer seiner Taschen von ihrem matt gewordenen Knopf löste und uns zur Inspektion hinhielt.

»Wenn mir ein Bursche zugeteilt wird, werde ich diese Tunika bügeln lassen«, sagte er. »Ich hab sie nicht mehr getragen, seit ich vor fünfzehn oder mehr Jahren im Landwehrlager war. Ich war so dumm, mir auf dem Weg hierher einen Gin-and-Italian über meine Hose zu schütten. Ich weiß auch nicht wie.«

»Hier kannst du verdammt wenig guten Dienst von deinem Burschen erwarten, sage ich dir«, meinte Pumphrey. »Er wird es eher gewohnt sein, Kohlen zu hacken, als Anzüge zu bügeln, und du kannst von Glück sagen, wenn er auch nur einen anständigen Glanz auf deine Knöpfe da bringt, die dringend poliert werden müssten.«

»Ich nehme an, wir dürfen nicht zu viel erwarten, jetzt, wo wir im Krieg sind«, sagte Bithel, unglücklich darüber, dass er vielleicht dadurch, dass er über das Bügeln von Tuniken gesprochen hatte, einen Fauxpas begangen haben könnte. »Aber wie wär's mit einer weiteren Runde? Ich bin jetzt dran, Padre.«

Er hatte sich an den anglikanischen Kaplan gewandt, aber Pastor Dooley kam energisch dazwischen.

»Wenn ich noch mehr von diesem Bier trinke, wird das eine schlimme Wirkung auf meinen Stuhlgang haben«, sagte er. »Aber dennoch, ich werd Ihnen den Gefallen erweisen, mein Freund.«

Bithel lächelte unsicher; er fühlte sich offensichtlich nicht sehr wohl angesichts so derber Worte aus dem Mund eines Geistlichen.

»Ich glaub nicht, dass ein Glas mehr uns schaden wird«, sagte er. »Ich selbst trinke ganz schön viel Bier im Zivilleben, ohne besondere Nachteile.«

»Man muss eben seine Hintertür offenhalten«, sagte Dooley, das Thema weiterverfolgend. »Man sorge jeden Tag für eine gute Durchspülung. Es gibt nichts Besseres.«

Er hielt sein Glas gegen das Licht, so als wolle er das Abführpotential seines Inhalts abschätzen.

»Das Armeeessen gibt mir sowieso die Lauferei«, fuhr er fort und lachte schallend angesichts dieses Gedankens. »Ich hab seit der Mobilmachung kaum einen Moment Frieden gehabt.«

»Mir gibt es eine ganz schlimme Verstopfung«, sagte Pumphrey, »das will ich nur mal so gesagt haben.«

Dooley trank sein Bier mit einem Schluck leer und stieß bei dem Gedanken an die Launenhaftigkeit menschlicher Verdauung wieder sein fröhliches Mönchslachen aus.

»Selbst wenn ich völlig verstopft bin, habe ich immer eine Menge Toilettenpapier bei mir«, sagte er. »Ich bin nie ohne. Das ist bei mir die Regel. Man weiß in der Armee nie, wann es einem mal fehlt.«

»Das ist ein gutes Prinzip«, sagte Pumphrey. »Wir sollten Hochwürdens Rat folgen, nicht wahr? Sorg immer gut vor für den Fall, dass du mal aufs Klo musst. Das tun Sie vielleicht ja schon, Iltyd. Die Kirche scheint doch solche Sachen auch zu lehren.«

»Ach, also, ja, das tue ich in der Tat«, sagte Popkiss.

»Wofür halten Sie Iltyd denn?«, sagte Dooley. »Er ist ein alter Hase, nicht wahr, Iltyd?«

»Also, ja, in der Tat«, sagte Popkiss, offensichtlich froh darüber, eine solche Gelegenheit, etwas zu erzählen, erhalten zu haben. »Stellt euch mal vor. Bei meiner letzten Einheit, als ich eines Abends meine Tunika ausgezogen hatte, um Billard zu spielen, haben sie mir doch diesen Streich gespielt. Ihr würdet es nie erraten. Sie wickelten einen Pariser, wisst ihr, zwischen die Blätter des Toilettenpapiers in meiner Tasche.«

Es gab viel Gelächter über diese Geschichte, in das der römisch-katholische Kaplan auch freundlich einstimmte, obwohl sein Gesichtsausdruck deutlich anzeigte, dass ihm bewusst war, dass Popkiss eine Karte ausgespielt hatte, die er nur schwerlich zu übertrumpfen in der Lage sein würde.

»Und ist er dann mitten beim Antreten zum Kirchgang herausgefallen?«, fragte Pumphrey am Ende seines schallenden Lachens.

»Nein, in der Tat nicht. Gott sei Dank. Ich hab ihn am nächsten Tag auf meinem Toilettentisch neben meinem Priesterkragen gefunden. Ich hab ihn ins Klo geworfen und abgezogen. Ich war sehr dankbar, als er dann verschwand, was allerdings ziemlich lange dauerte. Ich hab ein halbes Dutzend Mal die Kette gezogen, glaube ich.«

»Nun hört mal, was mir passiert ist, als ich bei der 2./14. war …«, begann Pastor Dooley.

Ich hab nie die Pointe dieser Anekdote gehört, mit der er es ohne Zweifel darauf anlegte, durch eine grobe Simplizität der Sprache und durch sein erzählerisches Vermögen alles in den Schatten zu stellen, was Popkiss vielleicht an Weiterem zu bieten versuchen würde – kurz gesagt, die völlige Oberhand über den Anglikaner zu gewinnen. Ich verpasste nur ungern diesen Höhepunkt, denn Dooley hatte offensichtlich das Gefühl, sein eigener Ruf als Erzähler von Anekdoten stehe auf dem Spiel – eine Position, die er entschlossen zu verteidigen beabsichtigte. Doch ehe die Geschichte noch richtig begonnen hatte, zog mich Bithel beiseite.

»Ich weiß nicht so recht, ob ich diese Art von Gespräch mag«, murmelte er leise. »Ich hab mich noch nicht daran gewöhnt, denke ich. Sie müssen das gleiche Gefühl haben. Sie sind nicht der grobe Typ. Sie waren auf der Universität, nicht wahr?«

Ich bejahte das.

»Auf welcher?«

Ich sagte es ihm. Bithel hatte an diesem Tag bestimmt eine Menge getrunken. Er roch selbst in der stickigen Atmosphäre der Saloonbar stark nach Alkohol. Jetzt stieß er einen tiefen Seufzer aus.

»Ich wollte eigentlich auch auf die Uni«, sagte er. »Dann kam mein Vater zu der Auffassung, dass er sich das nicht leisten könne. Das Geschäft ging ein bisschen schlecht zu der Zeit. Er war Auktionator, wissen Sie, und zufälligerweise etwas in Schwierigkeiten geraten. Nichts Ernsthaftes, obwohl die Leute in der Nachbarschaft damals eine Menge unwahrer und hässlicher Dinge sagten. Es gibt nichts, was die Leute nicht zu sagen bereit sind. Er verstarb bald danach. Ich vermute, ich hätte mich sozusagen selbst zur Uni schicken können. Das Geld hätte damals so eben dazu ausgereicht. Aber irgendwie schien es dann zu spät zu sein. Ich hab es immer bereut. Es macht schon einen Unterschied aus, wissen Sie. Sie brauchen sich nur mal in dieser Bar umzusehen.«

Er schwankte ein wenig, fand aber sein Gleichgewicht wieder, indem er sich an der Theke festhielt.

»Ich hatte einen ermüdenden Tag. Ich glaub, ich werd jetzt noch eine Zigarre rauchen und dann zu Bett gehen. Beruhigt die Nerven, eine Zigarre. Möchten Sie eine? Sie sind billig, aber nicht schlecht.«

»Vielen Dank, nein.«

»Nehmen Sie schon eine. Ich hab einen ganzen Kasten bei mir.«

»Ich mag sie eigentlich nicht. Aber dennoch, vielen Dank.«

»Ein Akademiker, und er raucht keine Zigarren«, sagte er mit einem Ton der Enttäuschung in der Stimme. »Das hätte ich nicht erwartet. Wie wär's mit Schlaftabletten? Ich hab ganz hervorragende, wenn Sie die mal versuchen wollen. Man muss eine nehmen, wenn man zu viel getrunken hat. Es ist fatal, in der Nacht aufzuwachen, wenn das passiert ist.«

Inzwischen fühlte auch ich mich ziemlich müde und hatte keinen Bedarf an Schlaftabletten. Die Bar machte Feierabend. Man steuerte allgemein auf das Bett zu. Nachdem er für sich allein einen letzten Drink hinuntergestürzt hatte, machte sich Bithel auf unsicheren Beinen auf die Suche nach seinem Mantel, den er irgendwo liegengelassen hatte. Die Übrigen von uns, einschließlich der Kapläne, gingen die Treppe hinauf. Ich hatte mein Bett im selben Zimmer wie Kedward, Breeze und Pumphrey.

»Der gute alte Bithel hat die Dachkammer im obersten Stockwerk gekriegt«, sagte Pumphrey. »Er wird sich da oben ziemlich einsam fühlen. Wir sollten ihm eine Überraschung bereiten, wenn er ins Bett geht. Lasst uns was tun, was ihn feste zum Lachen bringt.«

»Ach, er wird einfach nur ruhig ins Bett gehen wollen«, sagte Breeze, »und sicher keinen Sinn für irgendwelche Albernheiten haben heute Abend.«

Kedward war gegenteiliger Ansicht.

»Also, ja«, sagte er. »Bithel scheint ein guter Kumpel zu sein. Er hat ganz bestimmt nichts gegen einen Ulk. Wird sich dann hier heimisch fühlen. Es zeigt ihm, dass wir ihn mögen.«

Ich war froh, dass am Abend zuvor ein solcher Willkommensgruß für mich selbst nicht für nötig gehalten worden war. Es hatte keinerlei Anzeichen von irgendeinem Jux gegeben, nur ein oder zwei Glas Bier vor dem Schlafengehen. Vielleicht hatte Bithel etwas an sich, das ein solches Vorhaben provozierte. Es wurde jetzt weiter diskutiert, welche Form der Streich annehmen sollte. Es lief darauf hinaus, dass wir alle die Treppen zum obersten Stockwerk des Hotels hinaufgingen, wo Bithel in einer der Dachkammern untergebracht war. Auch die Kapläne begleiteten uns. Dooley war von der Idee eines Streiches besonders angetan. Zuerst hatte ich Bithel wegen des Luxus eines Zimmers für sich ganz allein beneidet, aber als wir dort oben ankamen, zeigte sich, dass, welche Vorteile eine solche Privatsphäre auch haben mochte, dafür mit dem bitteren Fehlen anderen Komforts bezahlt werden musste. Der Raum war ziemlich groß, mit einer niedrigen Decke unter den Dachschrägen. An einer Seite waren tiefe Regale angebracht, so dass diese Kammer in normalen Zeiten wahrscheinlich als großer Wäscheschrank benutzt wurde. Die Wände waren ohne Tapete. Es roch stark nach Mäusen.

»Was sollen wir tun?«, fragte Kedward.

»Sein Bett von oben nach unten kehren«, schlug Pumphrey vor.

»Nein«, sagte Breeze, »das ist einfach albern.«

»Die Laken so falten, dass er seine Beine nicht ausstrecken kann.«

»Das ist doch ein alter Witz.«

Die Padres wollten bei dem Spaß zugegen sein, ohne aber sich selbst allzu sehr daran zu beteiligen. Der Vorschlag, wir sollten uns alle auf die Regale legen und dann, wenn Bithel schon im Bett sei, ihm als eine Horde Geister erscheinen, wurde als nicht praktikabel aufgegeben. Jemand kam auf die Idee, wir sollten eine Art Puppe machen. Dies wurde dann als passende Lösung des Problems akzeptiert. Also machten sich Pumphrey und Kedward daran, eine Figur zu formen, die sie in Bithels Feldbett legen wollten. Ihre Theorie war, dass solch eine Attrappe Bithel glauben lassen würde, er sei in das falsche Zimmer gekommen. Sie brachten die äußere Gestalt eines Mannes hauptsächlich dadurch zustande, dass sie die Zelttuchklappe von Bithels Reisetasche hochrollten; unter die

Bettdecke gelegt, hatte diese eine ausreichende Ähnlichkeit mit einem menschlichen Körper. Zwei von Bithels Stiefeln wurden so angebracht, dass sie über das Fußende des Bettes hinausragten. Sein Kulturbeutel auf dem Kissen, gekrönt von Bithels khakifarbener Schiffchenmütze, repräsentierte den Kopf. Ohne Zweifel gab es auch noch andere Requisiten, aber die habe ich vergessen. In Anbetracht der zur Verfügung stehenden Zeit war das Ding ziemlich gut gemacht – ein eher milder, völlig gutmütiger Streich, denn die ganze Sache würde sich in nur wenigen Minuten wieder beseitigen lassen, wenn Bithel ins Bett zu gehen wünschte. Die Puppe war gerade fertig geworden, als wir hörten, wie Bithel schwer die Treppe heraufgestapft kam.

»Hier kommt er«, sagte Kedward.

Wir gingen alle hinaus auf den Treppenabsatz.

»Ach, Mr. Bithel«, rief Pumphrey, »es gibt da etwas, das Sie sich anschauen sollten. Etwas sehr Beunruhigendes.«

Bithel kam langsam die Treppe hoch. Er paffte noch an seiner Zigarre und zog sich an dem Handlauf des Treppengeländers nach oben. Er schien Pumphreys Stimme nicht zu hören. Wir traten zur Seite, damit er in das Zimmer konnte.

»So ein fetter Offizier ist in Ihr Bett gestiegen, Bithel«, rief Pumphrey, der sich vor Lachen kaum halten konnte.

Bithel torkelte durch die Tür der Dachkammer. Er stand mehrere Sekunden lang still da und starrte auf das Bett, so als könne er seinen Augen nicht trauen; auch seinem Glück nicht trauen, denn ein breites Lächeln zog über sein Gesicht, so als sei er unsagbar entzückt. Er nahm die Zigarre aus dem Mund und platzierte sie mit viel Sorgfalt in die Mulde auf dem Rand eines großen, mit der farbigen Reklame für eine Biersorte verzierten Glasaschenbechers, des einzigen Ornaments in dem Raum. Dieser Aschenbecher stand auf einem kleinen Tisch, der neben einem beschädigten Stuhl und dem Feldbett das alleinige Möbelstück war. Dann, die Hände über seinem Kopf zusammenfaltend, begann Bithel zu tanzen.

»Ach Gott«, sagte Breeze, »ach Gott.«

Bithel, jetzt bizarre Gesten mit seinen Händen vollführend, trippelte langsam um das Bett herum, wobei er regelmäßig von einem Fuß auf den anderen trat, so als vollführe er die bekannten Schritte eines rituellen Tanzes.

»Ein Lied der Liebe ...«, intonierte er sanft. »Ein Lied der Liebe ...«

Von Zeit zu Zeit schoss sein Kopf nach vorne und hinunter, so als sehne er sich danach, die Gestalt auf dem Bett zu umarmen, hielt aber, überwältigt von der Scheu, in der Gegenwart von Zuschauern ein solches Zeichen der Zuneigung – vielleicht der Leidenschaft – zu geben, jeweils im letzten Moment inne. Zuerst mussten alle, ich eingeschlossen, fürchterlich lachen. Es handelte sich in der Tat um ein außerordentliches Spektakel, anders als alles, was ich bisher gesehen hatte, völlig unerwartet, faszinierend in seiner Merkwürdigkeit. Pumphrey war scharlachrot im Gesicht, so als ob er jeden Augenblick einen Schlaganfall bekommen würde. Breeze und Kedward hatten ebenso großen Spaß, und auch die Kapläne schienen sich köstlich zu amüsieren. Doch während Bithel seinen Tanz fortsetzte, wurden seine Verrenkungen zunehmend grotesker. Er umrundete das Bett schneller und schneller, sein Körper zuckte, und seine Arme vollführten wellenartige Bewegungen in orientalischer Manier. Mir wurde langsam bewusst, dass ich meinerseits jetzt genug hatte. Ich fühlte mich mehr und mehr peinlich berührt. Der Spaß hatte lange genug gedauert, vielleicht zu lange. Bithels komischer Nummer sollte ein Ende gesetzt werden. Es war Zeit, dass er, und alle anderen auch, ein wenig Schlaf bekamen. Das jedenfalls war es, was ich dachte. Dennoch, ich empfand nichts als Bewunderung für die Art, wie Bithel damit fertiggeworden war, dass man ihm einen Streich spielen wollte, wie er sich denen überlegen gezeigt hatte, die ihn albern hatten aussehen lassen wollen. Unter ähnlichen Umständen hätte ich bestimmt die Situation weit weniger gut gemeistert. Aber jetzt sollte die Sache zu Ende kommen. Wir hatten genug gesehen. Man konnte auch zu viel des Guten tun. Es musste jedenfalls bald aufhören. Doch dies waren vergebliche Hoffnungen. Bithel gab nicht das geringste Anzeichen dafür, seinen Tanz beenden zu wollen. Jetzt legte er die Handflächen zusammen, als ob er sich in einem Gebet befinde; jetzt schüttelte er seinen Körper wie in religiöser Ekstase wild hin und her; jetzt wirbelte er an uns vorbei und warf seine Beine nach vorn wie in einem Bauerntanz. Während der ganzen Zeit, in der er tanzte, sang er Koseworte hinunter zu der Puppe in seinem Bett. Ich glaube, Popkiss war nach mir der Erste, den die Szene ermüdete. Er nahm Dooley beim Arm.

»Los, komm, Ambrose«, sagte er. »Morgen ist Sonntag. Viel zu tun für uns. Zeit für uns, zu Bett zu gehen.«

In diesem Augenblick brach Bithel, ohne Zweifel inzwischen schwindelig von dem Bier und seinem derwischartigen Tanzen, über der Puppe zusammen. Das Feldbett knarrte bedrohlich in seinem Gestell, gab aber unter ihm nicht nach. Er warf seine Arme um die Umrisse der Reisetasche und drückte sie voller Hingabe. Gleichzeitig bedeckte er den Kulturbeutel mit Küssen.

»O Liebste mein ...«, murmelte er. »O Liebste mein ...«.

Ich fragte mich, was wohl als Nächstes passieren würde, als ich bemerkte, dass er und ich jetzt alleine in dem Zimmer waren. Die anderen hatten sich – gelangweilt, peinlich berührt oder einfach nur müde, das Letztere schien am wahrscheinlichsten – ganz plötzlich entschlossen, ins Bett zu driften. Ihr Instinkt sagte ihnen, dass der Streich jetzt vorüber, dass es Zeit sei, schlafen zu gehen. Bithel lag noch, mit dem Gesicht nach unten, streichelnd und schmachtend flüsternd auf dem Bett.

»Kommen Sie zurecht, Bithel? Wir gehen jetzt alle ins Bett.«

»Wie war das?«

»Wir gehen alle ins Bett.«

»Ihr Glücklichen. Gehen alle ins Bett.«

»Also dann, gute Nacht, Bithel.«

»Tschüs, tschüs«, sagte er, »tschüs, tschüs. Ich wünschte, ich hätte mich entschlossen, zur Uni zu gehen.«

Er rollte sich auf die Seite und griff über die Puppe hinweg nach dem Rest seiner Zigarre. Sie brannte nicht mehr. Es gelang ihm, ein Feuerzeug aus seiner Tasche zu ziehen. Er begann, heftig auf seinen Mechanismus einzuschlagen. In der Hoffnung, dass er das Hotel über Nacht nicht anzünden würde, schloss ich die Tür und ging die Treppe hinunter. Die anderen in dem Zimmer befanden sich in verschiedenen Stadien der Vorbereitung für die Nacht.

»Er ist schon ein komischer Kauz, der gute alte Bithel«, sagte Breeze, der bereits im Bett lag.

»So 'n richtiger Kasper«, sagte Kedward. »So was wie diesen Tanz hab ich noch nie gesehen.«

»War doch ein bisschen lange, oder nicht?«, sagte Pumphrey, die Zahnbürste aus dem Mund nehmend, um zu sprechen. »Ich dachte, er würde die ganze Nacht dranbleiben, ehe er dann hinfiel.«

Doch obwohl allgemeine Übereinstimmung darin herrschte, dass Bithel den Tanz unnötig in die Länge gezogen habe, schien er, was seine eigene Persönlichkeit betraf, keinen schlechten Eindruck gemacht zu haben. Im Gegenteil, er hatte sich ein gewisses, unbestrittenes Prestige verschafft. Ich hatte nicht viel Zeit, weiter über diesen Zwischenfall nachzudenken, denn ich war sehr müde. Trotz der unvertrauten Umgebung schlief ich sofort ein und hatte einen gesunden Schlaf. Am folgenden Morgen sprachen wir, obwohl wir viel miteinander redeten, während wir uns anzogen, nicht weiter über Bithel. In den Gesprächen über das Antreten zum Kirchgang und die Routine des Tages wurde er vergessen. Breeze und Pumphrey waren bereits fertig angezogen und nach unten gegangen, als Pumphreys Bursche (mir später bekannt als Williams I. G.) im Korridor, während wir auf dem Weg zum Frühstück waren, auf Kedward zukam. Er grinste.

»Entschuldigung, Sir.«

»Was gibt es, Williams?«

»Ich hatte den Befehl, für den neuen Offizier zu sorgen, bis er seinen eigenen Burschen hat.«

»Mr. Bithel?«

»Dem Offizier scheint's nicht gutzugehen.«

»Was fehlt ihm denn?«

»Sehen Sie am besten selbst, Sir.«

Williams I. G. genoss es sichtlich, diese Nachricht zu überbringen.

»Wir werden mal nachsehen«, sagte Kedward.

Wir stiegen wieder die Treppe zu der Dachkammer hinauf. Kedward öffnete die Tür. Ich folgte ihm und trat in eine Stratosphäre aus abgestandenem, ekelhaftem Bier- und Zigarrendunst. Ich hatte halb erwartet, Bithel noch völlig angezogen und auf dem Fußboden schlafend vorzufinden, der Kulturbeutel mit dem ihn krönenden Schiffchen weiterhin auf dem Kopfkissen ruhend. Doch in der Art von Leuten, die es schon lange gewohnt sind, abends ziemlich betrunken schlafen zu gehen, hatte er es geschafft, sich auszuziehen und ins Bett zu gelangen und es sich dort verhältnismäßig bequem zu machen. Seine Kleidung lag sorgfältig gefaltet auf dem Fußboden neben ihm, eine der Gewohnheiten chronischer Alkoholiker, die von sich wissen, dass sie nicht mehr in der Lage sein würden, ihre Kleidungsstücke auf einem Stuhl zu arrangieren. Die Puppe war aus dem Bett geworfen worden, das jetzt von Bithel selbst belegt war. Er lag in einem gelben, verdreckten, verblichenen Schlafanzug unter den graubraunen Decken, die Knie bis zum Kinn angezogen. In dieser Position glich sein Körper einem aus einer primitiven Grabstätte intakt exhumierten Leichnam, der in einem Schaukasten in einem Museum ausgestellt ist. Auch die Farbe seines Gesichts legte, trotz seines heftigen Schnarchens, bei dem sich seine Wangen immer aufblähten und wieder einfielen, Gedanken an den Tod nahe. Uhr, Zigarrenetui und Schlaftabletten lagen auf dem lädierten Stuhl neben dem Bett. Zusätzlich zu diesen Gegenständen gab es da noch ein weiteres Schaustück; es hatte etwas merkwürdig Grauenhaftes an sich. Anfangs konnte ich mir nicht vorstellen, was es sein mochte. Es schien entweder ein Ornament oder eine kompliziert konstruierte mechanische Vorrichtung zu sein. Ich sah es mir näher an. War es irgendein Apparat oder ein Kunstwerk? Dann wurde mir plötzlich klar, worum es sich in Wahrheit handelte. Vor dem Einschlafen hatte Bithel seine falschen Zähne auf den Aschenbecher gelegt. Er hatte das Gebiss als Ganzes aus seinem Mund genommen, während der Zigarrenstummel noch zwischen Ober- und Unterteil eingeklemmt war. Diese Synthese hatte eine außerordentliche, eine makabere, surrealistische Wirkung. Ich musste wieder an die Ausgrabung einer Grabstätte denken, an die Faszination, die Archäologen in tausend Jahren empfinden würden, wenn sie diese versteinerten Überreste neben Bithels zusammengekrümmtem Skelett fänden; an die Spekulationen über die kulturelle Bedeutung dieser miteinander verbundenen Objekte. Kedward schüttelte Bithel. Das hatte nicht die geringste Wirkung. Er öffnete nicht einmal seine Augen, hörte jedoch einen Moment lang auf zu schnarchen. Die Schlaftabletten müssen genau den Effekt gehabt haben, den Bithel selbst ihnen zugeschrieben hatte. Ein tiefes Einatmen, Prusten und animalische Laute, die er wieder ausstieß, sobald sein Kopf das Kissen berührte, waren seine einzigen Lebenszeichen. Kedward wandte sich an Williams I. G., der uns nach oben gefolgt war und nun grinsend auf der Türschwelle stand.

»Sagen Sie dem diensthabenden Unteroffizier, dass Mr. Bithel sich heute Morgen krank meldet, Williams«, sagte er.

»Zu Befehl, Sir.«

Williams lief die Treppe hinunter, zwei Stufen auf einmal nehmend.

»Ich werde später noch mal nach dem guten alten Bithel sehen«, meinte Kedward. »Werd ihm sagen, er sei krankgemeldet. Heute Morgen wird sowieso nicht viel von ihm erwartet werden. Es ist Sonntag, und er ist frisch angekommen.«

Kedward hatte klug auf die Situation reagiert. Er wusste eindeutig, was in einem Notfall zu tun war. Ich vermutete, dass Gwatkin, wenn er mit der gleichen Lage konfrontiert worden wäre, ziemlich viel Aufhebens um Bithels Zustand gemacht hätte. Dieser Beweis von Kedwards Klugheit beeindruckte mich. Ich wies ihn auf die falschen Zähne und die Zigarre zwischen ihnen hin, aber das Grauen, das von ihnen ausging, ließ ihn kalt. Wir gingen hinunter zum Frühstück. Ich musste zugeben, dass Bithels Start in eine erneuerte Karriere in der Armee nicht gerade ideal verlaufen war.

»Ich nehme an, der gute alte Bithel hat gestern Abend ein Glas zu viel getrunken«, sagte Kedward, während wir frühstückten. »Ich hab ein einziges Mal mehr getrunken, als ich hätte tun sollen. Man fühlt sich schrecklich. Ist dir das schon mal passiert, Nick?«

»Ja.«

»Fürchterlich, nicht wahr?«

»Fürchterlich, Idwal.«

»Wir werden früh zusammen losgehen, und du kannst deinen Zug hinüberführen zum Antreten für den Kirchgang.«

Er sagte mir, wo ich ihn treffen solle. Doch völlig unerwartet kam Bithel selbst nach unten, ehe es Zeit für den Gottesdienst war. Er lächelte unsicher, als er mich sah.

»Irgendwie habe ich sonntags nie viel Lust zu frühstücken«, sagte er.

Ich wies ihn darauf hin, dass er krankgemeldet worden sei.

»Ich hab das von dem Jungen, Willams, erfahren, der vorübergehend mein Bursche ist«, sagte Bithel. »Hab die Meldung streichen lassen. Während ich mit ihm sprach, fand ich heraus, dass es einen anderen Jungen gibt, Daniels mit Namen, der aus meiner Heimatstadt ist und vielleicht mein regulärer Bursche werden könnte. Williams hat ihn zu mir geholt. Seinem Aussehen nach mochte ich ihn.«

Wir machten uns zusammen auf den Weg die Straße hinauf. Bithel trug die khakifarbene Schiffchenmütze, die wir am Abend zuvor auf den Kulturbeutel gesetzt hatten. Sie war eine Nummer zu klein für ihn, und er hatte sie sich, genau gemäß der Kleiderordnung – die in dieser Hinsicht in Kriegszeiten allgemein ignoriert wird – ganz gerade mitten auf den Kopf gesetzt. Diese Mütze war zudem höher als gewöhnlich geschnitten (wie eine Saint-Loup-Mütze, dachte ich) und gab Bithel das Aussehen eines Kobolds in einem der traditionellen Weihnachtsspiele, oder vielleicht – wenn man sein Alter, seinen Körperumfang und seinen Schnurrbart in Betracht zog – eher das einer komischen Marionette auf halbem Weg zwischen dem Walross und dem Zimmermann. Sein Gesicht war zerfurcht und fleckig wie die Oberfläche eines Gruyère-Käses. Ansonsten aber hatte der vorhergehende Abend, abgesehen von einer gewissen Kurzatmigkeit, bei ihm keine nachteiligen Spuren hinterlassen. Er muss meinen Blick auf seine Mütze bemerkt haben, denn er lächelte beifallheischend.

»Die Armeevorschriften erlauben diese Mützen«, sagte er. »Sie sind bequemer als diese SD-Caps mit Schirm. Auch billiger. Ich hab diese für siebzehn Schilling gekriegt. Zwei Schilling Nachlass, weil sie ein wenig angeschmutzt war. Man bemerkt den kleinen Fleck oben gar nicht, oder?«

»Überhaupt nicht.«

Er sah sich um und senkte die Stimme.

»Niemand von denen war auf der Uni«, sagte er. »Ich hab mich erkundigt. Was machen Sie im Zivilleben – wie es, glaube ich, in der Soldatensprache wohl heißt?«

Ich gab ihm zu verstehen, dass ich für Zeitungen schrieb, und erwähnte die Bücher nicht, denn wenn Leute nicht vom Fach sind, ist Autorenschaft immer für alle Beteiligten ein peinliches Thema. Außerdem hört es sich stets so an, als sei es keine ernsthafte Beschäftigung. Bis zu diesem Augenblick hatte auch niemand darüber hinausgehende Fragen gestellt, und alle hatten sich damit zufriedengegeben, dass Journalismus eine bekannte, wenn auch esoterische Art und Weise ist, Körper und Seele zusammenzuhalten.

»Ich dachte mir schon, dass etwas dieser Art Ihr Beruf ist«, sagte er in einem respektvollen Ton. »Ich hatte auch eine Ausbildung für eine gehobene Stellung. Ich sollte Auktionator werden, wie mein Papa. Aber irgendwie mochte ich die Arbeit nicht. Hab auch die Ausbildung nicht abgeschlossen, genauer gesagt. Ich hab mich immer für das Theater interessiert, mehr oder weniger. Hatte auch hin und wieder Statistenrollen. Aber ich bin kein Schauspieler. Ich bin mir dessen wohl bewusst. Ich mag sowieso am liebsten Gelegenheitsjobs. Kann es nicht ertragen, festgelegt zu sein. Hab zum Beispiel eine Zeitlang in unserem örtlichen Kino gearbeitet. Brauchte nicht viel zu machen, außer abends da aufzutauchen und einen Smoking zu tragen.«

»Verdient man denn mit so was genug?«

»Viel Geld bringt's nicht, natürlich. Ein Vermögen kann man so nicht ansammeln. Aber zusammen mit den paar Pennys, die ich sowieso schon habe, komm ich ganz gut zurecht. Es hilft, dass ich nicht verheiratet bin. Ich nehme an, Sie sind verheiratet?«

»Ja, das stimmt.«

Verheiratetsein klang bei ihm so, als ob man sich dafür entschuldigen müsse.

»Das dachte ich mir«, sagte er. »Wie ich schon sagte, bin ich es nicht. Irgendwie hab ich nie die richtige Frau getroffen.«

Bithel sah unendlich betrübt aus, als er das zugab. Es entstand eine Pause in unserer Unterhaltung. Mir fiel nichts ein, was ich hätte sagen können. Frauen schienen gewiss nicht das richtige Thema zu sein, obwohl man nie wissen konnte. Ich fragte ihn schließlich, wie er zur Landwehrreserve gekommen sei, etwas, das mir einer Erklärung zu bedürfen schien.

»Ich hab mich den Landwehrleuten vor Jahren angeschlossen«, sagte er. »Schien mir das Richtige zu sein. Hätte nie gedacht, dass ich die Uniform noch mal tragen würde, nachdem ich ausgeschieden war. Jetzt bin ich aber ganz froh, wieder zurück zu sein und dass das Geld regelmäßig anrollt. Ich war nämlich arbeitslos, und allein von dem, was ich habe, kann ich nicht leben. Wir kriegen Frontzulage hier, hab ich gestern Abend gehört. Ich nehme an, das wissen Sie bereits. Eine nette Erhöhung des Solds. Das Geld wurde ziemlich knapp, um die Wahrheit zu sagen. Es gab immer so viel, wofür man es ausgeben musste. Lesen, zum Beispiel. Ich nehme an, Sie sind ein gewaltiger Leser, wenn Sie Journalist sind. Welche Artikelsammlung beziehen Sie denn?«

Ich musste zugeben, dass ich keine Artikelsammlung bezog. Bithel schien über diese Antwort enttäuscht.

»Ich selbst kaufe ja auch nicht sehr viele davon«, räumte er ein. »Vielleicht nicht so viele, wie ich eigentlich sollte. Manchmal sind wirklich interessante Artikel dabei. Über Sex, zum Beispiel, Sex und Psychologie. Sind Sie darüber informiert?«

»Ich hab davon gehört.«

»Ich meine nicht das billige Zeug, das sie als Blickfang benutzen, Frauen und Beine und das alles. Es gibt abnorme Seiten des Menschen, wie man sie nie vermutet hätte, und es ist weise, von solchen Dingen zu wissen, meinen Sie nicht?«

»Gewiss doch.«

Bithel rückte näher an mich heran, während wir gingen. Er senkte wieder seine Stimme. Er roch ganz schwach nach parfümierter Seife, als er mir nahe, zu nahe, kam.

»Haben die irgendetwas über mich gesagt, bevor ich hier ankam?«, fragte er mit besorgter Stimme.

»Wer?«

»Jemand in dem Bataillon?«

»Wie meinen Sie das?«

»Irgendwelche Details über meine Familie?«

»Jemand sagte, Sie seien der Bruder des Victoria-Kreuz-Trägers.«

»Wirklich?«

»Ja.«

»Was haben Sie gesagt, als man Ihnen das erzählte?«

»Ich sagte, dass Sie zu jung sein müssten, um sein Bruder zu sein. Sie seien wohl eher sein Neffe.«

»Ganz richtig. Ich bin nicht der Bruder Bithels, des Victoria-Kreuz-Trägers.«

»Sind Sie sein Neffe?«

»Das habe ich nie gesagt, oder? Aber lassen Sie uns nicht mehr davon sprechen. Es gibt noch etwas anderes, das ich Sie fragen wollte. Haben die auch was über Sport gesagt?«

»Welchen Sport?«

»Haben die gesagt, ich betreibe einen besonderen Sport?«

»Man sagte, Sie hätten Rugby für Wales gespielt.«

Bithel stöhnte auf.

»Das hat man gesagt?«, fragte er, so als ob er sich vergewissern wolle, richtig gehört zu haben.

»Ja.«

»Ich wusste, es würde Missverständnisse geben«, sagte er.

»Missverständnisse worüber?«

»Nun, dass ich Rugby gespielt hätte. Sie wissen, wie es ist, wenn man einiges getrunken hat. Man erweckt sehr leicht einen falschen Eindruck. Das muss passiert sein, als ich mit dem Offizier telefonierte, der für die Landwehrreservisten zuständig ist. Wir sprachen über lokale Dinge, Sport, andere Leute mit dem Namen Bithel und so weiter.«

»Der Victoria-Kreuz-Träger ist also kein Verwandter von Ihnen, und Sie haben auch nicht Rugby für Wales gespielt?«

»Ich würde nicht so weit gehen zu sagen, dass er kein Verwandter von mir ist. Man weiß in diesem Teil der Welt nie, mit wem man vielleicht verwandt sein könnte. Jedenfalls ist er weder mein Bruder noch mein Onkel. Ich muss es geschafft haben, den Mann völlig in die Irre zu führen, wenn er diese Vorstellung von mir bekam. Er klang nicht sehr intelligent am Telefon. Den Eindruck hatte ich damals. Einer von diesen alten Wichtigtuern, nehme ich an, so ein reaktionärer Kommisskopp-Typ. Aber es ist nicht Bithel, der Victoria-Kreuz-Träger, der mir solche Sorgen macht. Es ist dieses Rugby-Missverständnis.«

»Wie ist es zustande gekommen?«

»Weiß der Himmel. Auch etwas, das am Telefon falsch verstanden wurde, nehme ich an. Ich glaube, es gab mal einen Kaufmann namens Bithel, der in einem Jahr zur Waliser Mannschaft gehörte. Vielleicht gab es auch einen Bithel, der Cricket für Wales gespielt hat, und ich hab das durcheinandergebracht. Eins von den beiden war's, da bin ich mir sicher. Ist sowieso schon einige Jahre her. Ich muss es aus irgendeinem Grund erwähnt haben.«

»Es ist nicht wirklich wichtig, oder?«

»Es würde wichtig werden, wenn wir Rugby spielen müssten.«

»Das ist nicht sehr wahrscheinlich.«

»Tatsache ist, ich hab noch nie in meinem Leben Rugby gespielt«, sagte Bithel. »Hatte noch nie die Gelegenheit. Hatte auch nie besondere Lust dazu. Glauben Sie, wir werden es spielen müssen?«

»Bei all den Übungen haben wir wohl kaum genug Zeit dafür, kann ich mir vorstellen.«

»Ich hoffe nicht«, sagte er in einem ziemlich verzweifelten Ton. »Es geht sowieso das Gerücht, dass wir in nächster Zukunft verlegt werden.«

»Haben Sie eine Idee, wohin?«

»Einige meinen Nordirland. Also, dieser Exerzierplatz ist ganz schön weit weg, oder? Ich hoffe, wir werden nicht allzu genau inspiziert. Ich bin gar nicht gut rasiert. Ich hab mich heute Morgen geschnitten. Irgendwie hat meine Hand gezittert.«

»Dieser Tanz war eine tolle Sache.«

»Welcher Tanz?«

»Der Tanz, den Sie gestern Abend um die Puppe in Ihrem Bett vollführt haben.«

»Ach«, sagte Bithel und lachte. »Das kenne ich schon – jemanden auf den Arm nehmen wollen, indem man vorgibt, er habe sich am Abend zuvor lächerlich gemacht. Ich merke sehr wohl, wenn man mich aufziehen will. Ehrlich gesagt, war ich ziemlich erleichtert, als alle gestern Abend dann still ins Bett gegangen sind. Ich hatte mir schon gedacht, dass vielleicht irgendein Streich zu erwarten ist, und ich fühlte mich müde nach der Reise. Als ich vor Jahren in der Landwehr war, wurden 'ne Menge Streiche gespielt. Ich hab das nie gemocht. Ist nicht mein Ding. Aber um aufs Rasieren zurückzukommen – welche Rasierseife benutzen Sie? Ich probiere gerade eine neue Sorte aus. Hab die Anzeige in ›Gesundheit und Stärke‹ gesehen. Dachte, ich sollte sie mal versuchen. Ich wechsle gerne die Seife von Zeit zu Zeit. Es macht einen frischer.«

Inzwischen hatten wir den Exerzierplatz erreicht. Kedward war bereits dort. Er führte mich zu dem Zug, den ich kommandieren sollte. Bithel verschwand in eine andere Richtung. Kedward erklärte mir einige Dinge, dann gingen wir nebeneinander auf und ab, bis man den Offizieren befahl, sich einzureihen. Der Gottesdienst wurde in einer der Kirchen der Stadt abgehalten. Popkiss, jetzt, in der Kanzel, nicht mehr der blasse, verlegen wirkende Kleriker der Saloonbar, predigte mit einer Gelassenheit und Energie, wie sie bei Offizieren und Mannschaft im ganzen Bataillon zu finden war. Sein Text war Hesekiel 37, 1–10. Er las die ganze Passage vor:

»Und des Herrn Hand kam über mich, und führet mich hinaus im Geist des Herrn, und stellet mich in ein weit Thal, das voller Gebeine lag. Und er führet mich allenthalb da durch. Und siehe, des Gebeines lag sehr viel in dem Thal, und siehe, sie waren sehr verdorret. Und er sprach zu mir: Du Menschenkind, meinst du auch, dass diese Gebeine wieder lebendig werden? Und ich sprach: Herr, das weißt du wohl. Und er sprach zu mir: Weissage von diesen Gebeinen, und sprich zu ihnen. Ihr verdorreten Gebeine, höret des Herrn Wort. So spricht der Herr von diesen Gebeinen. Siehe, ich will einen Odem in euch bringen, dass ihr sollt lebendig werden. Ich will euch Adern geben, und Fleisch lassen über euch wachsen, und mit Haut überziehen, und will euch Odem geben, dass ihr wieder lebendig werdet, und sollt erfahren, dass ich der Herr bin. Und ich weissage, wie mir befohlen war. Und siehe, da rauschet es, als ich weissagte. Und siehe, es regete sich, und die Gebeine kamen wieder zusammen, ein jegliches zu seinem Gebein. Und ich sahe, und siehe, es wuchsen Adern und Fleisch darauf, und er überzog sie mit Haut. Es war aber noch kein Odem in ihnen. Und er sprach zu mir: Weissage zum Winde, weissage, du Menschenkind, und sprich zum Wind, so spricht der Herr. Und komm herzu aus den vier Winden, und blase diese Getödten an, dass sie wieder lebendig werden. Und ich weissaget, wie er mir befohlen hatte. Da kam Odem in sie, und sie wurden wieder lebendig, und richteten sich auf ihre Füße. Und ihrer war ein mächtig gros Heer …«

Popkiss machte eine Pause, sah von seiner Bibel auf und streckte seine Arme nach beiden Seiten aus. Die Männer waren ganz still auf dem dunklen Kiefergestühl.

»… O meine Brüder, gedenkt jenes weiten Tals, gedenkt seiner mit mir … ein Tal, so stelle ich es mir vor, mit dem Schacht einer geschlossenen Zeche, wo neben dem dunklen Bergeshang die Schlackenhalden ihre Köpfe in den Himmel strecken, ein Tal wie jene Täler, in denen ihr selbst zu Hause seid … Fahret mit mir, meine Brüder, in dieses weite Tal, fahret mit mir … Kennt Ihr nicht jene verdorrten Gebeine? … Ihr kennt sie sehr wohl … Gebeine ohne Fleisch und Adern, Gebeine ohne Haut und Odem … Sie sind unsere Gebeine, meine Brüder, die Gebeine von euch und von mir, Gebeine, die warten auf das Rauschen und das mächtige Sich-Regen, auf die Gabe der vier Winde, von denen der Prophet einer früheren Zeit gesprochen … Müssen wir nicht, jeder von uns, meine Brüder, zusammenkommen wie die Gebeine in jenem altehrwürdigen Tal, belebt durch den Odem, Gebein zu Gebein, Ader zu Ader, Haut zu Haut … Es sei denn, ich geb falsch Zeugnis, ein mächtig groß Heer …«

2

Der Marschbefehl kam etwas mehr als eine Woche später – bevor mir noch recht bewusst wurde, dass es kein Traum war, durch den ich mich jetzt bewegte, in dem London ebenso weit von mir entfernt war wie von Kedward und in dem Isobels Briefe die einzigen Restbestände einer Welt bildeten, die von anderen Dingen als den Übungen mit dem Zug und der Einteilung der Wachen bestimmt wurde. Als ob ich in einem Drogenrausch oder durch eine zwanghaft hypnotische Willensbeeinflussung auf künstlichem Wege eine andere Welt betreten hätte, durch die ich jetzt unwiderstehlich und bedroht zu reisen hatte, so wie Dr. Trelawney und seine Mitmagier durch ihren Zauber auf die Astralebene hinausgetragen worden waren. Jetzt endlich war mein Leben auf die Maschinerie des Krieges ausgerichtet, nicht länger ein fremder Organismus, der getrennt von mir unter zunehmend bedenklichen Bedingungen existierte. Für den Augenblick erlaubten Routinepflichten kaum das Nachdenken. Ein Tag war mit hektischem Packen ausgefüllt. Dann musste das ganze Bataillon antreten. Befehle wurden gerufen. Wir rückten in Marschkolonnen aus und ließen Sardis hinter uns, eine der Sieben Kirchen Asiens, wo die Kleider jener wenigen, die unbesudelt blieben, weiß waren. Obwohl sie ihre eigene Nachbarschaft, ihr eigenes Land verließen, waren die Männer in einer ziemlich aufgekratzten Stimmung. Endlich passierte etwas. Sie sangen leise:

»Führ mich, o du großer Gott,
Pilger durch dies dürre Land:
Ich bin schwach, doch du bist mächtig,
Halt mich fest in deiner Hand,
Brot des Himmels,
Brot des Himmels,
Nähr mich, bis ich nicht mehr mag …«

Welche Form dieses Singen während des Marschierens auch immer annahm, es betonte stets das Auf und Ab des Lebens, die so oft zum Schlechteren führenden Veränderungen, von denen die menschliche Existenz besonders in der Armee und besonders in Kriegszeiten heimgesucht wird. Nach einer Weile gaben sie das Kirchenlied auf, nicht jedoch die gewohnten Themen Unsicherheit, Entbehrungen, Langeweile, Niedergeschlagenheit, vergebliche Mühen, über die nachzusinnen dem Soldaten so viel Halt gibt:

»Wir mussten rein,
Wir mussten rein,
Wir mussten rein in die britische Army:

Der Sold ist mies,
Das Essen fies,
Die Stiefel so groß, du kriegst Blasen.

Wir mussten rein,
Wir mussten rein,
Wir mussten rein in die britische Army:

Wir sitzen im Gras
Nach langem Marsch,
'ne schwarze Spinn' läuft dir über den – Rücken.

Wir mussten rein – wir mussten rein –
Wir mussten rein – wir mussten rein ...«

Gwatkin befand sich in einem Zustand unverhohlener Erregung. Er brüllte seine Befehle so laut heraus, dass es sich anhörte, als kämen sie über Megafon. Ständig kontrollierte er Kedward, Breeze und mich wegen ganz unbedeutender Dinge. Ich konnte Bithel noch so eben sehen. Er trottete dahin mit seinem Zug am Ende der Kompanie, die unmittelbar vor uns marschierte. Zum Antreten war er mit einem kleinen, grünen, arg ramponierten ledernen Reisenecessaire erschienen, das er jetzt beim Marschieren unter dem Arm hielt.

»Wollte es nicht zu dem schweren Gepäck geben«, sagte er, während er den abgetragenen wasserdichten Schonbezug zurechtzog, als wir zwanglos am Bahnhof herumstanden. »Es ist das einzige Gepäckstück meiner Mutter, das mir noch verblieben ist. Sie ist jetzt hinübergegangen in eine bessere Welt, wissen Sie.«

Die Eisenbahn setzte sich in Bewegung. Es ging nach Norden. Dies war der Anfang einer langen Reise zu einem unbekannten Ziel. Die Nacht brach herein. Stunden später verließen wir den Zug in stygischer Dunkelheit. Wir waren in einem Hafen. Dunkle Schiffe trieben auf pechschwarzem, infernalischem Wasser. Von jenseits des Hafeneingangs klang das Schwappen der Wellen zu uns herüber. Das Boot, auf dem sich das Bataillon einschiffte, war kaum groß genug, um unsere Mannschaftsstärke aufnehmen zu können. Schließlich fanden aber doch alle Männer Platz. Sie saßen oder lagen da wie die Ladung auf einem Sklavenschiff. Der alte Dampfer verließ den Pier und tuckerte auf die offene See hinaus. Es war sehr windig. Wir stampften dahin durch starken Seegang. Niemand würde in dieser Nacht viel Schlaf bekommen. Nach viel Hin-und-her-Gerenne seitens der Offiziere und Unteroffiziere meldete mir Feldwebel Pendry schließlich, dass alles in Ordnung sei. Er wurde von Unteroffizier Gwylt begleitet, einem von mehreren Witzbolden der Kompanie – ein kleiner, fast zwergenhafter Mann mit vollen schwarzen Locken; ohne Zweifel ein Mitglied jener primitiven Rasse, die dann von den hochgewachsenen, blonden Kelten beherrscht wurde. Zwar konnte man sich nicht immer darauf verlassen, dass Gwylt die rein militärischen Pflichten perfekt ausführte, doch war er als Unteroffizier ganz brauchbar, denn er hörte nie auf zu reden oder zu singen, so dass seine Persönlichkeit, obwohl penetrant, dem Zug dabei half, die Langeweile durchzustehen, die so untrennbar Teil des Soldatenlebens ist.

»Haben alle ihre Ration Kakao bekommen, Feldwebel Pendry?«

»Das haben sie, Sir, und er war sehr gut.«

»Einigen der Jungs ging es zu schlecht, um ihren Kakao zu trinken, Sir«, sagte Unteroffizier Gwylt, der zu allem seinen Kommentar beitragen musste.

»Sind denn viele von unserem Zug seekrank?«

»Ich hab ihnen gesagt, sie sollen still liegenbleiben, dann würde es vorbeigehen«, sagte Feldwebel Pendry. »Die stellen sich ganz schön an, einige von ihnen.«

»Ach, sie sind verdammt seekrank, einige von ihnen«, sagte Unteroffizier Gwylt wie ein griechischer Chor. »Dieser blonde Junge, Jones D., der ist verdammt krank gewesen.«

Das Boot kämpfte sich durch den Wind und die Wellen. War dies die Nachtreise auf dem Meer der tausend Träume, beladen mit verborgener Bedeutung? Unsere Überfahrt war gewiss nicht weniger geheimnisvoll als jene nächtlichen Wanderschaften des Schlafs. Gegen Morgen ging ich nach unten, um mich zu rasieren. Und ich fühlte mich erholt und belebt, als ich wieder an Deck kam. Der Himmel wurde langsam heller, und Land kam in Sicht. Es wehte ein leichter Wind, der uns sanften Nieselregen ins Gesicht blies, als wir das Schiff verließen. Jenseits des Hafens erstreckte sich eine kleine Stadt mit ihren grauen Häusern und Fabrikschornsteinen. In der Ferne versperrten Wolken den Blick auf Berge. Alles sah schäbig und heruntergekommen aus. Es gab nichts, das einen freudig stimmen konnte, in diesem Land angekommen zu sein.

»Führen Sie Ihre Männer unverzüglich an Land, wenn der Befehl ergeht, Zugführer«, sagte Gwatkin. »Zeigen Sie Initiative. Bummeln Sie nicht herum. Legen Sie sofort los.«

Er sah ziemlich grün aus im Gesicht, so als sei auch er, wie Jones D., während der Überfahrt seekrank gewesen und selbst weit davon entfernt, in der nötigen Form zu sein, »sofort loszulegen«. Die Kompanien marschierten eine nach der anderen in Zweierreihen den Laufsteg hinunter und versammelten sich später am Bahnhof. Es gab die üblichen Verzögerungen. Der Regen, den ein peitschender Wind gegen uns trieb, nahm an

Stärke zu. Das Bataillon stand da und wartete auf die Befehle des Organisationsstabs. Frauen mit Schals über dem Kopf waren auf dem Weg zur Arbeit. Ungeachtet des Regens hielten sie an und sahen, aneinandergedrängt und schwatzend und lachend, von der Seite der Straße aus zu uns herüber.

»Hallo, Mary«, rief Unteroffizier Gwylt, »seid ihr gekommen, um euch die Ausländer anzusehen?«

Die Frauen stießen ein gewolltes Kichern aus.

»Es ist kein braver Tag, den ihr mitgebracht habt«, rief eine von ihnen zurück.

»Was hast du gesagt, Mary, meine Liebste?«

»Warum habt ihr nich' einen braveren Tag mit euch gebracht, hab ich gefragt. Das is' es, was uns seit Sonntag gefehlt hat, Mann.«

»Was für einen Tag, Mary, meine Einzige?«

»Also, einen braven Tag. Günstiges Wetter is', was wir brauchen.«

Unteroffizier Gwylt wandte sich Feldwebel Pendry zu und machte eine Geste mit seiner Hand, die absolute Fassungslosigkeit über einen solchen Missbrauch der Sprache ausdrücken sollte.

»*Braver* Tag?«, sagte er. »Haben Sie gehört, wie sie ihn genannt hat, Feldwebel Pendry?«

»Ja, das hab ich, Unteroffizier Gwylt.«

»Also, das ist eine komische Art zu reden.«

»Das stimmt.«

»Schon die Art, wie die Leute hier reden, sagt einem, dass wir weit von zu Hause weg sind.«

»Sie werden noch viele Überraschungen in diesem Land erleben, mein Junge«, sagte Feldwebel Pendry. »Da können Sie sicher sein.«

»Werden einige davon nette Überraschungen sein, Feldwebel Pendry?«

»Woher soll ich das wissen.«

»Ach, meinen Sie nicht, dass ich einige nette Überraschungen erleben werde, Feldwebel Pendry?«, sagte Unteroffizier Gwylt in einem sanften, schmeichlerischen Ton, »zum Beispiel eine mollige kleine Frau, die mich warmhält in der Nacht?«

Kompaniehauptfeldwebel Cadwallader machte sich in der Nähe zu schaffen – wie eine gewissenhafte Hausmutter an einem Internat für Jungen, die sichergehen will, dass alles in Ordnung ist. Er hatte die streng professionelle Haltung des Bergmanns, die er mit einem ziemlich ungewöhnlichen Sinn für Verantwortung verband, so dass jeder Kompanieführer sich glücklich schätzen konnte, seine Dienste in Anspruch zu nehmen.

»Wir werden Sie schon warmhalten, Unteroffizier Gwylt«, sagte er. »Da täuschen Sie sich mal nicht. Es wird 'ne ganze Menge Arbeit für Sie geben, das sage ich Ihnen jetzt schon. Dann werden Sie nur noch Ihre Ruhe haben wollen, keine kleinen Frauen, und große auch nicht.«

»Aber so 'ne mollige kleine Frau, Hauptfeldwebel? Möchten Sie nicht auch 'ne mollige kleine Frau treffen?«

»Bringen Sie den Hauptfeldwebel doch nicht auf solche Gedanken, Unteroffizier Gwylt«, sagte Feldwebel Pendry. »Er möchte mit Ihren schmutzigen Sachen nichts zu tun haben.«

»Ich auch nicht mit *schmutzigen* Frauen«, sagte Unteroffizier Gwylt. »Ich hab nie von schmutzigen Frauen gesprochen.«

»Dann auch nicht mit sauberen, verstehen Sie?«

»Ach, wirklich nicht?«, sagte Unteroffizier Gwylt mit gespieltem Erstaunen. »Nicht einmal mit sauberen? Meinen Sie das tatsächlich, Feldwebel Pendry?«

»Ja, das meine ich, ganz sicher.«

»Und warum in aller Welt?«

»Der Hauptfeldwebel ist verheiratet, müssen Sie wissen.«

»Sie meinen also, Frauen gäb's nur für junge Kerle wie mich, Hauptfeldwebel? Das finde ich sicher 'ne gute Sache.«

»Geht Sie gar nichts an, was ich denke, Unteroffizier.«

»Er ist ein glücklicher Mann, der Hauptfeldwebel«, sagte Feldwebel Pendry in einem moralisierenden Ton. »Wenn Sie sein Alter erreicht haben, werden Sie froh sein, dass Sie nicht mehr so dumm sind und hinter Frauen herrennen.«

»O weh, o weh, ist das wahr, was Feldwebel Pendry sagt, Hauptfeldwebel, dass es für Sie keine Frauen mehr gibt? Es tut mir so leid, das zu hören.«

Kompaniehauptfeldwebel Cadwallader erlaubte sich ein trockenes Lächeln.

»Haben Sie noch nie gehört, Unteroffizier Gwylt, dass es Leute gibt, die meinen, eine alte Fiedel spielt noch so manche schöne Weise?«, sagte er wohlwollend.

In diesem Augenblick tauchte der Offizier des Organisationsstabs mit einem Packen Papiere auf. Das Bataillon setzte sich wieder in Bewegung. Unteroffizier Gwylt hatte gerade noch genug Zeit, den Frauen, die heftig winkten und ihr Kichern verdoppelten, einen Kuss zuzublasen. Die Kompanie marschierte zu dem auf einem Abstellgleis wartenden Zug.

»Also dann, los«, rief der Hauptfeldwebel, »gleicht euch dem Schritt der letzten Reihe vor euch an. Links – links – links, rechts, links ...«

Der Zug dampfte durch kahles, ödes Land mit weiten Feldern und weißen Hütten, niedrigen Mauern aus geschichteten Steinen, ausgedehnten Flächen von Heidekraut, weiteren Bergen am fernen Horizont.

»Wir werden hier besseres Übungsgelände haben als zu Hause«, sagte Gwatkin.

Er hatte sich von der Seekrankheit und der Anspannung, die die Verlegung mit sich gebracht hatte, wieder erholt und war jetzt relativ ruhig.

»Wir werden uns hier mehr wie Soldaten fühlen«, sagte er mit Befriedigung in der Stimme.

»Was passiert, wenn wir ankommen, Rowland?«, fragte Breeze. »Ich hoffe, es gibt dann etwas zu essen.«

Breeze' Fragen zielten gewöhnlich darauf ab, Gwatkin die Lehrbuchantwort zu entlocken.

»Die zweite Staffel der Versorgungskolonne wird uns vorausgeeilt sein«, antwortete Gwatkin scharf.

»Und was machen die?«

»Sie werden die Vorräte ausgeladen und vorbereitet haben, um sie an die Einheiten austeilen zu können. Du solltest mehr Zeit auf dein ›Felddienst-Taschenbuch‹ verwenden, Yanto.«

Wir kamen schließlich in einer kleinen, wenig attraktiven Industriestadt an. Das Bataillon stellte sich wieder in Reih und Glied auf. Die Männer waren inzwischen müde. Ihr Singen war lustlos und düster, als wir einmarschierten:

»Meine Lippen lächeln nicht mehr, mein Herz verlor seine Leichtheit,
Kein Traum von der Zukunft mein' Geist kann erfreu'n,
Ich kann allein denken an was einmal war, an einstige Schönheit,
Die Toten, die ich betrauert, versammelt sind hier.

Von jeglichem Winkel sie drängen sich vor, mich zu treffen,
Ich heb meine Augen empor zum blättrigen Dom.
Und andre sind dort, schau'n herunter mich zu begrüßen,
Der Esch'wald, der Esch'wald allein nur kann sein mein einzig Zuhaus ...«

Gwatkin hatte Recht, als er meinte, wir würden uns in dieser neuen Umgebung mehr als Soldaten fühlen. Eine ehemalige Leinenfabrik wurde in Mannschaftsunterkünfte umgewandelt. Die langen schmalen Schuppen, in denen früher der Flachs behandelt worden war, dienten jetzt als Quartier von einer Kargheit, die an die Kulissen eines Films über die Fremdenlegion erinnerte. Die Offiziere waren in einer verlassenen Villa in den Außenbezirken der Stadt einquartiert, in einem Haus, das zweifellos einmal einem erfolgreichen örtlichen Geschäftsmann gehört hatte. Es lag mehr als eine Meile von den Mannschaftsunterkünften entfernt. Ich teilte mir dort weiterhin ein Zimmer mit Kedward, Breeze und Pumphrey. Der Letztere hatte es noch nicht geschafft, zur Royal Air Force versetzt zu werden. Ein weiterer Fähnrich, Craddock, wohnte ebenfalls bei uns, ein Bruder der Frau, mit der Kedward verlobt war. Craddock, beleibt und energiegeladen, war Kantinenoffizier, und das bedeutete, dass er mehrere Male in der Woche mitten in der Nacht zu unserem Quartier zurückkam und dann entweder das Licht anschaltete oder im Dunkel im Zimmer herumtappte und auf der fruchtlosen Suche nach seinem eigenen Feldbett über das anderer stolperte. Beides war sehr störend. Selbst wenn das Licht an war, gab es sowieso nicht genug Platz für irgendwelche Manöver um die Betten herum. Craddocks Ankünfte mitten in der Nacht waren nicht die einzigen Unannehmlichkeiten. Breeze ließ seine alten Rasierklingen überall herumliegen. Die Folge war, dass Pumhrey sich eines Morgens den Fuß aufschnitt. Kedward sprach ununterbrochen im Schlaf und schrie Kommandos, als ob er dabei sei, eine Kompanie zu drillen: »Das Ganze halt – links um – enge Reihen bilden – Züge …«

Pumphrey, der zum Zank neigte, schmiss oft Handtücher und Schwämme herum. Eine Fensterscheibe war zerbrochen, und niemand schien je verantwortlich dafür zu sein, sie zu ersetzen. Der Nachtwind pfiff durch sie hindurch, während die Kälte empfindlich vom Boden hochsprang und das Segeltuch des Feldbetts durchdrang. Angesichts der allgemeinen Umstände waren diese Dinge gewiss nicht besonders schwerwiegend, aber sie waren doch genügend weit davon entfernt, ideal zu sein, als dass ich nicht die sich zufällig ergebende Gelegenheit zu einer Veränderung ergriffen hätte.

Diese kam dann auf unerwartete Weise durch Gwatkin zustande. Während der Wochen, die unserer Ankunft in dieser neuen Umgebung folgten, lernte ich ihn besser kennen. Mit Ausnahme von Bithel war er dem Alter nach mir näher als den anderen Fähnrichen. Selbst die Hauptmänner waren im Allgemeinen jünger als Gwatkin und ich, denn im Laufe der Zeit waren einige der älteren nach und nach wegen mangelnder

Tüchtigkeit in ihrem Job zu Verwaltungsbataillonen oder zum Infanterieausbildungszentrum versetzt worden.

»Wir werden das trockene Holz los«, sagte Gwatkin, »und das ist gut so.«

Er behielt seine abrupte Art zu sprechen bei, und er liebte die Kritik an anderen. Gleichzeitig aber wünschte er, für einen freundlichen Mann gehalten zu werden, fürchtete jedoch, dass eine allzu entspannte Beziehung zu einem Untergebenen, auch zu einem gleichen Alters, vielleicht unmilitärisch sei. Es gab unerwartete Seiten an Gwatkin, plötzliche Anzeichen von Unsicherheit hinter einer Fassade, die darauf angelegt war, große Sicherheit zu bekunden. Einige seiner Pflichten erledigte er sehr gut; für andere hatte er nur wenig oder gar kein Talent.

»Ein Kompanieführer«, sagte Dicky Umfraville, als wir uns später im Verlauf des Jahres trafen, »braucht die Qualifikationen des Direktors eines erstklassigen Zirkus und der Kinderfrau in einer großen Familie.«

Gwatkins Ehrgeiz zielte auf eine solche glänzende Verbindung von Fähigkeiten ab – er wollte (wie Pennistone später sagte) ein militärischer Heiliger werden. Doch irgendwie gelang es ihm nie, diesen begehrten Status zu erreichen. Seine Mängel waren keineswegs die Folge einer Neigung, sich selbst zu schonen. Im Gegenteil, es waren seine Unfähigkeit, Autorität zu delegieren, und sein Insistieren darauf, alles – sei es nun wichtig oder nicht – selbst tun zu müssen, die die hauptsächlichen Hindernisse für die Erreichung seiner hohen Ziele bildeten. Zum Beispiel: Er führte den Titel eines ›Kompanieoffiziers des Tages‹ ein, der unter anderem dafür Sorge zu tragen hatte, dass bei den Mahlzeiten der Mannschaft alles gut ablief. Dieser Job – an sich schon redundant, weil es einen diensthabenden Offizier gab, der stets alle Kantinenräume aufsuchen musste, um eventuellen Beschwerden nachzugehen – wurde noch dadurch zusätzlich überflüssig, dass Gwatkin meistens selbst zu den Mahlzeiten erschien, um sicherzugehen, dass der ›Kompanieoffizier des Tages‹ seinen Pflichten auch nachkam. Ja, sich selbst gönnte er so gut wie keine Freizeit. Es schien ihm kaum bewusst zu sein, dass dieser extreme Eifer letzten Endes nicht angebracht war, jedenfalls nicht ohne ein größeres Verständnis seinerseits. Außerdem: Es fehlte Gwatkin an jener Fähigkeit, die in der Armee so notwendig ist, nämlich die, einen Tadel, auch einen ungerechten, hinzunehmen und dann weiterzumachen, als ob nichts geschehen sei. Nach Kritik von oben war er immer fürchterlich niedergeschlagen.

»Es macht keinen Sinn, sich von der Armee unterkriegen zu lassen«, pflegte Maelgwyn-Jones, der Adjutant, zu sagen. »Denken Sie immer daran, wenn Sie sich wegen der Inspektion durch den Brigadegeneral Sorgen machen, der Tag wird vorbeigehen wie andere Tage in der Armee auch.«

Maelgwyn-Jones selbst handelte nicht immer nach diesem Lehrsatz. Er war ein effizienter, cholerischer Berufssoldat, dessen geringfügiger Sprachfehler sich zu einem veritablen Stottern auswuchs, wenn er in Wut geriet. Er wollte zurück zu dem Bataillon, von dem er gekommen war, denn dort bestand größere Hoffnung auf unmittelbaren Kampfeinsatz und auf eine daraus folgende Beförderung. Ein durch und durch zuverlässiger Offizier und hart arbeitender Adjutant, teilte Maelgwyn-Jones nicht Gwatkins prächtige Vision des Armeelebens, ja, selbst das Verständnis dafür ging ihm vollkommen ab. Wenn er Gwatkin wegen eines kleinen Fehlers wie etwa der unpünktlichen Entsorgung der Kompanieabfälle einbestellte, betrug sich dieser, als ob seine persönliche Ehre in Frage gestellt worden sei. Dann pflegte er fieberhaft energischere militärische Übungen und sauberere Uniformen zu verlangen. In einer Hinsicht war das natürlich völlig angebracht, aber die eigentliche Ursache der Beschwerde wurde so gewiss nicht auf die prompteste Weise ausgeräumt. Tatsache war, dass es Gwatkin in seiner eigenen Natur an jenem ›Systemverständnis‹ mangelte, für das er eine solche Bewunderung hegte. Dieser Mangel war vielleicht in gewisser Weise mit einer Art Poesie in seinem Inneren verbunden, einer Poesie, die sich irgendwie zu einem Hindernis in seinen Bemühungen entwickelt hatte, ein Ventil zu finden. Romantische Vorstellungen davon, wie das Leben abläuft, finden sich oft bei Personen, die selbst ziemlich grob gestrickt sind. Das galt in gewisser Weise auch für Gwatkin. Die Grobheit seiner Struktur äußerte sich darin, dass er einen Sündenbock finden musste, wenn er selbst in Schwierigkeiten gewesen war. Gewöhnlich diente Breeze als Sündenbock, obwohl jeder andere aus der Kompanie ebenfalls der Leidtragende sein konnte. Bithel, dauernd wegen irgendeiner Sache in der Tinte, hätte gut das stets bereite Ziel für diese Strafaktionen Gwatkins abgeben können, aber er gehörte einer anderen Kompanie an. Doch obwohl sie ihn im direkten Sinne nichts angingen, waren Gwatkin Bithels Aussehen und Verhalten allgemein ein Dorn im Auge. Eines Nachmittags, als uns Bithel, der eine seiner Gamaschen unkorrekt angebracht hatte, auf dem Weg zurück von den Übungen begegnet war, sprach Gwatkin mit mir darüber.

»Hast du je einen so unsoldatischen Typen gesehen?«, fragte er. »Und sein Bruder ist Träger des Victoria-Kreuzes.«

»Sind sie denn wirklich Brüder, und nicht einfach nur entfernte Verwandte?«

Ich war mir nicht sicher, ob Bithels Worte bei jener früheren Gelegenheit im Vertrauen gesagt worden waren. Der Ton, in dem er damals gesprochen hatte, ließ auf etwas Derartiges schließen. Außerdem mochte sich Bithel sehr wohl plötzlich dazu entschließen, zu dem früheren Zyklus von Legenden über sich selbst zurückzukehren, die er offensichtlich in Umlauf gesetzt hatte, um seine Einberufung zu erleichtern; vielleicht wünschte er aber auch einfach nicht, dass sie mit Berufung auf ihn selbst als falsch bezeichnet wurden. Doch Gwatkin zeigte kein Interesse daran, die Wahrheit oder Unwahrheit über Bithels angebliche Verwandtschaften herauszufinden.

»Selbst wenn sie keine Brüder sind, ist Bithel eine Schande für jemanden, der einen Victoria-Kreuz-Träger in der Familie hat«, sagte Gwatkin streng. »Er sollte sich schämen. Dieser

Victoria-Kreuz-Träger sollte ihn stolz sein lassen. Ich wünschte, ich hätte einen solchen in der Familie, oder auch nur einen Träger des Militärkreuzes. Und ich sage dir, Nick, ich bin überzeugt, dass alles, was über Bithels Rugby gesagt wird, dummes Zeug ist.«

Der letzteren Überzeugung konnte inzwischen nicht mehr widersprochen werden. Niemand, der gesehen hatte, wie Bithel sich auf einem Eilmarsch verhielt, hätte vermuten können, dass seine Fähigkeiten auf dem Rugbyfeld sich je als mehr als sehr bescheiden ausgenommen hatten.

»Weißt du, als Idwal letzte Woche der diensthabende Offizier war«, sagte Gwatkin, »sah er, wie Bithel in seinem Bademantel mit den Kellnern der Offiziersmesse Grammofon hörte. Bithel sagte, er habe nach Daniels, seinem Burschen, den ich auch nicht mag, gesucht. Und dann wird von uns erwartet, dass wir die Disziplin in der Einheit aufrechterhalten.«

»Dieses verdammte Grammofon macht Tag und Nacht einen fürchterlichen Lärm.«

»Ja, das stimmt. Und ich werde nicht länger in diesem Quartier bleiben. Ich hab genug. Mein Feldbett ist heute Morgen ins Kompaniebüro gebracht worden. Das ist der Ort, wo ein Kompanieführer sein sollte. Der halbe Tag geht hier dadurch verloren, dass wir dauernd zwischen Quartier und Mannschaftsunterkünften hin- und herwandern. Wir sind gut dran, denn wir haben ein Büro gleich neben dem Vorratslager der Kompanie. Das Bett kann zusammengefaltet und tagsüber in dem Lager verwahrt werden.«

Wir hatten eine Straßengabelung erreicht. Der eine Weg führte zu den Mannschaftsunterkünften, der andere zu unserem Quartier. Gwatkin schien plötzlich zu einer Entscheidung gekommen zu sein.

»Warum kommst du nicht auch runter zum Kompaniebüro?«, fragte er.

Er sagte das in einem scharfen Ton, fast so, als ob er wissen wolle, warum ich einen Befehl missachtet hätte.

»Ist denn da genug Platz?«

»Reichlich.«

»Wir sind ziemlich beengt, wo ich gegenwärtig bin, obwohl Idwal im Augenblick auf einem Gasabwehrkurs ist.«

»Es wird nicht so viel los sein, wenn du im Büro schläfst.«

»Das ist mir nur allzu recht.«

»Das Tolle ist, man ist an Ort und Stelle. In der Nähe der Mannschaft. Wo jeder Offizier sein sollte.«

Ich fühlte mich durch dieses Angebot geschmeichelt. Kedward war auf der Corpsschule für chemische Kriegsführung in Castlemallock – gewöhnlich Gasabwehrschule genannt – so dass Breeze und ich im Moment Gwatkins einzige untergeordnete Offiziere waren, und es gab eine Menge zu tun. Wie ich schon sagte, sprach nicht besonders viel für die Unterkunft in dem Quartier. Die Aussichten, die das Kompaniebüro bot, waren zumindest nicht schlechter. Es würde bequem sein, in den Mannschaftsunterkünften zu wohnen, wenigstens würde es das dauernde Hin-und-her-Trotten zu dem Quartier reduzieren.

»Ich werde meine Sachen heute Abend herunterbringen lassen.«

Das war der Anfang meiner verhältnismäßig intimen Beziehung zu Gwatkin. Dass ich das Kompaniebüro während der Nacht mit ihm teilte, änderte nicht nur unsere Beziehung zueinander, sondern auch das ganze Tempo in der Nacht und am Morgen. Statt des Tumults, der immer entstand, wenn Kedward, Breeze, Pumphrey und Craddock sich anzogen, sich unterhielten, miteinander balgten, sangen, gab es nun nur den gelegentlichen harschen, ernsthaften, professionellen Kommentar Gwatkins, sein angespanntes Schweigen. Er hatte einen tiefen Schlaf, schlief oft schon ein, ehe das elektrische Licht ausgeschaltet und die Verdunklungsbretter abgenommen waren; nie lag er wie ich wach und lauschte den Gesprächen im Vorratslager nebenan. Die Trennwand zwischen dem Lager und dem Büro reichte nicht ganz bis zur Decke, so dass die Unterhaltungen im Vorratslager nach Ausschalten des Lichts, wenn sie auch – im Gegensatz zur normalen Lautstärke der Einheit – gewöhnlich in einem verhältnismäßig leisen Ton geführt wurden, oft gut hörbar waren. Eigentlich durfte nur der Lagerverwalter, Obergefreiter Gittins, dort übernachten, aber in der Praxis beherbergte der Raum noch verschiedene andere – halboffizielle Assistenten Gittins', Freunde, Verwandte, Persönlichkeiten der Kompanie wie Unteroffizier Gwylt. Sie pflegten, wenn sie nicht Wachdienst hatten, am Abend zusammenzukommen, um Radio zu hören, und mehrere der Versammelten blieben dann da und verbrachten die Nacht zwischen den Kästen und Stapeln von Decken und schliefen in dem seltsam modrigen Geruch des Lagers, einem Odeur irgendwo zwischen Naturkundemuseum und Geschäft für Öle und Farben. Obergefreiter Gittins war der Schwager von Kompaniehauptfeldwebel Cadwallader. Er war ein Mann, der nicht immer willens war, die künstliche und temporäre Hierarchie anzuerkennen, die durch die militärische Rangordnung festgelegt ist.

»Also, das musst du einsehen, Gareth«, hörte ich einmal, wie auf der anderen Seite der Trennwand die Stimme des Hauptfeldwebels insistierte. »In Friedenszeiten – auf der Zeche – stehst du über mir, Gareth, und über Feldwebel Pendry. Hier ist das nicht so. Das ist nicht länger die Zeche. In der Kompanie stehen wir über dir. Es wäre gut, wenn du das nicht vergisst, Gareth.«

Gittins war eine Figur von einigem Prestige in der Kompanie – nicht nur als Herr über wertvolle Warenbestände, sondern auch wegen seines eindrucksvollen Charakters. Dunkelhaarig, stämmig, ein weiterer von diesen eindeutig vorkeltischen Typen hätte er wahrscheinlich ohne Schwierigkeiten Feldwebel – sogar Hauptfeldwebel – werden können, wenn er eine solche Beförderung gewünscht hätte. Wie viele andere aber ging er lieber solchen Verantwortlichkeiten aus dem Weg und blieb stattdessen Herr über das Vorratslager, wo er jeden einzelnen Gegenstand hütete, als sei er sein persönliches, nur nach langen Mühen und unter großer Selbstverleugnung erworbenes Eigentum. Nichts war schwieriger, als ihm auch nur das unbedeutendste Ersatzteil für die Ausrüstung zu entwinden.

»Ich sag's Ihnen, nicht ohne den direkten Auftrag vom Käpt'n«, war die gewöhnliche Antwort auf solche Ersuchen. Diese Umsicht wurde allerseits respektiert. Gittins irgendetwas abgetrotzt zu haben, galt als ein Triumph. Eine der Attraktionen des Vorratslagers war sein Radio, das manchmal auf die Propagandasendungen Lord Haw-Haws aus Deutschland eingestellt war. Diese fanden immer kurz nach Mitternacht statt:

»... Hier ist *Tschörmänie* ... Hier ist *Tschörmänie* ... Dies sind die Sender Köln, Hamburg und DJA ... Es folgen die Nachrichten auf Englisch ... Dreiundfünfzig weitere britische Flugzeuge wurden gestern Nacht über Kiel abgeschossen, ergibt zusammen einhundertundsiebzehn seit Dienstag ... Einhundertundsiebzehn weitere britische Flugzeuge wurden in achtundvierzig Stunden abgeschossen ... Das britische Volk fragt seine Regierung, warum britische Piloten nicht in der Luft bleiben können ... Sie fragen, warum britische Flugzeuge denen von Tschörmänie unterlegen sind ... Das britische Volk fragt sich, warum es den Luftkrieg verloren hat ... Es fragt zum Beispiel, was mit dem Passagierflugzeug ›Ajax‹ von Imperial Airways passiert ist ... Warum ist das Passagierflugzeug ›Ajax‹ drei Wochen überfällig, fragt es sich ... Wir können es Ihnen sagen ... Das Passagierflugzeug ›Ajax‹ liegt auf dem Grund des Meeres ... Die Fische schwimmen durch das Wrack des Passagierflugzeugs ›Ajax‹ .... Das Passagierflugzeug ›Ajax‹ und sein Geleitschutz wurden von deutschen Kampfflugzeugen abgeschossen ... Die Briten haben den Luftkrieg verloren ... Sie haben den Luftkrieg verloren ... Und genauso ist es auf dem Wasser ... Die Admiralität fragt sich, was mit der ›Resourceful‹ los ist ... In der Admiralität macht man sich Sorgen um die ›Resourceful‹ ... Sie braucht sich keine Sorgen mehr um die ›Resourceful‹ zu machen ... Wir sagen ihr, was mit der ›Resourceful‹ los ist ... Die ›Resourceful‹ liegt zusammen mit dem

Passagierflugzeug ›Ajax‹ auf dem Grund des Meeres ... Die ›Resourceful‹ wurde von einem deutschen U-Boot versenkt ... Die Admiralität ist verzweifelt über die deutsche Herrschaft über das Meer ... Britannien hat den Seekrieg verloren ... Einhundertundfünfundsiebzigtausend Bruttoregistertonnen an britischen Schiffen wurden letzte Woche auf Grund geschickt ... Die britische Regierung ist verzweifelt über diese Verluste in der Luft und auf dem Wasser ... Das ist nicht das Einzige, das die britische Regierung in die Verzweiflung treibt ... Keineswegs ... Die Lebensmittelknappheit in Britannien wird immer akuter ... Die evakuierten Frauen und Kinder leben im Elend ... Statt Nahrung zu bekommen, werden sie mit Lügen gefüttert ... Die Regierung lügt ... Nur Tschörmänie sagt Ihnen die Wahrheit ... Das deutsche Radio sagt die Wahrheit ... Das deutsche Radio sendet die besten und neuesten Nachrichten ... Tschörmänie gewinnt den Krieg ... Denk daran, Britannien, denk daran ... Tschörmänie gewinnt den Krieg ... Hör zu, Britannien ... Hör zu, Britannien ... Wir wiederholen für alle Zuhörer im Fernen Osten ... Hör zu, Südamerika ...«

Jemand im Vorratslager drehte den Knopf. Die nörgelnde, höhnische, obsessive Stimme erstarb auf einen Schlag, so als ob ein Sack erfolgreich über den Kopf des Sprechers geworfen worden wäre; ein unmittelbares Gefühl der Erleichterung breitete sich aus.

Nebenan entstand eine lange Pause.

»Ich frage mich, wie er all das behalten kann«, sagte eine Stimme, möglicherweise die von Williams W. H., einem der Sänger von Sardis, jetzt Kurier in meinem Zug.

»Jemand schreibt es für ihn auf, weißt du«, sagte eine andere Stimme, die die von Unteroffizier Gwylt gewesen sein konnte.

»Und geben sie ihm auch diese ganzen Zahlen?«

»Natürlich tun sie das.«

»So ist das also.«

»Das musst du doch wissen, Junge.«

»Wie viel der so spricht.«

»Dafür bezahlen sie ihn ja.«

»Er ist sich verdammt sicher, dass Deutschland den Krieg gewinnt. Warum nennt er es so – ›Tschörmänie‹. Ist 'ne komische Art zu sprechen, oder?«

»Vielleicht sprechen sie es da so aus.«

»Wenn Hitler den Krieg gewinnt, das sage ich dir, Junge, werden wir für Sixpence am Tage in der Grube arbeiten.«

Niemand in dem Vorratslager unternahm den Versuch, dieser Schlussfolgerung zu widersprechen. Es entstand wieder eine Pause. Jemand hustete. Es war schwer zu sagen, wie viel Personen sich dort versammelt hatten. Gittins selbst schien eingeschlafen zu sein. Nur Gwylt und Williams W. H. wollten den Tag noch nicht beschließen. Ich dachte, auch sie seien schließlich eingenickt, als Williams' Stimme plötzlich wieder ertönte.

»Würdest du gerne in einem Flugzeug fliegen, Ivor?«

»Da hätte ich nichts gegen.«

»Ich hoffe, ich muss das nicht machen.«

»Wir sind nicht in der Royal Air Force, Junge, was denkst du dir denn?«

»Ich wär sicher nicht gerne da oben.«

»Sie werden dich da nicht hochbringen, keine Sorge.«

»Du weißt nicht, was die alles tun werden. Denk doch nur mal an diese Fallschirmjäger.«

»Du erinnerst mich da an diese Geschichte mit Dai und Shoni im Freiballon.«

»Und wie war die?«

»Sie haben zwei Frauen mitgenommen.«

»Wirklich? Und dann?«

»Als der Ballon oben am Himmel war, gab's ein Leck, und die Luft strömte schlimm aus, wirklich. Und Dai kriegte schreckliche Angst, ganz schreckliche Angst. Und er sagte zu Shoni: Sieh mal, Shoni, dieser Ballon ist überhaupt nicht sicher, die Luft strömt schlimm aus, und wir müssen rausspringen. Und Shoni sagte zu Dai: Aber Dai, was passiert denn dann mit den Frauen? Und Dai sagte: Ach fick doch die Frauen. Und Shoni sagte: Aber haben wir denn dafür noch genug Zeit?«

»Wir werden bis morgen früh überhaupt keine Zeit haben zu schlafen, sage ich euch, wenn ihr die ganze Nacht hier herumquatscht«, sagte eine weitere Stimme, zweifellos die des Obergefreiten Gittins, des Lagerverwalters. »Wie viele Hunderte und Aberhunderte von diesen Dai-und-Shoni-Geschichten ich in meinem ganzen Leben schon anhören musste, möchte ich gerne wissen, und die meisten von ihnen hast du erzählt, Ivor. Hast du denn nichts als Nutten im Kopf?«

»Also, Gareth, du sprichst doch auch über Nutten«, sagte Williams W. H. »Was war das denn, was du gestern meinem Kumpel über Cath Pendry erzählt hast?«

»Was ist mit ihr?«

Gittins' Stimme klang jetzt aggressiver.

»Sie und Evans, der Wiegemeister.«

»Das war nicht für deine Ohren bestimmt, sage ich dir, Williams W. H.«.

»Komm schon, Gareth«, sagte Gwylt.

»Das geht dich gar nichts an, Ivor.«

»Ach, das ist aber etwas, das ich gerne hören würde.«

Gwylt bekam keine Antwort. Es klang noch viel Husten und Räuspern herüber, dann trat Stille ein. Sie mussten alle eingeschlafen sein. Ich war im Begriff, das ebenfalls zu tun, hatte sogar schon den Zustand halber Bewusstlosigkeit erreicht, als ein plötzlicher Aufschrei aus der Richtung von Gwatkins' Bett ertönte. Er war hochgeschreckt und tastete nach seiner elektrischen Taschenlampe. Er fand sie schließlich, kletterte aus dem Bett und brachte die Verdunklungsbretter an dem Fensterrahmen an.

»Was ist los, Rowland?«

»Mach das Licht an«, sagte er. »Ich hab dieses Brett jetzt befestigt.«

Ich drehte den Lichtschalter an, der näher an meinem Bett war als an seinem.

»Ich hab gerade an etwas gedacht«, sagte Gwatkin aufgeregt. »Kannst du dich erinnern, dass ich gesagt habe, das Kommando der Einheit hätte ein neues Kennwort für die Kommunikation innerhalb der Brigade ausgegeben?«

»Ja.«

»Was hab ich damit gemacht?«

Es schien fast so, als ob er im Schlaf spreche.

»Du hast es in die Kassette gelegt, oder?«

Gwatkins Behandlung der Flut von Papieren, die täglich im Büro der Kompanie eintraf, bestand darin, jedes einzelne Stück mit dem tintenbefeuchteten Buchstaben des Kompaniestempels zu versehen und in das Zentrum des malvenfarbigen runden Aufdrucks seine Initialen zu setzen. Er pflegte selbst die trivialsten Drucksachen so zu behandeln, wobei er oft trocken lächelnd bemerkte: »Das wird zur Gewohnheit.« Das Klicken des Instruments auf einem offiziellen Dokument zusammen mit der durch sein in schwungvoller Schrift geschriebenes ›R. G.‹ gegebenen Bestätigung schien ihm den Glauben zu vermitteln, die Sache ein für alle Mal erledigt zu haben, ein schwaches, aber deutlich erkennbares Gefühl absoluter Macht. Wenn das Zeug als ›Geheim‹ oder ›Vertraulich‹ klassifiziert war, wanderte es in eine große Geldkassette, zu der nur Gwatkin selbst den Schlüssel führte. Die Kasse der Kompanie war in dieser Kassette verschlossen und auch alle möglichen anderen Papiere, von denen Gwatkin der Auffassung war, sie seien wichtig. Die Kassette selbst wurde in einem grünen Stahlschrank von der Form eines Kleiderschranks verwahrt, der ebenfalls verschlossen war, doch hatte sein Schlüssel einen weniger heiligen Status als der der Geldkassette.

»Bist du sicher, dass ich es in die Kassette gesteckt habe?«

»Ziemlich sicher.«

»Kennwörter sind äußerst wichtig.«

»Ich weiß.«

»Ich seh am besten mal nach.«

Er zog seinen Mantel über seinen Schlafanzug, denn die

Nächte waren immer noch ziemlich kalt. Dann fummelte er mit den Schlüsseln herum, öffnete den Stahlschrank und holte die Geldkassette heraus. Es war an sich schon wenig Platz in dem Kompaniebüro. Wenn aber die beiden Betten dort aufgestellt waren, konnte man sich kaum noch darin bewegen, so dass das Fußende meines Bettes die einzige passende Ablage für die Kassette bildete, während Gwatkin ihren Inhalt durchsuchte. Er nahm die obere Schicht der Papiere heraus und breitete sie in getrennten Stapeln über das Fußende und meinen Mantel aus, der mir als Bettdecke diente. Ich setzte mich im Bett auf und sah zu, wie er meine Beine mit offiziellen Formularen und Instruktionsmaterial der verschiedensten Sorte bedeckte. Er behandelte die Papiere mit großer Sorgfalt, so als ob er sich bei einer komplizierten Form der Patience vergnüge, wobei die militärischen Pamphlete die Rolle der Spielkarten einnahmen. Je tiefer er in die Geldkassette eindrang, desto sorgfältiger arrangierte er ihren Inhalt. Unter den Stücken, die er herauskramte, war auch ein dünnes, in rotes Leinen eingebundenes Buch. Dieser sehr zerlesene Band kam innerhalb meiner Reichweite zu liegen. Ich griff nach ihm und öffnete ihn. Auf dem Vorsatzblatt stand: »R. Gwatkin, Hauptm.« Zudem der Name des Regiments. Die Titelseite war die einer Taschenbuchausgabe von »Puck of Pook's Hill«. Gwatkin stieß ein plötzliches Grunzen aus. Er hatte gefunden, wonach er gesucht hatte.

»Hier ist es«, sagte er. »Gott sei Dank. Jetzt erinnere ich mich. Ich habe es in einem Umschlag an eine besondere Stelle auf dem Boden der Kassette gelegt.«

Er begann die Papiere Stück für Stück in der komplizierten Reihenfolge, die er für sie bestimmt hatte, zurückzulegen. Ich überreichte ihm »Puck of Pook's Hill«. Er nahm das Buch entgegen, offensichtlich noch in Gedanken versunken über die schrecklichen Konsequenzen, die ein vergeblicher Versuch, das Kennwort zu finden, gezeitigt hätte. Dann wurde ihm plötzlich bewusst, dass ich mir den Band mit den Kurzgeschichten Kiplings angesehen hatte. Er nahm das schmale Buch und schob es unter ein »Glossar der militärischen Begriffe und Organisation im Felde«.

Eine Sekunde lang schien er leicht verlegen.

»Das ist ein Buch von Rudyard Kipling«, sagte er in einem defensiven Ton, so als ob diese Feststellung etwas erkläre.

»Das ist richtig.«

»Hast du schon mal was von ihm gelesen?«

»Ja.«

»Auch dieses hier?«

»Ist Jahre her.«

»Was hast du davon gehalten.«

»Ich mochte es.«

»Du hast 'ne Menge Bücher gelesen, nicht wahr, Nick?«

»Das muss ich wohl in meinem Beruf.«

Gwatkin verschloss die Metallkassette und stellte sie in den Stahlschrank zurück.

»Mach das Licht aus«, sagte er, »und ich nehme die Verdunklung wieder ab.«

Ich löschte das Licht, und er entfernte die Bretter von dem Fenster. Ich hörte, wie er im Bett seinen Mantel über sich zog.

»Ich vermute, du erinnerst dich nicht mehr«, sagte er, »aber es gibt in diesem Buch eine Geschichte über einen römischen Zenturio.«

»Doch, natürlich.«

»Das war die, die ich mochte.«

»Sie ist wohl auch die beste.«

»Manchmal lese ich sie noch mal.«

Er zog den Mantel höher über sich.

»Ich hab sie wirklich schon sehr oft gelesen«, sagte er. »Ich mag sie. Die anderen mag ich nicht so sehr.«

»Der normannische Ritter ist nicht schlecht.«

»Nicht so gut wie der Zenturio.«

»Magst du seine anderen Bücher?«

»Wessen?«

»Kiplings.«

»Ach ja, natürlich. Ich weiß, er hat ’ne Menge Bücher geschrieben. Ich hab eins von ihnen versucht. Aber irgendwie kam ich nicht mit ihm zurecht.«

»Welches hast du versucht?«

»Ich kann mich nicht mehr an den Titel erinnern. Weiß überhaupt nicht mehr viel darüber, ehrlich gesagt. Ich mochte es einfach nicht. Es ist in dieser besonderen Art von Sprache geschrieben, die ich nicht verstanden habe. Ich lese nicht viel. Hab andere Dinge zu tun. Es ist nicht so wie bei dir, wo das Lesen mehr oder weniger zum Geschäft gehört.«

Er hörte auf zu sprechen, schlief fast sofort ein und atmete schwer. Das war das erste Anzeichen dafür, dass jemand in der Einheit je ein Buch zum Vergnügen gelesen hatte – es sei denn, man nähme an, Bithels ›Artikelsammlungen‹ hätten ihn dazu gebracht, in einer öffentlichen Bibliothek nach einem Werk über Sexualpsychologie zu suchen. Ich fand diese neue Seite von Gwatkin sehr interessant. Schnarchgeräusche klangen jetzt vom Vorratslager herüber. Ich drehte mich zur Wand und schlief auch ein. Am folgenden Tag kam Gwatkin nicht mehr auf unser nächtliches Gespräch zurück. Vielleicht hatte er es vergessen. Als wir an diesem Abend die Mannschaftsunterkünfte verließen, ereignete sich ein kleiner Zwischenfall, der ein erklärendes Licht auf die Art warf, wie er sich eigenes Versagen zu Herzen nahm. Das geschah, als Gwatkin, Kedward und ich den Fahrzeugpark passierten, in dem auch die leichten Panzerwagen standen.

»Ich würde gerne versuchen, einen dieser Busse zu fahren«, sagte Kedward.

»Das ist doch ganz einfach«, sagte Gwatkin.

Er kletterte in den am nächsten stehenden Panzerwagen und ließ den Motor an. Doch als er den Gang einwarf, weigerte sich das Vehikel loszufahren, sondern ruckte nur auf der Stelle hin und her. Gwatkins kleiner Kopf und schwarzer Schnurrbart hüpften vorne auf dem Fahrzeug auf und ab, so dass es aussah, als sei er ein Teil des Chassis, eine Art Gallionsfigur oder auch die vordere Hälfte eines gepanzerten Zentauren. Er hatte auch etwas, dass an den Springer im Schachspiel erinnerte, enorm groß und durch eine innere, mysteriöse Macht plötzlich zum Leben erweckt. Eine Zeitlang hob und senkte sich Gwatkin dort, als ob er in einem der Wagen eines kriegerisch gestalteten Karussells säße; dann kletterte er, völlig besiegt von der möglicherweise defekten Maschinerie, langsam auf den Boden zurück und gesellte sich wieder zu uns.

»Das hätte ich nicht tun sollen«, sagte er. Er klang, als ob er sich gedemütigt fühle.

Dennoch, eine solche Sache beeinträchtigte in keiner Weise sein Selbstvertrauen, wenn es um die Behandlung seiner Soldaten ging. Gwatkin war stolz auf sein Verhältnis zu den ›unteren Rängen‹ seiner Kompanie. Er redete nicht viel darüber, aber diese Überzeugung drückte sich indirekt in seinem Verhalten aus. Wie er sich gegenüber Sayce verhielt, lieferte dafür ein gutes Beispiel. Das war mir klar, selbst ehe ich Zeuge der großen Szene wurde, die sich zwischen ihnen abspielte. Sayce war der ›schlechte Charakter‹ in der Kompanie. Er war mit zwei anderen Männern zu uns gekommen, nachdem sie aus einem der Bataillone der Berufsarmee als völlig unbrauchbar herausgeschmissen worden waren. Seine vorherige Einheit muss dankbar gewesen sein, ihn losgeworden zu sein. Klein und schmal, mit einem gelben Gesicht und schwarz werdenden Zähnen waren seine Unzulänglichkeiten nicht zu zählen. Abgesehen von solchen sich wiederholenden Dingen wie Zuspätkommen zum Appell, unvollständiges Rasierzeug, Mangel an sauberen Socken, verlegtes Soldbuch, verschmutztes Gewehr, allgemein unbefriedigendes Äußeres pflegte Sayce an den meisten Tagen eine neue, bis dahin nicht für möglich gehaltene Missetat zu begehen. Schmutzig, ungefällig, streitsüchtig, nahezu aufrührerisch war er bei allen Rängen herzlich unbeliebt. Obwohl ein fast Krimineller, besaß er nichts von dem Charme, den J. G. Quiggin, als Rezensent, jenen Kriminellen zuzuschreiben pflegte, die Memoiren schrieben. Im Gegenteil, Sayce, der maßlos eitel war, war auch dumm und unsympathisch. Um ihm eine Chance zu geben, sich nach einer Serie von Desastern zu rehabilitieren, wurden ihm von Zeit zu Zeit individuelle, leicht zu bewältigende Aufgaben übertragen, deren einfache Ausführung ihm Pluspunkte eingebracht hätten. Sayce vermasselte sie jedes Mal, und immer aus den schlimmsten Gründen. Der Arrest schien sein Schicksal zu sein.

»Der gehört ins Loch, dieser Scheißkerl Sayce«, pflegte Feldwebel Pendry, der mit fast jedem sehr gut auskam, oft zu sagen.

Man hätte annehmen können, dass Gwatkin in seinem Vorgehen gegenüber Sayce seine bevorzugte Rolle des strengen Kompanieführers herauskehren würde, der eine Reihe von Strafen verhängte, die Sayce schließlich vor den Bataillonskommandeur bringen würden; und in der Tat erteilte Gwatkin Sayce auch häufig Ausgehverbot. Gleichzeitig aber war ihm Sayce nicht völlig unsympathisch. Tatsache war, Sayce sprach Gwatkins Vorstellungskraft an. Jene stilisierten Bilder des Armeelebens, denen sich Gwatkins Fantasie so gerne hingab, schlossen einen Soldaten vom Typ Sayce nicht aus. Ja, ein notorisch ›schlechter Charakter‹ war offensichtlich ein Typ, von dem keine Armee völlig freibleiben konnte. Dementsprechend war Gwatkin bereit, Sayce in einer Weise zu behandeln, die viele Kompanieführer für äußerste Nachsicht gehalten hätten, nämlich, ihn bis zu einem gewissen Punkt so hinzunehmen, wie er war, und sogar ernsthafte Anstrengungen zu unternehmen, ihn zu bessern. Gwatkin hatte mehr als einmal mit mir über seine Absicht gesprochen, Sayce zu ändern, ehe er dann schließlich verkündete, sich direkt an Sayce' bessere Seite wenden zu wollen.

»Ich werde ein offenes Gespräch mit Sayce führen«, sagte er eines Tages, als dessen Vergehen einen gewissen Höhepunkt erreicht hatten. »Ich möchte, dass du dabei bist, Nick, da er in deinem Zug ist.«

Gwatkin saß an dem aufgebockten Tisch, über den eine Armeedecke gelegt war. Ich stand dahinter. Sayce, ohne Kopfbedeckung, wurde von Kompaniehauptfeldwebel Cadwallader und einem Unteroffizier hereingeführt.

»Sie und der begleitende Unteroffizier können den Raum wieder verlassen, Hauptfeldwebel«, sagte Gwatkin. »Ich möchte privat mit diesem Soldaten sprechen – das heißt, ich und sein Zugführer, Mr. Jenkins.

Der Hauptfeldwebel und der Unteroffizier zogen sich zurück.

»Stehen Sie bequem, Sayce«, sagte Gwatkin.

Sayce tat das. Sein gelbliches Gesicht verriet Misstrauen.

»Ich möchte ein ernsthaftes Gespräch mit Ihnen führen, Sayce«, sagte Gwatkin. »Ein Gespräch von Mann zu Mann. Verstehen Sie, was ich meine, Sayce?«

Sayce gab eine nicht zu verstehende Antwort.

»Es ist nicht mein Wunsch, Sayce, Sie dauernd zu bestrafen«, sagte Gwatkin langsam. »Ist das klar? Ich mag das überhaupt nicht.«

Sayce murmelte wieder etwas. Es schien sehr zweifelhaft, dass er Gwatkins Behauptung für glaubwürdig hielt. Gwatkin lehnte sich nach vorn über den Tisch. Er kam langsam in Fahrt. In seinem Inneren schlummerten tiefe Gefühlsreserven. Er sprach jetzt in jenem seltsam gurrenden Ton, den er auch beim Telefonieren benutzte.

»Sie können es besser, Sayce. Ich sage Ihnen, Sie können es besser.«

Er starrte Sayce an. Sayce selbst begann, mit den Augen zu rollen.

»Im Herzen sind Sie ein guter Kerl, nicht wahr, Sayce?«

All das begann nun, seine Wirkung auf Sayce zu zeitigen. Ich musste mir selbst gegenüber zugeben, dass es nichts gab, das mir unangenehmer gewesen wäre, als auf diese Weise von Gwatkin in die Mangel genommen zu werden. Eine Woche Ausgehverbot wäre mir unendlich lieber gewesen. Sayce begann zu schlucken.

»Das sind Sie doch, Sayce, nicht wahr?«, wiederholte Gwatkin mit größerem Nachdruck, so als ob für Sayce die Zeit, seine unerwartete bessere Seite zu offenbaren und Rettung zu erlangen, knapp werde.

»Ja, Sir«, sagte Sayce sehr leise.

Er sagte das ohne große Überzeugung. Der Grund dafür lag wohl kaum darin, dass er selbst seine eigenen großen Fähigkeiten in Zweifel gezogen hätte. Vielmehr argwöhnte er wahrscheinlich, dass eine frei gegebene Information dieser Art ein gefährliches Eingeständnis sei, das nur auf mehr Arbeit hinauslaufen würde.

»Also, Sayce«, sagte Gwatkin, »das ist es jedenfalls, wofür ich Sie jetzt halten werde. Ich glaube, Sie sind ein guter Kerl. Sie wissen, warum wir alle hier sind?«

Sayce antwortete nicht.

»Sie wissen, warum wir alle hier sind, Sayce«, wiederholte Gwatkin, diesmal in einem lauteren Ton. Seine Stimme zitterte leicht unter dem Eindruck der Tiefe seines Gefühls. »Also los, Sayce, Sie wissen es.«

»Ich weiß nicht, Sir.«

»Doch, Sie wissen es.«

»Nein, Sir.«

»Also los, Mann.«

Sayce machte eine große Anstrengung.

»Um Ausgehverbot zu kriegen, weil ich was angestellt habe«, bot er in einem zerknirschten Ton an.

Das war eine einleuchtende Hypothese, doch Gwatkin zeigte sich stark irritiert darüber, so völlig missverstanden worden zu sein.

»Nein, nein«, sagte er. »Ich meine nicht, warum wir in diesem Moment hier im Kompaniebüro sind. Ich meine, warum wir alle in der Armee sind. Das müssen Sie doch wissen, Sayce. Wir sind hier unserem Land zuliebe. Wir sind hier, um Hitler abzuwehren. Sie wissen das genauso gut wie ich. Sie wollen doch nicht, dass Hitler über uns herrscht, Sayce, oder?«

Sayce schluckte wieder, so als ob er sich nicht sicher sei.

»Nein, Sir«, stimmte er ohne großen Nachdruck zu.

»Wir müssen alle, jeder von uns, unser Bestes geben«, sagte Gwatkin mit großer innerer Erregung. »Ich versuche, als Kompanieführer mein Bestes zu geben. Mr. Jenkins und die anderen Offiziere der Kompanie geben ihr Bestes. Die Unteroffiziere und Mannschaften geben ihr Bestes. Wollen Sie der Einzige sein, Sayce, der nicht sein Bestes gibt?«

Sayce war jetzt fast in ebenso einem erregten Zustand wie Gwatkin. Er schluckte weiter von Zeit zu Zeit und sah sich wild im Zimmer um, so als suche er einen Weg, um zu entkommen.

»Werden Sie in der Zukunft Ihr Bestes geben, Sayce?«

Sayce zog heftig die Nase hoch.

»Jawohl, Sir.«

»Versprechen Sie das, Sayce?«

»Bestimmt, Sir.«

»Und wir sind einer Meinung, dass Sie ein guter Kerl sind, nicht wahr?«

»Ja, Sir.«

Und wirklich, Sayce schien fast von Tränen überwältigt bei dem Gedanken an all seine bisher unentdeckt gebliebene Vortrefflichkeit.

»Hatte nie eine Chance, seit ich bei dieser Einheit bin« war, was er zu artikulieren zustande brachte.

Gwatkin stand auf.

»Wir werden uns jetzt die Hand geben, Sayce«, sagte er.

Er ging um den Tisch herum und streckte seine Hand aus. Sayce nahm sie vorsichtig, so als ob er immer noch irgendeinen Trick vermutete, einen heftigen elektrischen Schock vielleicht, oder einen fürchterlichen Schlag auf sein Ohr, ausgeführt von Gwatkins anderer Hand. Gwatkin tat jedoch nichts anderes, als herzlich Sayce' Hand zu schütteln. Es war wie das Ende eines Sportereignisses. Gwatkin schüttelte noch einige Sekunden lang Sayce' Hand und kehrte dann auf seinen Platz hinter dem Tisch zurück.

»Ich werde jetzt die Eskorte wieder hereinrufen«, sagte er.

»Nehmen Sie also Haltung an, Sayce. Okay? Holen Sie sie herein, Mr. Jenkins.«

Ich tat es. Hauptfeldwebel Cadwallader und der Unteroffizier kehrten ins Zimmer zurück und nahmen Sayce in ihre Mitte.

»Der Gefangene wurde ermahnt«, sagte Gwatkin in seiner militärischen Stimme.

Der Hauptfeldwebel war unfähig, angesichts der Nachricht, dass Sayce jede Strafe erspart bliebe, ein leichtes Zucken seiner Lippen zu verbergen. Zweifellos hatte er angenommen, diesmal werde es eine Sache für den Bataillonskommandeur werden.

»Gefangener und Eskorte – Abteilung kehrt – Abteilung marsch – links um ...«

Sie marschierten auf den Korridor hinaus – wie Komiker, die sich am Ende ihres Aktes in Reih und Glied zurückziehen. Es fehlte nur die Musik. Mit einer Geschicklichkeit, die er für solche Gelegenheiten perfektioniert hatte, schloss Hauptfeldwebel Cadwallader hinter sich die Tür, ohne anzuhalten oder sich umzudrehen.

Gwatkin setzte sich auf seinen Stuhl zurück.

»Na, wie war das?«, fragte er.

»Okay, ganz ausgezeichnet.«

»Meinst du wirklich?«

»Gewiss doch.«

»Ich glaube, wir werden jetzt einen Wandel bei Sayce erleben.«

»Ich hoffe es.«

Es zeigte sich dann, dass dieses offene Gespräch mit Sayce eine stimulierende Wirkung eher auf Gwatkin ausübte als auf jenen. Es erhöhte Gwatkins Laune sehr, was die Zusammenarbeit mit ihm erleichterte. Sayce dagegen ließ so gut wie keine Veränderung erkennen. Tatsache war, dass Gwatkin in seinem Leben Drama brauchte, und für einen kurzen Moment hatte Sayce für Drama gesorgt. Doch diese Liebe für das Dramatische konnte dazu führen, dass sich Gwatkins Stimmung sowohl hob als auch senkte. Es waren nicht nur seine eigenen Niederlagen, die ihm zusetzten, sondern stellvertretend auch das, was er für Niederlagen des Bataillons hielt. Er fühlte sich, zum Beispiel, durch den Fall Taubi Morgan, einen ganz gewiss unglückseligen Zwischenfall, stark in seiner Ehre verletzt.

»Jemand hätte dafür erschossen werden müssen«, sagte Gwatkin damals.

Maelgwyn-Jones hatte, nachdem wir auf der anderen Seite des Meeres angekommen waren, vor allen Dienstgraden eine Rede zum Thema innere Sicherheit gehalten.

»Dieses Kommando ist sehr verschieden von dem auf dem Heimatterritorium der Division«, hatte er gesagt. »Nicht die ganze Bevölkerung dieser Insel führt Krieg gegen Deutschland – nur der Norden. Wenige Meilen von hier, jenseits der Grenze, liegt ein neutrales Land, wo es von deutschen Agenten wimmelt. Dort, und auch auf unserer Seite, gibt es Elemente, die Britannien und seinen Alliierten feindlich gesinnt sind. Es hat Fälle gegeben, wo bewaffnete Gangs einzelne Soldaten, die von ihrer Hauptgruppe getrennt waren, überfallen haben, oder wo versucht wurde, mit Tricks Waffen zu stehlen. Sie haben vielleicht bemerkt, dass selbst in dieser Nachbarschaft einige der Männer, die an den Ecken herumstehen, sehr finster dreinblicken, wenn wir vorbeimarschieren, oder dass die Kinder davon singen, dass die Wäsche auf der Maginot-Linie aufgehängt wird – statt auf der Siegfried-Linie.«

Die Folge dieser Rede war, dass die Gewehre wieder und wieder überprüft wurden und dass Gwatkin in ihr einen zusätzlichen Anlass sah, sich in jenen Tiraden an die Kompanie zu ergehen, die zu halten ihm so viel Freude bereitete.

»Die Männer brauchen nicht stramm zu stehen, Hauptfeldwebel«, sagte er, »aber Gespräche sind nicht erlaubt. Die hinteren Reihen rücken ein wenig näher heran, damit Sie mich richtig hören können. Gut. Jetzt möchte ich, dass Sie genau dem zuhören, was ich zu sagen habe. Der Bataillonskommandeur hat mich beauftragt, Ihnen noch einmal zu sagen, dass Sie alle gut auf Ihre Gewehre achtgeben müssen, denn in Kriegszeiten ist das Gewehr des Soldaten bester Freund, und ein Soldat ist nicht länger ein Soldat, wenn er seine Waffe verliert. Er ist wie ein Mann, dem das entfernt worden ist, was ihn zum Manne macht, etwas Traurigeres und Nutzloseres als ein Bergmann, der seine Lampe, oder ein Bauer, der seinen Pflug verloren hat. Wie Sie wissen, kämpfen wir gegen Hitler und seine Horden, also muss die Kompanie beweisen, aus welchem Stoff sie gemacht ist, und Sie müssen alle gut achtgeben auf Ihre Gewehre, oder Sie werden sich wegen eines ernsthaften Vergehens verantworten müssen, und ich werde Sie vor den Oberst bringen. Nicht weit von hier gibt es Leute, die nur allzu bereit sind, Gewehre für ihre eigenen scheußlichen Zwecke zu stehlen. Sein Gewehr zu verlieren ist keine leichte Angelegenheit, nicht wie lange Haare oder ein schmutziger Knopf. Es gibt einen Ort in Aldershot, den man ›das Loch‹ nennt, den Männer, die nicht gut genug auf ihr Gewehr achtgegeben haben, nicht gern ein zweites Mal besuchen möchten. Aber ich will Ihnen nicht drohen. Das ist nicht die Art, wie ich Sie zu führen wünsche. Es ist der Ehre des Regiments wegen, dass Sie Ihr Gewehr beschützen sollen, so wie Sie auch Ihre Frau oder Ihre kleine Schwester beschützen würden. Außerdem, es mag sein, dass einige der niedrigeren Ränge noch nicht die richtige Auffassung von ihrer eigenen Verantwortung im Hinblick auf Gewehre und andere Sachen haben. Sie, die Unteroffiziere, und Sie, die Obergefreiten, denken Sie tief in Ihrem Inneren darüber nach. Alle Gewehre werden jede Woche beim Soldappell kontrolliert; also wird jeder Soldat sein Gewehr mit zu dem Tisch bringen, wenn er seinen Sold erhält; und Sie müssen daran denken, dort Haltung anzunehmen und ohne Bewegung geradeaus zu blicken. Auf diese Weise werden wir alle zusammen das Beste erreichen; und das, was Reverend Popkiss, unser Kaplan, letzten Sonntag beim Kirchgang vorgelesen hat, möge dann für diese Kompanie gelten: Mach dich auf, Barak, und fange deine Fänger, du Sohn des Abinoam. Also hüten

Sie Ihre Gewehre gut, und werden Sie die beste Kompanie des Bataillons, sowohl bei den Appellen als auch im Felde. Übernehmen Sie, Hauptfeldwebel …«

Ich war beeindruckt von dieser Rede, obwohl es Momente gab, als ich dachte, Gwatkins Zuhörer würden sich vielleicht über die Bilder, die er heraufbeschwor – etwa das des Mannes, der dessen verlustig geht, was ihn zum Mann macht, oder das der kleinen Schwestern, die beschützt werden müssen –, lustig machen. Aber im Gegenteil, die Kompanie hörte gebannt zu und stieß ein leises, wissendes Aufstöhnen aus, als ›das Loch‹ erwähnt wurde – so wie einem Kinopublikum in genüsslichem Erschaudern während einer besonders qualvollen Sequenz eines Horrorfilms hörbar der Atem stockt. Ich erinnerte mich an Bracey, den Burschen meines Vaters, der genau die gleiche Formulierung, nämlich dass das Gewehr der beste Freund des Soldaten sei, gebraucht hatte. Nach fünfundzwanzig Jahren hatte diese Einstellung den Test der Zeit und die Entwicklung hin zu wissenschaftlicheren Kriegswaffen sehr gut überdauert.

»Es tut den Männern gut, dass so zu ihnen gesprochen wird«, sagte Hauptfeldwebel Cadwallader nachher. »Der Hauptmann weiß, was er sagen muss. Er wäre hervorragend geeignet gewesen, das Wort Gottes zu predigen.«

Selbst Gittins, dessen tiefsitzender Hang zur Skepsis von niemandem in dem Bataillon übertroffen wurde, hatte die Rede Gwatkins gefallen. Das sagte er mir, als ich später zum Vorratslager kam, um den dort gelagerten Bestand an Netzausrüstungen zu kontrollieren.

»Eine feine Rede war das, die vom Käpt'n«, sagte Gittins, »hoffentlich bringt sie die Jungs dazu, richtig auf ihre Gewehre aufzupassen. Und auch auf ihr anderes Zeug, hoffe ich. Damit sie nicht immer hierherkommen, um bei mir abzustauben, was sie verloren haben. Wie ein Weihnachtsgeschenk war das.«

Kedward war weniger beeindruckt.

»Rowland hört sich gerne reden«, sagte er. »Das wollte ich doch mal sagen. Aber wie wird er sich verhalten, wenn es zum

Kampfeinsatz kommt, frage ich mich; er ist so sprunghaft. Wird er dann kühlen Kopf bewahren?«

Die Zweifel, die Kedward Gwatkin gegenüber hegte, entsprachen in gewissem Maße denen, die Gwatkin gegenüber Kedward hatte.

»Idward ist in vieler Hinsicht ein guter, verlässlicher Offizier«, vertraute er mir einmal an, »aber ich bin mir nicht sicher, ob er wirklich die Fähigkeiten besitzt, Männer zu führen.«

»Die Männer mögen ihn.«

»Die Männer können einen Offizier mögen, ohne das Gefühl zu haben, er begeistere sie. Yanto sagte mir kürzlich, er glaubt, die Männer mögen Bithel. Du würdest nicht sagen, dass Bithel Führungsqualitäten hat, oder?«

Gwatkins Abneigung gegenüber Bithel erhielt neuen Anstoß durch die Taubi-Morgan-Affäre, die sich kurz nach der Tirade über Gewehre ereignete. Taubi Morgan war, wie sein Beiname – der mehr als nur ein Spitzname war – implizierte, schwerhörig. Ja, er war so taub wie ein Stück Holz. Erst Mitte oder Ende dreißig, machte er den Eindruck – wie es Bergleute seines Alters häufig tun –, viel älter zu sein, als er den Jahren nach war. Sein Gebrechen sonderte ihn sowieso von dem Trubel ab, in dem die jüngeren Soldaten lebten. Es verlieh seinen Gesichtszügen eine gewisse Milde, sogar Glückseligkeit, einen Ausdruck, der anzuzeigen schien, dass ihn keine moralischen Turbulenzen oder beunruhigende Gedanken je berührt hätten. Man konnte wahrscheinlich mit Sicherheit sagen, dass Taubi Morgan nicht mit vielen Gedanken, seien sie nun beunruhigend oder nicht, gesegnet war, denn er war nicht sonderlich intelligent, besaß allerdings viele andere gute Eigenschaften. Kurz gesagt, Taubi Morgan war das genaue Gegenteil von Sayce. Immer wie aus dem Ei gepellt, war er auch stets bereit, ohne die geringste Klage fade und langweilige Pflichten zu übernehmen – in einem Geist, den man nur äußerst christusgleich nennen konnte. Selbst unter guten Soldaten ist das in der Armee eine einzigartige Qualität. Ohne Zweifel war das einer der

Gründe, warum man Taubi Morgan nicht zu Etappendiensten abkommandiert hatte, ehe die Division verlegt worden war. Keineswegs körperlich fit, würde er offensichtlich früher oder später in die Etappe versetzt werden. Dass er noch zu uns gehörte, war jedoch hauptsächlich weniger seiner Gewohnheit zuzuschreiben, seine Arbeit ohne Klagen zu verrichten, als vielmehr der Tatsache, dass jeder ihn mochte. Außerdem: Er hatte länger in der Landwehr gedient als jeder andere Soldat in den unteren Rängen und wollte gerne bei seinen Freunden bleiben – man behauptete, er habe zu Hause eine Nörglerin zur Frau –, so dass niemand unter den Verantwortlichen es hatte über sich bringen können, Taubi Morgans Namen auf das entsprechende Armeeformular zu setzen, das die Voraussetzung für seine Entlassung gewesen wäre. Er gehörte zu Bithels Zug.

Bithel selbst war kurz zuvor zum Sicherheitsoffizier beim Schießen ernannt worden. Dies hatte seinen Grund nicht etwa darin, dass er bemerkenswerte Qualifikationen für diese Aufgabe besessen hätte, als vielmehr in der Tatsache, dass der Bestand an Offizieren in dem Bataillon zu klein war und mehrere von ihnen zudem noch abwesend waren, weil sie an Kursen teilnahmen. Inzwischen waren mir Bithels persönliche Gegebenheiten klarer geworden. Er war ein Kleinstadt-Außenseiter, der sich in Friedenszeiten durch Gelegenheitsjobs, vorzugsweise in Randbereichen der Welt des Theaters, über Wasser hielt, dessen Leben von Einsamkeit und Alkohol bestimmt war und der ständig Gefahr lief, in böse Schwierigkeiten zu geraten, es jedoch irgendwie stets schaffte, sich aus wirklich ernsten Situationen herauszuwinden. In dem Bataillon hatte es keine Wiederholung des Liebestanzes um die Puppe herum gegeben, jedenfalls nichts, was dem an Exotik gleichgekommen wäre. Dennoch, ich vermutete, dass ein Zug seiner Persönlichkeit, der darin seinen Ausdruck gefunden hatte, eher unter der Oberfläche schlummerte, als völlig unterdrückt zu sein. Er hatte eine demütige, sogar unterwürfige Art, doch schien es so, als ob sich hinter diesem Verhalten seine hohe Meinung von sich selbst, vielleicht sogar Größenwahn, verberge.

»Hast du dich je für die Pfadfinderbewegung interessiert?«, fragte er. »Ich war mal begeistert dabei. Eine wunderbare Sache für Jungs. Gibt ihnen eine Chance. Ich hab's schließlich aufgegeben. Einige von ihnen sind kleine Bestien, weißt du. Du würdest nicht für möglich halten, wie die reden. Ich war erstaunt, dass sie überhaupt so was wissen. Und deren Sprache untereinander. Du würdest es nicht glauben. Man sagte mir, sie haben mir nach meiner Kündigung sehr nachgetrauert. Sie haben große Schwierigkeiten, *geeignete* Männer zu finden, die ihnen helfen. Es sind einige widerliche Typen unterwegs.«

Die Armee ist zugleich der schlechteste Ort für Egoisten und der beste. Für Bithel war sie in vielfacher Weise der schlechteste – dauernd herumkommandiert, dauernd getadelt werden; für Gwatkin der beste – die Macht (zumindest bis zu einem gewissen Punkt) und den Rang zu erhalten, die er sich wünschte. Dennoch, in der Armee, wie auch sonst, ist nichts für immer. Maelgwyn-Jones sagte zu Recht: »Dieser Tag wird vorbeigehen wie andere Tage in der Armee auch.« Gwatkins Ehrgeiz – die Befriedigung seines »persönlichen Mythos«, wie General Conyers es genannt hätte – mochte sich sehr wohl zeitweise erfüllen, aber es bestand immer die Gefahr, dass eine Versetzung, eine Beförderung, eine geringfügige Angleichung der Aufgaben alles wieder änderte. Auch die Hindernisse, die Bithels so geliebtem Schlendrian im Weg standen, konnten aus den gleichen Gründen vermindert oder ganz ausgeräumt werden. Zum Beispiel: Bithel freute sich enorm darüber, zum Offizier ernannt worden zu sein, der für die Schusswaffen verantwortlich war. Dafür gab es mehrere Gründe. Der Job gab ihm einen gewissen Status, der ihm, wie er zu Recht fühlte, bisher gefehlt hatte, obwohl es wahrscheinlich auf dem Schießplatz weniger zu tun gab als während des täglichen Exerzierens mit einem Zug. Außerdem hatte Daniels, Bithels Bursche, Dauerdienst an den Schießständen.

»Ich nenne ihn einen unbezahlbaren Juwel«, pflegte Bithel zu sagen. »Du weißt, wie schwierig es in dieser Einheit ist, einen Burschen zu kriegen. Sie wollen diesen Job einfach nicht machen, trotz seiner Vorteile. Nun, Daniels ist ein kleiner Glücksfall. Ich sag nicht, dass er immer pünktlich ist oder nie etwas vergisst. Beides passiert ziemlich oft. Aber was ich an ihm mag, ist, dass er immer und in allen Lagen ein fröhliches Wort parat hat. Außerdem ist er äußerst sauber. Es ist ein wirkliches Vergnügen, ihm bei Frühsport zuzusehen, was man ja von einigen von denen bestimmt nicht sagen kann. Jedenfalls ist Daniels nicht so wie all diese jungen Bergleute, so nett sie auch sind. Er weiß mehr von der Welt. Man ist nicht drei Monate lang Hoteldiener im Green Dragon in meiner Heimatstadt, ohne einigen Klatsch mitzukriegen.«

Andere hatten eine weniger günstige Meinung von Daniels, von dem man, obwohl er geschickt mit den Übungsgranaten herumjonglierte, allgemein annahm, dass er lange Finger habe und verschlagen sei. Es war, wie ich im Laufe der Zeit herausfand, nicht ungewöhnlich, dass ein Offizier seinem Diener sehr zugetan, man konnte fast sagen, von seiner Persönlichkeit besessen war, obwohl das gewöhnlich eher bei Leuten geschah, die einen höheren Rang als den eines Fähnrichs einnahmen. Diese Beziehung schien einen seltsamen Grad von Intimität in einer nicht-intimen Umgebung zu begünstigen – eine Intimität, meine ich, die weit davon entfernt war, für etwas gehalten werden zu können, das die herkömmlichen Grenzen der Schicklichkeit oder alltäglicher Disziplin überschritt. Ja, sie kam nicht einmal in die Nähe des Bereichs sexueller Abweichung von der Norm oder militärischen Fehlverhaltens; und es waren die normalsten unter den Männern und die gewissenhaftesten unter den Offizieren, die oft dafür die überzeugendsten Beispiele abgaben. Auch bei meinem Vater, so erinnerte ich mich, hatte es eine fast mystische Verbindung zu Bracey gegeben, ganz gewiss ein Mann mit bemerkenswerten Qualitäten. Es war ein nicht leicht zu erklärendes Phänomen, das sich unter den emotionalen Bedingungen einer rein männlichen Umgebung vielleicht zwangsläufig ergab. Berufsoffiziere zum Beispiel unternahmen manchmal große Anstrengungen, um ihren Burschen irgendeine verdiente geringe Strafe wegen einer Verletzung von Routinevorschriften zu ersparen. Wegen all dem bedurfte auch Bithels Lobrede auf Daniels keines Kommentars. Wie auch immer, selbst wenn Bithel die Gegenwart Daniels' auf dem Schießplatz erfreulich fand, es war nicht Daniels, sondern Taubi Morgan, der den ganzen Ärger verursacht hatte.

»Warum in aller Welt hat Bith bloß Taubi auf der Stelle zurückgeschickt?«, sagte Kedward hinterher. »Das verdammte Gewehr hätte doch sehr gut ein paar Stunden warten können, ehe es repariert wurde.«

Diese Frage wurde nie geklärt. Vielleicht erhielt Bithel dadurch die Gelegenheit zu einem längeren Tête-à-tête mit Daniels. Selbst wenn das die Absicht gewesen wäre, spielte sich, da bin ich mir sicher, nichts Zweifelhaftes zwischen ihnen ab, während sich die Abteilung, die zu den Übungen dorthin marschiert war, noch an den Schießständen befand. Etwas dieser Art wäre äußerst schwierig gewesen, selbst wenn Bithel bereit gewesen wäre, ein solches Risiko auf sich zu nehmen. Es ist viel wahrscheinlicher, dass Bithel, da Taubi Morgan einer seiner eigenen Männer war, durch sofortiges Handeln vermeiden wollte, dass es in seinem Zug einen Mangel an Gewehren gab. Was auch immer der Grund war, Bithel schickte Taubi Morgan mit seinem Gewehr, das irgendeinen Defekt hatte und vom Waffenmeister nachgesehen werden musste, allein zu den Mannschaftsunterkünften zurück. Der Platz, wo die Schießübungen stattfanden, lag in einem verlassenen Gebiet, das der Straße nach zwei oder drei Meilen von der Stadt entfernt war. Diese Distanz konnte über einen Weg durch die Felder abgekürzt werden. Bei nassem Wetter wurde dieser Pfad allerdings sehr schnell matschig und schwer zu begehen. An diesem Tag hatte es – eine große Seltenheit – mal nicht geregnet, und Taubi Morgan nahm den Weg durch die Felder.

»Ich glaube, ich hätte ihm befehlen sollen, die Straße zu nehmen«, sagte Bithel später. »Aber man muss so viel schreien, wenn man dem Mann etwas erklären will.«

Der Zwischenfall ereignete sich in einem Wald in der Nähe der Außenbezirke der Stadt. Taubi Morgan, der Definition nach ein leichtes Opfer eines Hinterhalts, wurde von vier jungen Männern umringt, von denen zwei ihn mit Pistolen bedrohten, während die anderen beiden ihm das Gewehr abnahmen. Taubi Morgan wehrte sich, aber es war zwecklos. Die vier rannten weg und verschwanden hinter einer Hecke, wo, wie die Polizei später berichtete, ein Auto auf sie wartete. Taubi Morgan konnte nichts anderes tun, als zu den Mannschaftsunterkünften zu laufen und den Zwischenfall zu melden. Zufälligerweise war Feldwebel Pendry der diensthabende Feldwebel dieses Tages. Er regelte das Problem mit bemerkenswerter Kompetenz. Es wurde sofort Kontakt mit dem Adjutanten hergestellt, der in dem Land mit einem Lastwagen unterwegs war, um ein ›Projekt‹ vorzubereiten. Die Polizei, die für solche Fälle ziviler Subversion zuständig war, wurde unmittelbar informiert. Taubi Morgan wurde natürlich sofort unter Arrest gestellt. Es herrschte eine beträchtliche Aufregung. Dies war genau ein solcher Zwischenfall, wie Maelgwyn-Jones ihn in seiner Rede über die »innere Sicherheit« beschrieben hatte. Die Polizei, die mit Hinterhalten dieser Art völlig vertraut war, bestätigte die Anwesenheit von vier Verdächtigen in der Nachbarschaft, die sich allerdings später hinter die Grenze zurückgezogen hätten. Es handelte sich um eine unglückselige Episode – vor allem auch, weil Taubi Morgan ein so beliebter Mensch war. Wie ich schon sagte, fühlte sich Gwatkin davon besonders betroffen. In seiner Verärgerung machte er allein Bithel dafür verantwortlich.

»Der Bataillonskommandeur wird ihn rausschmeißen müssen«, sagte Gwatkin. »Es kann nicht so weitergehen. Er ist nicht wert, ein Offizier zu sein.«

»Ich kann nicht erkennen, was der gute alte Bith damit zu

tun hat«, sagte Breeze, »selbst wenn es ein wenig gegen die Vorschrift war, Taubi so alleine zurückzuschicken.«

»Es mag vielleicht nicht direkt Bithels Schuld gewesen sein«, sagte Gwatkin streng, »aber wenn unter dem Kommando eines Offiziers etwas schiefgeht, muss der Offizier dafür geradestehen. Das mag ungerecht sein. Er muss dennoch dafür geradestehen. Meiner Meinung nach läge in diesem Fall auch gar keine Ungerechtigkeit vor. Also, ich würde mich nicht wundern, wenn der Oberst selbst deshalb versetzt werden würde.«

Das stimmte in der Tat. Jedenfalls rechnete der Bataillonskommandeur, was seine eigene Stellung anging, mit dem Schlimmsten. Er erwähnte das mehr als einmal in der Offiziersmesse. Doch am Ende geschah nichts derartig Drastisches. Taubi Morgan wurde vor ein Militärgericht gestellt und kam mit einem Tadel und der Versetzung in die Etappe und zu seiner nörgelnden Frau davon. Er hatte sich nicht kampflos ergeben. Unter den gegebenen Umständen konnte man ihn kaum zu einer Haftstrafe dafür verurteilen, dass er seine Waffe verloren hatte und nicht in der Lage gewesen war, vier ziemlich junge Angreifer (mit denen er überhaupt nicht rechnen konnte, weil er ganz sicher viel zu taub war, um sowohl ihr Näherkommen hören zu können als auch, zu einem früheren Zeitpunkt, das Wesentliche von Maelgwyn-Jones' Rede über die Sicherheit mitzubekommen) gefangenzunehmen. Das Urteil des Militärgerichts war kaum verkündet worden, als dem Bataillon befohlen wurde, sich auf ein sechsunddreißigstündiges Manöver der Division vorzubereiten, das erste seiner Art, an dem unsere Einheit beteiligt werden würde.

»Das ist der neue Divisionskommandeur. Er will sich Respekt verschaffen«, meinte Kedward. »Man sagt, er will uns so richtig auf Trab bringen.«

»Wie ist sein Name?«

Für diejenigen, die in einem Bataillon dienen, scheinen schon Brigadegeneräle unendlich illustre Persönlichkeiten zu sein und Divisionskommandeure gar ferne, gottähnliche Gestalten.

»Generalmajor Liddament«, sagte Gwatkin. »Er wird Schwung in den Laden bringen, hoffe ich.«

Es war zu Beginn dieses sechsunddreißigstündigen Manövers – Wecken um 4.30 Uhr, und das erste Mal, dass wir die neuen Behälter für warmes Essen benutzen sollten –, als ich bemerkte, dass mit Feldwebel Pendry etwas nicht in Ordnung zu sein schien. Es war ihm nicht gelungen, den Zug rechtzeitig antreten zu lassen, etwas sehr Ungewöhnliches für ihn. Bei Pendry hatte es, im Gegensatz zu der von Breeze ausgesprochenen Warnung vor Angehörigen der niederen Ränge, die die von ihnen geweckten Erwartungen nicht erfüllen könnten, keine Anzeichen von Versagen nach einigen Wochen anstrengender Arbeit gegeben. Im Gegenteil, er hatte weiter hart gearbeitet, und sein gutes Gemüt hatte etwas von Unteroffizier Gwylts Lebhaftigkeit an sich. Es war von niemandem zu erwarten, dass er zu dieser frühen Stunde gut aussah, aber beim Frühstück hatte Feldwebel Pendrys Gesicht eine ungewöhnlich grünliche Farbe, so wie das von Gwatkin nach der Überfahrt, eine Farbe, die nicht allein dem frühen Aufstehen zugeschrieben werden konnte. Ich dachte, er müsse am Abend zuvor getrunken haben, was dumm von ihm gewesen wäre, da er doch wusste, dass sehr früh geweckt werden würde. Im Großen und Ganzen wurde in dem Bataillon ziemlich wenig getrunken – sicher, bei dem Druck, den das Exerzieren ausübte, gab es dazu auch nur geringe Möglichkeiten –, aber Pendry hatte in der Feldwebelmesse den Ruf, sehr wohl den einen oder anderen halben Liter versenken zu können. Ich dachte, vielleicht sei jetzt der Moment gekommen, in dem sich Breeze' Prophezeiung bewahrheite und Pendry plötzlich den Punkt erreicht habe, wo er nicht länger seine frühere Effizienz aufrechterhalten könne. Der Tag begann also schlecht, und Gwatkin war zu Recht ärgerlich darüber, dass die Unpünktlichkeit meines Zuges ihm nur ungenügend Zeit ließ, die Kompanie so gründlich zu inspizieren, wie er es, bevor wir zusammen mit dem übrigen Bataillon antreten würden, gewünscht hätte. Das Gebiet, in dem das Manöver stattfinden sollte, war ziemlich weit von unserem Standort entfernt. Wir reisten mit dem Bus dorthin.

»Ach, ich liebe es so, in einem schicken Auto zu reisen«, sagte Unteroffizier Gwylt. »Es ist ein echtes Vergnügen, so dahinzusausen.«

Feldwebel Pendry, der gewöhnlich niemandem darin nachstand, Lärm zu machen, saß still hinten im Bus und sah aus, als ob er sich jeden Augenblick übergeben müsse. Draußen regnete es, wie üblich. Wir fuhren durch trostloses Flachland, gegen das sich ein gewaltiger grauer Himmel abhob. Nach ein oder zwei Stunden erreichten wir unser Ziel. Gwatkin war in seinem Lastwagen des Kompanieführers vorausgefahren. Er wartete schon ungeduldig am Straßenrand, als die Züge ankamen.

»Holen Sie sofort die Männer aus den Bussen«, sagte er, »und stellen Sie sie auf der anderen Seite der Straße auf, und holen Sie einige Flugabwehrgeschütze heraus und ein Gas-Suchgerät – und stellen Sie die Busse so hin, dass sie den Weg entlang mit dem Vorderteil auf den Baum da drüben zeigen, mit dem Fahrzeug des Zugs Nummer zwei an der Spitze, nicht da, wo es jetzt steht. Machen Sie das sofort. Dann schicken Sie einen Boten zur Kompanie B, dass der frühere Auftrag, dass wir das Land auf der linken Flanke zwischen uns erkunden sollen, aufgehoben wurde. Dieser Befehl ist geändert worden. Jetzt ist es die rechte Flanke. Ich will jetzt ein warnendes Wort an alle Zugführer richten, ehe ich an der Konferenz beim Bataillonskommandeur für die Kompaniechefs teilnehme. Ich möchte in aller Deutlichkeit sagen, dass ich heute bisher überhaupt nicht zufrieden bin. Keiner von Ihnen hat bis jetzt irgendwelche Initiative gezeigt. Das ist wirklich schwach. Sie müssen sich mehr anstrengen, sonst wird es Ärger geben. Haben Sie das verstanden? Gut. Sie können sich wieder Ihren Zügen anschließen.«

Er hatte eine Bodenplane aus Gummi wie einen Umhang um sich drapiert, und zusammen mit seinem flachrandigen Stahlhelm gab ihm das das Aussehen einer Gestalt aus dem späten Mittelalter, eines Hauptmanns während des Hundertjährigen Krieges oder der Guerillakampagnen des Owen Glendower. Ich erkannte plötzlich, dass dies die Epoche war, in die Gwatkin eher gehörte als in das Militärwesen moderner Zeit, der Periode also, auf die sich seine eigene Fantasie konzentrierte. Der Regen hatte seinen Schnurrbart nass gemacht, so dass er auf seine Mundwinkel herabhing wie der von Figuren auf Grabmälern oder Messinggedenktafeln in Kirchen. Menschen, die nicht ganz mit ihrer Umgebung konform gehen, erinnern häufig an eine frühere geschichtliche Epoche. Gwatkin stand zwar nicht eigentlich im Widerspruch zur übrigen Welt; ja, in vieler Hinsicht war er die Verkörperung konventionellen Verhaltens. Gleichzeitig aber ließ er sich in seinen Beziehungen zu anderen nie wirklich auf deren eigene Bedingungen ein. Vielleicht misstrauten die Menschen seinen ehrgeizigen Träumen, missbilligten sie gar. Die Soldaten der verschiedenen Züge hatten inzwischen nach viel Geschrei und Kommandieren unwillig die Behaglichkeit der Busse verlassen und sich im strömenden Regen in Reih und Glied aufgestellt.

»Rowland ist in einer verdammt schlechten Laune heute Morgen«, sagte Breeze. »Was hat ihn nur so sauer auf uns gemacht?«

»Er ist mit den Nerven herunter«, sagte Kedward. »Er hätte fast seine Landkarten vergessen. Ich hab ihn noch so eben daran erinnert. Warum bist du zu spät gekommen, Nick? Damit hat Rowlands üble Laune angefangen.«

»Ich hatte Schwierigkeiten mit Feldwebel Pendry. Es scheint ihm nicht gut zu gehen heute.«

»Ich hörte, wie der Hauptfeldwebel gestern Abend etwas über Pendry sagte«, meinte Breeze. »Hast du gehört, was es war, Idwal?«

»Etwas, das mit seinem Urlaub zusammenhing«, sagte Kedward. »Typisch Cadwallader, Rowland wegen des Urlaubs eines Feldwebels anzugehen, als er mitten in der Vorbereitung für das Manöver war.«

Gwatkin kam einige Minuten später zurück. Die durchsichtige Oberfläche der Plastikhülle um seine Landkarten war von mit verschiedenfarbigen Wachsstiften ausgeführten Markierungen von Truppenpositionen völlig bedeckt.

»Die Kompanie hat Unterstützungsaufgaben«, sagte er. »Zugführer, kommen Sie herüber und sehen Sie sich die Karte an.«

Er erklärte uns, was wir zu tun hatten. Dabei begann er mit einigen allgemeinen Prinzipien hinsichtlich einer Kompanie, die Unterstützungsaufgaben zu leisten hat, und ging dann zu den spezifischen technischen Notwendigkeiten des Augenblicks über. Diese beiden Aspekte der Operation verschmolzen zu einer eng verwobenen Masse von Instruktionen und Darlegungen, die ohne Zweifel ursprünglich eine solide Militärdoktrin zur Grundlage gehabt hatten, aber jetzt, nachdem sie durch den Filter von Gwatkins eigenem Ideenkomplex gelaufen waren, reichlich verwirrende Formen annahmen. Er hatte offensichtlich schon vorher über die Theorie von ›Unterstützungsaufgaben‹ nachgedacht und in seiner Freizeit die entsprechenden Seiten in dem Handbuch »Infanterieausbildung« eingehend studiert. Außerdem hatte er sich gründlich die Ausdrücke, die der Bataillonskommandeur im Verlauf seiner Befehlsausgabe gebraucht hatte, gemerkt: ... Angriffslinie ... Truppensammelpunkte ... Aufmarschgebiete ... Versorgungseinheit B ... Diese Meilensteine für den Erfolg des Manövers sollten zweifellos im Zusammenhang mit der Beschaffenheit des Geländes und anderer Umstände gesehen werden; waren, kurz gesagt, in großem Maße in den Entscheidungsbereich untergeordneter Kommandeure selbst gestellt. Doch das war nicht Gwatkins Art, die Dinge zu betrachten. Zwar sagte er gerne, dass er sich die Freiheit wünsche, seine eigenen taktischen Maßnahmen treffen zu können, doch fand er es stets schwer, sich über den Text des Lehrbuchs oder die Worte eines verhältnismäßig höherrangigen Offiziers hinwegzusetzen. Als er seine Ansprache beendet hatte, war klar, dass die Kompanie jeden Aspekt, der irgendwie mit der Aufgabe, Unterstützung zu leisten, in Verbindung stand, zu erfüllen haben würde.

»Gut«, sagte Gwatkin, »noch Fragen?«

Niemand hatte mehr eine Frage; hauptsächlich deshalb, weil es schwer war, einen Einzelpunkt aus dem Ganzen herauszulösen. Wir verglichen unsere Karteneintragungen und unsere Uhren. Der Regen hatte aufgehört. Der Tag war noch immer grau, aber jetzt wärmer. Als ich zu meinem Zug zurückkam, war Ärger im Gange. Sayce, der Fast-Kriminelle, hatte einen Wortwechsel mit Jones D., dem Träger des Panzerabwehr-Gewehrs. Wie gewöhnlich war Sayce moralisch im Unrecht, aber bei dieser Gelegenheit vielleicht technisch im Recht – das heißt, falls Sayce die Wahrheit sagte, was an sich schon sehr unwahrscheinlich war. Der Streit ging um einen Kasten mit Munition. Unter normalen Umständen hätte Feldwebel Pendry etwas Derartiges augenblicklich geklärt. Bei seinem gegenwärtigen Zustand aber war eine höhere Autorität gefragt. Ich entschied die Sache, hinterließ jedoch bei beiden Kontrahenten das Gefühl, ungerecht behandelt worden zu sein. Wir bewegten uns durch offenes Gelände. Zunächst befolgte ich strikt Gwatkins Instruktionen. Als ich dann aber merkte, dass mein Zug hinter Breeze und seine Männer zurückfiel, beschleunigte ich unser Tempo. Dennoch, als wir später im Verlauf des Morgens das Gelände erreichten, wo die Kompanie zusammenkommen sollte, war durch die Befolgung der Formalitäten des Manövers schon viel Zeit verloren. Den Männern wurde gesagt, sie sollten bequem stehen; dann wurde ihnen erlaubt, sich auf ihren Bodenplanen ins Gras zu legen.

»Warten Sie hier auf weitere Befehle«, sagte Gwatkin.

Er befand sich noch immer in dem Zustand der Anspannung, den der Wunsch, sich besonders hervorzutun, stets in ihm erzeugte. Doch seine Laune hatte sich im Laufe des Morgens gebessert. Er sprach davon, wie genial das in dem Buch dargelegte taktische System sei und wie die Kompanie es in die Praxis umgesetzt habe.

»Es hat alles bis hin zur letzten Minute geklappt«, sagte er.

Dann spazierte er weg und erkundete das Gelände durch seinen Feldstecher.

»Das ist verdammt falsch«, sagte Kedward mit unterdrückter Stimme. »Wir müssten wenigstens eine Meile weiter vorn sein, um von irgendwelchem Nutzen für die vordersten Verteidigungslinien zu sein, wenn der Augenblick kommt.«

Ich selbst hatte keine feste Meinung zu dem Thema, neigte aber eher der Auffassung Kedwards zu. Es herrschte ein großes Durcheinander. Ich hatte nur eine schwache Vorstellung von dem, was inzwischen vor sich ging und welche Rolle die Kompanie eigentlich spielen sollte. Ich hätte mich gerne auf den Boden gelegt und die Beine ausgestreckt wie die Männer, statt mich für Gwatkins nächsten Befehl bereitzuhalten und ein Dutzend unwichtiger Dinge beaufsichtigen zu müssen. Einige Minuten später traf ein Bote mit einer schriftlichen Nachricht für Gwatkin ein.

»Guter Gott«, sagte er.

Offensichtlich war etwas sehr schlimm schiefgelaufen. Gwatkin nahm seinen Helm ab und schüttelte den Regen von ihm herunter. Er sah sich verzweifelt um.

»Es hat nicht richtig geklappt«, sagte er voller Erregung.

»Was hat nicht geklappt?«

»Lassen Sie Ihre Männer sofort antreten«, sagte er. »Wir hätten schon seit langem in Stellung sein müssen. Das ist es, was die Nachricht sagt.«

Anstatt direkt hinter der Kompanie zu stehen, die wir unterstützen sollten, hingen wir hier, meilenweit davon entfernt, herum, immer noch beschäftigt, so vermute ich jetzt, mit den Anfangswindungen von Gwatkins labyrinthischer taktischer Vorstellung. Kedward hatte Recht gehabt. Wir hätten schneller vorrücken müssen. Gwatkin hatte versagt. Jetzt gab er schnell alle möglichen Befehle aus. Doch ehe irgendetwas passieren konnte, erschien ein weiterer Bote. Dieser überbrachte Gwatkin den Befehl, seine Kompanie für den Augenblick an Ort und Stelle festzuhalten und eine weitere Kompanie, die uns inzwischen hart auf den Fersen war, ›durchzulassen‹. Wie Golfspieler, die ihren Ball verloren haben, erlaubten wir dieser, durch unsere aufgestellten Reihen hindurchzumarschieren. Sie war auf dem Weg, den Job zu tun, der uns zugeteilt war. Bithel war einer ihrer Zugführer. Er trottete, rot im Gesicht und hechelnd wie ein Hund, dicht an mir vorbei. Als er auf gleicher Höhe mit mir war, hielt er für einen Moment an.

»Hast du eine Aspirin bei dir?«, fragte er.

»Leider nicht.«

»Ich hab meine vergessen.«

»Tut mir leid.«

»Ist schon gut«, sagte er und schob für einen Moment seinen Helm aus der Stirn, »ich dachte nur, eine Aspirin wäre jetzt das Richtige.«

Seine Zähne klickten metallisch. Er hastete weiter, um seine Männer einzuholen. Er erreichte seinen Zug wieder, als er fast schon aus meinem Blickfeld verschwunden war. Wir standen eine Ewigkeit ›in Bereitschaft‹ und warteten auf Befehle.

»Können sich die Männer wieder hinsetzen?«, fragte Breeze.

»Nein«, sagte Gwatkin.

Er fühlte sich durch die Umstände tief gedemütigt, stand schweigend da und fummelte an seinem Revolverhalfter herum. Endlich kam der Befehl. Gwatkins Kompanie sollte sich die Straße entlang zum Bataillonshauptquartier im Gelände begeben. Er selbst hatte sich sofort beim Bataillonskommandeur zu melden.

»Ich hab das ganze Bataillon in Misskredit gebracht«, murmelte er, als er zu seinem Kübelwagen ging.

Kedward war der gleichen Meinung.

»Habt Ihr je einen so verdammten Mist gesehen?«, sagte er. »Selbst so, wie die Dinge liefen, war ich schon mit meinem Zug im Rückstand gegenüber dem Hauptteil der Kompanie, und ich hatte bereits wenigstens die Hälfte von dem weggelassen, was Rowland mir aufgetragen hatte. Wenn ich das alles getan hätte, hätte es eine Woche gedauert. Wir wären nicht einmal zu der Stelle gekommen, wo wir Rast gemacht haben.«

Wir machten uns auf den Weg zum Bataillonshauptquartier. Als ich mit meinem Zug dort ankam, war es später Nachmittag. Der Regen hatte wieder eingesetzt. Das Hauptquartier lag in der Lichtung eines Waldes, wo auch eine Feldküche aufgebaut worden war. Endlich bestand Aussicht darauf, etwas zu essen zu bekommen, ein Thema, das die Gedanken der Männer sehr stark beschäftigte, meine eigenen kaum weniger. Ich musste unbedingt etwas zu essen haben. Frühstück war kurz nach fünf gewesen, also inzwischen lange her. Aus irgendeinem Grund, wahrscheinlich weil sie schwer zu bekommen war, hatte ich keine Schokolade bei mir in meinem Brotbeutel. Gwatkin wartete schon auf uns, als wir ankamen. Nach seinem Aussehen zu urteilen, war es offensichtlich, dass er wegen seiner Unfähigkeit, an diesem Tag seine Kompanie rechtzeitig in Stellung gebracht zu haben, heftig von dem Bataillonskommandeur zusammengestaucht worden war. Sein Gesicht war ganz weiß.

»Du musst mit deinem Zug sofort auf Patrouille gehen«, sagte er.

»Aber sie hatten ihr Abendessen noch nicht.«

»Die Männer haben noch so eben Zeit für einen Happen, wenn sie sich beeilen. Du nicht. Ich muss mit dir die Landkarte besprechen. Du musst das Gelände erkunden und dann als Dauerpatrouille fungieren. Es tut mir leid, dass du selbst nicht essen kannst.«

Ich hatte den Eindruck, dass er diese Gelegenheit, seine Gefühle abreagieren zu können, ziemlich genoss. Es schien mir nicht notwendig zu sein, noch besonders zu betonen, dass ich bis auf weiteres würde hungern müssen. Was auch immer der Bataillonskommandeur ihm gesagt hatte, Gwatkins Geisteszustand hatte es gewiss nicht verbessert. Er war völlig aus der Fassung gebracht. Seine Hand zitterte, als er mit dem Bleistift auf die Namen auf der Landkarte zeigte. Er war in einer üblen Stimmung.

»Du wirst deine Männer bis zu diesem Punkt führen«, sagte er. »Dort wirst du einen Stützpunkt bilden. Hier ist der Kanal. An diesem Punkt auf der Karte haben die Pioniere eine Seilbrücke über den Kanal geworfen. Du wirst persönlich diese Seilbrücke überqueren und auf der anderen Seite von da bis da das Gelände erkunden. Dann wirst du zu deinem Zug zurückkehren und, nachdem du mir die Position deines Stützpunkts auf der Karte durch einen Boten an dieser Stelle hier gemeldet hast, die Aufgaben einer Dauerpatrouille ausführen, wie sie in dem Handbuch »Infanterieausbildung« dargelegt sind. Ich werde zur gegebenen Zeit die Position inspizieren, wo du mir Bericht erstatten wirst. Verstanden?«

»Ja.«

Er übergab mir einige Kartenunterlagen.

»Noch Fragen?«

»Keine.«

Gwatkin schritt davon. Ich kehrte ziemlich übelgelaunt zu meinem Zug zurück. Ein oder zwei Mahlzeiten zu verpassen gehört zwar in der Armee, und besonders für einen Offizier, zum alltäglichen Geschäft, diese Tatsache macht aber die jeweilige Situation nicht angenehmer. Feldwebel Pendry war gerade dabei, die Männer antreten zu lassen, als ich wieder das Waldstück erreichte, das meinem Zug zugeteilt worden war. Sie murrten, weil sie so schnell hatten essen müssen, und beschwerten sich darüber, dass der Eintopf nach den neuen Behältern geschmeckt habe. Der einzige Lichtblick war, dass wir einen Teil der Strecke bis zu der Stelle, wo wir unsere Aufgaben erledigen sollten, auf einem Lastwagen zurücklegen würden. Es dauert eine Ewigkeit, dreißig Mann auf ein solches Vehikel zu kriegen und dann wieder herunterzuholen. Jones D. glitt bei dem Versuch, über ein Rad heraufzuklettern, aus und ließ dabei das Panzerabwehrgewehr – eine übermäßig schwere und damals bereits veraltete Waffe – auf den Fuß von Williams W. H., dem Kurier des Zuges, fallen, der damit für einige Zeit außer Gefecht gesetzt war. Sayce begann jetzt eine lange Geschichte darüber, dass er sich, wahrscheinlich als eine Folge dessen, dass er den Eintopf gegessen habe, schwindelig fühle und was der Militärarzt über eine Krankheit gesagt habe, an der er, Sayce, litte. Mir wurden diese Schwierigkeiten durch einen skeptischen Unteroffizier Gwylt übermittelt. Ich war nicht in der Stimmung, Mitleid zu empfinden. Wenn Sayce nach dem Essen Übelkeit verspüre, sei das immer noch besser, als gar kein Essen bekommen zu haben. Das war meine Antwort. All diese Dinge verzögerten unsere Abfahrt um etwa zehn Minuten. Ich befürchtete, Gwatkin könne vielleicht zurückkehren und in diesem Zeitverlust einen triftigen Grund für einen Tadel sehen. Aber Gwatkin blieb verschwunden, entschlossen, jemand anderem das Leben sauer zu machen; oder vielleicht auch nur, weil er sich ein ruhiges Plätzchen suchen wollte, wo er sich selbst für kurze Zeit der Trübsal hingeben und seine Moral zurückgewinnen konnte. Feldwebel Pendry ließ immer noch wenig von der Energie erkennen, mit der er sonst agierte. Breeze hatte vielleicht doch Recht mit seiner Ansicht über ihn, dachte ich, es sei denn, es zeigte sich, dass es ihm nicht gut ging und bei ihm eine ernsthafte Krankheit im Anzug war und er nicht nur an einem Kater litt. Er schlurfte beim Gehen und war kaum fähig, einen Befehl zu rufen. Ich nahm ihn beiseite, ehe er als Letzter den Lastwagen bestieg.

»Ist alles in Ordnung mit Ihnen, Feldwebel?«

Er sah mich an, als ob er nicht verstehe, was ich meinte.

»In Ordnung, Sir?«

»Haben Sie vorhin etwas mit den anderen gegessen?«

»Aber ja, Sir.«

»Genug?«

»Es war genug da, Sir. War mir nicht so richtig nach Essen zumute.«

»Sind Sie krank?«

»Geht mir nicht allzu gut, Sir.«

»Was fehlt Ihnen denn?«

»Weiß nicht so recht, Sir.«

»Aber Sie müssen doch wissen, ob Sie sich krank fühlen.«

»Hab zu Hause so 'n kleinen Schock gekriegt.«

Jetzt, wo wir endlich so weit waren und ich dem Fahrer den Befehl geben wollte loszufahren, war es nicht der richtige Zeitpunkt, mich mit den Heimatgeschichten des Personals meines Zuges zu beschäftigen.

»Kommen Sie und sprechen Sie mit mir, wenn wir wieder zurück in den Mannschaftsunterkünften sind.«

»Jawohl, Sir.«

Ich bestieg den Lastwagen und setzte mich neben den Fahrer. Wir fuhren mehrere Meilen, bis wir zu einer Straßenkreuzung kamen. Dort stiegen wir aus, und der Lastwagen kehrte zu seiner Basis zurück. Der Stützpunkt meines Zuges wurde in einem verfallenen Kuhstall eingerichtet, der zu den Gebäuden einer kleinen Farm gehörte, die nicht weit entfernt jenseits von Feldern lag. Als alles gut in den Stall eingeräumt und auch der Standort des imaginären Fünf-Zentimeter-Geschützes, das uns immer begleitete, bestimmt war, ging ich los, um die Seilbrücke über den Kanal zu suchen. Ich fand sie ohne große Schwierigkeiten. Ein Unteroffizier hatte dort den Befehl. Ich erklärte ihm meinen Auftrag und erkundigte mich nach dem Verhalten der Brücke.

»Die tut ganz schön wackeln, Sir.«

»Warten Sie hier, während ich rübergehe.«

»Jawohl, Sir.«

Ich versuchte hinüberzugehen, fiel aber nach drei oder vier Yards runter. Für die Jahreszeit hätte das Wasser kälter sein können. Ich schwamm den Rest der Strecke und erreichte das andere Ufer nicht wesentlich nasser, als ich vom Regen sowieso schon gewesen war. Auf der anderen Seite wanderte ich eine Zeitlang umher und machte mir Notizen über Dinge, die mir unter den gegebenen Umständen wichtig erschienen. Danach ging ich zum Kanal zurück und schwamm, enttäuscht von der Leistungsfähigkeit der Seilbrücke, wieder zurück. Das Kanalufer war ziemlich steil, aber der Unteroffizier half mir aus dem Wasser. Er schien nicht im Geringsten überrascht zu sehen, dass ich diese Methode gewählt hatte, statt seine Brücke zu nehmen.

»Sehr wacklig, diese Seilbrücken« war alles, was er sagte.

Inzwischen war es dunkel geworden, und der Regen fiel immer noch. Ich kehrte zum Kuhstall zurück. Dort erwartete mich eine wundervolle Überraschung. Es zeigte sich, dass Unteroffizier Gwylt, begleitet von Williams W. H., der benachbarten Farm einen Besuch abgestattet und den Besitzern einen Krug Tee abgeschwatzt hatte.

»Wir haben Ihnen einen Becher verwahrt, Sir. Und bei Gott, sind Sie nass.«

Ich hätte ihn umarmen können. Der Tee war von einer Art, die Onkel Giles »ein gutes Hauptfeldwebelgebräu« zu nennen pflegte. Er schmeckte wie der beste Champagner. Ich fühlte mich sofort um zehn Jahre jünger und kaum noch nass.

»Das war 'ne große Frau, die uns den Krug Tee gegeben hat, was?«, sagte Unteroffizier Gwylt.

Er sprach zu Williams W. H.

»Ja, das war sie«, stimmte Williams W. H. zu.

Er guckte gedankenverloren vor sich hin. Er war ein guter Kurier und ein guter Sänger, aber sonst nicht übermäßig begabt.

»Sie hat mir Angst eingejagt, weißt du«, sagte Unteroffizier Gwylt. »Ich hätte Angst vor dieser großen Frau in einem kleinen Bett.«

»Wirklich, das hätte ich auch«, sagte Williams W. H. mit einem Gesichtsausdruck, als ob das seine ehrliche Meinung sei.

»Hättest du nicht auch Angst vor der, Feldwebel Pendry, eine ganz große Frau, zweimal so groß wie du?«

»Halt die Klappe«, sagte Feldwebel Pendry mit unerwartetem Nachdruck. »Musst du immer über Frauen reden?«

Unteroffizier Gwylt war überhaupt nicht eingeschüchtert.

»Ich hätte sogar noch größere Angst vor der in einem *großen* Bett«, sagte er nachdenklich.

Wir tranken den Tee aus. Ein Bote wurde von einer Wache hereingeführt. Er brachte eine Nachricht von Gwatkin. Sie enthielt den Befehl, dass ich ihm in einer halben Stunde an einem bestimmten Punkt Bericht erstatten solle. Der Ort unseres Treffens war die Straßenkreuzung in der Nähe des Kuhstalls.

»Soll ich den Krug zurückbringen, Unteroffizier?«, fragte Williams W. H.

»Nein, mein Junge. Ich werde den Krug zurückbringen«, sagte Unteroffizier Gwylt. »Mit Ihrer Erlaubnis, Sir.«

»Gut, gehen Sie. Aber bleiben Sie nicht die ganze Nacht.«

»Ich werd nicht lange brauchen, Sir.«

Gwylt verschwand mit dem Krug. Das Wetter klärte sich jetzt auf. Der Mond schien. Die Luft war frisch. Als es Zeit wurde, ging ich los, um Gwatkin zu treffen. Das Wasser tropfte von den Bäumen, aber etwas mehr oder weniger Nässe machte inzwischen keinen Unterschied mehr. Ich stand an der Straßenseite, während ich auf Gwatkin wartete. Ich vermutete, er werde sich verspäten. Doch der Lastwagen war pünktlich. Das Gefährt hielt im Mondlicht genau neben mir an. Gwatkin stieg aus. Er gab dem Fahrer Anweisungen zu einer Nachricht, die er zu überbringen hatte, und zu dem Zeitpunkt, wann er wieder zu dieser Stelle zurückkommen solle. Der Wagen fuhr los. Gwatkin schritt langsam die Straße hoch. Ich ging neben ihm her.

»Alles in Ordnung, Nick?«

Ich erzählte ihm, was wir getan hatten und was die Ergebnisse meiner Erkundungen auf der anderen Seite des Kanals seien.

»Warum bist du so nass?«

»Ich bin von der Seilbrücke in den Kanal gefallen.«

»Und dann geschwommen?«

»Ja.«

»Das war gut«, sagte er, als ob es eine brillante Idee gewesen sei zu schwimmen.

»Wie steht es mit dem Verlauf der Schlacht?«

»Der Nebel des Krieges hat sich gesenkt.«

Das war einer von Gwatkins Lieblingssätzen. Er schien ihm Halt zu geben. Es entstand eine Pause. Gwatkin begann, in seinem Brotbeutel herumzukramen. Einen Augenblick später holte er eine ziemlich große Tafel Schokolade heraus.

»Ich hab das für dich mitgebracht«, sagte er.

»Vielen Dank, Rowland.«

Ich brach ein beträchtliches Stück ab und gab ihm den Rest zurück.

»Nein«, sagte er, »das ist alles für dich.«

»Wirklich alles?«

»Ja.«

»Hast du das wirklich übrig?«

»Es sollte nur für dich sein. Ich dachte, du hättest vielleicht keine Schokolade bei dir.«

»So war es auch.«

Er kehrte zum Thema Manöver zurück und erklärte mir, soweit das möglich war, welches Stadium es inzwischen erreicht habe und was unsere unmittelbaren Bewegungen sein sollten. Ich nagte weiter an meiner Schokolade. Ich hatte vergessen, wie gut Schokolade schmecken konnte, und fragte mich, warum ich vor dem Krieg nicht mehr davon gegessen hatte. Sie war wie eine Droge. Sie änderte völlig meine bisherigen Ansichten. Ich empfand plötzlich fast genauso viel Wärme für Gwatkin wie für Unteroffizier Gwylt, obwohl nichts je an jenen ersten Schluck Tee heranreichen würde. Gwatkin und ich waren am Straßenrand stehengeblieben, um im Mondlicht einen Blick auf seine Landkarte zu werfen. Jetzt schloss er die Hülle wieder und knöpfte die Lasche fest.

»Es tut mir leid, dass ich dich so ohne Essen weggeschickt habe«, sagte er.

»Das war schon in Ordnung.«

»Nein«, sagte Gwatkin, »war es nicht.«

»Wie meinst du das?«

»Es wäre genug Zeit gewesen. Du hättest noch gut etwas essen können.«

Ich wusste nicht, was ich darauf antworten sollte.

»Ich musste an jemandem den Anschiss auslassen, den der Bataillonskommandeur mir verpasst hatte«, sagte er. »Du warst der Einzige, an dem ich das tun konnte – jedenfalls der Erste, den ich sah, als ich vom Oberst zurückkam. Er hatte mir das Fell über die Ohren gezogen. Ich hätte auch gerne den Soldaten den Befehl gegeben, sofort, ohne gegessen zu haben, abzurücken. Aber ich wusste, ich würde nur noch einen weiteren Anschiss kriegen – einen sogar noch größeren –, wenn herauskäme, dass sie wegen eines Befehls von mir unnötigerweise auf ihr Essen verzichten mussten.

Ich hielt das für eine mehr als ausreichende Entschuldigung, für ein Eingeständnis, das Gwatkin zur Ehre gereichte. Dennoch, seine Worte waren nichts im Vergleich zu der Schokolade. Von der klebten noch einige Reste in meinem Mund. Ich leckte sie von meinen Zähnen ab.

»Natürlich hat man zu gehen«, sagte Gwatkin mit großem Nachdruck. »Essen oder kein Essen, wenn es ein Befehl ist. Man geht und verfängt sich in einem Haufen Stacheldraht und wird von Maschinengewehrfeuer durchlöchert, wird vor einer Mauer mit einem Bajonett erstochen, gerät ohne Gasmaske in eine Gaswolke, steht in einer engen Straße einem Flammenwerfer gegenüber. Alles das. Aber das meine ich nicht.«

Ich stimmte ihm zu, sah aber gleichzeitig keine unmittelbare Notwendigkeit, noch länger bei solchen ohne Zweifel gewichtigen Aspekten militärischer Pflicht zu verweilen. Es schien mir am besten, das Thema zu wechseln. Gwatkin hatte Wiedergutmachung geleistet – im menschlichen Leben etwas äußerst Seltenes –, jetzt musste er davon abgehalten werden, weitere unangenehme Möglichkeiten, denen ein Soldat im Laufe seines Lebens ausgesetzt sein konnte, aufzuzählen.

»Feldwebel Pendry hat nicht besonders geglänzt heute«, sagte ich. »Ich vermute, er ist krank.«

»Ich wollte mit dir über Pendry sprechen.«

»Du hast auch gemerkt, dass er in schlechter Verfassung ist?«

»Er ist gestern Abend bei mir gewesen. Bei all den Vorbereitungen für das Manöver hatte ich keine Zeit, es dir früher zu sagen – oder vielleicht hab ich es auch vergessen.«

»Was ist nicht in Ordnung mit Pendry?«

»Seine Frau, Nick.«

»Was ist mit ihr?«

»Pendry hat einen Brief von einem Nachbarn bekommen, der schreibt, dass seine Frau mit einem anderen Mann herummacht.«

»Ach so.«

»Man liest dauernd in den Zeitungen, dass die Frauen dieses Landes diese glänzenden Kriegsanstrengungen unternehmen«, sagte Gwatkin mit all der Leidenschaft, die in bestimmten Momenten in ihm aufzuwallen pflegte. »Wenn du mich fragst, ich glaube, die machen glänzende Anstrengungen, um mit so vielen anderen Männern wie möglich zu schlafen, während ihre Ehemänner weg sind.«

Auch wenn das, was Gwatkin sagte, übertrieben war, so musste man doch zugeben, dass Briefe dieser Art keine Seltenheit waren. Ich erinnerte mich daran, dass mein Schwager Chips Lovell einmal gesagt hatte: »Die Boulevardzeitungen reden immer so, als ob nur die Reichen Ehebruch begingen. Man kann sich wirklich keine snobistischere Annahme vorstellen.« Keiner, der auch nur für einige Wochen die Angelegenheiten einer Kompanie zu verwalten hätte, würde in dieser Hinsicht einen solchen Fehler machen. Ich fragte Gwatkin, ob in Pendrys Fall Details bekannt seien. Es schien keine zu geben.

»Es ist zum Kotzen.«

»Ich vermute, die Männer sind auch nicht besser. Es sind nicht nur die Frauen, die ihren Spaß haben. Nicht dass jemand von uns hier viel Zeit hätte für so was – außer vielleicht Unteroffizier Gwylt.«

»Bei einem Mann ist das was anderes«, sagte Gwatkin. »Es sei denn, er lässt sich mit einer Frau ein, die ihn dazu bringt, seine Pflichten zu vergessen.«

Diese Worte erinnerten mich an einen Film, den ich zusammen mit Moreland vor dem Krieg gesehen hatte. Ein russischer Offizier – die Geschichte spielte im zaristischen Russland – hatte einen unpünktlichen Untergebenen mit einem genau solchen Satz getadelt: »Eine Frau, die einen Mann dazu bringt, seine Pflichten zu vernachlässigen, ist es nicht wert, dass man auch nur den geringsten Gedanken an sie verschwendet.« Der junge Leutnant in dem Film war, soweit ich mich erinnern konnte, zu spät zur Parade erschienen, weil er die Nacht mit der Geliebten des Obersts verbracht hatte. Hinterher waren Moreland und ich in unseren Gesprächen oft auf dieses strenge Urteil zurückgekommen.

»Es kommt darauf an, wie du die Sache betrachtest«, hatte Moreland gesagt. »Ich weiß, dass Matilda zum Beispiel die Ansicht vertreten würde, dass keine Frau es wert sei, auch nur den geringsten Gedanken an sie zu verschwenden, die nicht in der Lage ist, einen Mann dazu zu bringen, seine Pflichten zu vernachlässigen. Barnby würde dagegen sagen, dass keine Pflicht es wert sei, auch nur den geringsten Gedanken an sie zu verschwenden, wenn sie dich dazu zwänge, Frauen zu vernachlässigen. Diese Dinge hängen stark von der subjektiven Einstellung ab.«

Ich fragte mich, ob Gwatkin auch diesen Film gesehen und diesen Satz als eine Auffassung, die ihm sehr zusagte, im Gedächtnis behalten habe. Aber es war wohl unwahrscheinlich, dass dieser intellektuell verhältnismäßig anspruchsvolle Film so weit in die Provinz hinein verliehen worden war. Wahrscheinlich hatte Gwatkin diese Idee einfach nur allein für sich selbst entwickelt. Es handelte sich um eine von strengen moralischen Prinzipien geleitete, aber nicht besonders originelle Auffassung. Widmerpool zum Beispiel hatte, als er mit Gypsy Jones involviert war, davon gesprochen, sich nie wieder mit einer Frau einlassen zu wollen, die seine Konzentration von seiner Arbeit ablenken würde. Gwatkin sprach selten von seiner eigenen Frau. Er hatte einmal erwähnt, dass ihr Vater bei schlechter

Gesundheit sei und dass, wenn er sterbe, seine Schwiegermutter zu ihnen ziehen müsste.

»Wie wirst du dich gegenüber Pendry verhalten?«, fragte ich.

»Sobald wie möglich einen Urlaub für ihn arrangieren. Leider wirst du dann keinen Zugfeldwebel mehr haben.«

»Pendry wird früher oder später sowieso auf Urlaub gehen müssen. Außerdem, in seinem gegenwärtigen Zustand ist er nur von wenig Nutzen.«

»Je eher er geht, desto eher wird er all diesem Ärger ein Ende bereiten.«

»Wenn er es kann.«

Gwatkin sah mich überrascht an.

»Alles wird in Ordnung kommen, wenn er wieder zu Hause ist«, sagte er.

»Hoffentlich.«

»Glaubst du nicht, dass Pendry wieder mit seiner Frau klarkommt?«

»Ich weiß nichts von ihr.«

»Du meinst, sie könnte mit dem anderen Mann durchbrennen wollen?«

»Es könnte alles passieren. Pendry könnte sie umbringen. Man weiß nie.«

Gwatkin zögerte einen Augenblick.

»Kannst du dich an das Buch von Rudyard Kipling neulich abends erinnern?«

»Ja.«

»Es gibt da so was wie Gedichte am Anfang der Geschichten.«

»Ja?«

»Eins davon geht mir nicht aus dem Kopf – wenigstens Teile davon. Ich kann mir nie alle Wörter von so was merken.«

Gwatkin hielt wieder inne. Ich fürchtete schon, er meine, er habe bereits zu viel gesagt und werde nicht mehr die von ihm bevorzugten Verse nennen.

»Welches?«

»Es handelt von – es ist über einen römischen Gott.«

»Ah, Mithras.«

»Du erinnerst dich daran?«

»Natürlich.«

»Erstaunlich.«

Gwatkin sah aus, als ob er eine solche geistige Leistung kaum für möglich halten könne.

»Wie du damals sagtest, Rowland, es ist mein Beruf, viel zu lesen. Aber was ist denn nun mit Mithras?«

»Wo es heißt: ›Mithras auch ein Soldat …‹«

Gwatkin schien zu glauben, dass das ein ausreichender Hinweis sei und ich jetzt alles das erraten können müsse, was er auszudrücken wünschte. Er beendete die Zeile nicht.

»Etwas über Helme, die die Stirn versengen, und Sandalen, die die Füße verbrennen. Ich kann mir nichts Schlimmeres vorstellen, als in Sandalen zu marschieren, besonders auf dem Kopfsteinpflaster römischer Straßen.«

Gwatkin ignorierte das logistische Problem einer Infanterie in Sandalen. Er war in einer sehr ernsthaften Stimmung.

»›– halte uns rein bis zur Dämmerung des Morgens‹«, sagte er.

»Ach ja.«

»Wie deutest du das?«

»Wahrscheinlich ein sehr notwendiges Gebet für einen römischen Legionär.«

Gatwin lachte auch diesmal nicht

»Meint er Frauen damit?«, fragte er, als ob dieser Gedanke ihm erst gerade gekommen sei.

»Das nehme ich an.«

Ich zügelte die Versuchung, eine flapsige Bemerkung über andere, abgründigere Laster zu machen, bei denen, bei Truppen solch gemischten Ursprungs wie den römischen Legionen, die eilige moralische Intervention des Gottes auch notwendig gewesen wäre. Diese Art von Scherzen entsprach überhaupt nicht Gwatkins Stimmung. Ebenso sinnlos, ja sogar hoffnungslos pedantisch, wäre eine kurze Exegese gewesen, die dargelegt hätte, dass, historisch gesprochen, die römische Besetzung Britanniens ganz anders als das Bild gewesen sei, das das Buch zeichne. Bestenfalls würde sie in ein entsetzliches Wortwirrwarr über das Verhältnis zwischen Wirklichkeit und Dichtung enden.

»Diese Zeilen machen einen nachdenklich«, sagte Gwatkin langsam.

»Über das Befolgen von Befehlen?«

»Sie machen einen froh, verheiratet zu sein«, sagte er. »Man muss nicht länger auf Frauen bedacht sein.«

Er kehrte zu der Stelle zurück, wo wir uns zuerst getroffen hatten. Aus der Ferne hörte man das Geräusch eines Autos. Der Lastwagen kam wieder in Sicht. Gwatkin verzichtete auf weitere Spekulationen über Mithras. Er wurde wieder der Kompaniechef.

»Wir haben so viel geredet, ich hab gar nicht die Position deines Zuges inspiziert«, sagte er. »Es gibt nichts Besonderes, das ich da sehen müsste?«

»Nichts.«

»Bring deine Männer sofort zu der Stelle, die ich dir auf der Karte zeige. Wir haben einige Farmgebäude als Quartier für die Nacht erhalten. Es ist nicht weit von hier. Jeder kann sich ein wenig ausruhen. Bis morgen Mittag ist nichts Großes zu erwarten. Alles klar?«

»Alles klar.«

Er stieg in den Wagen und fuhr los. Ich kehrte zu meinem Zug zurück. Feldwebel Pendry trat vor, um Bericht zu erstatten. Er sah noch genauso aus wie an diesem Morgen, nicht besser und nicht schlechter.

»Hauptmann Gwatkin und ich haben gerade über Ihren Urlaub gesprochen, Feldwebel. Wir werden das sofort nach Ende des Manövers arrangieren.«

»Vielen Dank, Sir.«

Er sagte das mit einer tonlosen Stimme, so als ob ihn die Frage des Urlaubs nicht im Geringsten interessiere.

»Lassen Sie den Zug jetzt antreten. Wir werden in einer Farm nicht weit von hier einquartiert. Es besteht die Aussicht, dass wir etwas Schlaf kriegen.«

»Gut, Sir.«

Wie gewöhnlich war die Strecke, die wir zu marschieren hatten, länger als erwartet. Der Regen setzte wieder ein. Doch als wir ankamen, erwiesen sich die Farmgebäude als ziemlich komfortabel. Der Zug war in einer reetgedeckten Scheune untergebracht, wo es jede Menge Stroh gab. Wie immer weigerte sich Unteroffizier Gwylt zuzugeben, dass eine bäuerliche Umgebung je ziemlich erträglich sein konnte.

»Ach, welche hässlichen Gerüche es hier gibt«, sagte er. »Ich mag all diese Kühe nicht.«

Ich schlief wie ein Stein in jener Nacht. Es muss bald nach dem Frühstück am nächsten Morgen gewesen sein, während ich mit Feldwebel Pendry den Wachdienst kontrollierte, als Breeze in die Scheune gerannt kam, um uns zu warnen.

»Ein Auto des Stabes mit dem Wimpel des Divisionskommandeurs hat gerade an der Straße angehalten«, sagte Breeze. »Es muss sich um eine Karteninspektion des Generals handeln. Rowland sagt, du sollst alle Männer sofort dazu bringen, die Waffen zu reinigen oder sie mit sonst etwas Nützlichem zu beschäftigen.«

Er rannte davon, um Kedward zu warnen. Ich machte mich daran, Aktivität in der Scheune zu erzeugen. Einige Mitglieder des Zuges waren dabei, den Schmutz von ihrer Ausrüstung zu entfernen. Für die, die nicht so offensichtlich mit einer nützlichen Aufgabe beschäftigt waren, wurden andere lobenswerte Betätigungen gefunden. Alles war innerhalb weniger Minuten geregelt. Das war auch nicht einen Augenblick zu früh. Man hörte, wie sich eine Gruppe von Leuten der Scheune näherte. Ich schaute heraus und sah den General, seinen Adjutanten und Gwatkin durch den Matsch des Hofes stapfen.

»Sie kommen, Feldwebel Pendry.«

Sie betraten die Scheune. Feldwebel Pendry ließ die Anwesenden strammstehen. Es war sofort offensichtlich, dass General Liddament nicht in bester Stimmung war. Er war ein ernst aussehender Mann, jung – gemessen an seinem Rang –, bartlos, mit der Ausstrahlung eher eines Gelehrten als eines Soldaten. Die Tatsache, dass er kürzlich das Kommando über die Division übernommen hatte, machte sich bereits in kleinen Routinefragen bemerkbar. Obwohl von Berufssoldaten als so etwas wie ein militärischer Pedant angesehen – das jedenfalls hatte Maelgwyn-Jones Gwatkin gesagt –, galt General Liddament als ein Offizier mit eigenen Ideen. Möglicherweise, um seinem Ruf entgegenzuwirken, ein Mann zu sein, der seine Pflichten mit exzessiver Präzision anging (eine Unzulänglichkeit, derer er sich wahrscheinlich bewusst war und die er zu korrigieren hoffte), erlaubte sich der General gewisse Formlosigkeiten bei seiner Uniform und seinem sonstigen Äußeren. Zum Beispiel hatte er immer einen langen Stock, so wie ihn die Küster in Kathedralen haben, in der Hand und trug einen schwarz-braun karierten Schal nachlässig gebunden um den Hals. Ein Jagdhorn klemmte zwischen den Knöpfen seiner Kampfanzugsjacke. Maelgwyn-Jones berichtete zudem, dass General Liddament manchmal von zwei kleinen, an einer Leine geführten Hunden begleitet werde, die immer große Verwirrungen erzeugten, wenn sie miteinander zankten. Der heutige Tag musste für ihn eine zu ernsthafte Angelegenheit sein, um diese Tiere bei sich zu haben. Die Gegenwart der Hunde hätte seine Ausstrahlung eines Schäfers oder Jägers erhöht, jener zeitlosen Konzeptionen, wie sie in idealisierten pastoralen Szenen einiger grafischer Werke dargestellt sind. Doch die Art, wie General Liddament sprach, hatte nichts von einer solchen milden, bukolischen Färbung.

»Sagen Sie ihnen, sie sollen weitermachen«, sagte er und wies mit seinem langen Stock auf mich. »Wie ist der Name dieses Offiziers?«

»Fähnrich Jenkins, Sir«, sagte Gwatkin, der äußerst nervös war.

»Wie lange sind Sie schon bei dieser Einheit, Jenkins?«

Ich sagte es dem General. Er nickte. Er stellte noch einige weitere Fragen. Dann wandte er sich ab, so als habe er alles Interesse an mir verloren, alles Interesse an Menschen überhaupt, und begann, wütend mit seinem Stock in verschiedenen Stellen des Raumes herumzustochern. Nachdem er die Ecken der Scheune erkundet hatte, machte er sich daran, hier und da in das Dach zu stechen.

»Sind die Männer hier im Trocknen gewesen?«

»Ja, Sir.«

»Sind Sie sicher?«

»Ja, Sir.«

»Hier ist ein Leck in dem Reetdach.«

»Da ist ein Leck in dieser Ecke, Sir, aber die Männer haben am anderen Ende geschlafen.«

Gedankenverloren setzte der General noch einige Sekunden lang sein Stochern ohne sichtbare Wirkung fort. Dann aber, als er größere Energie in die Stöße seines Stocks legte, der tief in die Dachstruktur eindrang, fiel plötzlich ein großes Stück der Unterschicht des Reets von oben herab, verfehlte soeben General Liddament selbst, überschüttete aber seinen Adjutanten mit einem Trümmerregen aus Staub, Zweigen und Lehmerde. Der General beendete daraufhin seine Aktivitäten, so als ob er jetzt endlich zufriedengestellt sei. Weder er noch sonst jemand kommentierte den Vorfall, niemand zeigte sich in irgendeiner Weise belustigt. Der Adjutant, ein junger Mann mit rosigem Gesicht, errötete heftig und machte sich daran, sich zu säubern. Der General wandte sich wieder an mich.

»Was hatten Ihre Männer zum Frühstück, Jenkins?«

»Leber, Sir.«

Ich war beeindruckt, dass er meinen Namen behalten hatte.

»Was noch?«

»Marmelade, Sir.«

»Was noch?«

»Brot, Sir – und Margarine.«

»Porridge?«

»Nein, Sir.«

»Warum nicht?«

»Es wurde nicht ausgeteilt, Sir.«

Der General wandte sich wütend an Gwatkin, der in eine Art Trance verfallen war, jetzt aber wieder qualvoll ins Leben zurückkehrte.

»Kein Porridge?«

»Nein, Sir.«

General Liddament dachte, in ärgerliches Schweigen versunken, einige Sekunden lang über diese Feststellung nach. Er schien alle Aspekte des Porridge, die guten wie die schlechten, abzuwägen. Schließlich gelangte er zu einem eindeutigen moralischen Urteil.

»Es hätte Porridge geben müssen«, sagte er.

Er starrte zornig zu den Mitgliedern des Zuges hinüber, die eifrig mit Polieren, Einölen, Läufe-Säubern und was auch immer beschäftigt waren. Plötzlich zeigte er mit seinem Stock auf Williams W. H., den Kurier des Zuges.

»Hätten Sie gerne Porridge gehabt?«

Williams W. H. nahm Haltung an. Wie ich schon sagte, Williams W. H. war gut zu Fuß und sang auch schön. Sonst aber war er nicht besonders intelligent.

»Nein, Sir«, sagte er, ohne zu überlegen, so als ob er das für die richtige Antwort halte.

Der General war sichtlich enttäuscht. Es wäre nicht übertrieben zu sagen, er war völlig erschüttert.

»Warum nicht?«

General Liddament sprach in einem scharfen, aber ernsten Ton, so als er ob gewisse Entschuldigungen wie etwa religiöse Vorbehalte gegenüber dem Essen von Porridge durchaus gelten lassen würde.

»Mag es nicht, Sir.«

»Sie mögen Porridge nicht?«

»Nein, Sir.«

»Dann sind Sie ein dummer Kerl – ein sehr dummer Kerl.«

Nachdem er das gesagt hatte, stand der General schweigend da, so als ob er von einem großen geistigen Schmerz überwältigt sei. Dabei hielt er seinen langen Stab auf Armeslänge von sich und bohrte ihn tief in den Lehmboden der Scheune. Er schien zu versuchen, so objektiv wie möglich über die Vorstellung nachzudenken, dass jemand so völlig außerhalb der Menschheitsfamilie stehe, dass er Porridge nicht mochte. Seine körperliche Haltung suggerierte einen heiligen Mann, der stellvertretend Buße tut für die Sünden derer, die in seine geistige Obhut gegeben sind. Dann wandte er sich ganz plötzlich an den Soldaten, der neben Williams W. H. stand. Zufälligerweise war es Sayce.

»Mögen *Sie* Porridge?«, schrie er fast.

Sayce' Gesicht – widerspenstig, unehrlich, mit Pockennarben übersät – verriet seine Entschlossenheit, so viel Ärger wie möglich zu machen, gleichzeitig aber auch seine Unsicherheit, wie er dieses Ziel am besten erreichen könne. Etwa eine halbe Minute lang erwog Sayce für sich das Für und Wider des Essens von Porridge, so wie er vielleicht über eine besondere, höchst wirkungsvolle Entschuldigung nachsinnen würde, um einen schmutzigen Gewehrlauf zu rechtfertigen. Dann sprach er.

»Also, Sir ...«, begann er.

General Liddament wandte sich sofort von ihm ab und Jones D. zu.

»Und Sie?«

»Nein, Sir«, sagte Jones D., ebenfalls völlig davon überzeugt, dass eine negative Antwort von ihm erwartet wurde.

» ... und Sie?«

»Nein, Sir«, sagte Rees.

Der General bewegte jetzt seinen langen Stock mit fieberhafter Geschwindigkeit, so als sei er dabei, Hexen aufzuspüren, und zeigte nacheinander auf Davies J., Davies E., Ellis, Clements, Williams G.

Keiner hatte Zeit zu antworten. Am Ende der Reihe kam es zu einer langen Pause. Dort stand Unteroffizier Gwylt. Er hatte die Reinigung des Maschinengewehrs beaufsichtigt. General Liddaments Gesicht hatte inzwischen einen Ausdruck der Resignation angenommen; und wie er jetzt so nach vorn gebeugt dastand, das Kinn auf seinen Stock gestützt, sah sein Kopf aus wie ein seltsames, ziemlich bösartiges Totem auf der Spitze eines Pfahls. Er richtete seine Augen auf das Abzeichen an Gwylts Mütze, so als grüble er über die Geschichte des Regiments nach, die es symbolisch darstellte.

»Und Sie, Unteroffizier«, fragte er, diesmal ganz ruhig. »Mögen Sie Porridge?«

Ein enormes Lächeln breitete sich über Unteroffizier Gwylts Gesicht.

»O ja, ja, Sir«, sagte er, »ich *mag* Porridge. Ich wünschte nur, wir hätten heute Morgen Porridge gehabt.«

General Liddament richtete sich langsam auf. Er hob seinen Stock, so dass dessen scharfe Metallspitze fast das Gesicht von Unteroffizier Gwylt berührte.

»Sehen Sie«, sagte er, »sehen Sie alle. Er ist vielleicht nicht der größte Mann in der Division, aber er ist ein kräftiger Kerl, ein guter Typ. Wir haben hier einen Mann, der Porridge isst. Einigen von euch würde es guttun, seinem Beispiel zu folgen.«

Nach diesen Worten schritt der Divisionskommandeur aus der Scheune. Ihm folgten Gwatkin und der Adjutant, der Letztere immer noch von Kopf bis Fuß mit Reet bedeckt. Sie nahmen ihren Weg durch den Matsch zum Auto des Generals. Eine Minute später verschwand der Wimpel aus unserem Blickfeld. Die Inspektion war vorüber.

»Der General ist ein komisch aussehender Bursche«, sagte Breeze hinterher, »aber viel entgeht ihm nicht. Er fragte, wo die Latrinen angelegt seien. Als ich sie ihm zeigte, sagte er mir, ich sollte sie beim nächsten Mal in Windrichtung graben.«

»Genauso war's bei mir«, sagte Kedward. »Er ließ sich von einigen Männern meines Zugs die Stiefelsohlen zeigen, um zu sehen, ob sie repariert werden mussten. Ich war froh, dass ich sie letzte Woche kontrolliert hatte.«

Als wir aus dem Manöver zurückkehrten, erfuhren wir, dass Deutschland in Norwegen und Dänemark einmarschiert war.

»Jetzt beginnt der Krieg wirklich«, sagte Gwatkin. »Es wird nicht lange dauern, und wir sind mittendrin.«

Seine Depressionen, weil er es versäumt hatte, im Feld Unterstützung zu leisten, wurden bis zu einem gewissen Grad dadurch gemildert, dass unsere Kompanie zusammen mit einer anderen den ersten Platz bei einem Übungsmarsch durch das Gelände belegte. Ja, zu dem Zeitpunkt, als Feldwebel Pendry von seinem Urlaub zurückkam, hatte Gwatkin ohne Zweifel das Gefühl, dass sein Prestige als Kompanieführer im Wachsen begriffen sei. Pendry dagegen – der fast unmittelbar nach Beendigung des sechsunddreißigstündigen Manövers den Heimaturlaub angetreten hatte – sah nach seiner Rückkehr nahezu genauso düster aus wie zuvor. Allerdings führte er seine Aufgaben jetzt weit besser aus. Niemand wusste, wie er – wenn überhaupt – seine häuslichen Schwierigkeiten geregelt hatte. Ich hatte noch nie einen Mann gesehen, der sich im Laufe einiger weniger Wochen so gewaltig veränderte. Ursprünglich ein breit und schwer gebauter Mann war Pendry jetzt dünn und verhärmt, seine früher glitzernden blauen Augen tiefliegend und glasig. Dennoch, man konnte sich wieder auf ihn als Zugfeldwebel verlassen. Er hatte seine Energie wiedergewonnen, doch all seine Fröhlichkeit, die ihn einst zu einem so guten Feldwebel gemacht hatte, war jetzt dahin. Es gab zwar kein Zuspätkommen beim Appell oder das Vergessen von Befehlen mehr, aber auch kein gutmütiges Geplänkel mit den Männern des Zugs. Pendry wurde jetzt leicht wütend, war grantig, wenn die Dinge schiefliefen. Trotz dieser Veränderungen gab es wenig, das man an seiner Arbeit hätte kritisieren können. Ich erzählte Gwatkin von dieser Verbesserung.

»Ich nehme an, Pendry hat ein Machtwort gesprochen«, sagte Gwatkin. »Das ist die einzig richtige Methode bei Frauen. Es wird jetzt wohl keine weiteren Schwierigkeiten mit ihm geben.«

Ich selbst war mir weniger sicher. Pendrys Probleme gerieten jedoch in Vergessenheit. Es gab andere Dinge, die uns beschäftigten. Er wurde einfach als eine andere Art von Persönlichkeit hingenommen. Das war schon lange vor dem Zwischenfall an den Straßensperren der Fall, vor dem sich jeder längst an den neuen Pendry gewöhnt hatte.

»Wenn Cadwallader geht, was früher oder später zwangsläufig ist«, sagte Gwatkin, »wird man auch Pendry für den Posten des Kompaniehauptfeldwebels in Betracht ziehen müssen.«

Die Straßensperren bestanden aus kleinen Betonbunkern, die über den gesamten Befehlsbereich verstreut angelegt waren, um den Feind aufzuhalten, sollten die Deutschen mit einer Invasion der Insel beginnen wollen. Zusätzlich zur normalen Wachdienstroutine wurden diese Straßensperren nach Einbruch der Dunkelheit bemannt, und der jeweilige diensthabende Offizier inspizierte sie nacheinander die ganze Nacht hindurch. Diese Inspektion dauerte bis zum Morgengrauen, und es blieben ihm nur zwei Stunden Schlaf, bevor er wieder zum Appell erscheinen musste. Breeze war an jenem Tag der diensthabende Offizier gewesen, Pendry der für die Straßensperren verantwortliche Feldwebel. Als Folge einer der Anomalien der Bataillonsplanungen war Pendry der Vorpostenwache zugeteilt gewesen und hatte unmittelbar danach an der Nachtübung der Brigade teilnehmen müssen, so dass sein Dienst an den Straßensperren dazu führte, dass er die dritte Nacht hintereinander mit wenig oder gar keinem Schlaf auskommen musste. Das war Pech, aber aus bestimmten Gründen – wahrscheinlich wegen der chronischen Unterzahl an Feldwebeln – war eine solche Situation unvermeidlich. Ich drückte ihm auch mein Mitgefühl in dieser Sache aus.

»Machen Sie sich keine Sorgen, Sir«, antwortete Pendry, »ich scheine neuerdings nicht viel Schlaf zu brauchen, eigentlich.«

Das war eine erstaunliche Antwort. In der Armee wird Schlaf mehr geschätzt als alles andere – mehr als Essen, ja sogar mehr als Tee. Ich entschloss mich, noch einmal mit Gwatkin über Pendry zu sprechen, um herauszufinden, ob

Gwatkin, als Kompanieführer, meine, dass alles in Ordnung sei. Ich fühlte mich schuldig, weil ich nichts dagegen getan hatte, dass Pendrys Situation aus meinem Blickfeld geraten war. Er stand vielleicht am Rand eines Zusammenbruchs. Seine Missachtung des Schlafs ließ zweifellos auf etwas Derartiges schließen. Vielleicht konnten Probleme dadurch vermieden werden, dass ich mich näher um diese Sache kümmerte. Doch an solche Vorsichtsmaßnahmen, wenn sie sich denn als wirkungsvoll erwiesen hätten, wurde zu spät gedacht. Der Rest der Geschichte kam vor dem Untersuchungsgericht ans Tageslicht. In ihren Grundzügen war sie ziemlich klar. Breeze hatte die Inspektion des Bunkers, in dem Pendry Dienst tat, durchgeführt und war, da er alles für korrekt befunden hatte, mit dem Auto des diensthabenden Offiziers zum nächsten Posten weitergefahren. Etwa zehn Minuten nach Breeze' Abfahrt nahm die Wache, die in dem Bunker auf Posten war, verdächtige Bewegungen in der Nähe einiger eingestürzter Schuppen und Zäune weiter oberhalb der Straße wahr. Das heißt, die Wache glaubte, sie sähe verdächtige Bewegungen. Sie konnte sie sich auch sehr wohl eingebildet haben. Die Taubi-Morgan-Affäre hatte gezeigt, dass Feindseligkeiten auch von anderen als deutschen Quellen ausgehen konnten. Was dort in den Schatten vor sich ging, mochte sehr wohl auf Vorbereitungen für einen ähnlichen Angriff hindeuten. Feldwebel Pendry sagte, er wolle selbst diese Aktivitäten untersuchen. Sein Gewehr war geladen. Er näherte sich den Schuppen, wo er außer Sichtweite geriet. Einige Minuten lang war nichts in dieser Richtung zu sehen. Dann rannte ein Hund über die Straße. Dieser Hund, so wurde später gesagt, habe durchaus die Ursache für die ursprünglichen Störungen gewesen sein können. Feldwebel Pendry war immer noch nicht zu sehen. Dann war das Echo eines Schusses, einige sagten zweier Schüsse, zu hören. Pendry kam nicht zurück. Nach einiger Zeit machten sich zwei Männer aus dem Bunker auf, um nach ihm zu suchen. Sie fanden ihn in einer Grube oder einem Graben zwischen den Schuppen. Pendry war tot.

Aus seinem Gewehr war geschossen worden. Es wurde nie zweifelsfrei geklärt, ob ein Angreifer den Tod verursacht hatte; ob ihn, als er stolperte und in die Grube fiel, seine eigene Waffe tötete; ob sich Pendry, allein an diesem dunklen trostlosen Ort, niedergedrückt von seinem Elend und überreizt durch Mangel an Schlaf, dazu entschlossen hatte, seinem Leben ein Ende zu machen.

»Er hatte immer die Absicht, es zu tun«, sagte Breeze.

»Es war Mord«, sagte Gwatkin. »Pendry war der erste. Es wird im Laufe der Zeit weitere geben.«

Das Untersuchungsgericht äußerte die Meinung, Pendry hätte korrekter gehandelt, wenn er bei seiner Erkundung einen weiteren Mann mitgenommen hätte. Es war auch nicht sicher, ob er das Gewehr ohne direkten Befehl von einem Offizier hätte laden dürfen. In dieser Hinsicht wies die Dienstanweisung für Feldwebel an Straßensperren gewisse Unklarheiten auf. Die ganze Frage der Munitionsbeaufsichtigung in Beziehung zu Wachen an Straßensperren wurde überprüft und das System später überarbeitet. Für Breeze war die Zeit der Beweisaufnahme des Gerichts eine schwierige Zeit. Er wurde von allen Vorwürfen entlastet, doch als sich die Gelegenheit ergab, meldete er sich freiwillig für den Dienst in einer der Panzerabwehrkompanien, die auf Divisionsbasis organisiert wurden. Verständlicherweise wollte er weg von unserem Bataillon und den unangenehmen Assoziationen. Vielleicht wollte er auch weg von Gwatkin. Gwatkin seinerseits weigerte sich – genauso wie er Bithel die Taubi-Morgan-Affäre vorgeworfen hatte –, das Urteil des Untersuchungsgerichts, das Breeze von jeglicher Schuld freigesprochen hatte, anzuerkennen.

»Yanto war genauso verantwortlich für Feldwebel Pendrys Tod, wie wenn er von einem deutschen Schützengraben aus niedergeschossen worden wäre«, sagte Gwatkin.

»Was hätte er denn tun können?«

»Yanto wusste, wie wir alle, dass Pendry von so etwas gesprochen hatte.«

»Ich wusste es nicht, und Pendry war mein eigener Zugfeldwebel.«

»Kompaniehauptfeldwebel Cadwallader weiß mehr, als er zu sagen bereit ist.«

»Was meint der Hauptfeldwebel denn?«

»Er sprach einfach nur ein paar Mal über Pendry«, sagte Gwatkin übellaunig. »Ich verstehe erst jetzt, was er meinte. Ich mache mir selbst auch Vorwürfe. Ich hätte es vorhersehen müssen.«

Dies war ein weiteres Beispiel für Gwatkins rituelles Leiden an den Übeln des Bataillons. Maelgwyn-Jones vertrat eine robustere, objektivere Meinung, als ich ihn aufsuchte, um den Verlauf von Pendrys Beerdigung zu besprechen.

»Solche Dinge passieren halt von Zeit zu Zeit«, sagte er. »So ist eben die Armee. Erstaunlicherweise gibt es nicht mehr von diesen Fällen. Hier ist der Papierkram zum Ehrensalut. Übergeben Sie ihn an Rowland.«

»Fast jeder in der Kompanie hat sich freiwillig dazu gemeldet.«

»So was lieben sie«, sagte Maelgwyn-Jones. »Übrigens, Sie werden nächste Woche zu einem Kurs nach Aldershot gehen. Sagen Sie das auch Rowland.«

»Welche Art von Kurs?«

»Allgemeine Fortbildung.«

Als wir uns an diesem Abend schlafen legten, erzählte ich Gwatkin, wie sich die Männer fast um einen Platz in dem Ehrensalutkommando geschlagen hätten.

»Nichts schweißt eine Kompanie so sehr zusammen wie der Tod«, sagte er düster. »Es sieht so aus, als ob es auch in meiner Familie einen geben wird. Dem Vater meiner Frau geht es gar nicht gut.«

»Was ist er von Beruf?«

»Er arbeitet in einer Bank, wie wir alle hier.«

Der Pendry-Zwischenfall hatte ihm sehr stark zugesetzt. Auf der anderen Seite der Trennwand, in dem Warenlager, war Obergefreiter Gittins noch wach. Als ich ihn zuletzt gesehen hatte, war er dabei gewesen, gewaltige Stapel des Armeeformulars ›Zehnachtundneunzig‹ zu sortieren, und er schien jetzt noch immer damit beschäftigt. Auch er schien von Gedanken an die Sterblichkeit erfüllt, denn während er die Formulare sortierte, sang er still vor sich hin:

»Wenn an Jordans Rand ich wandle,
Sag du meiner Angst: ›Hinweg!‹
Tod des Tods, der Höll' Vernichtung,
Hole heil mich auf Kanaans Seit'.
Lobeshymnen,
Lobeshymnen
Bring ich ewiglich dir dar.«

3

DER ZUG, LANG, schmierig, gerammelt voll, oft aufgehalten auf seiner Fahrt, schob sich südwärts auf London zu. Im Innern der Wagen herrschte ein kalter, stickiger Mief. Die abgedunkelten elektrischen Birnen, schwach leuchtend nur wie phosphoreszierende Mollusken in der wirbelnden Tiefenschicht eines Aquariums, hingen über Fotoansichten von Blackpool und Morecambe Bay – ein Interieur also, wie es für die Kriegszeit typisch war. Die Nacht draußen war noch schwarz wie Pech, als der Zug irgendwo in Mittelengland hielt, und der Füsilier vom Lancashire-Regiment neben mir, der mir gesagt hatte, er gehe in dieser Gegend auf Urlaub, erriet sofort den Namen des völlig verdunkelten Bahnhofs, packte seine Sachen und verließ eilig das Abteil. Sein Abgang war willkommen, erlaubte er doch auch den beengter Sitzenden größere Beinfreiheit. Der Hauptmann mit dem grauen Schnurrbart, dessen lederne Haut und eine Reihe von Ordensbändern vermuten ließen, dass es sich um einen Zeugmeister handelte, rückte näher an meinen Eckplatz heran, während er mit leisem, gereiztem Grunzen dicke Packen von Auftragspapieren aus einer Tasche nahm, sie in Bündel aufteilte, mit Gummibändern sicherte und in die andere Tasche steckte. Zusätzlicher Raum ließ auf einen weniger unruhigen Schlaf hoffen, aber als die Lokomotive wieder an Fahrt gewann, schob jemand die Abteiltür auf. Eine Gestalt in Uniform sah herein.

»Ist hier noch ein Platz frei?«

Es gab zwar kein ausdrückliches Verneinen auf diese Frage nach der Existenz eines freien Platzes, aber die Reaktion darauf konnte man nicht gerade als eine willkommen heißende Bejahung deuten.

Das nur widerwillig von den fischigen, in den seichten Gewässern flackernden Kugelformen gewährte Licht war zu schwach, um mehr als einen hochgewachsenen Mann erkennen zu können, der einen britischen Militärmantel trug, dessen

Schulterklappen ohne Rangabzeichen waren. Die Stimme war autoritativ, präzise und ziemlich melodisch – eine Stimme, die ich sofort mit angenehmeren, auch frivoleren Umständen als denen verband, die jetzt vorlagen. Vielleicht hatte ich sie einmal vor dem Hintergrund des Pochens einer Band gehört, tausend Jahre zuvor. Wenn das stimmte, dann hatte ich den Anlass längst vergessen. Während er sich aus seinem Mantel schüttelte, erzeugte der neue Fahrgast besonders dadurch ziemliche Unruhe, dass er den Zeugmeister dazu aufforderte, sein Gepäck auf der Ablage, wo es in der Tat mehr Raum einnahm, als ihm fairerweise zustand, ein paar notwendige Zentimeter zur Seite zu schieben. Der Zeugmeister erhob einige Einwände, aber sein Zögern traf auf absolute Festigkeit. Der Mann in dem britischen Militärmantel setzte sich schließlich durch. Die Sachen wurden verschoben. Nachdem er sein eigenes Gepäck untergebracht hatte, setzte er sich neben mich.

»Der letzte freie Platz im Zug«, sagte er.

Er lachte und fiel dann offensichtlich sofort in den Schlaf. Wir rumpelten stundenlang durch die Nacht. Auch ich schlief ein, bedrängt von beunruhigenden Träumen voller administrativer Ängste. Der Zeugmeister verließ seinen Platz um fünf Uhr und kehrte erst nach einer Ewigkeit wieder zurück, immer noch mürrisch vor sich hin murmelnd. Es wurde Morgen. Ein trauriges, blasses Licht drang sanft durch die Vorhänge. Eine verborgene Macht löschte die blauen Lampen. Es wurde wärmer. Die Menschen begannen, sich zu strecken, sich zu schnäuzen, sich zu räuspern, Zigaretten anzuzünden, auf den Korridor hinauszugehen, um sich zu rasieren oder ihre Notdurft zu verrichten. Ich sah mir die anderen Anwesenden in dem Abteil näher an. Außer dem Hauptmann, der mittleren Alters war, hatten alle nur einen Stern, einschließlich des Neuankömmlings neben mir. Dieser schlief noch, und ich konnte ihn mir genauer anschauen. Er hatte ein dünnes, ziemlich vornehmes Gesicht, eine Hakennase und dunkelblondes Haar. Auf seinem Kragen trug er die dem Logo von ›Fortnum and Mason‹ ähnlichen Abzeichen des Allgemeinen Dienstes. Die übrige Gesellschaft in dem Abteil setzte sich zusammen aus zwei Offizieren des Königlichen Fernmeldecorps, einem Kanonier, einem Mitglied des Green-Howard-Regiments (Ted Jeavons' erstes Regiment im vorhergehenden Krieg, wie ich mich erinnerte) und einem Angehörigen des Durham-Light-Infantry-Regiments. Der dünne Mann neben mir wachte langsam auf, rieb sich die Augen und stöhnte leicht.

»Ich glaube, ich warte mit dem Rasieren, bis wir in London sind«, sagte er.

»Ich auch.«

»Es macht keinen Sinn, die Eleganz zum Fetisch zu machen.«

»Überhaupt nicht.«

Wir dösten beide wieder ein. Als es hell genug war, um zu lesen, zog er ein Buch aus der Tasche. Ich sah, dass es auf Französisch war, konnte aber den Titel nicht erkennen. Wieder kam er mir irgendwie bekannt vor, wieder aber wusste ich nicht, warum.

»Gibt es einen Frühstückswagen in diesem Zug?«, fragte der Green Howard.

»Ach Gott, nein«, sagte der Durham-Light-Infanterist. »Was glauben Sie, wo wir sind? Im Ritz?«

Einer der Männer vom Fernmeldecorps meinte, es bestünde Hoffnung auf eine Tasse Tee, möglicherweise auch auf etwas zu essen beim nächsten Bahnhof, einem Knotenpunkt, wo der Zug angeblich zehn oder mehr Minuten Aufenthalt habe. Dies erwies sich als richtig. Nach unserer Ankunft in diesem Bahnhof verließen der Mann mit den Abzeichen des Allgemeinen Dienstes und ich gemeinsam das Abteil und gingen den Bahnsteig entlang. Wir betraten zusammen die Imbissstube.

»Die ganze Nacht hindurch zu sitzen geht auf den Rücken«, sagte er.

»Ja, das stimmt.«

»Ich hab mal von Prag bis Hook van Holland hindurch gesessen und mir geschworen, es nie wieder zu tun. Ich wusste ja nicht, dass mir ein Leben voller Reisen dieser Art bevorstand.«

»Von Budapest bis Wien nachts auf der Donau kann auch ganz schön strapaziös sein«, sagte ich. Ich wollte nicht als jemand dastehen, der nicht mit den europäischen Unbequemlichkeiten vertraut war. »Meinen Sie, wir sind hier in einer guten strategischen Position, um noch eine Tasse Tee zu ergattern?«

»Vielleicht nicht. Lassen Sie es uns am anderen Ende der Theke versuchen. Vielleicht können wir ja die Aufmerksamkeit der Dame an der zweiten Teemaschine erregen.«

»Und erhalten auch die Chance, eines dieser verblichenen, aber immer noch wundervollen Bratwürstchen mit Brötchen zu kaufen, bevor sie alle von den niederen Rängen verzehrt sind.«

Wir änderten unsere Position, auf mehr Erfolg hoffend.

»Da Sie gerade Wien erwähnten«, sagte er, »haben Sie je das außerordentliche Erlebnis gehabt, jene Galerie des Kunsthistorischen Museums zu betreten, wo ein Schirm quer über den hinteren Teil gespannt ist? Auf der anderen Seite des Schirms treffen Sie ganz unerwartet auf diese vier umwerfenden Bruegels?«

»›Jäger im Schnee‹ ist nahezu mein Lieblingsgemälde.«

»Ich mag auch ›Zwei Affen‹ im Kaiser-Friedrich-Museum in Berlin sehr. Ich hab mir kürzlich ein Zimmer mit jemandem vom Essex-Regiment geteilt, der genauso aussah wie der Affe auf der linken Seite; genau der gleiche gerissene Gesichtsausdruck. Also, wir machen ja kaum Fortschritte beim Tee.«

Wir drängten uns näher an die Theke heran und hatten schließlich Erfolg. Die Belohnung war ein Bratwürstchen mit Brötchen für jeden von uns.

»Sollten wir nicht jetzt zum Zug zurückkehren? Ich bin mir nicht absolut sicher wegen meines Eckplatzes.«

»In diesem Fall nehme ich aber meine Bratwurst mit.«

Als wir zurück zum Abteil kamen, schlief der Zeugmeister wieder, ebenso die beiden Männer vom Fernmeldecorps und der Kanonier. Sowohl der Durham-Light-Infanterist als auch der Green Howard holten ihren Knopfschutz, Dosen mit Poliermitteln, Tücher und Bürsten heraus. Sie zogen ihre Tuniken aus und machten sich energisch daran, ihre Sachen auf Hochglanz zu bringen, während sie sich über Sondervergütungen unterhielten.

»Haben wir uns nicht schon früher irgendwo getroffen?«

»Mein Name ist Pennistone – David Pennistone.«

Ich kannte niemanden, der so hieß. Ich nannte ihm meinen eigenen Namen, aber wir konnten keine Verbindung finden, die eine frühere Begegnung wahrscheinlich gemacht hätte. Pennistone sagte, dass er Morelands Musik möge, ihn aber nicht persönlich kenne.

»Gehen Sie jetzt auf Urlaub?«

»Auf einen Kurs – und Sie?«

»Ich komme gerade von einem Kurs«, sagte er. »Ich habe Urlaub, bis man mich wieder benötigt.«

»Das klingt gut.«

»Ich bin sowieso eine seltsame Art von Soldat. Gewisse besondere Qualifikationen sind meine einzige Entschuldigung. Es wird ziemlich gut sein, ein oder zwei Wochen ganz für mich allein zu haben. Ich bin dabei zu versuchen, etwas zu Ende zu bringen. So ein Fall von verdienen, während man lernt.«

»Und was ist das?«

»Ach, etwas schrecklich Langweiliges über Descartes. Es ist wirklich nicht wert, darüber zu sprechen. *Cogito ergo sum* und das alles. Ich schäme mich eigentlich dafür. Nebenbei bemerkt, kennen Sie vielleicht dieses Werk? Ich dachte, in meiner neuen Karriere könnte ich vielleicht davon profitieren.«

Er hielt mir das Buch hin, in dem er gerade gelesen hatte. Ich nahm es ihm aus der Hand und las den Titel auf dem Buchrücken: »Servitude et Grandeur Militaire: Alfred de Vigny.«

»Ich dachte, Vigny sei nur ein Dichter – *›Dieu! Que le son du cor est triste au fond des bois!...‹*«

»Er hat auch vierzehn Jahre seines Lebens als Soldat verbracht. Er endete als Hauptmann. Es besteht also Hoffnung für jeden von uns.«

»In den Napoleonischen Kriegen?«

»Zu jung. Vigny hat nie aktiv an Kämpfen teilgenommen. Nur die lästigste Art von Garnisonpflichten, gewürzt allein durch kleine zivile Unruhen – in Reih und Glied dastehen zu müssen, während Demonstranten Steine werfen. Solche Sachen.«

»Ach so.«

»In gewisser Weise ist das die beste Perspektive für eine Untersuchung des Militärlebens. Kampfhandlungen verwischen vielleicht das Problem, indem sie sich als zu aufregend erweisen. Sie sind schließlich eher aufregend als interessant. Wie auch immer, dieses Buch sagt, was Vigny über das Soldatentum dachte.«

»Und was sind seine Schlussfolgerungen?«

»Dass der Soldat ein hingebungsvoller Mensch ist, eine Art Mönch des Krieges. Er bezog sich natürlich auf die Berufsarmeen seiner Zeit. Vigny erkannte jedoch, dass im Laufe der Zeit die Streitkräfte eines jeden Landes mit der Nation selbst identifiziert würden, wie die Armeen der Antike.«

»Wenn die Bombardierung hier einsetzt, wird die Zivilbevölkerung eindeutig eine ebenso gefährdete Rolle spielen wie die Soldaten, wenn nicht eine noch gefährdetere.«

»Natürlich. Dennoch, Vigny würde sagen, dass die Menschen in Uniform das größere Opfer bringen, indem sie das Mannsein im Soldaten verloren haben – was er die Entsagung des Kriegers nennt, seinen Verzicht auf Denken und eigenständiges Handeln. Vigny sagt, die Krone des Soldaten ist eine Dornenkrone, und unter ihren Dornen keine schmerzhafter als der passive Gehorsam.«

»Sehr wahr.«

»Er deutet die Rolle der Autorität als eine im Wesentlichen künstliche und die Armee als eine Lebensform, in der es genauso wenig Raum gibt für unkontrollierten Enthusiasmus wie für mürrische Gleichgültigkeit. Der begeisterte Freiwillige hat ebenso viel zu lernen wie der unwillige Wehrpflichtige.«

Ich dachte an Gwatkin und seinen Eifer; an Sayce und seine Widerspenstigkeit. Es sprach einiges für diese Ansicht von der Armee. In der Zwischenzeit waren Pennistone und ich die Einzigen in dem Abteil, die noch wach waren. Die Knopfpolierer hatten ihr Brimborium aufgegeben, ihre Tuniken wieder angezogen und waren wie der Rest eingenickt. Der Zeugmeister begann zu schnarchen. Er sah nicht besonders mönchisch aus, auch nicht hingebungsvoll; obwohl man nie wissen konnte. Wahrscheinlich wusste Vigny nach vierzehn Jahren Militärdienst, wovon er redete.

»Dennoch«, sagte ich, »es ist ein Missverständnis anzunehmen, wie es die meisten Menschen tun, dass die Armee in ihrem Wesenskern verschieden ist von all den anderen Gemeinschaften. Ihre Hierarchie und Disziplin erwecken das oberflächliche Bild eines solchen Unterschieds, aber es gibt in der Armee ebenso alle Arten von Persönlichkeiten wie außerhalb der Armee. Im Allgemeinen ist, wenn gleiche Bedingungen vorliegen, ein Mann, der im Zivilleben Erfolg hat, auch in der Armee erfolgreich.«

»Gewiss – und es gibt willensschwache Generäle und willensstarke einfache Soldaten.«

»Betrachten Sie beispielsweise nur einmal die Art, wie Sie selbst meinen Nachbarn letzte Nacht dazu gezwungen haben, seine Sachen beiseitezuschieben.«

Pennistone lachte.

»Man kann sich gerade noch vorstellen, welch ein romantisches Bild Vigny von diesem fetten Sack gezeichnet hätte«, sagte er, »aber das nur so nebenbei. Wahrscheinlich würde Vigny, während er betonen würde, dass wir wieder bei der Bürgerarmee der klassischen Zeit, wie er sie sich vorstellte, angekommen seien, Ihnen beipflichten. Er war sich gewiss bewusst, dass nichts in der Armee absolut ist – am wenigsten das Befolgen von Befehlen. Nehmen Sie meinen eigenen Fall. Ich erhielt die Instruktion, erst heute Morgen einen Zug zu nehmen, da es örtlich Beschwerden darüber gegeben hatte, dass Soldaten an Wochenenden zum Nachteil ziviler Reisenden die Züge überfüllten. Ich stellte sorgfältige Nachforschungen an, fand heraus, dass die Wahrscheinlichkeit, bestraft zu werden, gering war, machte mich am Abend zuvor auf die Reise und sparte so einen Tag.«

»Mit anderen Worten, das Individuum zählt noch, selbst in der Armee.«

»Obwohl eingebunden in Umstände, in denen, theoretisch gesehen, keine Individualität – doch viel Willenskraft – existiert.«

»Wie hätte Vigny über Ihre Befehlsverweigerung gedacht?«

»Ich hätte anführen können, dass die Armee nicht mein gewählter Beruf sei, dass mein Fehlverhalten auf meine Abscheu gegen Uniform, Trommel und Drill, gegen das Ritual des Exerzierplatzes zurückgehe, die Handlung eines unwürdigen, amateurhaften Neophyten des Krieges sei.«

Danach schliefen wir beide wieder ein. Als der Zug London erreichte, verabschiedete ich mich von Pennistone. Er fuhr weiter zu seinem Zuhause in der Provinz, wo er bleiben würde, bis die Pflicht ihn wieder rief.

»Vielleicht begegnen wir uns mal wieder.«

»Lassen Sie uns jedenfalls einen solchen Entschluss fassen«, sagte er. »Wie wir beide meinen, sind solche Dinge zum großen Teil eine Sache des Willens.«

Er winkte mir zu und verschwand in der Menge. Später an diesem Morgen, während ich mich den vielen kleinen Aufgaben widmete, die in den wenigen Stunden in London zu erledigen waren, fiel mir plötzlich ein, wo ich Pennistone schon früher einmal gesehen haben könnte. War es nicht vor zehn oder zwölf Jahren auf Mrs. Andriadis' Party in der Hill Street gewesen? Seine Identität war mir jetzt klar. Er war der junge Mann mit der Orchidee im Knopfloch, mit dem ich spät in der Nacht ein Gespräch begonnen hatte. Dies schien ein Charakteristikum unserer Beziehung zu sein. Stringham hatte mich zu der Party mitgenommen, und Pennistone hatte mich darüber informiert, dass das Haus selbst den Duports gehöre. Er hatte mir auch gesagt, dass Bob Duport mit Peter Templers Schwester Jean verheiratet sei. Es war Pennistone gewesen, den Milly Andriadis in dieser Nacht – als wegen ihres Streits mit Stringham ein großes Durcheinander herrschte – in einen Sessel gestoßen hatte, als er versuchte, ihr eine Anekdote über Prinz Theodoric und den Prinzen von Wales zu erzählen. All das schien jetzt Jahrhunderte her: Der Prinz von Wales war nun der Herzog von Windsor; Prinz Theodoric das Rückgrat proalliierter Strömungen in einem Land, das von deutscher Invasion bedroht war; Pennistone und ich Fähnriche mit Mitte dreißig. Ich fragte mich, was aus Stringham, Mrs. Andriadis und den Übrigen geworden war. Doch ich hatte keine Zeit, lange über all das nachzudenken. Andere Dinge verlangten meine Aufmerksamkeit. Ich war froh – überglücklich –, zurück in England zu sein, wenn auch nur für etwa einen Monat. Es würde Wochenendurlaube von dem Kurs geben, und es würde dann sicher möglich sein, zum Haus meiner Schwägerin Frederica Budd zu reisen, wo sich Isobel bis zur Geburt unseres Kindes aufhielt. Die Straßen Londons, jetzt fast frei vom Verkehr, erschienen mir unglaublich hell und kultiviert; die Nutten in Piccadilly wie strahlende Nymphen. Das war zu der Zeit, ehe die Bombenangriffe einsetzten. Ich wusste jetzt, wie sich Persephone am ersten Tag ihrer jährlichen Entlassung aus der Unterwelt gefühlt haben musste. Ein unkonventionell aussehender Offizier der Royal Air Force, der mir auf der Straße entgegenkam, erwies sich als Barnby. Er erkannte mich im gleichen Augenblick.

»Ich dachte, du seist jetzt Kriegsmaler.«

»War ich auch eine Zeitlang«, sagte er, »dann wurde ich es leid und hab einen Job bei diesem Verein als Tarnbemaler angenommen.«

»Du machst aus Flughäfen Häuschen aus der Tudor-Zeit?«

»So ähnlich.«

»Und wie ist das so?«

»Nicht schlecht. Wenn ich nicht so malen kann, wie ich es wünsche, will ich lieber das tun als alles andere.«

»Ich dachte, Kriegsmaler dürften malen, was immer sie wünschen.«

»In gewisser Weise stimmt das sicher«, sagte Barnby. »Ich weiß es nicht. Irgendwie ziehe ich das hier vor, solange Krieg ist. Sie erlauben mir gelegentlich, an einem Einsatzflug teilzunehmen.«

Ich fühlte einen plötzlichen Stich. Barnby war ein paar Jahre älter als ich. Ich hatte nichts derartig Interessantes zu berichten. Er sah in seiner Uniform ziemlich seltsam aus: dick, breitschultrig, fast als ob er noch den blauen Overall trage, in dem er gewöhnlich malte.

»Und was machst du, Nick?«

Ich gab ihm einen Bericht von meinem Leben.

»Das klingt nicht sehr aufregend.«

»Ist es auch nicht.«

»Ich hab jetzt eine Beziehung zu einer wundervollen neuen Frau«, sagte er.

Ich dachte, dass sich doch, ob Krieg oder Frieden, in dieser Hinsicht nichts je wirklich ändere.

»Wie lange bist du noch in London?«, fragte er. »Ich würde dir gerne von ihr erzählen. Sie hat eine außerordentliche Eigenschaft. Es würde dich amüsieren, davon zu hören. Können wir nicht heute zusammen zu Abend essen?«

»Ich muss mich heute Nachmittag in Aldershot melden. Man hat mich zu einem Kurs dahin geschickt. Bist du in London stationiert?«

»Ich bin nur für eine Nacht hier. Ich muss mit einem Mann im Luftfahrtministerium über irgendeine besondere Tarnausrüstung sprechen. Wie geht es Isobel?«

»Kriegt bald ein Baby.«

»Grüß sie lieb von mir. Und wie ist es dem Rest der Familie Tolland ergangen?«

»George ist mit dem Gardebataillon in Frankreich. Er war natürlich bei der regulären Reserve und ist jetzt Hauptmann. Robert, immer schon eine ziemlich mysteriöse Figur, ist Unteroffizier bei der Feldsicherheitspolizei. Man sagt, er würde bald zum Offizier befördert werden. Hugo will nicht Offizier werden. Er zieht es vor, dort zu bleiben, wo er jetzt ist, bei der Artillerie an der Südküste. Er ist jetzt Artillerieunteroffizier, glaube ich. Er sagt, man treffe so furchtbare Typen unter den Offizieren.«

»Und was ist mit den Jungs, die Isobels Schwestern geheiratet haben?«

»Roddy Cutts – als Parlamentsabgeordneter – hatte keine Schwierigkeiten, irgendwo unterzukommen. Bei einer Kavallerieeinheit seiner eigenen Grafschaft, meine ich. Ich weiß nicht, welchen Rang er hat. Wahrscheinlich inzwischen Oberst. Susan ist bei ihm. Chips Lovell hat sich der Marine angeschlossen.«

»Das ist eine unerwartete Gattung. Ist Priscilla bei ihm?«

»Soweit ich weiß.«

Wir sprachen noch über andere Dinge und trennten uns dann. Das Gespräch mit Barnby erhöhte noch das Gefühl, aus einem Gefängnis entlassen zu sein, erzeugte aber gleichzeitig die neue Empfindung in mir, zu nichts anderem als diesem Gefängnisleben geeignet zu sein. Was Barnby gesagt hatte, alles was damit zusammenhing, schien hoffnungslos unwirklich. Es vermittelte mir eine grenzenlose Erleichterung, frei zu sein, wenn auch nur für kurze Zeit frei zu sein, von der allzeitigen Gegenwart Gwatkins, Kedwards, Cadwalladers, Gwylts und der Übrigen; mir nicht Sorgen darüber machen zu müssen, ob der Zug besser damit beschäftigt wäre, sich einzugraben oder einen Hügel zu attackieren; ob Davies G. einen Streifen bekommen oder Davies L. einen verlieren sollte. Und doch, im Vergleich dazu erschienen mir die Gestalten Barnbys und Pennistones als nur wenig mehr als Fantasiegebilde, als flackernde Schatten auf den Lichtbildern einer altmodischen Laterna magica. Wie auch immer, ich war kaum in London angekommen, als es wieder Zeit wurde, mich nach Aldershot aufzumachen. Im Zug auf dem Weg dorthin dachte ich über die Ideen nach, die Pennistone vorgebracht hatte, und über die ›gelegentlichen Einsatzflüge‹ Barnbys. Wie würde ich mich auf solchen Luftfahrten fühlen? Vielleicht so wie Dai und Shoni in ihrem Ballon. Bei dem, was ich bisher in der Armee erlebt hatte, war die Gefahr immer etwas gewesen, das, obwohl es jeden Moment hervorspringen konnte, nur unsichtbar im Hintergrund lauerte. Der Vordergrund war stets mit jenen moralischen Verpflichtungen vollgestopft gewesen, die Vigny dargelegt hatte. Ich beneidete Pennistone, der ohne wahrnehmbare Anstrengung vom Krieg zu Descartes und wieder zurück zum Krieg wechseln konnte. Ich wusste, mir selbst war es unmöglich, eine einzige Zeile eines Romans – ich hatte inzwischen drei oder vier verfasst – zu schreiben, wie lange auch immer ich von meinen Pflichten befreit sein würde. Welche inneren Prozesse das Schreiben eines Romans auch immer voraussetzt, der Krieg hatte sie, was mich anging, völlig blockiert. Das war einer der vielen unangenehmen Aspekte des Krieges – ein Aspekt, der nicht nur physisch, sondern auch moralisch unvermeidlich war. Warum beneidete ich Barnby um seine Flugeinsätze? Das war eine nicht leicht zu beantwortende Frage. Gewiss nicht, weil ich getötet werden wollte; auch nicht, weil die Qualitäten derer, die sich in Kampfhandlungen auszeichnen, solche waren, auf die ich irgendeinen Anspruch erheben konnte. Was das anging, besaß auch Barnby sie nicht in besonderem Maße. Vielleicht war aber gerade das der Punkt. Doch es schien absurd, den Krieg als eine solche Art von Wettbewerb zwischen Individuen anzusehen. Wenn das das Ziel im Krieg war, warum dann nicht im Frieden? Ohne Zweifel gab es viele Individuen, die auch in Friedenszeiten diese Art von ehrgeiziger Rivalität empfanden, aber deren Neigungen teilte ich nicht. Nüchtern betrachtet erzeugte der Krieg eine Situation, in der das Individuum – wenn es zu der Seite gehören wollte, die gewann – nur insofern von Bedeutung war, als es zu den Erfordernissen der Maschinerie beitrug, nicht aber als die pittoreske Figur, die es in seinen eigenen Augen und denen anderer abgab. Wenn man zu dieser Art von Menschen gehörte, war es nicht vernunftgerechter, danach zu streben, eine Kavallerieattacke anzuführen, als ohne wissenschaftliche Ausbildung das Atom zu spalten. Dennoch, wie Pennistone gesagt hatte, diese Dinge sind zum großen Teil eine Sache des Willens. Ich erinnerte mich an Dr. Trelawney, den Magier, und an den Abend, als Duport und ich ihm nach einem Asthmaanfall ins Bett geholfen hatten. Er hatte damals als das allein Notwendige zitiert: »Zu wissen, zu wagen, zu wollen, zu schweigen.« Ausgerüstet mit diesen Emblemen der Stärke, konnte es einem, so ungewöhnlich das auch sein mochte, vielleicht gelingen, eine Kavallerieattacke anzuführen, vielleicht sogar den Peffermarkt aufzumischen und auch das Atom zu spalten. Wie auch immer, dachte ich, dies wäre eine trübe Welt, wenn niemand je von Ruhm und Ehre träumte. Moreland zitierte gerne die Auffassung Nietzsches, dass es ohne Illusion keine Aktion gebe. Meine Ankunft in Aldershot setzte diesen Überlegungen ein Ende. Die meisten der Passagiere in dem Zug erwiesen sich als Offiziere, die auf dem Weg zu dem gleichen Kurs waren wie ich. Nachdem wir uns in dem Ordonnanzraum gemeldet hatten, wurden wir zu den Unterkünften geführt, wo wir schlafen sollten – eine Reihe kleiner Backsteinhäuser, die um eine Art Platz herum gebaut worden waren. Ihr Interieur war wenig einladend.

»Frühere Familienquartiere«, sagte der trübsinnige Obergefreite, der meine Gruppe führte. »Wundert einen wenig, dass sie schon 1914 abbruchreif waren.«

Auch ich wunderte mich nicht. 1914 war ja das Jahr gewesen, in dem ich, als Kind, zuletzt einen Blick auf diese altersschwachen roten Unterkünfte geworfen hatte; nämlich als das Regiment meines Vater in einem Barackenlager zwischen hier und Stonehurst, dem abgelegenen Gespensterbungalow, in dem meine Eltern damals wohnten, stationiert war. Ich erinnerte mich, wie das Bataillon, proper herausgeputzt in scharlachroter Uniform und mit Pickelhaube, bei Trommelwirbel und mit eingerollten Regimentsfahnen über die staubigen, sommerlichen Straßen zu irgendeiner Prachtparade nach Aldershot marschierte. Hinterher hatte mein Vater über eine in seinen Wellington-Stiefeln wundgescheuerte Ferse geklagt – eine Abschürfung, die soeben verheilt war, als es für ihn Zeit wurde, in den Krieg zu ziehen. Auch jener Krieg war ohne Zweifel ein Grund dafür gewesen, warum diese baufälligen Familienquartiere nie abgerissen und ersetzt worden waren. Als dann der Frieden kam, gab es Wichtigeres zu tun. Wir waren hier im Erdgeschoss untergebracht. Ein Zimmer ging nach vorne und eins nach hinten hinaus. Von den fünf anderen, mit denen ich mir diese Unterkunft teilte, waren vier – zwei vom Loyal North Lancashire Regiment und zwei vom Manchester Regiment – Ende zwanzig. Sie packten ihre Sachen aus und gingen dann los, um die Offiziersmesse zu suchen. Der zurückbleibende Fähnrich – von einem Regiment in Mittelengland – war wesentlich jünger. Er war klein und breitschultrig und hatte eine dunkle Haut, graue Augen und sehr blondes, lockiges Haar.

»Diese Jungs aus Lancashire, mit denen wir hier wohnen, sind schon eine ziemlich beschränkte Bande«, sagte er zu mir.

»Wie kommen Sie darauf?«

»Wissen Sie, weil ich einen so breiten Akzent habe, dachten die, ich käme aus Burton-on-Trent«, sagte er.

Er sprach so, als ob er mit einem Chinesen oder Äthiopier verwechselt worden sei. Er hatte etwas von Kedward an sich, auch etwas, das ich allerdings nicht definieren konnte, von meinem Schwager Chips Lovell. Er trug keinen so verschmiert aussehenden Schnurrbart wie Kedward, und seine Persönlichkeit war auch eindrucksvoller und attraktiver.

»Wir werden hier ziemlich zusammengepfercht leben«,

sagte er. »Wären Sie damit zufrieden, wenn ich diesen Teil des Raums für mich in Anspruch nähme und Ihnen das Stück bis zur Wand überließe?«

»Völlig.«

»Mein Name ist Stevens«, sagte er, »Odo Stevens.«

Ich nannte ihm meinen Namen. Er sprach mit einem nord- oder mittelenglischen Akzent, nicht unähnlich dem, den Quiggin früher immer anzunehmen pflegte, wenn er aus sozialen oder literarischen Gründen seine Herkunft aus der Provinz und seine ungeschliffene, offen-ehrliche Natur besonders betonen wollte. Ja, ich konnte nichts eigentlich Absurdes in dem Fehler der »Jungs aus Lancashire« sehen, die vermutet hatten, Stevens stamme aus Burton-on-Trent. Doch ich lachte und stimmte ihm zu, dass das ein lächerlicher Irrtum sei. Ich fühlte mich geschmeichelt, dass er mich für eine Person hielt, die er in dieser Sache in sein Vertrauen ziehen könne. Es freute mich zudem, dass ich direkt neben jemandem untergebracht war, der ein angenehmer Mensch zu sein schien. In der Armee löst sich die verhältnismäßige Sicherheit, die einem die eigene Einheit, was auch immer ihre Fehler sein mögen, gibt, sofort auf, wenn sich die Umstände ändern und damit neue Konflikte drohen und jene schreckliche, wiederkehrende soldatische Niedergeschlagenheit hervorgerufen wird – jenes Gefühl, dass es niemanden auch nur die Bohne kümmert, ob du lebst oder stirbst.

»Und wo *kommen* Sie her?«

»Brum, natürlich.«

»Birmingham?«

»Was denken Sie denn?«, sagte er, als ob es fast beleidigend sei, dies im Geringsten in Zweifel zu ziehen. »Können Sie das nicht an der Art erkennen, wie ich spreche? Aber es ist mir, Gott sei Dank, gelungen, mich eine ganze Zeitlang von meiner Heimatstadt fernzuhalten.«

»Mögen Sie es dort nicht?«

»Die beste Stadt in der Welt«, sagte er und lachte wieder. »Aber ich hab es gern etwas lebendiger. Genauer gesagt, ich war fast sechs Monate in Europa, ehe ich in die Armee eintrat.«

»Und wo dort?«

»Holland, Belgien. Sogar so weit entfernt wie Österreich.«

»Und was haben Sie da gemacht?«

»Es gab einen Austausch von Lehrlingen, um Sprachen zu lernen. Irgendwie fliegen Sprachen mir zu. Gerade in dem Augenblick, als der Krieg ausbrach, dachten sie dann, ich solle besser wieder nach Hause kommen und ein bisschen arbeiten.«

»Was ist denn Ihr Beruf?«

»Modeschmuck.«

»Sie verkaufen ihn?«

»Mein Vater ist in einer Firma, die ihn herstellt. Hat mich auch da untergebracht. Es ist ein Geschäft mit vielen Auslandsverbindungen. So konnte ich es arrangieren, ins Ausland zu gehen.«

»Das hört sich gut an.«

»Nicht schlecht, was Jobs angeht; aber ich möchte nicht mein ganzes Leben damit verbringen. Deshalb hat es mir auch nicht leid getan, dass ich jetzt was anderes mache. Sollen wir uns zur Offiziersmesse aufmachen?«

Wir saßen an diesem Abend beim Dinner nebeneinander. Stevens fragte mich, was ich von Beruf sei.

»Sie haben Glück, Schriftsteller zu sein«, sagte er, »ich selbst hab auch versucht zu schreiben. Manchmal denke ich, ich sollte es zu meinem Beruf machen, obwohl Handeln mit Modeschmuck ein Job ist, mit dem du gute Chancen bei Frauen hast.«

»Was haben Sie schon geschrieben?«

»Ein bisschen Journalismus für die Lokalzeitung – ›Frühlingsanfang im Black Country‹ – ›Sonnenuntergang am Waffenstillstandstag‹ – so etwas. Es fällt mir leicht. Ich schüttele es aus dem Ärmel. Genauso wie mir auch Sprachen zufliegen.«

Ich sah, dass Stevens es weit bringen würde, wenn er am Leben blieb. Er war sich seiner Neigung zum Eigenlob bewusst und bereit, darüber zu lachen. Es war vielleicht der journalistische Zug an ihm, der mich an Chips Lovell erinnerte, dem er äußerlich nicht ähnelte.

»Haben Sie sich für die Unabhängigen Kompanien freiwillig gemeldet?«, fragte er.

»Ich glaubte nicht, dass ich gut genug dafür sei.«

Die Unabhängigen Kompanien – später Kommandos genannt – waren kleine, reich mit Offizieren bestückte Guerillaeinheiten. Sie waren mit ziemlichem Erfolg in Norwegen zum Einsatz gekommen. Ihre Aufstellung hatte die besten jungen Offiziere vieler Bataillone abgeschöpft, und sie waren deshalb bei einigen Bataillonskommandeuren nicht gerade beliebt.

»Ich hatte damals Ärger mit meinem BK, als sie aufgestellt wurden«, sagte Stevens. »Er hat meine Bewerbung hintertrieben. Nur weil er dachte, ich sei da nützlich für ihn, wo ich war. Dennoch, ich werd schon noch irgendwo reinkommen. Meine Einheit ist ein Haufen von Rüpeln. Sie werden mich nicht daran hindern, den Spaß zu haben, den die Armee zu bieten hat.«

Das waren ganz andere Träume vom militärischen Ruhm als die Gwatkins. Nach all dem Gerede wurde es Zeit, ins Bett zu gehen. Am nächsten Morgen stand Drill auf dem Exerzierplatz an. Wir wurden in Gruppen eingeteilt und von einer Handvoll theatralischer, aus dem Zweiten Matabele-Krieg übriggebliebener Stabsfeldwebel in Glengarry-Mützen geführt, die einen Akzent hatten wie der schottische Entertainer Harry Lauder und Augen wie pochierte Eier. Ich hatte gehofft, dass unter den zweihundert Teilnehmern des Kurses sich auch ein Bekannter befinden würde, aber ich hatte am Abend zuvor kein vertrautes Gesicht in der Offiziersmesse ausmachen können. Jetzt aber, während wir langsam über den Asphalt marschierten, erkannte ich Jimmy Brent in einer anderen Abteilung, die sich im rechten Winkel zu der unseren bewegte – eine ziemlich große, fette Gestalt mit Brille, mir völlig entfallen, seit Peter Templer ihn mitgebracht hatte, als er Stringham und mich während unserer

Studentenzeit besucht hatte. Brent sah fast noch genauso aus wie damals. Ich hatte ihn nicht besonders gemocht. Nichts von dem, was ich seither über ihn gehört hatte, veranlasste mich im Allgemeinen dazu, unsere Bekanntschaft fortsetzen zu wollen. Hier jedoch war mir jedes Gesicht aus der Vergangenheit willkommen, besonders ein so uraltes Relikt wie Brent. Nach dem Exerzieren sprach ich ihn an.

»Wir sind uns schon vor Jahren einmal begegnet, als Sie und Peter Templer in seinem gebrauchten Vauxhall herüberkamen und er uns alle in den Graben fuhr.«

Ich nannte ihm meinen Namen. Brennt erkannte mich nicht wieder. Warum sollte er auch? Doch er erinnerte sich an die Umstände von Templers Autounfall und schien erfreut darüber, jemandem unter den Kursteilnehmern zu begegnen, der ihn in der Welt außerhalb der Armee gekannt hatte.

»Da waren auch ein paar Frauen in dem Auto, nicht wahr?«, sagte er, während sich sein Gesicht als Folge dieser schönen Erinnerung aufhellte, »und auch Bob Duport. Ich wusste noch, dass Peter uns mitgenommen hatte, um zwei Freunde zu besuchen, mit denen er zusammen auf der Schule gewesen war, aber ich wäre nie in der Lage gewesen, sie nach so einer langen Zeit wiederzuerkennen. Sie waren also einer von denen? Welch ein Gedächtnis Sie haben. Also, es ist schön, einen Kumpel zu treffen in diesem gottverlassenen Ort.«

»Sehen Sie Peter noch gelegentlich? Ich würde gerne hören, was er jetzt so macht.«

»Peter geht es gut«, sagte Brent zögernd. »War klug genug, sich nicht mit der Armee einzulassen wie Sie und ich. Hat einen Beraterjob in der Regierung. Für das Finanzwesen. Ich glaube, Sir Magnus Donners hatte dabei seine Hände im Spiel. Es überrascht mich zu sehen, dass Donners noch kein Regierungsamt innehat. Peter hat immer schon in dieser Richtung ein bisschen kluge Arschkriecherei betrieben. Er weiß, auf welcher Seite sein Vorteil liegt. Er ist Donners bei mehr als einer Gelegenheit ziemlich nützlich gewesen.«

»Ich hab Peter einmal da getroffen – auf Stourwater meine ich.«

»Sie kennen also Donners auch, ja? Ich hab selbst mit ihm mal ein kleines Geschäft gemacht. Ich bin im Ölhandel, wissen Sie. Ich war vor dem Krieg in dem Südamerika-Büro. Haben Sie je Peters Schwester Jean kennengelernt? Ich hab sie da drüben ziemlich häufig gesehen.«

»Ich hab sie vor einer Ewigkeit gekannt.«

»Sie hat Bob Duport geheiratet«, sagte Brent. »Der war auch bei jener Gelegenheit dabei, als der Vauxhall umkippte.«

Es bereitete mir ein merkwürdiges inneres Vergnügen zu wissen, dass Brent eine Liebesaffäre mit Jean Duport gehabt hatte, von der mir, wie er kaum ahnen konnte, von ihrem eigenen Ehemann berichtet worden war. Obwohl ich sie einst selbst geliebt hatte – in dieser Hinsicht war jene Affäre etwas Schmerzliches für mich, wie lange das auch her war –, empfand ich ein seltsames Gefühl der Macht, dass ich diese geheime Information besaß.

»Ich hab Duport kurz vor Ausbruch des Krieges getroffen. Ich war nie gut mit ihm bekannt. Ich höre, sie sind jetzt geschieden.«

»Das stimmt«, sagte Brent.

Er erlaubte dem Ton seiner Stimme nicht die leiseste Andeutung seiner persönlichen Betroffenheit.

»Ich hab gehört, Bob saß in irgendeiner geschäftlichen Patsche«, sagte er. »Chromit, ja? Hat sich mit diesem Kerl Widmerpool angelegt, einem weiteren Vasallen Donners'. Widmerpool ist ein fähiger Kerl, aber kein Mann, den man kränken sollte. Bob hat es geschafft, ihn zu reizen. Jemand sagte mir, Bob habe jetzt Verbindungen zum Handelsministerium. Ich weiß nicht, ob das wahr ist. Nebenbei bemerkt, das Handelsministerium wollte, dass ich in Lateinamerika bleiben solle.«

»Sie hätten dort ein sicheres Quartier gehabt.«

»Zufälligerweise wollte ich aber die Gegend verlassen. Obwohl ich da sehr erfolgreich war.«

»Und wie kommen Sie jetzt hierher?«

»Es gelang mir, durch die guten Dienste unseres Militärattachés da drüben in diesen Verein hier zu kommen. Sein eigenes Regiment. Hatte nie zuvor von ihm gehört.«

Ich vermutete, Brent sei erleichtert gewesen, als sich die Gelegenheit ergab, jenen Kontinent zu verlassen, nachdem Jean ihn geschasst hatte. Diese Enttäuschung mochte sehr wohl auch eine Erklärung für seine Entscheidung sein, den Beruf zu wechseln und in die Armee einzutreten. Er war mehrere Jahre älter als ich und gewiss an der Grenze jenes Lebensabschnitts, in dem man vernünftigerweise als jemand betrachtet wird, der nicht mehr jetzt, im Krieg, deshalb unfreundlicher Kritik ausgesetzt ist, weil er keine Uniform trägt; besonders wenn, wie er andeutete, seine Arbeit in Südamerika offiziell als von nationaler Bedeutung angesehen wurde. Ich erinnerte mich jetzt deutlich an das, was Duport gesagt hatte. Nach seiner Aussöhnung mit Jean waren sie nach Südamerika gereist. Brent hatte sie begleitet. Während dieser Zeit war Jeans Affäre mit Brent offensichtlich im vollen Gange. Ja, nachdem, was Duport mir berichtet hatte, hatte ich allen Grund anzunehmen, dass jene Affäre schon begonnen hatte, ehe sie mir ihre Entscheidung mitteilte, zu ihrem Ehemann zurückkehren zu wollen. Wie die Dinge lagen, hatte Jean mich genauso sehr getäuscht wie Duport. Glücklicherweise war Brent das nicht bewusst.

»Und wie finden Sie es in der Armee?«

»Verdammt schrecklich«, sagte er. »Aber ich bin lieber drinnen als draußen.«

»Ich auch.«

Von den übrigen Teilnehmern des Kurses stach niemand besonders hervor. Es waren die meisten der üblichen Armeetypen vertreten. Wir hatten Drill auf dem Exerzierplatz, hörten uns Vorträge über die deutsche Armee an, errichteten Stacheldrahtverhaue, fuhren Dreitonner, übten Kartenlesen. An einem Abend vor einer Nachtübung, in der eine Hälfte des Kurses zu einer Schlacht gegen die andere Hälfte aufgestellt war, offenbarte Stevens eine neue Seite von sich. Die Gruppe, zu der wir beide gehörten, lag in einem großen Halbkreis auf der Erde und wartete auf den Beginn der Operation. Wir befanden uns auf einer Lichtung in einem Kiefernwald in einer Heidelandschaft ähnlich der um Stonehurst. Stevens und ich waren auf der äußersten rechten Flanke des Halbkreises. Auf der äußersten linken Flanke, uns direkt gegenüber, glaubte jemand, dauernd Händevoll kleiner Steine über das Gebiet dazwischen werfen zu müssen, die hauptsächlich auf Stevens und mir landeten.

»Das muss Croxton sein«, sagte Stevens.

Croxton war ein muskulöser Neurotiker von jener ziemlich verbreiteten Sorte, die nicht aufhören kann, zu reden oder Lärm zu erzeugen. Ständig sang er oder machte freudlos irgendeinen Unsinn. Dabei fehlten ihm jene inneren Qualitäten – die Unteroffizier Gwylt, beispielsweise, besaß –, die unabdingbar sind, wenn ein solches Betragen für andere erträglich sein soll. Er fing immerzu Streit an, spielte Streiche oder machte irgendeinen Ärger. Es konnte kein Zweifel daran bestehen, dass Croxton für den Steinhagel verantwortlich war, der die ganze Zeit auf uns niederprasselte. Der Mond war hinter Wolken verschwunden, und es drohte zu regnen. Es schien keine Aussicht darauf zu bestehen, dass das Manöver bald beginnen würde.

»Ich glaub, ich kümmere mich mal darum«, sagte Stevens.

Er kroch in den Schutz der Bäume hinter uns zurück und verschwand in der Dunkelheit. Einige Minuten vergingen. Dann hörte ich einen plötzlichen Aufschrei, einen Schmerzensschrei, der aus der Richtung des Steinewerfers kam. Nach einiger Zeit kehrte Stevens zurück.

»Es war Croxton«, sagte er.

»Was haben Sie gemacht?«

»Gab ihm einige mit meinem Gewehrkolben in die Rippen.«

»Wie hat er das aufgenommen?«

»Er scheint es nicht besonders gemocht zu haben.«

»Hat er sich gewehrt?«

»Nicht sehr. Er schnappt jetzt ein bisschen nach Luft.«

Am folgenden Tag sah ich während eines Vortrags über die deutsche Division, dass sich Croxton, der einige Reihen vor mir saß, mehrere Male den Rücken rieb. Stevens hatte offensichtlich ziemlich hart zugeschlagen. Dieser Vorfall zeigte, dass er sehr unangenehm werden konnte, wenn er wollte. Er besaß zudem die Gabe, sich von seiner Umgebung völlig isolieren zu können. Es war nicht zu verneinen, dass jenen Vorträgen über die deutsche Armee das unterhaltende Element abging – auch nachdem ich viele von ihnen gehört hatte, blieb bei mir allein das schmückende Detail haften, dass zu der vollen Stärke eines deutschen Aufklärungscorps auch eine Reiterstaffel gehörte, die Säbel tragen durfte; und es konnte leicht passieren, dass einen der monotone Tonfall der Dozenten einschläferte. Aber, wie Stevens es konnte, schlafend wie ein Kind aufrecht auf einem harten Holzstuhl sitzen zu bleiben, während alle anderen lärmend den Hörsaal verließen, verriet eine beträchtliche Fähigkeit der Selbstabschottung. Eine weitere Quelle seiner Selbsterhaltung bestand darin, dass er, anders als Gwatkin, unempfindlich gegenüber scharfen Worten war. Er und ich hatten einmal an einem Nachmittag gemeinsam ohne viel Erfolg ein Schützenloch ausgehoben. Ein Instrukteur kam und meckerte über das Ergebnis unserer Bemühungen.

»Das ist verdammt noch mal völlig nutzlos«, sagte er. »Würde nicht einmal einer Katze Schutz bieten.«

»Wir sind gerade auf eine Felsplatte gestoßen, Sir«, sagte Stevens, »aber ich glaube, ich kann sagen, wir haben demonstriert, was die Würde der Arbeit ist.«

Der Instrukteur kicherte und ging weiter, ohne den Boden zu prüfen. Nicht jeder mochte diese selbstbewusste Art Stevens'. Brent gehörte zu denen, die sie kritisierten.

»Sie werden diesen jungen Mann bald zu seiner Einheit

zurückschicken«, sagte Brent. »Lassen Sie sich das gesagt sein. Der ist viel zu überheblich.«

Als der gesamte Kurs zum Zweck ›taktischer Übungen ohne Truppenunterstützung‹ in Dreiergruppen aufgeteilt wurde, gelang es Brent und mir, in das gleiche Trio zu kommen. Es ist ein Vorteil, bei einer solchen Gelegenheit mit einem Bekannten zusammenzuarbeiten, aber das geschah hier um den Preis, Macfaddean zum dritten Partner zu haben. Macfaddean, ein Lehrer im Zivilleben, war fieberhaft bemüht, einen guten Eindruck auf das Ausbildungspersonal zu machen, was bedeutete, dass er bereit war, den größten Teil der Arbeit zu übernehmen. Zwischen Mitte und Ende dreißig, meldete er sich stets freiwillig, wenn es darum ging, etwas zu demonstrieren, wie unangenehm die Aussicht darauf, zum Beispiel meilenweit durch Schlamm zu kriechen oder sich durch Stacheldraht vorzukämpfen, auch sein mochte. Wenn die Aufgabe aus Schreibarbeit bestand, pflegte er Stapel von Papieren oder umständliche Zusammenfassungen zu produzieren, je nachdem, welche Methode er für die beste hielt, sich von den übrigen Teilnehmern abzugrenzen. Er war so unermüdlich in seinem Tatendrang, dass er es gegen Ende des Tages, wenn wir uns alle über den einzureichenden Situationsbericht geeinigt hatten, aber noch etwas Zeit übrig war, nicht ertragen konnte, diese Minuten zu verschwenden.

»Also, Jungs«, sagte er, »warum gehen wir nicht zurück in den Wald und produzieren eine alternative Fassung. Ich bin zum Beispiel nicht glücklich über die Konzentrationsgebiete. Es würde einen guten Eindruck machen, wenn wir zwei Pläne einreichten, zwischen denen der Kommandeur wählen könnte. Beide erstklassig.«

Es konnte kein Zweifel daran bestehen, dass die Anonymität des Dreiersystems Macfaddean verdross. Er war der Meinung, dass, wenn ein weiterer Bericht erstellt würde, der zweite fairerweise ihm vielleicht allein als eine ohne Unterstützung erbrachte Anstrengung zugeschrieben werden würde – etwas, auf das er, wenn die Zeit dazu käme, aufmerksam machen könnte. Das war sowohl mir als auch Brent völlig klar. Wir sagten Macfaddean, dass wir, was uns anging, bei dem bereits beschlossenen Plan bleiben würden; wenn er einen weiteren aufstellen wolle, das ihm überlassen bleibe.

»Ziehen Sie los, Mac, wenn Sie das wünschen«, sagte Brent. »Wir werden hier auf Sie warten. Ich hab für heute genug getan.«

Als Macfaddean gegangen war, fanden wir einen Platz, wo wir uns hinlegen konnten, unter ein paar verdorrten Bäumen, die zweifellos durch häufige militärische Experimente in ihren Verfallzustand versetzt worden waren. Unser Operationsgebiet war die triste Tundra des Laffan's Plain, des Schlachtfelds von Millionen von Übungsgefechten. Der Himmel über uns war voll von tieffliegenden Flugzeugen absonderlicher Farben und seltsamen Designs, getarnt vielleicht von einem zu Scherzen aufgelegten Barnby. Schwerfällige Aufklärungsflugzeuge der Armee brummten gelassen rückwärts und vorwärts durch graue Wolkenfelder, uralte Maschinen, hervorgeholt aus Gott weiß welchen vergessenen Arsenalen längst abgeschriebener Regierungsbestände, jetzt wieder in die Luft geschickt, um sich einer verzweifelten Situation zu stellen. Der Himmel glich einem jener Fantasiebilder der Zukunft, wie man sie in altmodischen Zeitschriften für Jungen findet. Brent rollte sich auf den Rücken und beobachtete dieses rokokohafte Luftschauspiel.

»Wissen Sie, Bob Duport ist nicht ein Mann wie Sie und ich«, sagte er plötzlich.

Er sprach, als ob er viel über Duports Charakter nachgedacht habe; als ob ihm zudem meine eigene Gegenwart endlich erlaube, zu bestimmten ernsthaften Schlussfolgerungen zu diesem Thema zu kommen. Templer und auch Duport hielten Brent für so etwas wie eine Spottfigur – ganz gewiss für eine Spottfigur in Bezug auf Frauen –, doch im täglichen Leben besaß er eine seltsame Widerstandsfähigkeit, die in seinem Äußeren nicht erkennbar war. Das offenbarte sich im Laufe des Kurses, wo er, anders als Macfaddean, sehr geschickt darin war, Arbeit zu vermeiden, die ihm vielleicht Tadel einbringen konnte.

»Inwiefern?«

»Bob ist *wirklich* intelligent«, sagte Brent in einem ernsthaften Ton. »Ich hab nicht die Absicht, Ihre Qualifikationen in dieser Richtung herabzusetzen, und auch meine eigenen nicht, aber Bob ist ein wirklicher Wunderknabe.«

»Ich hab ihn nie gut genug gekannt, um mir ein Urteil erlauben zu können.«

»Fantastische Begabungen.«

»Erzählen Sie mir mehr von ihm.«

»Bob kann alles, was er in die Hand nimmt. Ein Geschäftsgenie. Beherrscht jeden Job nach fünf Minuten. Wenn er an diesem Kurs teilnähme, wäre er der absolute Star hier. Und dann Frauen. Die fliegen einfach auf ihn.«

»Aha.«

»Aber er ist nicht nur an Geschäften und Frauen interessiert.«

»Woran denn noch?«

»Sie würden nicht glauben, was er von Kunst und so was alles weiß.«

»Ich hatte nie den Eindruck, dass er diese Art von Mensch ist.«

»Man muss ihn gut kennen, ehe er das zeigt. Muss die Augen offenhalten. Waren Sie je in dem Haus, dass die Duports in der Hill Street besaßen?«

»Vor Jahren, als sie es an jemanden vermietet hatten. Ich war auf einer Party dort.«

»Das Haus war wunderbar eingerichtet«, sagte Brent. »Absolut perfekt, meiner bescheidenen Meinung nach. Bob hat Geschmack. Das ist es, was ich meine. Dennoch, er ist nicht einer von denen, die dir dauernd was von Kunst vorschwärmen. Er behält es für sich.«

Ich verstand nicht sofort, warum er Duport so sehr hochjubelte. Ganz gewiss erschien dieser jetzt in einem neuen Licht. Ich bezweifelte nicht die Richtigkeit des Bildes. Im Gegenteil, wie es ihn darstellte, machte mir vieles wesentlich klarer. Duports berufsmäßig brutale Art mochte in der Tat, wenn man Brents grobschlächtiger Interpretation folgte, eine Fassade sein, hinter der er Sensibilitäten verbarg, die er nicht willens war, der ganzen Welt zu offenbaren. Eine solche Vermutung hatte nichts Abwegiges. Sie konnte eine gewisse Erklärung für Duports Beziehung zu Jean sein, selbst wenn Brents eigene Verbindung zu ihr dadurch weniger leicht zu verstehen war. Ich erinnerte mich an die Ansichten, die Pennistone, mit dem ich kürzlich ein Zugabteil geteilt hatte, auf der Party von Mrs. Andriadis so freimütig geäußert hatte:

»… diese schrecklichen italianisierten Vorhänge und Tapeten – und die Bilder, mein Gott, die Bilder!«

Doch so etwas war Ansichtsache. Was jetzt in Frage stand, war Duports Charakter: War er, abgesehen von persönlichen Idiosynkrasien, prinzipiell das, was Sir Gavin Walpole-Wilson einen ›Mann von Geschmack‹ zu nennen pflegte? Das war eine interessante Frage. Jean selbst hatte, was diese Seite ihres Ehelebens anging, stets ausweichend reagiert, so dass Brent vermutlich Recht hatte: Duport, und nicht Jean, war für die Ausstattung und die Bilder in dem Haus in der Hill Street verantwortlich gewesen. Das war ein neuer Aspekt Duports. Ich erkannte, dass es wichtige Seiten Duports gab, die ich nicht bemerkt hatte.

»Als Sie Bob damals begegnet sind«, sagte Brent in dem Ton von jemandem, der im Begriff ist, etwas Vertrauliches mitzuteilen, »hat er da Ihnen gegenüber meinen Namen erwähnt?«

»Er sagte, Sie und er seien zusammen in Südamerika gewesen.«

»Hat er auch etwas über mich und Jean gesagt?«

»Ja, allerdings. Ich glaube, es gab da einige Verwicklungen.«

Brent lachte.

»Das stimmt«, sagte er. »Ich dachte mir schon, er würde

herumlaufen und alles ausposaunen. So ist er nun mal. Das ist Bobs einzige Schwäche. Er kann die Klappe nicht halten.«

Er seufzte, als ob Duports herzloses Gerede über die Situation in seiner eigenen Ehe in Brent selbst Verzweiflung über die menschliche Natur geweckt habe. Er machte den Eindruck, dass er das für sehr schlecht von Duport hielt. Ich erinnerte mich daran, dass Barnby, aufgebracht über das Verhalten einer Frau, einmal gesagt hatte: »Das genügt, um einen davon abzuhalten, jemals wieder Ehebruch zu begehen.« Die ohrenbetäubenden Vibrationen eines insektenartigen Lysander-Flugzeugs genau über uns, das sich nicht entscheiden zu können schien, ob es landen solle oder nicht, unterbrach unsere Unterhaltung für ein paar Minuten. Als es abgedreht war, sprach Brent weiter.

»Sie sagten, Sie kannten Jean, nicht wahr.«

»Ja.«

»Eine wundervolle Frau, auf ihre Art.«

»Sehr hübsch anzusehen.«

»Wir hatten eine Zeitlang ein Verhältnis miteinander«, sagte Brent.

Er sagte das mit jener erinnerungsträchtigen, salbungsvollen Stimme, mit der Männer sprechen, wenn sie einem etwas Derartiges sagen – mehr, um ein vergangenes erfreuliches Ereignis noch einmal auszukosten, als um etwas mitzuteilen, das vielleicht von Interesse sein könnte. Es muss ihm bereits bewusst gewesen sein, dass Duport mir jene Tatsache schon offenbart hatte.

»Oh ja.«

»Hat Bob Ihnen das gesagt?«

»Er hat es etwas unverblümter formuliert.«

Brent lachte wieder. Es war ein sehr gutmütiges Lachen. Die Art, wie er die Geschichte erzählte, betonte seine am wenigsten erträgliche Seite. Ich versuchte, dadurch eine objektive Einstellung zu der ganzen Sache zu gewinnen, dass ich mir eins von Morelands Lieblingsthemen ins Gedächtnis zurückrief, nämlich die Anziehungskraft, die Männer auf Frauen ausüben, denen sich die letzteren mit Sicherheit vollkommen überlegen fühlen können.

»Bist du abscheulich, unterentwickelt, geistig zurückgeblieben, sexuell verhaltensgestört, von Warzen überzogen, hast du grobe Manieren, einen gespaltenen Gaumen und riechst fürchterlich?«, pflegte Moreland zu sagen. »Dann, mein lieber Junge, kannst du dich schon freuen, denn dann bringst du alle Voraussetzungen für eine vielversprechende Karriere als Liebhaber mit. Die absolut hinreißende Frau in deiner Nähe wird dich unwiderstehlich finden. Ja, ihr Höschen geht schon in Flammen auf, wenn sie nur an dich denkt.«

»Aber deine Beschreibung passt nicht auf die meisten der Ladykillers, die wir so kennen. Ich meine doch, sie sehen zum größten Teil eher entschieden gut aus und haben dazu noch 'ne Menge anderer nützlicher Qualitäten.«

»Nimm doch mal Henri Quatre.«

»Was ist mit ihm?«

»Er war impotent und stank. Es steht in den Geschichtsbüchern. Doch er gilt als einer der größten Liebhaber aller Zeiten.«

»Er war ein König – und konnte zudem gut reden. Nebenbei bemerkt, wir kennen ihn nicht persönlich, es ist also schwer, sich über ihn zu streiten.«

»Nimm einige von denen, die wir kennen.«

»Aber das wäre doch eine schreckliche Welt, wenn niemand außer einem Adonis, der zudem noch ein intellektuelles Musterbeispiel und ein internationaler Athlet ist, eine Chance hätte. Es scheint mir im Gegenteil immer so, dass die häufig von Frauen geäußerte Behauptung, dass sie das gute Aussehen eines Mannes gar nicht interessiere, völlig unwahr ist. Wenn sonst nichts dagegen spricht, hat der Mann, der wie eine Schneiderpuppe aussieht, größere Chancen als der, der es nicht tut.«

»Aber es spricht stets etwas dagegen«, sagte Moreland, der immer unmöglich in seinen Ansichten zu erschüttern war, »obwohl ich dir zustimme, dass intellektuell nicht besonders anspruchsvoll zu sein ein Vorteil ist, was das andere Geschlecht angeht. Aber denk mal darüber nach. Erinnere dich an Bottom und Titania. Shakespeare wusste Bescheid.«

Brent schien, insofern als er bei Jean erfolgreich gewesen war, Morelands Argument zu bestärken. Ich fragte mich, ob ich noch mehr hören wollte. Die Sache mit Jean war lange vorbei, aber selbst wenn man aufgehört hat, jemanden zu lieben, ist einem die zusammen erlebte Vergangenheit nicht notwendigerweise auch gleichgültig. Außerdem, obwohl die Liebe sterben mag, die Eitelkeit lebt zeitlos weiter. Ich wusste, ich musste darauf vorbereitet sein, Dinge zu hören, die mir unangenehm sein würden. Aber obwohl Ignoranz dem Wissen vorzuziehen sein mag, wenn Untreue herrscht, ist, wenn das Wissen einmal brutal geboren ist, Genauigkeit besser als Unsicherheit. Zu hören, wann genau Jean sich mit Brent eingelassen und ihm mir gegenüber den Vorzug gegeben hatte, würde erträglicher sein, als meiner Fantasie zu erlauben, dauernd ungehindert über die grenzenlosen Felder der Vermutung zu schweifen. Dennoch, ich hoffte halb, Macfaddean würde, voll neuer Ideen über Terrain und Kommunikationswege, bald zurückkehren. Doch die Wahl lag nicht bei mir. Der Fortgang ruhte in Brents eigenen Händen. Ob ich zuhören wollte oder nicht, er war entschlossen, mir seine Geschichte zu erzählen.

»Sie hätten es wohl nie vermutet«, sagte er in einem entschuldigenden Ton, »aber die Affäre ging von Jean aus.«

»Und Sie sprachen davon, dass Frauen auf Bob Duport fliegen.«

»Soll ich Ihnen erzählen, wie es passiert ist?«

»Schießen Sie los.«

»Peter Templer bat mich, mit ihm zu Abend zu essen, um ein Paar namens Taylor oder Porter kennenzulernen. Er konnte sich nie daran erinnern, welcher der beiden Namen der richtige war. Peter ist danach mit Mrs. Taylor – oder wie immer sie hieß – durchgebrannt. Aber das war später. Er hatte auch seine Schwester Jean und eine Frau namens Lady McReith zu dem

Essen eingeladen. Die Letztere mochte ich nicht besonders. Wir dinierten im Carlton Grill.«

Brent machte eine Pause. Ich erinnerte mich sehr genau an das Ereignis, von dem er sprach. Als Jean und ich einmal zusammen aus waren, hatte sie gesagt, dass sie am folgenden Abend mit ihrem Bruder dinieren werde. Die Tatsache, dass das Dinner im Carlton Grill stattfinden sollte, war in meinem Gedächtnis haften geblieben. Ich hatte damals, ohne Bitterkeit, festgestellt, dass Peter Templer, als Ergebnis seiner Bemühungen an der Börse, es sich leisten konnte, in Restaurants dieser Art einzuladen, während ich nur das Foppa und das Strasbourg frequentieren konnte. Das war einer von mehreren Unterschieden, die sich zwischen uns ergeben hatten. Ich erinnerte mich jetzt, das damals gedacht zu haben. Ich hatte die ganze Sache dann vergessen, bis Jean und ich uns das nächste Mal wieder trafen und sie ziemlich großen Wert darauf legte zu betonen, wie langweilig der Abend gewesen sei, den sie mit ihrem Bruder und seinen Freunden hatte ertragen müssen. Ja, die Gesellschaft im Carlton Grill schien so öde gewesen zu sein, dass sie von dem Thema gar nicht ablassen konnte.

»Wer war denn da?«

»Zwei Geschäftsleute, von denen du sicher noch nie gehört hast. Einer von ihnen ist mit einer sehr hübschen, dümmlichen Frau verheiratet, auf die Peter offensichtlich ein Auge geworfen hat. Und dann war da noch eine eher ältere Frau, die ich von früher kannte und die möglicherweise eine Lesbierin ist.«

»Wie heißt sie?«

»Die würdest du auch nicht kennen.«

»Warum glaubst du, dass sie eine Lesbierin ist?«

»Sie hat so etwas an sich.«

Jean wusste ganz genau, dass ich Lady McReith kennengelernt hatte, als ich als Junge Gast in dem Haus der Templers gewesen war. Selbst wenn sie das vergessen hatte, Lady McReith war eine alte Freundin der Familie Templer, besonders eine alte Freundin von Jeans Schwester Babs. Es war absurd, auf diese distanzierte Weise von ihr zu sprechen. Zudem musste Jean inzwischen sicher wissen, ob Gwen McReith eine Lesbierin war oder nicht. Diese ganze Mystifizierung ließ sich unmöglich als ein rationales Verhalten erklären. Vielleicht hatte das besondere Hervorheben einer unbekannten Lesbierin den Zweck, meine Aufmerksamkeit von dem unverheirateten Geschäftsmann – Brent – abzulenken. Jean wollte einfach nur über die Abendgesellschaft sprechen, weil Brent sie interessiert hatte, doch ihr Instinkt sagte ihr, dass diese Tatsache besser verborgen blieb. Es war eigentlich erstaunlich, dass sie Brent nie bei ihrem Bruder begegnet war. Wenn sie seinen Namen erwähnt hätte, wäre mir ganz gewiss nicht der Verdacht gekommen, es könne das geschehen, was dann folgte. Wenn das der Grund gewesen war – nämlich der Wunsch, über die Abendgesellschaft zu sprechen, aber gleichzeitig Brent nicht beim Namen zu nennen –, hätte sie einfach nur feststellen müssen, dass Lady McReith zugegen war, und dann in einer direkten Art über deren Vergangenheit, Gegenwart und Zukunft klatschen können. Kurz gesagt, diese völlig unnötige, irrationale Lüge war so etwas wie ein verschleierter Angriff auf unsere eigene Beziehung, ein absichtlicher Versuch, mich zu täuschen aus keinem anderen logischen Grund als dem, dass durch diese Art von Lüge die Wahrheit zwischen uns plötzlich untergraben würde und wir dadurch, obwohl es mir nicht bewusst war, unerbittlich auseinanderdrifteten. Es war ein vorbereitender Stoß gewesen, der einen seltsamen inneren Drang befriedigt haben muss.

»Armer Peter«, hatte Jean gesagt, »er ist wirklich mit den allerlangweiligsten Leuten zusammen. Einer von den Männern der Gesellschaft hatte noch nie von Schaljapin gehört.«

Dieser musikalische Ignorant war ohne Zweifel Brent gewesen. Ich nahm mir vor, später seine Unwissenheit über die Oper zu testen, selbst wenn das bedeutete, dass ich ihm das ›Lied der Wolgaschlepper‹ vorsingen musste, um das zu beweisen. Jetzt aber tat ich nichts anderes, als ihn nach seiner eigenen Version der Abendgesellschaft im Carlton Grill zu fragen.

»Also, ich fand, Mrs. Duport ist eine wirklich attraktive Tussi«, sagte Brent, »aber ich hätte nie davon geträumt, etwas mit ihr anfangen zu können, wenn sie mich nicht am nächsten Tag angerufen hätte. Sehen Sie, es war offensichtlich, dass Peter uns nur zum Essen eingeladen hatte, weil er mit der anderen Dame sprechen wollte – mit der er dann durchgebrannt ist. Wir Übrigen waren nur aus diesem einen Grund da. Peter ist ein alter Freund von mir, also tat ich, was von mir erwartet wurde, spielte den Höflichen und quatschte über alles Mögliche. Meistens über Geschäfte, was Mrs. Duport interessant zu finden schien.«

»Und was sagte sie, als sie anrief?«

»Sie wollte meine Meinung über Amparos hören.«

»Wer ist Amparos?«

»Ölaktien.«

»Mehr nicht?«

»Wir unterhielten uns eine Zeitlang am Telefon. Dann schlug sie vor, ich solle sie zum Lunch einladen und mit ihr über Ölinvestitionen diskutieren. Sie versteht was vom Markt. Das konnte ich sofort sehen. Ist in ihrem Blut, vermute ich.«

»Und haben Sie sie zum Lunch eingeladen?«

»In jener Woche konnte ich nicht«, sagte Brent, »zu vollgepackt mit Geschäftsterminen. Aber in der Woche darauf. So hat das alles angefangen. Erstaunlich, wie Dinge immer zur gleichen Zeit passieren. Das war genau in dem Augenblick, als die Frage anstand, ob ich zu unserem Südamerika-Büro wechseln sollte.«

Ich durchschaute jetzt die ganze Geschichte. Jean hatte vom Tag des Lunchs mit Brent an mit zunehmender Ernsthaftigkeit davon gesprochen, sich wieder mit ihrem Ehemann auszusöhnen, hauptsächlich, wie sie sagte, ihres gemeinsamen Kindes wegen. Das schien überzeugend genug. Duport mochte sich schlecht betragen haben; das hieß nicht, dass er nie unter Schuldgefühlen litt.

»Und wie ist es zu Ende gegangen?«

Brent zog ein großes Büschel Gras heraus und warf es fort. »Ziemlich schwer zu beantworten, das«, sagte er.

Er sprach so, als ob die Art, wie seine Beziehung zu Jean geendet hatte, weit mehr Nachdenken erfordere, als er im Augenblick in der Lage sei, dem Thema zuzugestehen.

»Tatsache ist«, sagte er, »ich mochte Jean sehr, und ich war natürlich ziemlich geschmeichelt, dass sie mich einem Mann wie Duport vorzog. Dennoch, ich fühlte mich immer irgendwie unsicher bei ihr. Wissen Sie, was ich meine? Sie müssen das doch auch schon bei Frauen erlebt haben. Das Gefühl, sie ist ein bisschen zu gut für dich. Jean war ein zu gebildetes Mädchen für einen Kerl mit meinen simplen Neigungen. Das war's, worauf es hinauslief. Sie redete von allen möglichen Dingen, die ich nicht verstand. Sind Sie je in dem Nachtclub gewesen, den Farbige betreiben? ›Die alte Plantage‹ heißt der.«

»Noch nie, aber ich kenne ihn dem Namen nach.«

»Eine kleine Farbige verkaufte da Zigaretten. Die war so mehr meine Wellenlänge, obwohl es mich ein kleines Vermögen gekostet hat, sie zu kriegen.«

»Die Sache mit Jean Duport ist also dann so langsam zu Ende gegangen?«

»Mit einer Menge Widerstand ihrerseits, glauben Sie mir, bis es so weit war. Ich vermute, sie wäre mit mir durchgebrannt, wenn ich sie gefragt hätte. Fühlte mich irgendwie nicht verpflichtet, ihr den Gefallen zu tun. Dann sagte sie mir eines Tages, dass sie mich nicht mehr sehen wolle. Genau genommen hatten wir uns schon ziemlich lange nicht mehr getroffen, als sie das sagte.«

»Warum nicht?«

»Ich weiß nicht. Ich vermute, ich hab mich nicht sehr bemüht. Es hatte an einer unserer Stellen oben am Fluss Ärger gegeben. Die Produktion war von vierzig oder fünfzig Barrel am Tag auf fünfundzwanzig gefallen. Ich musste dahin und mir das ansehen. Das war der Grund, warum sie einige Zeit nichts von mir gehört hatte.«

»Tatsache war, Sie waren sie leid.«

»Jean schien das gedacht zu haben, so wie sie sich aufgeführt hat. Sie war verdammt grob, als wir uns trennten. Wie auch immer, sie hatte zum Trost das Gefühl, dass sie selbst es abgebrochen hat. Frauen mögen das.«

Es schien schließlich so, dass die Liebesaffäre eher wegen Brents Apathie als wegen Jeans Wankelmütigkeit ein Ende gefunden hatte. Das hatte auch Duport nicht gewusst. Er hatte vermutet, *sie* habe Brent, wie er sagte, »den Laufpass gegeben«. Ihm war als Ehemann nie der Gedanke gekommen, dass die Affäre mit Brent, seinem eigenen, verachteten Vasallen, in Wirklichkeit von Jean ausgegangen war und dass Brent ihr »den Laufpass gegeben« hatte. Genau genommen hatte auch ich wenig Grund zur Selbstbeglückwünschung.

»Wie hat Duport die Sache zwischen Ihnen und seiner Frau herausgefunden?«

»Durch ihre liebe kleine Tochter.«

»Großer Gott – Polly? Ich vermute, sie muss jetzt zwölf oder dreizehn sein.«

»So etwa«, sagte Brent. »Erstaunlich, dass Sie sich daran erinnern. Ich vermute, Bob hat von ihr gesprochen, als sie ihn trafen. Er ist ganz besessen von ihr. Sie ist ein sehr hübsches kleines Mädchen. Er wird bald ein Auge auf sie halten müssen – vielleicht sogar jetzt schon.«

»Hat Bob es herausgefunden, während Ihre Affäre noch lief?«

»Kurz bevor sie endete. Polly ließ etwas über ein Treffen zwischen Jean und mir verlauten. Bob sagte, dass er misstrauisch werden würde, wenn es jemand anderes gewesen wäre. Da wurde Jean wütend und hat ihm alles gesagt. Er hielt mich immer für einen absoluten Versager, was Frauen angeht. Es war ein ziemlicher Schlag für ihn, irgendwie. Für seinen Stolz, meine ich.«

Für mich war diese Szene zwischen den Duports eine Parallele zu dem, was sich ereignet hatte, als ich selbst eine abwertende Bemerkung über Jimmy Stripling gemacht und Jean, sofort wütend werdend, mir von ihrer früheren Affäre mit ihm berichtet hatte. Wie immer wiederholte sich das Muster endlos. Irgendwie musste ich Brent wegen seines Mangels an Eitelkeit bewundern, denn er nahm ohne Widerspruch Duports niedrige Einschätzung seiner Anziehungskraft auf Frauen hin, selbst nachdem er Duports eigene Frau dazu gebracht hatte, sich in ihn zu verlieben. Welche anderen Gründe auch immer Brent dazu bewegt haben mochten, die Affäre zu beginnen, der billige Wunsch, Jeans Ehemann einmal eins auszuwischen, hatte dabei nicht die geringste Rolle gespielt. Das war sicher. Duport, zum Hahnrei gemacht oder nicht, blieb Brents ideale Verkörperung der Männlichkeit.

»Ich glaub, es ist ganz gut, dass Bob sie schließlich losgeworden ist«, sagte Brent. »Er wird jetzt wahrscheinlich eine Frau finden, die besser zu ihm passt. Wird ihm helfen, sich innerlich von Jean zu befreien. Jedenfalls wird er jetzt freier sein, die Art von Leben zu führen, die er mag.«

Wir wurden von Gesang und dem Klang schwerer Schritte unterbrochen. Ein Trupp Pioniere marschierte, ihr Lied schmetternd, an uns vorbei; ihre Stimmen harsch und unmelodisch verglichen mit denen meines eigenen Regiments.

»Du machst fest, ich mach fest, machen fest das Dinghy,
Machen fest das Dinghy, machen fest das Dinghy;
Du machst fest, ich mach fest, machen fest das Dinghy,
Machen fest das Ponton-Dinghy.
Denn wir marschieren hin zum Laffan's Plain,
Hin zum Laffan's Plain, hin zum Laffan's Plain,
Ja, wir marschieren hin zum Laffan's Plain,
Wo sie könn'n nicht unterscheiden Matsch von Shit …«

Der mitreißende Rhythmus, primitiv, beschwörend, hypnotisch, schien nicht nur der Schlachtgesang eines kriegführenden Stammes, sondern auch ein Refrain mit obskurem Bezug auf das, was Brent mir gerade erzählt hatte, eine allgemeine Klage über die emotionalen Konflikte von Männern und Frauen. Die Pioniere verschwanden hinter dem Horizont, und ihr Gesang mit ihnen. Aus einer anderen Richtung kam Macfaddean im Laufschritt heran. Er war außer Atem, als er uns erreichte.

»Tut mir leid, euch warten zu lassen, Jungs«, sagte er, immer noch keuchend, »aber ich habe einen genialen alternativen Sammelplatz gefunden. Hier, guckt euch die Karte an. Wir werden unseren früheren Plan nicht ändern müssen, nur diesen als eine weitere Wahl ausweisen. Das heißt, wir müssen nur ein wenig vergleichen. Geben Sie mir die Buntstifte. Also, notiert euch diese Kartenverweise. Nun machen Sie schon, alter Junge.«

Unterdessen war das Problem, wie ich am besten Fredericas Haus erreichen könnte, wenn wir Urlaub erhielten, immer noch ungelöst. Ich fragte Stevens, ob er das Wochenende in Birmingham verbringen werde.

»Viel zu weit«, sagte er. »Ich werde eine Tante und einen Onkel bitten, mich aufzunehmen. Es wird nicht sehr aufregend werden, aber es ist wenigstens etwas, wo ich hingehen kann.«

Er nannte mir die kleine Stadt, die nur wenige Meilen von Fredericas Dorf entfernt lag.

»Das ist der Teil der Welt, den ich auch zu erreichen versuche. Es wird nicht leicht sein, an einem Wochenende hin- und wieder zurückzufahren. Der Zugverkehr ist schrecklich.«

»Der Zugverkehr ist hoffnungslos«, sagte Stevens. »Man braucht die ganze verdammte Zeit nur für die Hin- und Rückfahrt. Aber sehen Sie mal, ich besitze so ein klappriges altes Auto, das ich mir mal von dem Honorar für meine Schreibereien gekauft habe. Es hat zehn Pfund gekostet, aber es bringt uns bestimmt dahin und auch wieder zurück. Ich kann auch etwas Benzin auf dem Schwarzmarkt besorgen. Wohin genau wollen Sie?«

Ich nannte den Ort.

»Ich hab davon gehört«, sagte Stevens. »Mein Onkel ist Immobilienmakler in dieser Gegend. Ich hab ihn wahrscheinlich von einem Haus reden hören, das er in der Nachbarschaft vermittelt hat. Vielleicht war es sogar das Haus Ihrer Schwägerin. Ich kann Sie leicht dort absetzen, wenn Sie möchten. Und Sonntagabend wieder abholen, wenn wir hierher zurück müssen.«

Das verabredeten wir dann. Der Tag kam. Stevens Auto, ein Zweisitzer Morris, ließ sich auch starten. Wir fuhren los. Es war erfrischend, Aldershot zu verlassen. Während wir dahinfuhren, erzählte Stevens von seiner Familie, seinen Freundinnen, seinen Ambitionen. Ich hörte, dass seine Mutter die Tochter eines Detektivinspektors sei, der den Dienst wegen Alkoholismus habe quittieren müssen; warum er glaube, dass der Mann seiner Schwester, ein Lehrer an einer Sekundarschule, zu sehr auf Jungens stehe; welch eine Erleichterung es für ihn gewesen sei, als er, kurz bevor er von seiner Einheit beurlaubt wurde, um an dem Kurs in Aldershot teilzunehmen, gehört habe, eine Frau in seiner Heimatstadt nicht geschwängert zu haben. Solche Vertraulichkeiten sind selten in der Armee. Obwohl narzisstisch, war Stevens – wenn diese Unterscheidung erlaubt ist – nicht gleichzeitig auch im engeren Sinne egoistisch. Er war an allen Dingen um ihn herum interessiert, obwohl alles schließlich zu ihm selbst zurückführen musste. Er erkundigte sich nach Isobel. Es ist schwer, seine eigene Frau zu beschreiben. Stattdessen versuchte ich, ihm etwas über Fredericas Haushalt zu erzählen. Er schien die Zusammenhänge sehr gut zu verstehen.

»Ein guter Name, ›Frederica‹«, sagte er. »Ich wurde ›Herbert‹ getauft, aber jemand setzte eine Hieroglyphe, die so ähnlich aussah wie ›Odo‹, auf einen Briefumschlag, der an mich adressiert war, als ich mich im Ausland aufhielt, und ich sah sofort, dass das der Name war, den ich haben wollte. Ich war es einfach leid, immer ›Bert‹ zu heißen.«

Wenn man von dem unerwarteten Umstand absah, dass Stevens und ich zusammen über Land fuhren, schien der Krieg weit entfernt. Frederica lebte seit ein oder zwei Jahren in ihrem Haus, einem ehemaligen Pfarrhaus. Sie war Witwe und ihren

Kindern zuliebe aufs Land gezogen. Es war kein großes Haus, aber es dehnte sich weitläufig und unstrukturiert aus und erweckte so den Eindruck, als habe sein Besitzer es irgendwann einmal Stück für Stück, Teil für Teil auseinandergenommen und dann nicht immer in den richtigen Proportionen wieder zusammengesetzt. Ein weißes Tor führte zu einer kurzen Auffahrt, die an beiden Seiten von Rosenbüschen gesäumt war. Das Gebäude vermittelte die gleiche Aura herber Respektabilität, die auch Fredericas eigene Persönlichkeit ausstrahlte. Obwohl sich das Land im Krieg befand, gab es kein Anzeichen von Unordnung im Garten, und es überkam einen nur das unmittelbare Gefühl, einen Bereich betreten zu haben, in dem man sich von seiner besten Seite zeigen müsse. Stevens hielt das Auto vor dem Hauseingang an. Ehe ich klingeln oder klopfen konnte, öffnete Frederica selbst die Tür.

»Ich hab euch die Auffahrt heraufkommen sehen«, sagte sie.

Sie trug eine lange Hose; um ihr Haar hatte sie ein Halstuch geknotet. Ich küsste sie und stellte ihr Stevens vor.

»Kommen Sie doch für einen Moment herein und trinken Sie etwas«, sagte sie. »Oder müssen Sie schnell weiter? Doch sicher nicht sofort.«

Normalerweise war Frederica nicht so herzlich in ihrem Verhalten gegenüber Personen, die sie nicht bereits kannte; und oft auch nicht besonders herzlich denen gegenüber, die sie gut kannte. Ich hatte sie seit dem Ausbruch des Krieges nicht mehr gesehen. Der Krieg musste sie verändert haben. Das war die naheliegendste Erklärung für diese neue Art. Die lange Hose und das Halstuch entsprachen nicht ihrem Charakter. Aber es war nicht so sehr der Stil ihrer Kleidung, der sie veränderte, als vielmehr etwas in ihr selbst. Robin Budd, ihr Ehemann, war neun oder zehn Jahre zuvor bei einem Sturz vom Pferd umgekommen. Inzwischen fast vierzig, hatte sie – soweit ihre eigene Familie wusste – nie an eine Wiederverheiratung gedacht (von irgendeiner flüchtigen Liebesbeziehung ganz zu schweigen), obwohl ihre absichtlich einschüchternde, stahlbewehrte Hübschheit von einer Art war, die viele Männer attraktiv fanden. Von ihrer Schwester Priscilla stammte die Geschichte, dass Jack Udney, ein älterer Höfling, dessen Frau nicht lange vorher verstorben war, Frederica, als er nach einem beträchtlichen Gewinn auf der Rennbahn in Ascot ziemlich betrunken war, während des Gold-Cup-Rennens einen Heiratsantrag gemacht habe; doch diese Behauptung ist nie substantiiert worden. Es stimmte allerdings, dass Frederica einmal wütend widersprach, als Isobel, die Jack Udney irgendwo kennengelernt hatte, sagte, sie hielte ihn für einen ganz langweiligen Menschen. Kurz gesagt, Fredericas hervorstechendste Eigenschaft war ihre »schreckliche Korrektheit«, wie Molly Jeavons sie nannte. Jetzt schien der totale Krieg diese Lebenshaltung leicht gelockert zu haben. Die Art, wie sie Stevens empfing, zeigte das. Es bedurfte keiner weiteren Bitte, Stevens dazu zu bewegen, auf einen Drink hereinzukommen.

»Nichts, was ich lieber täte«, sagte er. »Es wird mir helfen, Tante Doris' Klagen über Verknappungen und Bezugsscheine auszuhalten. Eine Sekunde. Ich muss nur mein Auto irgendwo hinsetzen, wo ich nicht Ihre Eingangstür blockiere.«

Er ließ das Auto wieder an.

»Wie geht es Isobel?«

»Sehr gut«, sagte Frederica. »Sie ruht sich gerade aus. Sie wird bald herunterkommen. Wir sind ziemlich voll hier. Vollgepackt bis zum Dach, genauer gesagt.«

»Wen hast du denn hier?«

»Priscilla ist hier – mit Caroline.«

»Wer ist Caroline?«

»Priscillas Tochter, deine Nichte. Das solltest du eigentlich wissen.«

»Ach ja, ich hatte ihren Namen vergessen.«

»Und dann ist Robert ganz unerwartet gekommen. Auf Urlaub.«

»Ich freue mich, Robert zu sehen.«

Frederica lachte.

»Robert hat eine Dame mitgebracht.«

»Nein!«

»Aber *ja.* Eine aus meinem eigenen Jahrgang; die ich allerdings nie gut kannte.«

»Wie heißt sie?«

»Sie hat einen – jetzt verstorbenen – Amerikaner geheiratet und trägt den ungewöhnlichen Namen Mrs. Wisebite. Sie ist eine geborene Stringham. Ich bin ihr häufig auf den Bällen begegnet.«

»Ach, Charles Stringhams Schwester.«

»Ja, du kennst ihn, nicht wahr? Ich erinnere mich jetzt. Also, Robert hat sie mitgebracht. Was hältst du davon? Und meine Jungs sind hier, es sind Ferien. Und dann ist da noch jemand, den du kennst.«

»Und wer ist das?«

»Warte es ab.«

Frederica lachte wieder schrill, fast hysterisch. Das entsprach gar nicht ihrer Art. Ich konnte mir nicht erklären, was vor sich ging. Gewöhnlich, außer wenn sie sich mit ihrer Schwester Norah stritt, äußerst beherrscht und kühl bis an der Grenze zur Eiseskälte, schien Frederica jetzt über irgendetwas halb begeistert und halb in Sorge zu sein. Es konnte kaum Roberts Moralverhalten sein, das sie bekümmerte, obwohl sie Familienangelegenheiten sehr ernst nahm; und die Tatsache, dass Robert eine Frau im Schlepptau hatte, war zweifellos ein Anlass, neugierig zu sein. Dass Robert mit der Schwester Stringhams liiert schien, war für mich selbst von besonderem Interesse. Ich hatte seine Schwester, die Flavia hieß, bisher noch nicht kennengelernt, obwohl ich sie Jahre zuvor auf Stringhams Hochzeit einmal gesehen hatte. Chips Lovell, unser Schwager, Priscillas Ehemann, behauptete immer, Robert habe »eine Neigung zu Nachtclubhostessen, die alt genug sind, seine Mutter zu sein«. Mrs. Wisebite war, obwohl keine Nachtclubhostess, zweifellos beträchtlich älter als Robert. Inzwischen hatte Stevens sein Auto nach mehreren Positionswechseln zu seiner Zufriedenheit geparkt. Als er sich wieder zu uns gesellte, fiel mir plötzlich eine mögliche andere Erklärung für Fredericas Nervosität ein.

»Isobel hat das Baby noch nicht bekommen, ohne dass es mir irgendjemand gesagt hat?«

»Ach nein, nein, nein.«

Doch etwas an der Art, wie ich die Frage gestellt hatte, muss Frederica gesagt haben, dass mir ihr Verhalten als ungewohnt erschien. Während wir ihr durch die Eingangshalle folgten, sprach sie in einem ruhigeren Ton.

»Es ist nur, dass ich mich darüber freue, dass du einen alten Freund wiedersehen wirst, Nick«, sagte sie.

Offensichtlich war Robert gar nicht der Anlass der Aufregung. Wir betraten das Wohnzimmer, das voller Menschen war, einschließlich einer Menge Kinder. Die Zahl dieser jüngeren Personen reduzierte sich dann bald auf nur vier: die zwei Söhne Fredericas, Edward und Christopher, etwa zehn beziehungsweise zwölf Jahre alt, sowie zwei ziemlich kleine Kinder, die auf dem Fußboden mit Bauklötzen spielten. Eins von den letzteren war vermutlich Priscillas Tochter Caroline. Priscilla selbst – blond und langbeinig, auf ihre Art durchaus eine Schönheit – lag ebenfalls auf dem Fußboden und half den Kindern, einen Turm aus Bauklötzen zu bauen. Ihr Bruder Robert Tolland, der einen Kampfanzug trug, saß auf dem Sofa neben einer hochgewachsenen, gutaussehenden Frau von etwa vierzig. Robert hatte seine Gamaschen abgelegt, trug aber noch Armeestiefel. Die Frau war Flavia Wisebite. Ihre Gesichtszüge ähnelten kaum denen ihres Bruders, aber sie besaß etwas von Stringhams Aura einer durch Melancholie getrübten Lebhaftigkeit. Auch bei ihr überwog die Melancholie. Es lag etwas Windhundhaftes um ihren Mund und ihre Nase. Robert und Mrs. Wisebite schienen erst sehr kurze Zeit vor Stevens und mir in dem Haus angekommen zu sein. Robert war ein hochgewachsener, kantiger Mann. Er trug die Schulterklappen des Nachrichtencorps und Unteroffiziersstreifen auf dem Arm. Die

Armee hatte seine hungrige, sogar ein wenig wölfische Erscheinung noch verstärkt. Er sprang sofort auf in seiner üblichen Art, die einem vermittelte, dass die Person, die gerade den Raum betreten hatte, diejenige sei, die er am meisten zu sehen wünschte – eine einnehmende gesellschaftliche Geste, die die Leute oft dazu veranlasste, Roberts persönliches Interesse an seinen Mitmenschen, an denen Anteil zu nehmen er in Wirklichkeit nur wenig Neigung zeigte, in einem übertriebenen Licht zu sehen.

»Nick«, sagte er, »es ist wunderbar, dass wir genau den Augenblick getroffen haben, in dem du es geschafft hast, für das Wochenende hierherzukommen. Ich glaube nicht, dass du Flavia schon kennst, aber durch ihren Bruder weiß sie alles über dich.«

Ich stellte ihnen Odo Stevens vor.

»Schön Sie kennenzulernen, Sir«, sagte Robert.

»Ach, lassen Sie doch das ›Sir‹, Kamerad«, sagte Stevens, »das können Sie sich für die Zeit aufbewahren, wenn wir im Dienst sind. Ich bin ziemlich dick befreundet mit einem Obergefreiten aus Ihrer Branche, der in meinem Bataillon Dienst tut. Ich hab mir schon mal sein Motorrad ausgeliehen. Wo sind Sie stationiert?«

»Mytchett«, sagte Robert, »aber ich hoffe, bald verlegt zu werden.«

»Mein Gott, das hoffe ich auch«, sagte Stevens. »Das Personal des Nachrichtencorps wird in Mytchett ausgebildet, nicht wahr?«

Er schien sich in dieser etwas seltsamen Gesellschaft völlig locker zu fühlen. Ehe ich noch mehr als ein paar Worte mit Mrs. Wisebite wechseln konnte, erhob sich ein Mann mittleren Alters aus einem Sessel. Er hatte ein gebräuntes Gesicht, tiefblaue Augen und einen sehr gepflegten grauen Schnurrbart. Der Pullover, den er über einem Paar khakifarbener Hosen trug, schien ein für ihn ganz natürliches Kleidungsstück zu sein und vermittelte irgendwie den Eindruck reiterlicher Eleganz. Es war Dicky Umfraville. Frederica hatte Recht. Seine Anwesenheit war ganz gewiss eine Überraschung.

»Mich hier anzutreffen haben Sie nicht erwartet, was, alter Junge?«, sagte Umfraville. »Sie glaubten, ich könne nur Nachtclubluft atmen, sei ein reines Nachtgeschöpf.«

Ich musste zugeben, dass Nachtclubs den charakteristischen Hintergrund für unsere bisherigen Begegnungen gebildet hatten. Davon hatte es mindestens zwei gegeben. Umfraville war an jenem Abend vor vielen Jahren bei Foppa aufgetaucht, als ich Jean Duport dorthin mitgenommen hatte, um russisches Billard zu spielen. Ein oder zwei Jahre später war ich dann mit Ted Jeavons in dem Club gewesen, der Umfraville selbst gehörte und wo Max Pilgrim gesungen und Heather Hopkins Klavier gespielt hatte:

»Ach ja, die Di, Di, mit Binder und Kragen ...«

Ich hatte Umfraville seit dieser Gelegenheit nicht wiedergesehen, doch er schien darauf bestehen zu wollen, dass wir ganz alte Freunde seien. Ich versuchte, mich daran zu erinnern, was ich von ihm wusste: Während des ersten Weltkriegs Dienst in einem Infanteriegarderegiment, in welchem, wusste ich nicht mehr; ein beträchtlicher Ruf als Herrenreiter; viermal verheiratet. Wie viele Männer, die sich eines Lebens erfreut haben, in dem ihre Ausschweifungen das übliche Maß weit überschritten, sah er jetzt, in seinen mittleren Jahren, ausgesprochen vornehm aus: schlanke Figur, glänzende Augen, das Gesicht gebräunt von der Sonne Kenias. Diese Gesichtsbräune und sein gut gepflegtes, ergrauendes Haar betonten das Blau seiner Augen, die funkelten wie die Templers, wie auch die von Feldwebel Pendry es vor seinem Unglück getan hatten. Ich konnte mich nicht mehr daran erinnern, ob der Schnurrbart erst nach unserer letzten Begegnung dazugekommen war. Wenn ja, änderte das sein Aussehen kaum. In Ruhestellung trug sein Gesicht jenen Ausdruck tiefer Traurigkeit, die oft die Züge von Menschen kennzeichnet, die gewöhnlich der grenzenlosen Unzuverlässigkeit von Pferden ausgesetzt sind. Ich fragte ihn, welche Stellung er jetzt in der Armee einnehme.

»Ich gehöre zum Heimatfrontstab der vereinigten Regimenter des Distrikt London, alter Junge.«

Er sprach mit übertriebener Würde, streckte die Brust raus und nahm Haltung an. Frederica, die Getränke verteilt hatte, gesellte sich jetzt zu uns. Sie begann wieder, hilflos zu lachen.

»Dicky hat einen äußerst bedeutenden Job«, sagte sie, »nicht wahr, Dicky?«

Sie hakte sich bei Umfraville unter. Das war eine bei Frederica noch nie zu erleben gewesene Freizügigkeit, etwas, das man als Anzeichen des Verfalls all der moralischen und gesellschaftlichen Wertvorstellungen ansehen musste, die sie so lange verteidigt hatte.

»Jedenfalls handelt es sich um einen der größeren Bahnhöfe«, stimmte Umfraville ihr bescheiden zu.

»Natürlich ist er das, Liebling.«

»Und sollte mir eine Beförderung einbringen«, sagte er.

»Ohne Zweifel.«

»Fahrkartenkontrolleur, vielleicht.«

»Dicky ist ein ETO«, sagte Frederica.

Sie war ganz unfähig, ihr Lachen unter Kontrolle zu bringen, das seinen Grund nicht so sehr in dem Gedanken zu haben schien, dass Umfraville ein Eisenbahn-Transport-Offizier war, als vielmehr in dem schieren Glücksgefühl, das er ihr als er selbst gab.

»Er hat ein gemütliches kleines Büro in einem der Bahnhöfe im Norden Londons«, sagte sie. »Ich vergesse immer, welcher es ist, aber ich hab ihn da schon besucht. Also, Dicky, wir sollten es Nick sagen, oder nicht?«

»Über uns?«

»Ja.«

»Tatsache ist«, sagte Umfraville langsam und in einem gravitätischen Ton, »Tatsache ist, Frederica und ich sind verlobt.«

Isobel kam in diesem Augenblick durch die Tür, so dass die Wirkung dieser unerwarteten Neuigkeit zu einem gewissen Grad durch andere, sich unmittelbar aufdrängende Gedanken vermindert wurde. Für den Moment äußerte ich nicht mehr als ein paar routinemäßige Glückwünsche, die von weiterem Gekicher begleitet wurden. Isobel sah blass, aber ansonsten ziemlich gut aus. Ich hatte sie seit Monaten, die mir wie Jahre vorkamen, nicht mehr gesehen. Wir begaben uns zusammen in eine Ecke des Zimmers.

»Wie ist es dir ergangen?«

»Gut. Vor etwa zehn Tagen hat es einen falschen Alarm gegeben, aber er dauerte dann nicht lange genug, um dich zu benachrichtigen.«

»Und du fühlst dich wirklich gut?«

»Meistens – aber ich sehne mich doch sehr danach, dass die kleine Bestie endlich erscheint.«

Wir sprachen eine Weile miteinander.

»Wer ist dieser Mensch da auf dem Fußboden, der zusammen mit den Kindern und Priscilla mit den Bauklötzen spielt?«

»Er heißt Odo Stevens. Er ist in dem gleichen Kurs wie ich und hat mich mit seinem Auto hierhergebracht. Komm, ich stell ihn dir vor.«

Wir gingen hinüber zu ihm. Stevens stand auf, und er und Isobel schüttelten sich die Hände.

»Sehen Sie«, sagte er, »ich muss jetzt gehen. Sonst macht sich Tante Doris noch Sorgen, weil sie denkt, mir sei etwas zugestoßen.«

»Ach, gehen Sie doch noch nicht so schnell, Mr. Stevens«, sagte Priscilla, die noch auf dem Teppich lag. »Hallo, Nick, du hast mir bisher nur zugewinkt. Wie geht es dir?«

Frederica gesellte sich zu uns.

»Trinken Sie noch etwas«, sagte sie.

»Nein danke, wirklich nicht«, sagte Stevens, »ich muss jetzt los.«

Er wandte sich um, um sich von Priscilla zu verabschieden.

»Achtung«, sagte er, »Sie werden Ihre Brosche verlieren, wenn Sie nicht aufpassen.«

Sie guckte an sich hinunter. Die Brosche hing an ihrer Nadel. Es handelte sich um eine kleine Mandoline aus vergoldetem Silber, an beiden Seiten mit musikalischen Symbolen verziert, im Stil eines früh-viktorianischen Andenkens gehalten, hübsch, doch ohne besonderen Wert. Priscilla pflegte sie vor ihrer Ehe mit Chips zu tragen. Ich hatte immer vermutet, sie sei ein Geschenk Morelands aus der Zeit, als Priscilla mit ihm zusammen war. Das musikalische Motiv in ihrem Design hatte mich das denken lassen. Noch während Priscilla hinunterblickte, fiel die Brosche zu Boden. Stevens bückte sich und hob sie auf.

»Der Verschluss ist gebrochen«, sagte er. »Also, wenn ich sie jetzt mitnehmen kann, würde ich das in ein paar Sekunden wieder reparieren. Ich kann sie dann am Sonntagabend zurückbringen, wenn ich mit dem Auto hier vorbeikomme.«

»Aber das wäre wundervoll«, sagte sie. »Kennen Sie sich mit Broschen aus?«

»Ich weiß alles über Modeschmuck. Ist mein Beruf.«

»Ach, erzählen Sie mir davon.«

»Ich muss jetzt los«, sagte er. »Ein anderes Mal.«

Er wandte sich mir zu, und wir vereinbarten die Zeit, wann er mich zu unserer Fahrt zurück nach Aldershot abholen würde. Dann verabschiedete sich Stevens von allen.

»Ich werde Sie zur Tür bringen«, sagte Priscilla. »Ich möchte mehr über Modeschmuck hören. Es ist mein Lieblingsthema.«

Sie gingen zusammen hinaus.

»Was für ein netter junger Mann«, sagte Frederica. »Er gibt einem wirklich das Gefühl, man sei so alt wie er.«

»Sei vorsichtig«, sagte Umfraville, »ich war genauso wie er, als ich jung war.«

»Aber das spricht doch für ihn«, sagte sie. »Ganz sicher tut es das.«

»Kaum zwanzig«, sagte Umfraville, in Erinnerungen schwelgend. »Blind vor Enthusiasmus, wie ein Held kämpfend auf den Feldern Flanderns.«

»Ach, Unsinn«, sagte Frederica, »du hast mir erzählt, du seist fast vierundzwanzig gewesen, als du in den Krieg zogst.«

»Also gut, guck mich jetzt an«, sagte Umfraville. »Was hat mir mein Patriotismus denn eingebracht? Ein abgetakelter alter ETO.«

»Kopf hoch, mein Schatz.«

»Ah, die Helden von gestern, sie sind die *maquereaux* von morgen.«

»Also, mein *maquereau* bist du jedenfalls«, sagte Frederica, »deshalb sei still und trink noch etwas.«

Später, als wir oben alleine waren, gab mir Isobel einen vollständigeren Bericht über sich. Es gab eine Menge zu besprechen. Der Arzt meinte, dass alles in Ordnung sei und das Baby in zwei Wochen zur Welt komme. Es gab in der Tat mehr Dinge zu besprechen, als wir auf einmal bewältigen konnten. Wir würden sie nach und nach behandeln müssen. Statt die unzähligen Probleme auf eine geschäftsmäßige Weise anzugehen und sofort alle Arten von Fragen zu regeln, die geregelt werden mussten, statt Vorbereitungen für die Zukunft zu treffen – wenn man davon ausgehen konnte, dass es eine Zukunft geben werde –, sprachen wir über unmittelbarere, amüsantere Ereignisse.

»Was hältst du von Frederica?«, fragte Isobel.

»Keine schlechte Idee.«

»Das denke ich auch.«

»Wann hat sie dir die Neuigkeit eröffnet?«

»Erst gestern, als er hier eintraf. Er hat Urlaub. Es hat mich ein wenig umgeworfen, als ich es erfuhr. Sie ist verrückt nach ihm. Ich hab Frederica vorher noch nie so gesehen. Die Jungs kommen auch gut mit ihm aus und scheinen die Sache zu billigen.«

Dass Frederica und Dicky Umfraville die Absicht hatten zu heiraten, war etwas, das bisher unerforschte Felder von Möglichkeiten eröffnete. Mein erster Gedanke, dass diese Verlobung grotesk und bizarr sei, wandelte sich nach einiger Zeit und entwickelte sich zu der Einsicht, dass dieses Verhältnis eine jener emotionalen Verbindungen des sehr Nahen mit dem sehr Fernen war, die einem zeigen, dass menschliche Beziehungen leichter zu akzeptieren als rational zu erklären oder zu entwirren sind. Mir fiel ein, dass Fredericas Ehemann Robin Budd, wenn er noch lebte, nicht wesentlich jünger wäre als Umfraville. Ich fragte Isobel, ob die beiden sich je kennengelernt hätten.

»Sie kannten sich nur vom Ansehen, glaube ich. Rob ähnelte Dicky auch ein wenig.«

»Wo hat Frederica ihn kennengelernt?«

»Bei Robert. Dicky Umfraville kannte Flavia Wisebite von Kenia her. Ihr Vater hat dort eine Farm – oder hatte, er ist kürzlich verstorben, aber das weißt du natürlich.«

»Meinst du, dass Flavia und Dicky …«

»Es würde mich nicht wundern. Wie auch immer, es machte augenblicklich klick, was Frederica betraf.«

»Frederica ist sich bewusst, nehme ich an, dass seine Vergangenheit ein wenig dunkel ist.«

»Eine Frau beging Selbstmord. Eine andere heiratete einen Jockey. Dann war da die, von der niemand etwas weiß. Und schließlich Anne Stepney, mit der es kaum länger als ein Jahr dauerte und die jetzt, höre ich, mit J. G. Quiggin zusammenlebt.«

»Das sind alle die, von denen man weiß. Aber wo hat Robert Mrs. Wisebite aufgegabelt. Das ist noch viel erstaunlicher.«

»Bei Robert weiß man so was nie. Erzähl mir von ihr. Sie ist die Schwester von deinem alten Schulfreund Charles Stringham. Was noch?«

»Charles sieht sie nur selten, seitdem sie erwachsen sind. Sie war in erster Ehe mit einer zweifelhaften Figur namens Flitton verheiratet, der im Ersten Weltkrieg einen Arm verloren hat. Ein großer Glücksspieler. Gehört auch zur Kenia-Clique. Dicky muss ihn gut kennen. Flitton brannte mit Baby Wentworth durch, weigerte sich aber nach der Scheidung, sie zu heiraten. Flavia hat mit Flitton eine Tochter, die jetzt achtzehn oder neunzehn sein muss.«

»Flavia erzählte mir, der verstorbene Mr. Wisebite, ihr zweiter Ehemann, stammte aus Minneapolis und ist in Miami an Trunksucht gestorben.«

»Teilt sie sich ein Zimmer mit Robert?«

»Nicht hier. Es gibt keins, das man sich teilen kann. Die Betten sind zu schmal. Aber im Prinzip scheinen sie zusammenzuleben. Wie sah Priscilla deiner Meinung nach aus?«

»Gut. Sie war ein wenig reserviert. Außer Stevens gegenüber. Wer war das andere Kind, das mit den Bauklötzen spielte? Die Lovells haben nur Caroline, nicht wahr?«

»Das war Barry.«

»Wer ist Barry?«

»Ein Ausrutscher von Audrey, Fredericas Dienstmädchen. Audrey musste ihn wegen der Kriegsumstände mitbringen. Barry erweist sich als Begleiter von Caroline als sehr nützlich. Weißt du, wie schwierig es ist, immer einen freien Mann zu finden, besonders hier auf dem Land?«

»Besorgt Barrys Mutter auch das Kochen?«

»Nein, Frederica. Sie stand ohne Köchin da, und es bestand auch keine Aussicht, eine zu finden. Sie hat schon immer sehr gerne gekocht, weißt du. Jetzt könnte sie außer in den allerbesten Häusern sicher überall einen Job kriegen.«

Die Art, wie sie sprach, weckte in mir den Verdacht, dass all das Gerede über Barry und Fredericas Kochen Isobel nur dazu diente, im Moment nicht über Priscilla sprechen zu müssen. Ihre Gedanken waren offensichtlich sehr mit ihrer Schwester beschäftigt, und sie sorgte sich um sie.

»Gibt es Neuigkeiten über Chips?«

»Priscilla ist nicht sehr gesprächig. Wohin gehen die Marinesoldaten? Ist er auf einem Schiff? Sie scheint es ihm übelzunehmen, dass er es nicht geschafft hat, irgendwo ein Haus oder eine Wohnung für die Familie zu besorgen. Ich glaub nicht, dass das Chips' Schuld war. Es ist der verdammte Krieg. Deshalb wohnt Priscilla hier. Sie ist sehr unruhig.«

»Ist sie auch wieder schwanger?«

»Nicht, dass ich wüsste. Aber Audrey.«

»Audrey scheint ja eine richtige Messalina zu sein.«

»Nicht dem Äußeren nach. Sie ist ein gutmütiges, pummeliges kleines Ding mit Brille.«

»Ein wenig zu gutmütig, oder sie muss sich vielleicht eine neue Brille anpassen lassen. Ist es wieder Barrys Vater?«

»Ganz und gar nicht. Aber wir hören, dass es diesmal vielleicht zu einer Heirat kommt.«

»Ich vermute, Frederica wird als Nächste mit einem Baby dran sein. Wie steht es mit Robert und Mrs. Wisebite?«

»Sie tun zweifellos ihr Bestes. Nebenbei bemerkt, Robert ist auf Sonderurlaub, bevor es zum Einsatz ins Ausland geht. Er verbringt nur einen Teil davon hier. Er kam mit Flavia kurz vor dir an.«

»Wohin wird er gehen?«

»Er weiß es nicht – oder will es aus Sicherheitsgründen nicht sagen –, aber er meint: Frankreich.«

»Wie in aller Welt hat er das geschafft?«

»Er entschloss sich, seine Bewerbung zum Offizier zurückzuziehen, weil sonst keine unmittelbare Hoffnung bestanden hätte, ins Ausland geschickt zu werden.«

»Aha.«

»Kaum etwas, was man von Robert erwartet hätte«, sagte Isobel.

In den Augen seiner Familie war Robert einer von jenen Menschen, die still ihren Neigungen nachgehen und ein eher verstecktes Leben führen, weil sie sich auf diese Weise weniger verpflichtet fühlen, sich um andere zu kümmern. Zum Beispiel wusste niemand viel über seine Arbeit in einer Exportfirma, die Handel mit dem Fernen Osten trieb. Es wurde allgemein angenommen, dass er dort ziemlich erfolgreich sei, obwohl er selbst das nie von sich behauptet hatte. So war es nur natürlich, dass er eine Situation wie die, die ihn mit Mrs. Wisebite involvierte, im Enigmatischen beließ. Es schien ganz angemessen, dass er jetzt bei der Feldsicherheitspolizei gelandet war. Auch Unternehmungsgeist muss notwendig gewesen sein, um ihn dort unterkommen zu lassen. Ich fragte mich, welche Schritte er unternommen hatte, um in das Nachrichtencorps zu gelangen. Eine Zeitlang hatte er mit dem Gedanken gespielt, zur Marine zu gehen. Nicht weniger interessant war Roberts Versuch, näher an den Kriegsschauplatz heranzukommen, selbst wenn er dafür mit dem sofortigen Aufschub seiner Chance, Offizier zu werden, bezahlen musste.

»Der Krieg scheint einige Menschen bis zur Unkenntlichkeit verändert zu haben, während er andere mehr sie selbst hat werden lassen«, sagte Isobel.

»Hast du je von jemandem namens David Pennistone gehört? Das war der Mann, mit dem ich mich im Zug unterhalten habe. Er sagte, er schriebe einen Artikel über Descartes.«

»Habe ich diesen Namen nicht schon mal am Ende von Rezensionen gesehen?«

»Das dachte ich mir. Es gelang uns nicht, jemanden zu entdecken, den wir beide kannten, aber ich glaube, ich bin ihm vor Jahren einmal für ein paar Minuten auf einer Party begegnet.«

»Haben die Lovells nicht von jemandem namens Pennistone gesprochen, als sie aus Venedig zurückkamen? Ich erinnere mich, dass Chips erklärte, er könne nicht mit den Huntercombes verwandt sein, weil der Name mit Doppel-n geschrieben werde. Ich meine zu wissen, Pennistone lebe in Venedig – irgendeine Geschichte mit einer *contessa,* wunderschön, aber nicht mehr sehr jung. So fange ich jetzt auch an, mich zu fühlen.«

»Wie auch immer, es ist so schön, dich wiederzusehen, Liebling.«

»Es war so lange.«

»Eine verdammt lange Zeit.«

»So lange.«

Später im Verlauf des Wochenendes, als ich auf Umfraville traf, während er auf dem Rasen auf und ab ging, versorgte er mich mit einem Teil des Hintergrunds, der mir an seiner Geschichte fehlte.

»Sehen Sie, alter Junge«, sagte er, als ich mich ihm anschloss, »Was meinen Sie, wie werden Sie und die anderen dazu stehen, mich zum Schwager zu haben?«

»Eine wundervolle Aussicht.«

»Das würde nicht jeder so sehen wollen. Wissen Sie, ich muss verrückt sein, noch einmal in den Hafen der Ehe zu segeln. Total übergeschnappt. Aber nicht halb so verrückt wie Frederica, sich mit mir einzulassen. Ist Ihnen bewusst, dass sie meine Fünfte sein wird? Etwas stimmt doch nicht mit einem Mann, der einfach nicht aufhören kann zu heiraten. Kann doch nicht stimmen. Aber ich konnte Frederica wirklich nicht widerstehen. Diese prüde Sprödigkeit. Dennoch, unglaublich, dass sie mich genommen hat. Das hätten Sie nie erwartet, oder? Wo sie doch die königlichen Nachttöpfe ausleert und so was. Diese Tätigkeit wird sie natürlich aufgeben müssen. Es hat keinen Zweck, Hofdame der Königin sein zu wollen, wenn ich zu ihr gehöre. Überhaupt nicht. Man kann sich gerade noch vorstellen, was Seine Majestät sagen würde: ›Warum ist dieser Kerl wieder hier? Ich erinnere mich an ihn. Er war mal Hauptmann in meiner Gardebrigade. Ich musste ihn entlassen. Er ist ein Tunichtgut. Was meint er damit, sein hässliches Gesicht wieder hier im Buckingham Palace zu zeigen. Ich dulde das nicht. Schlagt ihm den Kopf ab.‹ Sie sind auch der Meinung, oder?«

»Ich verstehe, was Sie meinen.«

Umfraville starrte mich mit blutunterlaufenen Augen an. Bei unserer ersten Begegnung im Foppa hatte ich mich gefragt, ob er nicht ein wenig verrückt sei. Die Art, wie er jetzt redete, erzeugte, obwohl sie mich zum Lachen brachte, den gleichen beunruhigenden Eindruck. Er nickte mit dem Kopf und lächelte in sich hinein, immer noch, in absoluter Selbstversunkenheit, über seine Charakteristika nachdenkend. Ich erkannte plötzlich, dass Umfraville völlig Recht gehabt hatte, als er sagte, er sei wie Odo Stevens. Ich erlebte hier wieder ein Beispiel fast perfekten Narzissmus, ebenso wie bei Stevens gepaart mit einer scharfen Beobachtungsgabe und großer Lebensfreude.

»Sie werden einen professionellen Filou zum Schwager haben, alter Junge«, sagte er. »Täuschen Sie sich nicht. Nur um Ihnen zu zeigen, dass ich weiß, wovon ich rede, wenn ich mir selbst dieses Etikett anhefte, werde ich Ihnen ein Geheimnis anvertrauen. Ich war derjenige, der unsere kleine Freundin Flavia vor Jahren in Kenia entjungferte. Doch wenn das das Schlimmste wäre, das der armen Flavia zugestoßen ist, gäbe es nicht viel, über das sie sich beklagen könnte. Stellen Sie sich vor, Sie sind in einem einzigen Leben sowohl mit Cosmo Flitton als auch mit Harrison F. Wisebite verheiratet.«

»Isobel und ich haben schon darüber gesprochen, ob Sie und Mrs. Wisebite je miteinander geschlafen haben.«

»Wirklich? Das zeigt, wie scharfsichtig Sie beide sind. Sie ist ein intelligentes Kind, Ihre Frau. Also, die Antwort ist eine bejahende. Sie kennen Flavias Bruder Charles, nicht wahr?«

»Ich kannte ihn mal gut. Jetzt habe ich ihn seit Jahren nicht mehr gesehen.«

»Ich hab auch Charles Stringham in Kenia kennengelernt. Er kam für ein paar Monate rüber, als er noch fast ein Junge war. Ich mochte ihn sehr. Dann hat er mit dem Trinken angefangen, wie so viele andere gute Kerle. Flavia sagt, er ist jetzt darüber hinweg und in der Armee. Charles hat viel über diesen Bastard Buster Foxe gesprochen, als ihre Mutter ihn heiratete, nachdem sie und Boffles Stringham sich getrennt hatten. Charles hasste Buster wie die Pest.«

»Ich hab Korvettenkapitän Foxe seit einer Ewigkeit nicht mehr gesehen.«

»Ich auch nicht, Gott sei Dank. Aber ich höre, er ist jetzt hier in der Nachbarschaft. In dem Haus Ihres Schwagers Lord

Warminster, genauer gesagt. Der wird auch bald mein Schwager sein. O Gott, das wird jede Menge Ärger geben.«

»Aber was in aller Welt macht denn Buster, ein Seemann, auf Thrubworth? Ich dachte, es sei das Hauptquartier eines Infanteriecorps.«

»Thrubworth ist keine Einrichtung der Armee mehr. Es ist immer noch requiriert, aber sie haben das Haus in eine dieser schrecklich geheimen Waffengattungsverbund-Organisationen umgewandelt. Buster hat sich da eingegraben.«

»Lassen sie Erry und Blanche noch weiter in deren Teil des Hauses wohnen?«

»Sie haben keine Einwände, soweit ich weiß.«

Es waren keine allzu großen Anpassungen notwendig gewesen, als die Regierung zu Anfang des Krieges Thrubworth übernommen hatte. Erridge hatte mit seiner Schwester Blanche, die ihm den Haushalt führte, schon vorher nur einen kleinen Teil des Gebäudes bewohnt (eines Backsteinbaus aus dem 17. Jahrhundert, die Vorderfront im 18. Jahrhundert mit Naturstein verkleidet). Obwohl das Haus nur zwanzig oder dreißig Meilen von Fredericas Dorf entfernt lag, gab es zwischen Erridge und dem Rest seiner Familie so gut wie keine Kommunikation. Seit Ausbruch des Krieges hatte er sich, wie Isobel mir sagte, weniger als früher mit der praktischen Seite der Politik beschäftigt und sich zunehmend Büchern über die Anabaptisten und die revolutionären Bewegungen des Mittelalters gewidmet.

»Buster gehört zum gleichen Jahrgang wie ich«, sagte Umfraville, »ein Hurensohn allererster Ordnung. Ich hab Ihnen nie meine Lebensgeschichte erzählt, oder?«

»Bisher noch nicht.«

»Die werden Sie noch oft genug hören, wenn wir einmal Schwäger sind«, sagte er, »deshalb beginne ich jetzt damit, Ihnen nur ein bisschen davon zu erzählen.«

Wieder erinnerte er mich an Odo Stevens.

»Mein Vater verdiente sein Geld als Pferdezüchter«, sagte Umfraville. »Das war ein ziemlich unsicherer Beruf; zudem führte er ein eher unbesonnenes Leben. Er war jedoch klug genug, die Tochter eines sehr wohlhabenden Fabrikanten zu heiraten, der Maschinen für die Produktion von elastischen Geweben herstellte. Das gab ihm einen gewissen Spielraum für seine unrentablen Geschäfte mit Vollblutpferden. Ich weiß nicht, was aus mir geworden wäre, wenn ich als Junge nicht reiten gelernt hätte. Irgendjemand hatte die verrückte Idee, ich solle Grundstücksmakler werden. Dann kam der Krieg von 1914, und ich stand auf eigenen Füßen. Es gelang mir, in einem der neugegründeten Gardebataillone unterzukommen. Es hatte eine gewaltige Expansion gegeben, und sie rümpften nicht die Nase über mich und viele andere wie mich. Ja, einige meiner Mit-Offiziere waren Scheißkerle von einem Kaliber, wie Sie es noch nie gesehen haben. Danach ging's nur noch bergauf mit mir. Bis ich mit Buster Foxe aneinandergeriet. Wenn Buster nicht gewesen wäre, wäre ich jetzt vielleicht Generalmajor und Befehlshaber der vereinten Regimenter des Distrikts London statt einfaches Mitglied des Personals der Bewegungsüberwachung.«

»Sind Sie nach dem Krieg noch Berufsoffizier geblieben?«

»So war's«, sagte Umfraville. »Ich nehme an, Sie haben schon von einem französischen Marschall namens Lyautey gehört? Hat Nordafrika befriedet und so was alles. Wissen Sie, was Lyautey für das Allerwesentlichste bei einem Offizier hielt? Fröhlichkeit. Das war, was Lyautey dachte, und er verstand was von seinem Geschäft. Seine eigenen Vorstellungen von Fröhlichkeit mögen vielleicht nicht auch die Reize des schönen Geschlechts eingeschlossen haben, aber das ist eine andere Sache. Also, wie viel Fröhlichkeit finden Sie bei den meisten der vertrottelten Spastis, unter denen Sie dienen? Reichlich wenig, das können Sie mir glauben. Es war meine Absicht, dadurch in der Armee Karriere zu machen, dass ich mir Lyautey zum Vorbild nahm – nicht, was das Vernachlässigen der Damen betraf, sondern in anderer Hinsicht. Anfangs funktionierte das auch sehr gut.«

»Aber was hat Buster Foxe mit Marschall Lyautey zu tun?«

»Darauf komme ich jetzt«, sagte Umfraville. »Haben Sie je von einer Frau namens Dolly Braybrook gehört?«

»Nein.«

»Dolly war meine erste Frau. Eine absolute Wucht. Tochter des Mannes, der früher Kommandeur des Regiments gewesen war. Bluthund Braybrook wurde ihr Vater allgemein in der ganzen Armee genannt, und mit gutem Grund. Sie wollte mich anfangs nicht, und wer hätte es ihr verübeln können. Ich fragte sie wieder und wieder. Die Antwort war immer nein. Dann änderte sie eines Tages ihre Meinung, so wie das Frauen eben tun. Diese Hartnäckigkeit habe ich inzwischen verloren. Aber der Verlust hat mich in meiner Meinung bestärkt, dass ich, je älter ich werde, umso attraktiver auf Frauen wirke.«

»Allem Anschein nach haben Sie wohl Recht.«

»Früher gab es immer dieses Getue mit ›heute Nacht nicht, Liebling, denn ich liebe dich nicht genug‹, dann ›heute Nacht nicht, Liebling, denn ich liebe dich zu sehr‹ – Herrgott, ich hab das in seiner ganzen Breite durchgemacht. Der höchste Grad, den einige Frauen darin erreichen, ihren Ehemännern treu zu sein, besteht darin, das Leben ihrer Liebhaber unangenehm zu machen. Doch das nur nebenbei. Wichtig ist, dass Dolly mich schließlich geheiratet hat.«

»Wie lange hat die Ehe gehalten?«

»Ein oder zwei Jahre. Es war eine glückliche Zeit, wenigstens für mich. Ich war auch noch zum Adjutanten ernannt worden. Dann erschien Buster am Horizont. Er war damals in Greenwich stationiert – am Marinekolleg. Ich spielte gelegentlich eine Partie Karten mit ihm und anderen geselligen Typen, wenn er in die Stadt kam. Und was passierte dann unter meinen eigenen Augen? Dolly verliebte sich in Buster.«

Der übertriebene dramatische Nachdruck, mit dem Umfraville seine Geschichte präsentierte, machte es schwer für mich, richtig einzuschätzen, welche Haltung ich am besten beim Zuhören einnehmen sollte. Die Tragödie konnte jeden

Augenblick in eine Farce umschlagen, so dass ich stets auf der Hut sein musste. Bei meiner ersten Begegnung mit Umfraville hatte ich eine gewisse Ähnlichkeit zu Buster Foxe wahrgenommen, die sich jetzt als eine Ähnlichkeit herausstellte, wie sie sich in jungen Jahren zwischen Freunden entwickelt.

»Das passierte genau in dem Augenblick, als das Bataillon vom Buckingham Gate nach Windsor verlegt wurde«, sagte Umfraville. »Ich musste natürlich mit ihm gehen, während Dolly in London blieb, bis ich etwas gefunden haben würde, wo wir leben konnten. Eines Tages besuchte ich sie. Die Atmosphäre war ein wenig eisig, als ich zu Hause ankam. Dann sagte mir Dolly, dass sie die Scheidung wünsche.«

»Das kam als eine völlige Überraschung?«

»Alter Junge, ich war völlig von den Socken. So ist es natürlich immer. Ich konnte sagen, was ich wollte, sie blieb dabei. Dolly war fest entschlossen, Buster zu heiraten. Am Ende stimmte ich zu. Was hätte ich sonst tun können. Ich vermute, ich hätte Buster eine Kugel durch den Kopf schießen können, wenn ich nahe genug an ihn herangekommen wäre, denn dessen Kopf hat ja nur das Ausmaß einer Nuss. Welchen verdammten Nutzen hätte das denn gebracht? Außerdem, hier in unserem Land hätte ich dann durchaus baumeln können. Es ist hier nicht wie in Frankreich, wo von dir erwartet wird, dass du heftig reagierst. Also entschloss ich mich schließlich, mich wie ein Gentleman zu verhalten und Dolly die Beweise zu liefern, damit sie sich von mir scheiden lassen konnte. Ich war damit auch schon ziemlich weit vorangekommen, als Buster entdeckte, dass Amy Stringham, Flavias Mama, genauso erpicht darauf war, ihn zu heiraten, wie Dolly. Nun, Buster brauchte nicht lange, sich auszurechnen, dass die Ehe mit einer Dame, die einige sehr profitable Anteile an südafrikanischen Goldminen besaß, von den lebenslangen Rechten an dem Grundbesitz ihres ersten Mannes, Lord Warrington, einem Gestüt und einem Landschloss ganz zu schweigen, gewinnbringender wäre als mit einer Frau wie Dolly, einem Mitglied einer großen Familie, die mit nicht mehr als einem Penny gesegnet war. Mrs. Stringham war ein paar Jahre älter als Buster, zweifellos, aber sie war dennoch eine Schönheit. Jeder von uns musste das zugeben.«

Umfraville machte eine Pause.

»Was ich als Nächstes hörte«, sagte er, »war, dass Dolly eine Überdosis Schlaftabletten genommen hatte.«

»Lief das Scheidungsverfahren da schon?«

»Es war nicht so weit fortgeschritten, dass es nicht hätte wieder rückgängig gemacht werden können. Ich vermute, Dolly dachte, es sei zu spät, um mir eine Aussöhnung vorzuschlagen, obwohl es nichts gab, was ich lieber gehabt hätte.«

»Aber inwiefern hat Sie das daran gehindert, Befehlshaber des Distrikts London zu werden?«

»Das ist eine berechtigte Frage, alter Junge. Der Grund war, ich musste den Dienst quittieren, mein tapferes und glorreiches Regiment aufgeben. Ich werde es erklären. Sehen Sie, ich fühlte mich nicht allzu gut, nachdem meine arme Frau Dolly sich entschlossen hatte, in den Chor der Engel einzutreten; und ich hab mich natürlicherweise nach jemandem umgesehen, bei dem ich Trost finden konnte. Ich fand auch mehrere, ehrlich gesagt. Von denen gefiel mir eine Frau am besten, die ich eines Nachts im Cavendish Hotel kennenlernte. Ihr Name war Joy Gewähr – jedenfalls war das ihr professioneller Name, und ein sehr passender dazu. Ich dachte mir schließlich, ich könne sie genauso gut heiraten. Natürlich stand überhaupt nicht in Frage, dass ich das Regiment verlassen müsste, falls ich Joy heiratete. Zu allererst deswegen, weil es mir schwer gefallen wäre, einen Mit-Offizier zu benennen, der nicht an den gleichen idyllischen Freuden teilgehabt hätte wie ich. Ich reichte also meine Papiere ein und entschloss mich, meine Zelte hier abzubrechen und mit meiner schamvoll errötenden Braut auszuwandern. Ich dachte, ich sollte es in Kenia versuchen, in jenen großen, offenen Weiten, wo Männer noch Männer sind, wie Charles Stringham zu sagen pflegte. Nun, Joy und ich waren kaum in dem Hotel in Nairobi angekommen, als es ganz offensichtlich wurde, dass es ein Fehler gewesen war, Mann und Frau zu werden. Wir lebten bereits zusammen wie Katz und Hund, wie es so schön heißt. Kurz gesagt, es dauerte nicht lange, ehe sie mit einem Kerl namens Castlemallock durchbrannte, der doppelt so alt war wie sie und aussah wie ein Stallbursche, der den Tripper hat.«

»Die Corpsschule für chemische Kriegsführung ist in einem Haus, das Castlemallock heißt, untergebracht.«

»Das ist die Familie. Sie lebten da, bis sie vor ein oder zwei Generationen ihr ganzes Vermögen verloren. Castlemallock selbst war, Marquis hin oder her, ein ordinärer kleiner Kerl; aber was viel schlimmer war, zumindest was ihn selbst anging, war die Tatsache, dass er bei Joy in Kenia keinen hochkriegte. Er dachte, es läge vielleicht am Klima, an der Höhenluft. Also nahm er sie mit zurück nach England, um zu sehen, ob es da klappen würde, oder um wenigstens einen kompetenten Arzt zu finden, der ihm irgendeine Spritze geben würde, die ihn gelegentlich auf Schwung brächte. Doch es dauerte zu lange, den richtigen Spezialisten zu finden; und in der Zwischenzeit brannte Joy mit Jo Breen durch, dem Jockey, dem Kerl, der mal in Cheltenham gesperrt wurde, weil er das Pferd Middlemarch pariert hatte. Sie unterhalten jetzt zusammen eine Kneipe in einem der kleine Orte im Themsetal, wo sie einen schändlich übervorteilen, wenn man sie mal besucht, um über frühere Zeiten zu reden.«

Umfraville machte wieder eine Pause. Er nahm ein Zigarettenetui aus der Tasche und hielt es mir hin.

»Also, die Sache, dass mir zwei Frauen weggelaufen waren, setzte mir ganz schön zu«, sagte er. »Das schien langsam zur Gewohnheit zu werden. Das nächste Mal werde ich derjenige sein, dachte ich, der auf Raubzug ausgeht. Also spannte ich einem Regierungsbezirkspräsidenten die Frau aus. Es gab deswegen endlosen Ärger. Als ich mich zuvor selbst in solch einer würdelosen Position befunden hatte, hatte ich mich wie ein Gentleman betragen. Dieser Kerl aber, der Ehemann, betrachtete die Dinge in einem ganz anderen Licht. Der hat mir wirklich die Hölle heiß gemacht.«

Er zündete sich eine Zigarette an und seufzte.

»Und wie ist es ausgegangen?«

»Wir haben geheiratet«, sagte er, »aber sie starb sechs Monate später an einer Unterleibskrankheit. Sie sehen, ich hab nicht viel Glück mit Frauen. Und dann waren Sie ja selbst dabei, als ich die kleine Anne Stepney bei Foppa kennenlernte. Das Ende der Geschichte ist Ihnen bekannt. Es war völlig verrückt, Anne zu heiraten, absolut verrückt. Na ja, es hat nicht lange gehalten. Je weniger man darüber spricht, desto besser. Doch jetzt habe ich ein neues Blatt aufgeschlagen. Frederica wird meine Rettung sein. Die Modell-Ehe. Ich werde die Bewegungsüberwachung verlassen und mich wieder daranmachen, General zu werden, genauso wie damals, ehe ich von Buster reingelegt wurde. Frederica wird eine erstklassige Generalsfrau abgeben. Meinen Sie nicht? Mein Gott, ich hätte nicht einmal davon geträumt, dass ich einmal eine der Töchter Hugo Warminsters heiraten würde; und ich vermute, er auch nicht.«

Inzwischen war es Zeit für den Lunch geworden. Ich fand meinen Platz neben dem von Flavia Wisebite. Sie hatte eine ruhige, eher traurige Art, die darauf hindeutete, dass sie eine jener zurückhaltenden, höflichen, leicht grämlichen, aber gewöhnlich entschieden zielbewussten Frauen war, mit denen auffallend ausschweifend lebende Männer wie Flitton oder Wisebite oft verheiratet sind. Diese Grämlichkeit hat ihren Ursprung nicht so sehr in dem schlechten Verhalten ihrer Ehemänner. Vielmehr scheint sie einer ihrer natürlichen Charakterzüge zu sein – ein Charakterzug, den Männer dieser Sorte anziehend finden. Das waren natürlich nur Vermutungen, denn ich wusste eigentlich nichts über Flavias Privatleben, außer, dass Stringham einmal angedeutet hatte, die ehelichen Schwierigkeiten seiner Schwester seien in großem Maße ihr selbst zuzuschreiben. In dieser Hinsicht wäre sie ihm dann allerdings nicht unähnlich. Ich fragte sie nach Neuigkeiten über ihren Bruder.

»Charles?«, sagte sie. »Er ist in einem Teil der Armee, der sich KAVC nennt – Königliches Armeeversorgungscorps. Ich nehme an, Sie kennen es. Charles sagt, sie kümmern sich um Kleidung und Stiefel und Decken und so was alles. Stimmt das?«

»Ja, das stimmt. In welchem Rang?«

»Einfacher Soldat.«

»Aha.«

»Und wahrscheinlich wird er das auch bleiben, sagt er.«

»Geht es ihm – jetzt gut?«

»Oh ja«, sagte sie. »Er trinkt kaum noch etwas. Genauer gesagt, er ist so weit geheilt, dass er sogar hin und wieder ein Glas Bier trinken darf. Das ist ein großer Schritt vorwärts. Ich habe immer gesagt, es waren nur die Nerven, keine wirkliche Sucht.«

Mit Alkoholikern vertraut, wie sie war, nahm sie den früheren Zustand ihres Bruders wie auch seine jetzige Stellung in der Armee, die nicht sehr beneidenswert klang, völlig nüchtern und sachlich hin. Allein sich Stringham als einfachen Soldaten im KAVC auch nur vorzustellen, erforderte schon eine ziemliche Geistesanstrengung.

»Und wie gefällt es Charles dort?«

»Nicht sehr.«

»Das erstaunt mich nicht.«

»Genauer gesagt, er meint, es sei die Hölle. Aber er wollte unbedingt irgendwo rein. Aus irgendeinem Grund war das KAVC die einzige Truppe, die ihn nehmen zu wollen schien. Ich glaube, es geht ihm wesentlich schlechter als Robert. Du magst es doch im 1. Corps, nicht wahr, Liebling?«

»Mögen ist vielleicht ein etwas starkes Wort«, sagte Robert. »Es könnte schlechter sein in Mytchett. Ich hab immer schon gerne in anderer Leute Angelegenheiten herumgeschnüffelt, und das ist es, wofür die Feldsicherheitspolizei da ist.«

Flavia Wisebites Verhalten Robert gegenüber war fast mütterlich. Dem Alter nach näher an Robert als an Umfraville, vermittelte sie dennoch den Eindruck, sie gehöre, obwohl sie eine so ganz andere Vertreterin davon zu sein schien, weit mehr zu der Generation des Letzteren. Man hätte vielleicht sagen können, dass sowohl sie als auch Umfraville Formen der Revolte repräsentierten; und nichts ordnet Menschen mehr einer bestimmten Periode zu als die Maßstäbe, gegen die sich zu wenden sie beschlossen haben. Robert und Flavias Liebesbeziehung, wenn es denn eine Liebesbeziehung war, zeigte sich in einer ganz anderen Gestalt als die von Frederica und Umfraville. Robert und Flavia machten nicht den Eindruck, dass sie, zumindest für den Augenblick, die schönste Zeit ihres Lebens erfuhren. Im Gegenteil, sie wirkten sehr niedergedrückt. Dadurch, dass er Flavia zum Haus seiner Schwester mitgebracht hatte, hatte Robert sich, emotional gesprochen, endlich bis zu einem gewissen Grade geöffnet – etwas, das er zuvor noch nie getan hatte. Vielleicht war er verliebt. Der Druck des Krieges zwang jedermann zu handeln. Waren seine Bemühungen, nach Frankreich verlegt zu werden, Teil dieses Willens zu handeln oder ein Versuch zu entkommen? Das Letztere mochte sehr wohl auch der Fall sein. Das Telefon klingelte, während wir uns vom Tisch erhoben. Frederica ging hinaus, um das Gespräch anzunehmen. Sie kam ins Zimmer zurück.

»Es ist für dich, Priscilla.«

»Wer ist es?«

»Nicks Freund, Mr. Stevens.«

»Ach ja, natürlich«, sagte Priscilla. »Wegen der Brosche.« Sie wurde ziemlich rot.

»Priscilla hat Eindruck gemacht«, sagte Umfraville.

»Ich fragte Flavia, ob sie noch Kontakt zu Miss Weedon, der früheren Sekretärin ihrer Mutter, habe, die jetzt mit General Conyers, einem alten Bekannten meiner Eltern, verheiratet sei.

»Ach, Tuffy«, sagte sie. »Sie war mal meine Gouvernante, wissen Sie. Ja, ich hab sie erst kürzlich besucht. Alles läuft gut da. Der General las uns einen Artikel laut vor, den er über erhöhte Bisexualität in Beziehung zu früher Religiosität verfasst hatte. Er ist jetzt viel mehr an Psychoanalyse interessiert als an seinem Cellospiel.«

»Wie denkt er über den Krieg?«

»Er meinte, die deutsche Offensive werde jeden Moment beginnen, wahrscheinlich an mehreren Orten zugleich.«

»Ja, die Sache in Norwegen und Dänemark war der Anfang.«

»Ich glaube auch.«

»Es klingt nicht so, als ob die Dinge allzu gut liefen«, sagte Umfraville. »Ich denke, wir mussten einige Schläge hinnehmen.«

Priscilla kam wieder herein.

»Es war wegen der Brosche«, sagte sie. »Mr. Stevens kann es nicht selbst machen, da sich einer der Steine gelöst hat. Aber jemand, den er kennt, wird es reparieren. Er wollte mich nur warnen, dass er sie nicht mitbringen wird, wenn er kommt, um Nick mit dem Auto abzuholen.«

»Ich sagte doch, er sei ein sehr höflicher junger Mann«, bemerkte Frederica und warf ihrer Schwester einen ziemlich kalten Blick zu.

Der Rest des Wochenendes verging mit der erschreckenden Geschwindigkeit des Kriegsurlaubs und schmolz so schnell dahin, dass es schien, man sei gerade erst angekommen, als es schon wieder Zeit wurde zu gehen. Die Stimmung während des Abendessens war deshalb ein wenig düster, und die nur fragmentarische Unterhaltung drehte sich hauptsächlich um die Nachrichten des Abends.

»Ich frage mich, ob diese schweren Bombardierungen das Vorspiel zu einem Vormarsch in Frankreich sind«, sagte Robert. »Was glauben Sie, Dicky?«

»Das wird als Nächstes kommen.«

Gegen Ende des Mahls klingelte das Telefon.

»Kannst du es mal annehmen, Nick«, sagte Frederica. »Du sitzt am nächsten zur Tür.«

Sie rief aus der Küche herüber, wo sie dabei war, den Kaffee zu machen. Das Telefon war in einem Nebenraum zur Eingangshalle installiert. Ich verließ das Zimmer und ging dorthin. Eine Männerstimme fragte, ob sie mit Fredericas Nummer verbunden sei.

»Ja.«

»Ist Unteroffizier Tolland anwesend?«

»Wer spricht denn da?«

Er nannte eine Armeeeinheit. Als ich zum Esszimmer zurückkehrte, klopfte jemand an der Hauseingangstür. Ich sagte Robert, dass er am Telefon gewünscht werde.

»Soll ich zur Haustür gehen, Frederica?«

»Es ist wahrscheinlich der Pfarrer, weil ein Licht zu sehen ist«, sagte sie. »Er ist Luftschutzwart und fürchterlich pingelig. Hol ihn rein, wenn er es ist. Vielleicht möchte er eine Tasse Kaffee mittrinken.«

Doch ein hochgewachsener Marineoffizier stand auf der Stufe, als ich die Tür öffnete. Er war gerade mit einem Auto vorgefahren.

»Dies ist das Haus von Lady Frederica Budd?«

»Ja.«

»Ich muss mich dafür entschuldigen, dass ich zu dieser Abendstunde noch hier anklopfe, aber ich glaube, meine Stieftochter, Mrs. Wisebite, hält sich gegenwärtig hier auf.«

»Das stimmt.«

»Es gibt einige ziemlich dringende geschäftliche Angelegenheiten, die ich mit ihr besprechen muss. Ich hörte, dass sie für ein paar Tage hier sei, und dachte, Lady Frederica hätte vielleicht nichts dagegen, wenn ich für einen Moment vorbeikäme. Ich bin in der Nachbarschaft stationiert – in dem Haus ihres Bruders, Lord Warminsters, genauer gesagt.«

»Kommen Sie herein. Sie sind Korvettenkapitän Foxe, nicht wahr? Ich bin Nicholas Jenkins. Wir sind uns früher schon ein- oder zweimal begegnet.«

»Guter Gott, natürlich«, sagte Buster. »Dies ist das Haus Ihrer Schwägerin?«

»Ja.«

»Sie waren ein Freund von Charles, nicht wahr? Das ist ja großartig.«

Korvettenkapitän Foxe klang nicht so, als ob er denke, mich bei Frederica anzutreffen sei wirklich großartig, obwohl er erleichtert darüber schien, dass die Wirkung seiner Ankunft dadurch gemildert werden würde, dass es jemanden gab, der ihn vorstellen konnte. Ohne Zweifel hätte er einen anderen Gewährsmann vorgezogen, denn jeder alte Freund Stringhams musste zwangsläufig viele Geschichten über ihn gehört haben, die ihm nicht zur Ehre gereichten. Doch Buster nahm das, obwohl ihn jenes chronische Fluidum umgab, das einige Männer besitzen, die jeden anderen Mann für einen Rivalen zu halten scheinen, ziemlich gelassen hin. Ich selbst musste plötzlich an das denken, was Dicky Umfraville mir erzählt hatte. Der würde kaum über diesen Besuch erfreut sein. Aber daran war jetzt nichts zu ändern. Ich führte Buster ins Wohnzimmer, wo die übrige Gesellschaft nun wieder saß. Buster hatte offensichtlich einen ziemlich dramatischen Auftritt geplant.

»Ich muss mich wirklich entschuldigen, Lady Frederica ...«, begann er zu sagen, als er durch die Tür trat.

Ich folgte ihm in das Zimmer und bemerkte sofort, dass etwas Unangenehmes geschehen war. Robert schien der Mittelpunkt der Aufmerksamkeit zu sein. Er hatte offensichtlich gerade eine Neuigkeit verkündet, die er während seines Telefongesprächs erfahren hatte. Alle sahen sehr beunruhigt aus. Flavia Wisebite schien den Tränen nahe. Als sie Korvettenkapitän Foxe erblickte, verwandelte sich ihr Kummer in wütenden Unmut.

»Buster«, sagte sie scharf, »wo in aller Welt kommst du denn her?«

Sie klang sehr verärgert, so verärgert, dass sie für einen Moment vergaß, wie traurig sie war. Korvettenkapitän Foxe muss begriffen haben, dass seine Ankunft in diesem Augenblick nicht ganz willkommen war. Das machte ihn offensichtlich betroffen. Unsicher lächelnd sah er sich im Zimmer um, als suche er Unterstützung in einem freundlichen Gesicht. Seine Augen ruhten zuerst auf Dicky Umfraville. Umfraville streckte seine Hand aus.

»Hallo, Buster«, sagte er, »lange her, seit wir uns zuletzt gesehen haben.«

Wenn zwei Menschen einander wirklich hassen, macht sich die Spannung zwischen ihnen manchmal im ganzen Zimmer bemerkbar. Dann weht sie, wie atmosphärische Wellen, erst heiß, dann kalt, vorwärts und zurück, einem unsichtbaren Prozess des Airconditioning gleich, durch den Raum und erzeugt eine durchdringende physische Unruhe. Ein solcher Zustand bildete sich jetzt zwischen Buster Foxe und Dicky Umfraville. Ihre wirklich überwältigende gegenseitige Verabscheuung dominierte für einen Augenblick alle anderen Erregungen in dem Zimmer. Die Tatsache, dass keiner von beiden unter den gegenwärtigen Umständen bereit war, seine Gefühle offen zu zeigen, verstärkte noch die durch die unterdrückten Emotionen generierten Ströme nervöser Elektrizität. Gleichzeitig mochten sie sehr wohl jedem, der nicht wusste, welche entsetzlichen Dinge die beiden verband, als zwei alte Freunde erscheinen, die sich nach einer Ewigkeit endlich wiedergetroffen hatten. Die vage, wenn auch klar erkennbare körperliche Ähnlichkeit zwischen ihnen erhöhte noch diesen letzteren Eindruck. Ehe Buster eine Geste des Erkennens in Richtung Umfraville machen konnte, trat Frederica auf ihn zu. Buster begann wieder, sich zu entschuldigen, zu erklären, er wünsche nur ein kurzes Wort mit Flavia und werde dann sofort wieder gehen. Frederica hörte ihm zu.

»Wir sind im Augenblick alle ziemlich aufgeregt«, sagte sie. »Mein Bruder Robert hat gerade gehört, dass sein Urlaub aufgehoben wurde. Er muss sobald wie möglich wieder zurück.«

Man konnte Buster die Enttäuschung darüber ansehen, dass er sich in die nachteilige Position gedrängt sah, von Nöten eines anderen Menschen hören zu müssen, wo er doch mit dem ausdrücklichen Ziel gekommen war, seine eigenen vorzubringen. Ich musste zugeben, dass er ungeheuer distinguiert aussah, mehr noch als Umfraville. Ich hatte Korvettenkapitän Foxe zuvor noch nie in Marineuniform gesehen. Sie stand ihm. Sein immer noch volles eisengraues Haar war kurz gehalten und bedeckte einen, wie Umfraville angedeutet hatte, fast übernatürlich kleinen Kopf. Sein gutes Aussehen, früher einmal von Filmstarqualität, hatte sich in seinen mittleren Jahren zu gleichermaßen soliden wie eindrucksvollen Gesichtszügen gefestigt – die Büste eines römischen Senators der besseren Sorte. Unter seinen Ordensbändern befand sich auch das eines Ordens für besondere Verdienste in der Kriegsmarine. Ich erinnerte mich an Umfravilles Klage, dass die Helden von gestern die *maquereaux* von morgen seien. Irgendetwas hatte Korvettenkapitän Foxe zweifellos stark verärgert. Er versuchte, allerdings ohne großen Erfolg, einen Ausdruck des Mitgefühls über die Aufhebung von Roberts Urlaub anzunehmen. Er wusste offensichtlich nichts von der Verbindung zwischen Flavia und Robert und verstand nicht, warum Flavia so beunruhigt war. Nach ihrem ersten Ausbruch hatte sie Buster nicht mehr beachtet und Robert mit Tränen in den Augen unverwandt angesehen.

»Du kannst doch bestimmt erst morgen einen Zug nehmen«, sagte sie. »Du musst doch nicht heute Abend schon gehen, Liebling. Welche Züge gibt es, Frederica?«

»Keine sehr guten«, sagte Frederica. »Aber sie bringen dich früher oder später dahin. Warum machst du es nicht so, Robert.«

»Meinst du nicht, dass du die Armee zu ernst nimmst, Robert?«, fragte Umfraville. »Sie haben dir gerade erst Urlaub gegeben und können nicht erwarten, dass du auf der Stelle wieder umkehrst. Deine Einheit weiß doch gar nicht, dass Nick heute Abend mit dem Auto zurückfährt. Selbst wenn du ein wenig zu spät kommst, es gibt nichts, was deine Vorgesetzten dir tun könnten, wenn sie ihren eigenen Befehl auf diese Weise widerrufen.«

»Das ist nicht das Problem«, sagte Robert.

Das war das erste Mal, dass ich Robert in einem Zustand sah, den man annähernd als den der Erregung bezeichnen könnte. Er schlug leicht seine Fäuste gegeneinander.

»Wenn ich nicht vor morgen Abend zurück bin«, sagte er, »verpasse ich womöglich die Verlegung nach Übersee. Mein Name ist sowieso nur unter Vorbehalt auf die Liste gekommen. Wenn sie einen Entschuldigungsgrund finden, werden sie ihn wieder streichen. Das war der Ordonnanzfeldwebel am Telefon. Er ist ein ziemlich guter Freund von mir und hat mich gewarnt. Natürlich konnte er das nicht direkt sagen, aber er hat es mir deutlich zu verstehen gegeben. Es gibt eine ganze Reihe von Unteroffizieren, die sie schicken können, wenn einer Abteilung befohlen wird, sofort aufzubrechen. Das scheint jetzt der Fall zu sein. Außerdem, ich möchte nicht meine ganzen Angelegenheiten, wie Packen und so, im allerletzten Augenblick erledigen. Deshalb dachte ich, dein Freund Stevens könnte mich vielleicht in seinem Auto unterbringen, Nick. Ihr könntet mich dann irgendwo in der Nähe von Mytchett rauswerfen, und ich könnte das letzte Stück zu Fuß laufen, wenn es nicht allzu weit ist.«

»Es wird nicht sehr bequem in dem Auto sein, aber ich sehe keinen Grund, warum du nicht mit uns kommen könntest.«

»Wann kommt Stevens denn?«

»Jeden Moment jetzt.«

»Ich gehe und hole meine Sachen«, sagte Robert.

Er ging nach oben. Flavia begann, sich die Augen mit einem aufgerollten Taschentuch abzutupfen. Buster musste sich daran erinnert haben, Priscilla schon einmal begegnet zu sein – nämlich auf dem Empfang, den seine Frau für Morelands Symphonie gegeben hatte –, und versuchte, die Zeit während dieser Diskussion über Roberts Angelegenheiten durch ein Gespräch mit ihr auszufüllen. Vielleicht war das auch eine Methode, dem Blick Dicky Umfravilles zu entgehen. Er begleitete diese Unterhaltung mit einer großen Zurschaustellung des maskulinen Charmes eines Mannes mittleren Alters. Von Zeit zu Zeit warf er einen Blick in Richtung Flavia, um zu sehen, ob sie sich genügend beruhigt habe, um mit ihr über das sprechen zu können, weswegen er gekommen war. Jetzt ging Flavia, die sich bemühte, ihre Fassung wiederzugewinnen, aus eigenem Antrieb zu ihm hinüber.

»Was ist passiert?«, fragte sie. »Ich wollte dich anrufen, aber es kamen so schrecklich viele andere Sachen dazwischen. Außerdem bin ich gerade erst hier angekommen. Und jetzt hat all das alles durcheinandergebracht.«

Falls Buster nicht bereits von ihrer Beziehung zu Robert wusste, war das, was sie sagte, nicht sehr aufschlussreich für ihn. Aber er war wahrscheinlich scharfsinnig genug, die Situation inzwischen durchschaut zu haben.

»Es geht um deine Mutter«, sagte er. »Es ist alles verdammt unangenehm. Ich dachte, je eher du davon weißt, desto besser. Es war sehr schwierig, an deine Adresse zu kommen. Als ich durch einen glücklichen Zufall herausfand, dass du in der Nachbarschaft von Thrubworth bist, entschloss ich mich zu versuchen, dich zu sehen, für den Fall, dass ich sonst diese Gelegenheit auf Monate hinaus verpassen würde.«

»Aber was ist denn los?«

»Deine Mutter beträgt sich gerade in einer ganz außerordentlichen Weise. Es gibt ernsthafte finanzielle Schwierigkeiten, zum Beispiel. Sie betreffen vielleicht auch dich und Charles. Euer Erbe, meine ich.«

»Sie ist in Geldangelegenheiten immer sehr fahrlässig. Das musst du doch inzwischen wissen.«

»Sie hat sich in allen möglichen Dingen sehr unklug verhalten. Ich hatte keine Ahnung, was vor sich ging.«

»Wo ist sie jetzt?«

»Das ist eines der Probleme. Sie hat beide Häuser zugemacht und wohnt jetzt in einem Arbeiterhäuschen, um in der Nähe von Norman zu sein.«

»Norman Chandler?«

»Natürlich.«

»Ich dachte, Norman sei jetzt in der Armee.«

»Ist er auch. Er wurde zu einem Camp in Essex geschickt. Deshalb ist deine Mutter dahin gezogen. Außerdem will sie sich von mir scheiden lassen.«

Ohne Zweifel war Flavia sehr überrascht über diese Neuigkeit.

»Aber ...«

»Ich kann nirgendwo mehr hin«, sagte Buster mit großer Bitterkeit. »Als ich letztens in London war, musste ich in meinem Club wohnen. Und jetzt überfällt sie mich plötzlich damit, sich scheiden lassen zu wollen. Deine Mutter ist abgehauen, ohne ein Wort zu sagen. So viele Dinge müssen geklärt werden. Es ist ganz schrecklich.«

»Aber will sie denn Norman heiraten?«

»Woher soll ich denn wissen, was sie tun will?«, sagte Buster. »Ich bin doch der Letzte, um den sie sich kümmert. Ich meine, es war auch sehr schlecht von Norman, ihr zu erlauben, sich so zu verhalten. Ich hab Norman immer gemocht. Ich hatte nicht das Geringste dagegen, dass er das ist, was er ist. Ich hab ihm das auch oft gesagt. Ich dachte, wir seien Freunde. Viele Männer würden nicht dulden, jemanden wie Norman im Haus zu haben, die Blumen zu arrangieren und um ihre Ehefrau herumzuschwänzeln. Norman bereitete eurer Mutter Freude. Das genügte mir. Welchen Dank habe ich dafür geerntet, so tolerant zu sein? Eure Mutter haut mit Norman ab nach Essex und nimmt auch noch die Schlüssel mit, so dass ich nicht mal an meine eigenen Anzüge und Hemden kann. Und obendrein wird mir noch gesagt, dass sie sich scheiden lassen will.«

In diesem Augenblick war wieder ein lautes Klopfen an der Haustür zu hören. Das musste Stevens sein. Ich ging, um ihn einzulassen. Umfraville folgte mir in die Eingangshalle.

»Hören Sie«, sagte er, »sagen Sie mir schnell, was ist denn passiert, dass Buster so außer sich ist?«

»Mrs. Foxe hat einen Freund namens Norman Chandler – ein kleiner Tänzer, den sie wunderbar findet und der sich immer in ihrem Haus aufhielt. Er war auch ein sehr guter Schauspieler. Es sieht so aus, als ob sie Buster endlich leid sei und ihn rausgeschmissen habe.«

»Buster wird mir einen Posten in dieser geheimen Einrichtung auf Thrubworth verschaffen. Das habe ich beschlossen.«

»Und wie wollen Sie das anstellen?«

»Ich hab mal beim Poker fünfhundert Pfund gegen ihn gewonnen. Abgesehen von seinen anderen Vergehen, das Geld habe ich nie gesehen. Ich weiß, was ich machen muss, damit es unangenehm für ihn wird, wenn er nicht springt und mich da unterbringt. Boffles Stringham hat mir mal gesagt: ›Denk an meine Worte, Dicky. Der Tag wird kommen, an dem Amy diesem verdammten Polo spielenden Seemann den Laufpass geben wird.‹ Dieser Tag ist jetzt gekommen. Und es gibt auch noch einige andere Rechnungen, die Buster bezahlen muss.«

Es klopfte wieder an der Tür. Umfraville ging ins Wohnzimmer zurück. Ich ließ Stevens ein.

»Ich bin ein bisschen spät«, sagte er. »Wir müssen uns sputen auf dem Weg zurück.«

»Es herrscht ein ziemlicher Wirbel hier. Meinem Schwager, Robert Tolland, ist gerade der Urlaub gestrichen worden. Er würde gerne heute Abend zurück nach Mytchett fahren. Ginge es wohl, dass er mit uns kommt? Seine Einheit liegt ungefähr auf unserer Strecke, und wir könnten ihn unterwegs irgendwo absetzen.«

»Natürlich; wenn es ihm nichts ausmacht, dass ihm hinten im Auto die Eier eingequetscht werden. Ist er bereit?«

»Er ist gerade dabei zu packen. Und dann ist da noch ein Marineoffizier, der seiner Stieftochter eine Szene macht.«

»Da bin ich mal gespannt«, sagte Stevens. »Aber wir sollten uns nicht zu lange aufhalten. Ich möchte nur noch kurz mit der Dame über ihre Brosche sprechen.«

Wir gingen ins Wohnzimmer. In der Zwischenzeit hatte sich die Lage dort beruhigt. Besonders Buster hatte seine Fassung wiedergefunden. Er unterhielt sich nun mit Frederica.

Vermutlich hatte er, was immer er zu arrangieren gehofft hatte, mit Flavia regeln können. Flavia und Robert hatten sich auf das Sofa zurückgezogen, wo sie einander umarmten. Stevens sagte ein kurzes Wort der Begrüßung zu Frederica und ging dann sofort zu Priscilla hinüber. Frederica wandte sich wieder Buster zu.

»Ich freue mich zu hören, dass Erry sich anständig verhält«, sagte sie.

»Sie haben Recht, wir waren alle darauf vorbereitet, dass Ihr Bruder ziemliche Schwierigkeiten machen würde«, sagte Buster, »aber im Gegenteil – jedenfalls soweit ich persönlich betroffen bin –, er hat alles in seiner Macht Stehende getan, um mein Leben dort angenehm zu machen. Er hat, wenn ich das sagen darf, den Charme, den alle Mitglieder Ihrer Familie besitzen, nur eine andere Art von Charme als die übrigen von Ihnen.«

Umfraville unterbrach das Gespräch.

»Komm und lass uns einen Moment über Geschäftliches reden, Buster«, sagte er.

Sie gingen zusammen zu einer Ecke des Zimmers hinüber. Isobel und ich begaben uns zu einer anderen. Es war eindeutig Zeit, mich zu verabschieden. Wenn wir uns nicht ohne zu zögern auf den Weg machten, würden wir nicht zur festgesetzten Stunde wieder zurück sein. Dann wurde Isobel plötzlich ganz bleich.

»Sieh mal«, sagte sie, »es tut mir leid, dass ich gerade in diesem Augenblick die Aufmerksamkeit auf mich selbst lenken muss, aber ich fühle mich schrecklich komisch. Ich glaube, ich gehe am besten rauf in mein Zimmer – und Frederica oder sonst jemand kann den Arzt anrufen.«

Das gab mir den Rest. Ich befand mich in einem Zustand absoluter Verwirrung und Besorgnis, als wir endlich losfuhren. Wir setzten Robert unterwegs ab und kamen gerade noch rechtzeitig in Aldershot an.

»Ich fühl mich überhaupt nicht danach, morgen wieder auf

den Exerzierplatz zu gehen, Sie etwa?«, sagte Stevens. »Dennoch, es war ein verdammt guter Wochenendurlaub. Ich hatte eine der Frauen aus dem Ort unter einer Hecke.«

4

Wenn immer ich während der seltenen, berauschenden Momente der Einsamkeit in einem Fenstersitz auf Schloss Castlemallock saß und Thackerays »Henry Esmond« las oder beobachtete, wie die Sonne über dem enormen Backsteinschutzwall des ummauerten Gartens unterging, ließ mich die Verbindung dieses Ortes mit Lord Byron an dessen »Don Juan« denken:

Des Abends sitz' ich einsam in der langen Galerie,
Und das ist der Grund meiner Melancholie …

Die lange Galerie auf Castlemallock – ohne Teppich und, mit Ausnahme einiger Behelfstische und Holzstühle, auch ohne Möbel – war entlang einer ganzen Seite mit solchen eingebauten Sitzen ausgestattet. Hier konnte ich in den Intervallen zwischen der Ankunft und der Abfahrt der Teilnehmer an den Gasabwehrkursen allein sein, wenn Kedward und ich dort abwechselnd an jedem zweiten Tag die diensthabenden Offiziere waren. Unsere Pflichten bestanden aus wenig mehr als dem Verbleiben auf dem Gelände des Schlosses am Abend, der Abnahme des Appells der Abteilungen – gewöhnlich zweihundert Mann – zum Zapfenstreich und dem Schlafen neben dem Telefon während der Nacht. Wir waren jetzt Gwatkins einzige Leutnants, denn wir befanden uns in der Periode der Experimente – die allerdings später als unbefriedigend wieder aufgegeben wurden –, in der jeweils ein Zug in jeder Kompanie von einem Hauptfeldwebel geführt wurde. Wenn ein Gasabwehrkurs stattfand, schliefen wir, für den Fall, es gebe einen Anruf vom Bataillon, des Nachts abwechselnd in dem Büro der Kompanie. Ich übernahm oft Kedwards Teil dieser Pflichten, denn wenn die militärischen Übungen des Tages vorüber waren, zog er es vor, »seine Sicht zu verbessern«, indem er die nähere Umgebung auf geeignete Orte für Maschinengewehrnester und Panzerabwehrstellungen erkundete. Während ich auf meinem Fenstersitz lag, dachte ich oft über das Gefühl nach, Vater zu sein, und über die verschiedenen Male, an denen ich es während des letzten Abschnitts meines Kurses in Aldershot geschafft hatte, Isobel und das Kind zu sehen. Sie und das Baby, ein Junge, waren ›wohlauf‹, aber es war schwierig gewesen, sie zu besuchen, denn Stevens' Auto stand inzwischen nicht mehr zur Verfügung, denn Stevens war, wie Brent prophezeit hatte, zu seiner Einheit zurückgeschickt worden.

»Ich werd euch Jungs von morgen an nicht mehr sehen«, sagte er eines Nachmittags.

»Warum nicht?«

»Die schicken mich wieder zurück.«

»Aber warum denn?«

»Ich hab eine dieser verdammten Vorlesungen geschwänzt und bin erwischt worden.«

»Das tut mir leid.«

»Es ist mir scheißegal«, sagte er. »Das Einzige, was ich will, ist, ins Ausland zu kommen. Das hier wird vielleicht der erste Schritt dazu sein. Ich schaffe es schon früher oder später noch. Hören Sie, geben Sie mir die Adresse Ihrer Schwägerin, so dass ich wegen der Brosche mit ihr in Verbindung bleiben kann.«

Das Ganze hatte etwas von Großspurigkeit an sich. Man sollte stets vermeiden, in der Armee auf die schwarze Liste zu kommen, denn in der Regel bringt einem das keinerlei Vorteile. Ich gab Stevens die Adresse von Fredericas Haus, damit er Priscilla die Brosche zurückschicken konnte. Wir verabschiedeten uns voneinander.

»Wir werden uns wiedersehen.«

»Das werden wir ganz sicher.«

Der Kurs ging ohne weitere besondere Vorkommnisse zu Ende. An seinem letzten Tag wechselte ich noch einige Worte mit Brent, ehe auch unsere Wege sich trennten.

»Es hat mich gefreut, dass wir uns begegnet sind«, sagte er. »Ehrlich gesagt war ich irgendwie froh, dieses ganze Zeugs über die Duports einmal loszuwerden. Ich weiß auch nicht genau, warum. Sie behalten das für sich, nicht wahr?«

»Natürlich. Wohin geht's jetzt für Sie?«

»Zum Infanterieausbildungszentrum – für einen Posten da.«

Ich fuhr zurück nach Nordirland. Die Rückkehr war so unerfreulich wie die Nachrichten über den Verlauf des Krieges. Das Bataillon war ein Stück weiter nach Süden verlegt worden, in ein neues Gebiet näher zur Grenze hin, wo die Kompanien mit besonderen Aufgaben betraut waren. Gwatkins Kompanie hatte man, wie sich zeigte, in der Corpsschule für chemische Kriegsführung einquartiert, deren Verliese, Türme und Befestigungen zudem gewisse militärische Vorräte von einiger Bedeutung beherbergten, die dem Kommandobereich der Division unterstanden. Für diese Vorräte stellte Gwatkins Kompanie die Sicherheitswachen; außerdem halfen seine Männer, wenn notwendig, bei Gasabwehrvorführungen aus. Wenn das Bataillon als Einheit operierte, nahm unsere Kompanie wie die übrigen an diesen Operationen teil, sonst aber lebten wir ein von ihm getrenntes Leben, voll ausgefüllt mit unserer eigenen Ausbildung und den gelegentlichen Anforderungen der Schule.

Isobel schrieb mir, dass ihre Tante Molly Jeavons – die sich in der Regel nicht im Geringsten für solche Dinge interessierte – ihr ein Buch über Castlemallock geliehen habe, jenen ursprünglichen Besitzer des Schlosses, einen Lordoberrichter (dessen Titel eines Earls wegen seiner Unterstützung der Vereinigung von Großbritannien und Irland in den eines Marquis erhoben worden war), einen entfernten Verwandten der Ardglass-Familie. Sein Erbe – besser bekannt als Hercules Mallock, Freund von Count D'Orsay und Lady Blessington – hatte das Haus an einen reichen Leinenfabrikanten verkauft, der das im Stil Palladios errichtete Gebäude abreißen ließ und an seiner Stelle dieses neugotische Schloss erbaute. Der zweite Lord Castlemallock starb hochbetagt und ehelos in Lissabon und hinterließ seinem Großneffen, der den Titel erbte, dem Vater oder Großvater jenes Castlemallock, der mit Dicky Umfravilles zweiter Frau durchbrannte, so gut wie nichts. Wie andere Häuser vergleichbaren Ausmaßes in der Region war das zu große und ungünstig gelegene Castlemallock zwanzig bis dreißig Jahre lang unbewohnt gewesen, bevor es requiriert wurde. Das Buch zitierte auch einen Brief Lord Byrons (nur ein Fragment und, wie es hieß, von zweifelhafter Authentizität) an Caroline Lamb, die in dem Haus wohnte, als sie von ihrer Familie wegen Byron aus England verbannt wurde. Isobel hatte ihn für mich abgeschrieben:

»... obwohl die Zerstreuungen auf Castlemallock die auf Schloss Lismore übertreffen mögen, so nehme ich doch wahr, dass Dir eine Sache unbekannt ist – nämlich dass der, dessen *Bemühungen* gegenüber Du nicht unempfindlich zu sein scheinst, Deinem ergebenen Diener einst an den keuschen Wassern der Cam bekannt war. Moderiere deshalb Dein Talent für das Schreiben von Romanen, meine liebe Caro, oder erspare mir wenigstens einen Bericht über seine Beteuerungen der Zuneigung & erinnere Dich daran, dass der Namensvetter Deines Gastgebers *Hylas* den *Nymphen* vorzog. Erfahre auch, dass das Thema von Stelldicheins in romantischen Hainen erheblich an Reiz verliert für einen Mann mit einer Erkältung und einer Halsentzündung und einer Digestion, die kürzlich die Qualen eines Soupers bei Lord Sleaford erlitten hat ...«

Diese Lichtung im Park von Castlemallock war immer noch als ›Lady Caros Tal‹ bekannt, und der Gedanke an ein Byron'sches Zwischenspiel hier erhöhte noch den Charme dieser Landschaft, die zur Zeit des Neubaus des Schlosses nicht wesentlich verändert worden war. Und eine Aura vereitelter Leidenschaft lag noch immer, so konnte man sich gut vorstellen, über diesen grasüberwucherten Wegen, verunkrauteten Rasenflächen und ornamentalen Teichen, wo moosbedeckte Brunnen jetzt nicht länger sprudelten. Aber solche Erinnerungen reichten nicht aus, um mir diesen Ort zu einer akzeptablen

Unterkunft zu machen. Auf Castlemallock wusste ich, was Verzweiflung war. Die sich ausweitenden Verantwortlichkeiten eines Infanterieoffiziers – an sich ziemlich simpel, doch, wenn gewissenhaft ausgeführt, enorm schwierig in ihren Details – erweisen sich in Kriegszeiten als eine große Belastung selbst für diejenigen, für die sie eine lebenslange professionelle Gewohnheit sind. Die qualvolle Langeweile einer ausschließlich männlichen Gesellschaft setzt einem besonders in Gebieten zu, die zwar von den eigentlichen Kriegsschauplätzen entfernt, denen aber deren Bedingungen aufgezwungen sind. Wie eine Millionen anderer sehnte ich mich nach meiner Frau, war die Offiziere und Soldaten um mich herum leid und begann, eine Position zu verabscheuen, die einem nicht einmal den Trost bot, dass von einem erwartet wurde, tapfer zu sein. Castlemallock mangelte es an der Wärme eines Regiments, gab einem nichts von dem Gefühl, zu einer Armee zu gehören, einem Gefühl, das in jeder ordentlich geführten Einheit oder Formation existiert. Hier gab es nur Fluchen, Streit und Beschwerden, nur die kläglichen Offiziere des Instruktions- und Administrationspersonals, nur Soldaten, die – mit Ausnahme derjenigen aus Gwatkins Kompanie – zur unteren medizinischen Kategorie gehörten. Ja, hier zeigte sich die Negation von Lyauteys Ideal, aber es gab Nahrung genug für die militärische Resignation eines de Vigny.

Es lag eine unbezweifelbare Angemessenheit darin, dass diese Kitschburg, dieses Monument eines geschmacklosen, unausgereiften Romantizismus jetzt in der Tat zu einem militärischen Stützpunkt geworden war und ihre Steinwände und gewölbten Decken endlich widerhallten von dem Scheppern der Waffen und den Flüchen der Soldateska. Es war, als ob ihre Bauherren mit der Architektur des Mittelalters auch seine Langeweile wiederbelebt hätten. Auf Stourwater, das aus dem vierzehnten Jahrhundert stammte und das Isobel einst an »Morte d'Arthur« erinnert hatte, war Sir Magnus Donners viel weniger ein Kastellan als der Kommandant hier auf Castlemallock, ein blassgesichtiger Berufssoldat, der sich gerade von einer Blinddarmentzündung erholte; und gewiss ähnelten Sir Magnus' Gäste weit weniger den Vasallen eines Feudalherrn als die abgetakelten Gasabwehrinstrukteure, die losgeworden zu sein ihre Regimenter, dies als eine goldene Gelegenheit ansehend, sehr froh waren. Die für die Waffen und Geräte zuständigen Offiziere, triste Seneschalle sie, fügten sich gut ein in diese gotische Welt, besonders Pinkus, der Adjutant-Zeugmeister, einer jener missgebildeten Zwerge, die von den Zinnen von Lancelots Schloss Dolorous Garde herabspähen, entschlossen, jedem einen schlechten Dienst zu erweisen, der die Zugbrücke überquert. Dieser Eindruck – dass mich ein Albtraum ins Mittelalter zurückversetzt hatte – löste sich auch während des Appells der Mannschaften nicht auf. Es gab warme Sommerabende, an denen ich beim Zapfenstreich kaum durch die zur Inspektion angetretenen Reihen dieser Kohorten von Gargoyles gehen konnte, ohne befürchten zu müssen, in Anfälle unkontrollierbaren, dämonischen Gelächters auszubrechen.

»Wahrlich, das sind die Krüppel, die Lahmen und die Blinden«, bemerkte Kompaniehauptfeldwebel Cadwallader mehr als einmal.

Kurz gesagt, die Atmosphäre auf Castlemallock zerrte an den Nerven aller Ränge. Als ich mich einmal allein in dem Kompaniebüro, einer in einem Labyrinth von Steinkorridoren angelegten ehemaligen Vorratskammer im hinteren Teil des Hauses, aufhielt, hörte ich ein großes Geklapper von Stiefeln und ein fürchterliches Jammern, wie das eines sehr kleinen Kindes. Ich öffnete die Tür, um zu sehen, was sich draußen abspielte. Da stand ein junger Soldat, kräftig gebaut und mit rotem Gesicht, Tränen rannen an seinen Wangen hinunter, sein Haar war zerzaust, seine Nase lief. Er sah aus, als ob er am Ende seiner Kräfte sei. Ich kannte ihn vom Sehen her. Er war einer der Kellner in der Offiziersmesse. Er schwankte kraftlos hin und her, so als ob er jeden Moment hinfallen würde. Ein ebenfalls junger Feldwebel war ihm schnell den Korridor heraufgefolgt und stand nun über ihm, wenn man das von einem Mann sagen konnte, der nur halb so groß wie der Soldat war.

»Was zum Teufel soll denn dieser ganze Lärm?«

»Er hackt dauernd auf mir herum«, sagte der Soldat und schluchzte konvulsivisch.

Der Feldwebel fühlte sich augenscheinlich unbehaglich. Keiner der beiden gehörte zu Gwatkins Kompanie.

»Komm mit«, sagte er.

»Was ist denn das Problem?«

»Er ist ein Befehlsverweigerer, Sir«, sagte der Feldwebel. »Komm jetzt mit und mach deine Arbeit zu Ende.«

»Ich kann das nicht tun, ich hab Rückenschmerzen«, sagte der Soldat und wischte sich mit der geballten Faust über die Augen.

»Dann solltest du dich krankmelden«, sagte der Feldwebel in einem scharfen Ton. »Geh zum Regimentsarzt. Das ist es, was du tun solltest, wenn du Rückenschmerzen hast.«

»Bin schon bei ihm gewesen.«

»Geh dann noch mal hin.«

»Der Adjutant-Zeugmeister sagte, wenn ich weiter den Simulanten spiele, gibt er mir noch mehr Ausgehverbote.«

Der Feldwebel machte ein fast ebenso unglückliches Gesicht wie der Soldat. Er sah mich an, als ob er dächte, ich hätte eine brillante Lösung für ihre Probleme parat. Da war er einer Täuschung unterlegen. Ich wusste auch keinen Ausweg. Außerdem, keiner von beiden fiel in meinen Aufgabenbereich.

»Also, verschwinden Sie jetzt, und machen Sie hier draußen nicht mehr einen solchen Aufruhr.«

»Entschuldigung, Sir.«

Die beiden entfernten sich ruhig, aber als sie das hintere Ende des Steinkorridors erreicht hatten, hörte ich, wie das ganze Theater wieder von vorn losging. Sie gehörten natürlich nicht zu den Angehörigen unserer Kompanie, unter denen eine solche Szene unvorstellbar gewesen wäre, selbst wenn sie ihren Gefühlen freien Lauf ließen, was manchmal geschah. Bei solchen Gelegenheiten nahm ihre Zurschaustellung eine weit weniger klägliche Form an. Diese Art von Zwischenfall drückte meine Stimmung auf eine unendlich tiefe depressive Ebene hinab. Zwar gab es für uns hier weniger Aufgaben als beim Bataillon, keine Straßensperren zu bemannen zum Beispiel, aber es gab dafür auch keine Zerstreuungen am Abend – außer den schmierigen Kneipen in einer kleinen heruntergekommenen Stadt ein oder zwei Meilen entfernt.

»Es gibt natürlich nicht viel zu tun hier für die Jungs«, sagte Kompaniehauptfeldwebel Cadwallader.

Er beobachte, ohne zu lächeln, einen indianischen Kriegstanz, den – angeführt von Williams I. G., dessen Hang zum Exzentrischen möglicherweise eine Erklärung für seine Freundschaft mit Obergefreiten Gittins, dem Lagerverwalter, war – eine Gruppe der Männer gerade inszenierte. Holzhämmer zum Einschlagen von Zeltheringen an Stelle von Tomahawks in den Händen haltend, bewegten sich die Tänzer langsam in einem kleinen Kreis, wobei sie ihre Köpfe zur Erde neigten und wieder aufrichteten, während sie allmählich das Tempo ihrer Rotation beschleunigten. Ich dachte, wie schade es doch sei, dass Bithel nicht anwesend war, um den Männern bei diesem Tanz voranzuschreiten.

»Wie wäre es, wenn wir ein Fußballspiel organisierten?«

»Es gibt keine andere Kompanie, gegen die sie spielen könnten, Sir.«

»Ist das wichtig?«

»Das Personal der Schule ist Kategorie drei; die sind körperlich überhaupt nicht fit.«

»Aber da sind doch genug von unseren eigenen Männern. Können die nicht gegeneinander spielen?«

»Das würden die Jungs nicht wollen.«

»Warum nicht?«

»Was sie wollen, ist, gegen eine andere Kompanie gewinnen.«

Das war eine gute, klar umrissene Haltung, nicht das Vorgeben, Sportspiele seien irgendetwas anderes als ein Ausdruck der Aggression und des Verlangens nach Macht, kein So-tun-als-ob, dass der Sport an sich einem Spaß mache. Man spielte ein Spiel, um zu demonstrieren, dass man es besser konnte als andere. Wenn man es recht bedenkt, so dachte ich, wie viele Menschen tun denn irgendetwas um seiner selbst willen, vom Schlafen mit jemandem bis zum Praktizieren der Künste?

»Was machen die denn, um sich zu amüsieren, wenn sie nicht gerade indianische Kriegstänze vorführen?«

»Einige der Jungs haben 'ne Frau gefunden.«

Der Hauptfeldwebel lächelte still in sich hinein, so als ob er selbst vielleicht auch zu dieser Gruppe gehöre.

»Unteroffizier Gwylt?«

»Ganz recht, Sir, Unteroffizier Gwylt mag durchaus eine oder zwei Frauen haben.«

Seit meiner Rückkehr von Aldershot wurde mir immer mehr bewusst, dass in Gwatkin eine Veränderung stattgefunden hatte, doch was genau mit ihm passiert war, konnte ich mir anfangs nicht erklären. Wie Kedward mir sagte, war es für den Kompaniechef eine enorme Genugtuung gewesen, als untergeordneter Kommandeur mehr oder weniger auf sich allein gestellt zu sein; er verteidigte eifersüchtig seine Position gegenüber dem Kommandanten von Castlemallock und machte diesem stets Schwierigkeiten, wenn Soldaten zu Demonstrationszwecken benötigt wurden. Andererseits hatte Gwatkin auch eine gewisse Zerstreutheit entwickelt, und es gab bei ihm sogar Ausbrüche offensichtlicher Indolenz. Er pflegte dann plötzlich in einen Zustand fast der Amnesie zu verfallen, wobei er, den Kompaniestempel mit der Schrift nach oben in der Hand haltend, als sei er ein Reichsapfel oder ein ähnliches Symbol der Macht, an seinem Tisch im Kompaniebüro saß und auf den gepflasterten Hof hinausschaute, wo auf der gegenüberliegenden Seite Nebengebäude in Mannschaftsunterkünfte umgewandelt worden waren. Er saß da minutenlang und starrte in den Raum hinaus und ließ seinen Blick über die Dächer schweifen, als nehme er jenseits des Hofes und der Stallungen Visionen von Schlachten wahr, von herandonnernder Kavallerie; langen, durch den Rauch vorrückenden Infanteriekolonnen; von Artillerie, die ihre von Pferden gezogenen Kanonen in Stellung brachte. Jedenfalls war es das, was ich vermutete. Ich dachte, Gwatkin habe endlich sein bisheriges Bild von der Armee ›durchschaut‹ und erfahre jetzt die Austreibung der Teufel in ihm, die Teufel seiner alten militärischen Vorstellungen. Gwatkin schien sich selbst in gewissem Maße dieser Heimsuchungen bewusst zu sein, denn sobald sie vorüber waren, bestand er mehr als je zuvor auf der Einhaltung militärischer Formen. Bei solchen Gelegenheiten pflegte er sich auf kleine Kämpfchen mit dem Kommandanten einzulassen, oder er ließ sich zu Energieausbrüchen hinreißen und die Exerzierzeiten ausdehnen. Gleichzeitig mit solchen Anstrengungen, mit denen er ein stetig wachsendes Maß an Effizienz durchsetzen wollte, war er jedoch nicht minder jenen lethargischen Stimmungen ausgesetzt. Er sprach auch jetzt freier und gab jeden Anschein auf, »ein Mann von wenigen Worten« zu sein, früher einmal eine seiner Lieblingsrollen. Und wiederum alternierten diese Ausbrüche von Redseligkeit mit Zuständen der schwärzesten, sprachlosesten Niedergeschlagenheit.

»Ist etwas nicht in Ordnung mit Rowland?«, fragte ich Kedward.

»Nicht, dass ich wüsste.«

»Er scheint nicht ganz er selbst zu sein.«

»Es geht ihm gut, soweit ich höre.«

»Ich hatte ein bisschen den Eindruck, als ob er sauer sei.«

»Hat er dir auf die Füße getreten?«

»Eigentlich nicht.«

»Ich dachte, er sei in der letzten Zeit in besserer Stimmung. Aber, mein Gott, ja, es stimmt, er vergisst jetzt dauernd irgendwelche Dinge. Beim letzten Soldappell wären uns beinahe die Quittungsrollen ausgegangen, weil Rowland viele der Bestellscheine, die ihm unser Zeugmeister-Feldwebel immer gibt, einfach in die Schublade gesteckt hatte. Vielleicht hast du Recht, Nick, und es geht ihm nicht gut.«

Aus irgendeinem Grund war es die Sache mit dem »Alarm« gewesen, die mich auf diese Entwicklungen in Gwatkin hatte aufmerksam werden lassen. Der Bataillonskommandeur hatte eine seiner wiederkehrenden Warnungen erlassen, dass alle Einheiten und Formationen vor örtlichen Terroraktionen von der Art, wie wir sie mit Taubi Morgan erlebt hatten, auf der Hut sein sollten. Diese hatten, ermutigt durch die deutschen Erfolge im Feld, an Zahl zugenommen. Es wurde als wahrscheinlich angesehen, dass ein konzertierter Angriff der subversiven Elemente in dem Gebiet um Castlemallock in den nächsten ein oder zwei Wochen Gestalt annehmen werde. Dementsprechend wurde jeder Einheit befohlen, zusätzlich zu dem normalen Alarmsignal ihr eigenes örtliches zu entwickeln. Das allgemeine Alarmsignal beruhte natürlich auf dem Prinzip, dass die deutsche Invasion südlich der Grenze stattgefunden habe, wohin sich die britischen Truppen folglich unmittelbar in Bewegung setzen würden. Bei entsprechenden Übungen wurden diese Signale in kodierter Form gewöhnlich über Telefon oder Radio übermittelt, und für Gwatkins Kompanie galt dann routinemäßig, dass sie sich dem Hauptteil des Bataillons anzuschließen hatte. Für die bloß örtlichen Unruhen – auf die sich die Warnung des Bataillonskommandeurs bezog – waren jedoch andere Reaktionen, und folglich auch andere Warnsignale, gefordert. Der Kommandant von Castlemallock zum Beispiel entschied, dass ein solcher Angriff durch das Blasen des Warnsignals auf dem Militärhorn bekanntgemacht werden solle. Alle Ränge mussten antreten, um die Melodie zu hören, so dass sie jeder, wenn der Notfall eintreten würde, auch wiedererkennen könne. Hinterher versammelten sich Gwatkin, Kedward, Kompaniehauptfeldwebel Cadwallader und ich im Kompaniebüro, um die Prozedur zu besprechen. Es erhob sich natürlich sofort die Frage, wie es mit jenen stehe, die nicht genügend musikalisch seien, um die Melodie auch zu behalten, die sie gerade gehört hatten.

»Zu all diesen Militärhornmelodien gehören doch auch Texte«, sagte Kedward. »Wie ist denn der zu ›Alarm‹?«

»Das ist es«, sagte Gwatkin, erfreut darüber, eine Gelegenheit zu haben, seine Kenntnisse der Militärkultur praktisch anwenden zu können. »Der Text zu einer der Melodien ist ›Kochhaus‹, zum Beispiel: ›Kommt zur Kochhaustür, Jungs,/ Kommt zur Kochhaustür,/Offiziersfrau'n, die haben Pudding und Pastet',/Die Frau'n von Soldaten ha'm Grütze.‹ Wie lautet der Text zu ›Alarm‹, Hauptfeldwebel? Die muss doch auch einen haben.«

Das war das einzige Mal, das ich je gesehen habe, wie Hauptfeldwebel Cadwallader errötete.

»Ziemlich vulgär, die Worte, Sir«, sagte er.

»Also, wie geht denn der Text?«, sagte Gwatkin.

Aus irgendeinem Grund schien der Hauptfeldwebel auch weiterhin unwillig zu sein, die dazugehörenden Worte zu nennen.

»Ich glaub, die meisten in der Kompanie kennen die Melodie jetzt, Sir«, sagte er.

»Das ist nicht der Punkt«, sagte Gwatkin. »Wir können da kein Risiko eingehen. Vielleicht gibt es einen einzigen Mann, der sie nicht erkennt. Der wird den Reim nötig haben. Also, wie sind die Worte?«

»Wollen Sie die wirklich hören, Sir?«

»Das habe ich gerade gesagt«, sagte Gwatkin.

Er war halb irritiert über die Ausflüchte des Hauptfeldwebels; gleichzeitig hatte er aber schon halb das Interesse verloren. Er sah aus dem Fenster; sein Geist schweifte wieder umher, wie ich das beschrieben habe. Hauptfeldwebel Cadwallader zögerte wieder. Dann spitzte er seine Lippen und gab uns die Textversion zu der Alarmmelodie des Militärhorns:

»Hauptfeldwebel-hat-nen-Steifen / Hauptfeldwebel-hat-nen-Steifen ...«

Kedward und ich brachen in schallendes Gelächter aus. Ich hatte erwartet, dass Gwatkin das ebenfalls tun werde. Er wusste normalerweise solche Art von Spaß durchaus zu schätzen, zumal ein Scherz auf Kosten von Kompaniehauptfeldwebel Cadwallader etwas war, das man sich nur ungern entgehen ließ. Doch Gwatkin schien die Worte kaum gehört und ihre Bedeutung überhaupt nicht erfasst zu haben. Zuerst dachte ich, er sei verärgert darüber, auf seine Frage eine Antwort von so grober Komik zu erhalten, und sah dadurch vielleicht seine Würde beschädigt. Das war durchaus eine Möglichkeit, stimmte allerdings nicht mit Gwatkins sonstigem Verhalten überein, denn er billigte eine vulgäre Sprache als etwas, das zum Militärischen gehörte, selbst wenn er vielleicht empfindlich war, was seine eigene Bedeutung anging. Es war in diesem Augenblick, als mir bewusst wurde, dass er in einen dieser Trancezustände verfallen war, in denen er alles um sich herum vergaß: den »Alarm«, den Hauptfeldwebel, Kedward, mich, das Bataillon, die Armee, den Krieg selbst.

»Gut, Hauptfeldwebel«, sagte er in einem abrupten Ton, so als ob er gerade aus einem Traum erwacht sei. »Sorgen Sie dafür, dass diese Worte auch in der gesamten Kompanie bekannt sind. Das ist alles. Sie können wegtreten.«

Inzwischen war es Sommer geworden und sehr heiß. Deutschland war in Holland einmarschiert. Churchill war jetzt Premierminister. Ich las in der Zeitung, dass Sir Magnus Donners, wie viele schon lange erwartet hatten, zum Minister ernannt worden war. Das Bataillon wurde aufgefordert, Soldaten zu Verstärkung der regulären Bataillone nach Frankreich zu schicken. Darüber waren viele empört, denn wir hielten uns für mehr als eine Einheit zur Ausbildung von Rekruten. Gwatkin war besonders entrüstet über diesen Befehl und darüber, dass seine Kompanie dadurch zwei oder drei gute Soldaten verlor. Ansonsten nahmen die Dinge auf Castlemallock ihren gewohnten Verlauf: Die großen Bäume im Park waren grün, die Becken der Brunnen ausgetrocknet. Dann schlug Gwatkin an einem Samstagabend vor, ich solle mit ihm in die Stadt laufen, um dort etwas zu trinken. Es fand gerade kein Gasabwehrkurs statt. Kedward war der diensthabende Offizier. In der Regel hielt sich Gwatkin nur selten nach dem Abendessen in der Offiziersmesse auf. Niemand wusste, was er während dieser Stunden trieb. Es war gut möglich, dass er sich in sein Zimmer zurückzog, um das »Taschenbuch über den Dienst zu Felde« oder ein anderes Handbuch zu studieren. Ich hätte nie vermutet, dass er es sich zur Gewohnheit machen würde, der Stadt einen Besuch abzustatten. Doch das war genau das, was seine nächste Bemerkung anzudeuten schien.

»Ich hab ein neues Lokal entdeckt – besser als M'Coy«, sagte er in einem herausfordernden Ton. »Das Porter ist verdammt gut da. Ich hab's jetzt mehrere Male getrunken. Ich möchte gerne deine Meinung hören.«

Ich war einmal mit Kedward bei M'Coy gewesen. Genauer gesagt, war das die einzige Kneipe, die ich betreten hatte, seit wir auf Castlemallock stationiert waren. Es fiel mir nicht schwer zu glauben, dass M'Coy als Gaststätte durchaus verbesserungsfähig war, konnte mir aber nur schwer erklären, warum, wie Gwatkins Verhalten anzudeuten schien, sein Wechsel von M'Coy zu diesem neuen Lokal eine Sache von solcher Bedeutung sein sollte. Wie auch immer, es war ungewöhnlich für ihn, einen solchen Kneipenabend vorzuschlagen. Ich sagte zu, mit ihm zu kommen. Es wäre unfreundlich, ja, ziemlich unhöflich gewesen abzulehnen. Ein Besuch der Stadt würde mal eine Abwechslung sein. Außerdem hatte ich »Esmond« herzlich über. Nach dem Abendessen machten Gwatkin und ich uns auf den Weg. Wir gingen schweigend die Zufahrt entlang. Als wir fast die Landstraße erreicht hatten, machte er eine unerwartete Bemerkung.

»Es wird nicht leicht sein, nach all dem zur Bank zurückzukehren«, sagte er.

»Nach all was?«

»Die Armee. Das Leben, das wir führen.«

»Magst du die Bank nicht?«

Kedward hatte mir ganz zu Anfang erklärt, dass die meisten

der Offiziere des Bataillons im Zivilleben bei einer Bank arbeiteten. Das war einer der Aspekte der Einheit, der ihr einen gewissen Anstrich der Uniformität verlieh, fast so, als bildete sie eine Familie. Auch wenn man persönlich nicht zu diesem Clan gehörte, offerierte er durch eben diese Homogenität dem Eindringling eher so etwas wie Herzlichkeit als das Gegenteil davon. Bisher hatte mir niemand den Eindruck vermittelt, er habe eine besondere Abneigung gegen diese Art von Beschäftigung, jedenfalls nicht über das Maß hinaus, in dem die meisten Menschen über ihren Job klagen, welcher auch immer es ist. Ja, sie schienen alle einer klar definierten, auf ihrer heimischen Scholle mächtigen, einer Geheimgesellschaft ähnlichen Kaste anzugehören, zwischen deren Mitgliedern eine perfekte Übereinstimmung hinsichtlich äußerer Dinge besteht. Die Dazugehörenden mochten sich vielleicht über einzelne Nachteile beschweren, aber nie in einer Form, die vermuten ließ, sie sehnten sich nach einem anderen Beruf. Dass hier jetzt eine absolute Revolte zum Ausdruck kam, war etwas Neues für mich. Gwatkin schien diese Haltung ein wenig abmildern zu wollen, als er wieder anfing zu sprechen.

»Ach, die verdammte Bank ist so schlecht auch wieder nicht«, sagte er und lachte, »aber hier ist es doch ein bisschen anders. Es gibt was Besseres zu tun als klemmende Heimtresore zu öffnen und die Inhalte auf Sparkonten einzutragen.«

»Was ist ein Heimtresor, und warum klemmt er?«

»Eine Spardose für Kinder.«

»Verklemmen Kinder die?«

»Die Eltern gewöhnlich. Wenn sie etwas Bargeld brauchen. Versuchen, den Tresor mit einem Dosenöffner aufzubrechen. Die verdammten Dinger kommen dann zurück zur Bank, und der Mechanismus ist total im Eimer. Wenn der Kassierer ihn dann schließlich aufgekriegt hat, was findet er darin? Drei Pennys, einen halben Penny und ein Flohhüpfplättchen.«

»Also, auch Maschinengewehre können klemmen. Das ist Tradition bei denen, weißt du. ›Das Maschin'gewehr klemmt und der Oberst ist tot ...‹ Jemand hat ein Gedicht darüber geschrieben. Das könnte man auch über den Heimtresor und den Bankmanager schreiben.«

Gwatkin ignorierte meinen Versuch, ihn zu desillusionieren.

»Das Maschinengewehr ist ein Soldatenjob.«

»Das ist auch der Soldappell oder die Inspektion der Ausrüstung. Aber das macht diese Dinge auch nicht erfreulicher.«

»Immer noch besser als die Unterstützungsgelder an Markttagen nach Treorchy zu bringen und das Geld im Wohnzimmer der alten Mrs. Jones-the-Milk auszuzahlen. Was ist das denn für ein Leben für einen Mann?«

»Meinst du wirklich, die Armee sei glamouröser, Rowland?«

»Ja«, sagte er mit einem enthusiastischen Ton in der Stimme, »glamourös. Das ist das richtige Wort. Hast du nicht das Gefühl, dass du mehr im Leben tun möchtest, als nur den ganzen Tag lang vor einer Reihe von Hauptbüchern zu sitzen? Ich schon.«

»Auf Castlemallock zu sitzen und im Radio zu hören, dass die deutsche Armee auf die Häfen am Ärmelkanal zumarschiert, ist auch nicht gerade inspirierend – besonders nachdem man eine Stunde zusammen mit dem Zeugmeister-Feldwebel versucht hat, das Sockenproblem der Kompanie zu lösen oder eine Kampfanzughose zu finden, die Evans J. passt, der eine völlig abnorme Figur sein eigen nennt.«

»Nein, Nick, aber wir werden bald dabei sein. Wir können nicht ewig auf Castlemallock bleiben.«

»Warum nicht?«

»Jedenfalls ist Castlemallock gar nicht so schlecht.«

Es schien ihm ungewöhnlich stark darauf anzukommen zu verhindern, dass ich unfreundlich über Castlemallock sprach.

»Es stimmt, der Park ist hübsch. Das ist aber auch das Beste, was man darüber sagen kann.«

»Es bedeutet mir inzwischen sehr viel.«

Seine Stimme verriet große Erregung. Ich hatte mich sehr geirrt in der Annahme, er habe, was die Armee anging, seine

Illusionen verloren. Im Gegenteil, er war begeisterter als je zuvor. Ich konnte mir nicht erklären, warum sein Enthusiasmus plötzlich solche Höhen erklommen hatte. Während wir die Straße entlanggingen, hatte ich nicht die geringste Vorstellung, was die Antwort sein würde. Inzwischen hatten wir die Kneipe erreicht, die Gwatkin für besser als M'Coy hielt. Die Fassade hatte, das musste man zugeben, eine bemerkenswerte Ähnlichkeit mit der M'Coys, lag jedoch in einer Nebenstraße und nicht an der Hauptstraße der Stadt. Ansonsten war das Lokal das übliche etwas größere Wohnhaus, dessen Erdgeschoss man zu einer Taverne umgebaut hatte. Ich folgte Gwatkin durch die niedrige Tür. Im Inneren war es dunkel, der Geruch wenig einladend. Niemand befand sich in der Kneipe, als wir eintraten, aber man konnte Stimmen hören, die aus einem Raum hinter der Bar kamen. Gwatkin klopfte mit einer Münze auf die Theke.

»Maureen …«, rief er.

Er sprach in dem gleichen seltsam gurrenden Ton, den er auch gebrauchte, wenn er ein Telefongespräch annahm.

»Hallooö … hallooö …«, pflegte er zu sagen, wenn er in den Hörer sprach, und irgendwie schien diese Art zu sprechen seinem sonstigen Verhalten nicht angemessen.

»Ich frage mich, ob nicht das, was wir Höflichkeit nennen, einfach nur Schwäche ist«, hatte er einmal angemerkt.

Dieses Gurren vermittelte jedenfalls nicht den Eindruck rücksichtsloser moralischer Stärke – weder am Telefon noch jetzt an der Kneipentheke. Niemand erschien. Gwatkin rief wieder den Namen.

»Maureen … Maureen …«

Es geschah immer noch nichts. Dann kam eine Frau durch die Tür, die zu dem hinteren Teil des Hauses führte. Sie war klein und gedrungen und hatte ein blasses Gesicht und ganz viel schwarzes Haar. Ich fand sie gutaussehend. Sie hatte etwas Animalisches an sich, jenen Hauch von Monstrosität, den manche Männer sehr attraktiv finden. Barnby hatte einmal bemerkt: »In der viktorianischen Zeit gehörte Kultiviertheit zum Idealbild der Frau. Es ist ihre Derbheit, die sie für mich unwiderstehlich machen.« Barnby hätte diese Frau ganz gewiss gemocht.

»Ach, da sind Sie ja wieder, Hauptmann Gwatkin«, sagte sie.

Sie lächelte und stützte ihre Hände auf ihre Hüften. Ihre Zähne waren sehr unansehnlich, ihre Augen, in tiefen dunklen Höhlen liegend, eindrucksvoll.

»Ja, Maureen.«

Gwatkin schien nicht zu wissen, was er als Nächstes sagen sollte. Er schaute in meine Richtung, als ob er auf Ermunterung warte. Diese Sprachlosigkeit entsprach gar nicht seiner Art. Doch Maureen redete selbst weiter.

»Und auch noch mit einem weiteren militärischen Gentleman«, sagte sie. »Was darf ich Ihnen denn heute Abend geben? Soll es Porter sein, oder vielleicht ein Tröpfchen Wiskey heute Abend, frag ich Sie, Hauptmann?«

Gwatkin sah mich an.

»Was möchtest du, Nick?«

»Guinness.«

»Das nehm ich auch«, sagte er. »Zwei große Glas Porter, Maureen. Ich trink nur Wiskey, wenn ich mich niedergeschlagen fühle. Heute Abend wollen wir uns amüsieren, nicht wahr, Nick?«

Er hatte einen seltsam verlegenen Ton in der Stimme. So hatte ich ihn zuvor noch nie erlebt. Wir setzten uns an einen kleinen Tisch an der Wand. Maureen begann, das dunkle Bier zu zapfen. Gwatkin schaute fasziniert zu ihr hinüber, während sie den Schaum sich langsam senken ließ, ihn oben am Glas mit einer Untertasse abstrich und dann die Gläser erneut unter den Zapfhahn stellte, um sie bis zum Rand zu füllen. Als sie die Getränke herüberbrachte, setzte sie sich zu uns an den Tisch, weigerte sich aber, selbst etwas zu trinken.

»Und was ist wohl der Name dieses Offiziers hier?«, fragte sie.

»Fähnrich Jenkins«, sagte Gwatkin. »Er ist einer der Offiziere in meiner Kompanie.«

»Ist das wahr? Das ist doch wirklich ganz toll.«

»Wir sind gute Freunde«, sagte Gwatkin in einen nüchternen Ton.

»Und warum haben Sie ihn dann nicht schon früher mit zu mir gebracht, frag ich Sie, Hauptmann Gwatkin?«

»Ach, Maureen, wir haben viel zu tun, wissen Sie«, sagte Gwatkin. »Wir können nicht dauernd herkommen, um Sie zu sehen, verstehen Sie? Das ist ein Vergnügen, das können wir uns nur hin und wieder mal gönnen.«

»Ach, gehen Sie doch weg«, sagte sie. Sie lächelte provozierend und zeigte wieder ihre verfärbten Zähne. »Sie selbst sind doch oft genug hier unten, Hauptmann Gwatkin.«

»Nicht so oft, wie ich möchte, Maureen.«

Gwatkin hatte jetzt die Verlegenheit überwunden, an der er zu leiden schien, als wir zuerst die Kneipe betraten. Es machte ihm nicht länger Schwierigkeiten zu sprechen. Ja, sein ganzes Betragen deutete darauf hin, dass er sich wirklich in der Gesellschaft von Frauen wohler fühlte als in der von Männern und dass seine zuvor gezeigte Befangenheit nur eine Augenblicksattacke seiner Nerven gewesen war.

»Und was kann es wohl sein, womit Sie jetzt alle so sehr beschäftigt sind?«, fragte sie. »Ist es Exerzieren und das alles? Ich glaube, ja.«

»Exerzieren ist nur ein Teil davon, Maureen«, sagte Gwatkin. »Aber wir müssen auch noch alle Arten von anderen Übungen ausführen. Moderne Kriegsführung ist eine sehr komplizierte Angelegenheit, müssen Sie wissen.«

Das brachte sie wieder zum Lachen.

»Sie sollten wissen, dass mein Großonkel bei den Connaught Rangers war«, sagte sie, »und er war ein Bild von einem Mann, versichere ich Ihnen. Also, es heißt, er war der bestaussehende Kerl seiner Zeit in der ganzen Grafschaft Monaghan. Und tapfer auch. Also, es heißt, er hat ein Dutzend Deutsche mit seinem Bajonett getötet, als sie ihn gefangennehmen wollten. Die Deutschen mochten es im letzten Krieg überhaupt nicht, auf die Iren zu treffen.«

»Nun, diese Gefahr brauchen die Deutschen in dem jetzigen Krieg nicht zu fürchten«, sagte Gwatkin in einem schrofferen Ton, als man das unter den gegebenen Umständen hätte erwarten können. »Selbst hier in Nordirland gibt es keine Wehrpflicht, und man sieht viele junge Männer, die keine Uniform tragen.«

»Was, Sie wollen uns doch nicht all die jungen Kerle wegnehmen, oder?«, fragte sie mit rollenden Augen. »Wir würden doch ganz einsam sein, wenn die alle in den Krieg zögen.«

»Vielleicht beschließt Hitler ja, dass seine Invasionstruppen in Südirland landen sollen«, sagte Gwatkin. »Wo werden all eure jungen Männer dann sein, möchte ich gerne wissen?«

»O Gott«, sagte sie und warf ihre Arme hoch. »Sagen Sie das nicht von dem alten Schurken. Würde der so was tun? Sie glauben, er könnte das wirklich tun, Hauptmann Gwatkin, wirklich?«

»Es sollte mich nicht wundern«, sagte Gwatkin.

»Kommen Sie selbst von der anderen Seite der Grenze?«, fragte ich sie.

»Ja, sicher doch«, sagte sie lächelnd. »Und wie haben Sie das erraten, Fähnrich Jenkins?«

»Mir kam nur gerade der Gedanke.«

»Wegen der Art, wie ich spreche?«, sagte sie.

»Vielleicht.«

Sie senkte ihre Stimme.

»Vielleicht auch, weil Sie dachten, ich sei so anders als die Leute hier in Ulster«, sagte sie, »die so hart sind und so erpicht auf Geld und alles.«

»Das ist es, nehme ich an.«

»Du hast also Maureens Heimatland erraten, Nick«, sagte Gwatkin. »Ich sage ihr, wir müssen sie als ein Sicherheitsrisiko betrachten und dürfen in ihrer Gegenwart nicht über irgendwelche Geheimnisse sprechen, denn sie gehört zu einem neutralen Land.«

Maureen wollte gerade protestieren, doch in diesem Augenblick betraten zwei junge Männer in Reithosen und Gamaschen die Kneipe. Sie stand von ihrem Stuhl auf, um sie zu bedienen. Gwatkin verfiel in Schweigen. Ich vermutete, er denke darüber nach, wie seltsam es doch sei, dass Maureen genauso fröhlich mit den beiden örtlichen Zivilisten sprach und lachte wie mit den feschen Offizierstypen, für die er uns selbst zu halten schien. Jedenfalls starrte er die jungen Männer, ein nicht besonders bemerkenswertes Paar, an, als hätten sie etwas an sich, dass ihn interessiere. Dann zeigte sich aber, dass Gwatkins Gedanken zu seiner Unzufriedenheit mit seiner Tätigkeit im Zivilleben zurückgekehrt waren.

»Farmer, nehme ich an«, sagte er. »Mein Großvater war auch Farmer. Er hat seine Zeit nicht in einem stickigen Büro verbracht.«

»Und wo hatte er die Farm?«

»Oben an der Grenze zu Shropshire.«

»Und dein Vater entschied sich dann für das Büroleben?«

»So war's. Mein Vater ist bei einer Versicherung. Seine Firma hat ihn in einen anderen Teil des Landes geschickt.«

»Kennst du selbst diese Gegend an der Grenze zu Shropshire?«

»Wir sind in den Ferien da oben gewesen. Ich nehme an, du hast von dem großen Lord Aberavon gehört?«

»Ja, sicher doch.«

»Die Farm gehörte zu seinen Ländereien.«

Ich hätte nie gedacht, dass Lord Aberavon (der Erste und Letzte in seiner Familie, der diesen Adelstitel trug) einmal als ›groß‹ der Nachwelt überliefert werden würde, obwohl eine solche Bezeichnung von Menschen in seiner Nachbarschaft für durchaus berechtigt gehalten werden mochte. Sein Name war mir nur als der des verstorbenen Besitzers von Mr. Deacons »Kyros als Knabe« im Gädachtnis verblieben, des Gemäldes in der Eingangshalle im Haus der Walpole-Wilsons, das mich immer an Barbara Goring erinnerte und an die prähistorische Zeit, als ich in sie verliebt war. Lord Aberavon war Barbara Gorings Großvater gewesen, und auch der von Eleanor Walpole-Wilson. Ich fragte mich jetzt, was wohl aus Barbara geworden und ob ihr Ehemann, Johnny Pardoe (der ebenfalls ein Landhaus in der Gegend besaß, von der Gwatkin sprach), wieder einberufen worden sei. Eleanor, eine lebenslange Freundin meiner Schwägerin Norah Tolland, fuhr jetzt, ebenso wie Norah, Autos für irgendeine weibliche Einheit. Gwatkins Worte hatten diese Vergangenheit wieder heraufbeschworen. Gwatkin fühlte sich offensichtlich unbehaglich, so als ob er meine Gedanken lesen könne und wisse, dass ich mich in einen früheren Zeitabschnitt zurückversetzt sah. Er erweckte auch den Anschein, als ob er das, was er gesagt hatte, weiter auszuführen wünsche, doch befürchte, mich zu verärgern oder zumindest zu langweilen. Er räusperte sich und trank einen Schluck Bier.

»Erinnerst du dich an Lord Aberavons Familiennamen?«, fragte er.

»Also, jetzt, wo ich darüber nachdenke – war er nicht ›Gwatkin‹?«

»Richtig – der gleiche wie meiner. Sein Vorname war auch Rowland.«

Er sagte das in einem sehr ernsten Ton.

»Das hatte ich ganz vergessen. War er ein Verwandter von dir?«

Gwatkin lachte zaghaft.

»Nein, natürlich nicht«, sagte er.

»Also, vielleicht doch.«

»Wie kommst du darauf.«

»Bei Namen weiß man das nie.«

»Wenn, dann war er ein meilenweit entfernter Verwandter.«

»Das meine ich ja.«

»Ich meine, so weit entfernt, das er überhaupt kein Verwandter mehr war«, sagte Gwatkin. »Übrigens, mein Großvater, der Farmer, den ich vorhin erwähnte, schwor immer, wir gehörten zur gleichen Mischpoke, wenn man nur weit genug zurückginge – richtig weit, meine ich.«

»Und warum auch nicht?«

Ich erinnerte mich, einen Nachruf über Lord Aberavon gelesen zu haben, in dem von dem unergründlichen Alter seiner Familie die Rede war, ungeachtet der Tatsache, dass seine eigenen Anfänge in einer Liverpooler Reederei sich recht bescheiden ausnahmen. Die Details hatten mich damals sehr interessiert.

»War es nicht eine sehr alte Familie?«

»Das sagt man.«

»Die auf Vortigern zurückgeht – über eine von dessen Töchtern? Ich bin sicher, dass ich das gelesen habe.«

Gwatkin sah mich wieder unsicher an, so als ob er das Gefühl habe, dass die Diskussion plötzlich aus dem Ruder gelaufen sei, dass etwas Ungehöriges darin liege, dass sich jetzt zeige, dass ich so viel über die Ursprünge der Gwatkins wusste. Vielleicht war dieses Gefühl berechtigt.

»Wer war Vortigern?«, fragte er mit einem gequälten Ton in der Stimme.

»Ein keltischer Fürst des fünften Jahrhunderts. Du erinnerst dich – er lud Hengist und Horsa ein und das alles. Sie kamen, um ihm zu helfen. Dann konnte er sie nicht wieder loswerden.«

Es hatte keinen Sinn. Gwatkins Gesicht nahm einen völlig leeren Ausdruck an. Hengist und Horsa bedeuteten ihm nichts. Weniger noch, wenn das möglich war, als Vortigern. Er war von dem sinistren Glanz einer Herkunft, die, wie ich angedeutet hatte, sehr wohl seine eigene sein mochte, unbeeindruckt. Ja, er war an ihr völlig uninteressiert. Der Gedanke an Lord Aberavons Geschäftssinn entzündete ihn mehr als irgendein steiler Abstieg in die Genealogien des alten, keltischen Britanniens. Wie es so häufig der Fall ist, war sein Romantizismus, obwohl angeboren, im Wesentlichen durch seinen schieren Mangel an Fantasie begrenzt. Vortigern, das erkannte ich, war besser vergessen. Ich hatte Gwatkins Gedankenfluss durch meine schlecht getimte Pedanterie eine falsche Richtung gegeben.

»Ich vermute, mein Großvater hat das meiste davon erfunden«, sagte er. »Nur weil er wollte, man solle glauben, er sei mit jemandem gleichen Namens verwandt, der eine Dreiviertelmillion hinterlassen hat.«

Er schien nun zu bedauern, diese vertrauliche Information über seinen familiären Hintergrund je fallengelassen zu haben, und weigerte sich, sich in eine weitere Diskussion über seine Verwandten und deren Geschichte oder den Teil des Landes, von dem sie kamen, hineinziehen zu lassen. Ich dachte, wie seltsam, wie typisch für unsere Insel – wie so ganz anders als im übrigen Europa und in Amerika in dieser Hinsicht – es doch sei, dass Gwatkin diese Behauptung, die in ihren wesentlichen Teilen ganz einleuchtend klang, aufstellte, von ihren Implikationen zugleich angezogen und abgestoßen war, und dennoch keinen Wunsch erkennen ließ, die Diskussion darüber weiterzuführen. Konnte es einen da erstaunen, dass Ausländer uns in dieser Hinsicht so schwer verständlich fanden? Seltsam auch, so konnte ich nicht umhin zu denken, dass über den inzestuösen Vortigern Gwatkin mit Barbara Goring und Eleanor Walpole-Wilson verbunden sein sollte. Vielleicht ging das alles ja auf jene unüberlegten Verhandlungen mit Hengist und Horsa zurück. Wie auch immer, auf eine seltsame Weise verband es auch mich mit Gwatkin. Wir tranken noch mehr von dem dunklen Bier. Maureen beteiligte sich nun eifrig an dem örtlichen Klatsch mit den jungen Farmern, wenn sie denn Farmer waren, statt uns weiter ihre Aufmerksamkeit zu schenken. Die Gruppe hatte sich um einen älteren Mann ähnlichen Typs, mit rötlichem Haar und dem Gebaren eines professionellen Humoristen, vergrößert. Es gab viel Gelächter. Wir mussten unsere Getränke selbst von der Theke holen. Das schien Gwatkin noch mehr zu deprimieren. Wir führten ein ziemlich zähes Gespräch über Angelegenheiten der Kompanie.

Es kamen mehr Gäste in die Kneipe, die offensichtlich alle ein sehr enges Verhältnis zu Maureen hatten. Gwatkin und ich tranken eine ziemliche Menge Bier. Schließlich wurde es Zeit zurückzukehren.

»Wollen wir jetzt zur Kaserne zurückgehen?«

Dass Gwatkin Castlemallock so bezeichnete, erhöhte nicht im Geringsten den Charme dieses Hauses.

Gwatkin wandte sich der Theke zu, als wir gingen.

»Gute Nacht, Maureen.«

Der Witz, den der rothaarige Humorist ihr gerade erzählte, war wohl zu gut, als dass sie Gwatkin hörte.

»Gute Nacht, Maureen«, sagte er noch einmal, jetzt lauter.

Sie sah auf und kam hinter der Theke hervor.

»Eine gute Nacht Ihnen, Hauptmann Gwatkin, und auch Ihnen, Fähnrich Jenkins«, sagte sie, »und warten Sie nicht so lange, bis Sie mich wieder besuchen, Sie beide, oder ich werde sehr ärgerlich mit Ihnen sein.«

Wir winkten zum Abschied. Gwatkin schwieg, bis wir die Außenbezirke der Stadt erreicht hatten. Er holte plötzlich tief Luft. Er schien im Begriff, etwas zu sagen. Dann, als ob er seinen Worten im Gehen nicht genügend Gewicht geben könne, blieb er stehen und schaute mich an.

»Ist sie nicht wunderbar?«, fragte er.

»Wer, Maureen?«

»Ja, natürlich.«

»Sie scheint eine nette Frau zu sein.«

»Ist das alles, was du denkst, Nick?«

»Also, ja. Und wie steht's mit dir? Du hast wirklich Feuer gefangen, oder?«

»Ich glaube, sie ist absolut wundervoll«, sagte er.

Wir hatten, wie ich schon sagte, eine ganze Menge getrunken – das erste Mal, seit ich zu der Einheit gekommen war, hatte ich mehr als zwei oder drei kleine Gläser Bier gehabt –, aber nicht mehr, als nötig ist, um einem die Zunge zu lösen, und sicher nicht genug, um in liebeshungrige Halluzinationen zu verfallen. Was Gwatkin sagte, spiegelte offensichtlich seine tiefen Gefühle wider, war nicht der Ausdruck übertrieben vorgebrachten oberflächlichen sexuellen Verlangens. Der Grund für jene nachmittäglichen Trancezustände, für jene Tagträume, während er den Kompaniestempel in der Hand hielt, wurde nun plötzlich erkennbar, seine Vorliebe für Castlemallock erklärt. Gwatkin war verliebt. Jede Liebesbeziehung ist anders, und doch sind sie in gewisser Hinsicht alle gleich. Die Liebe ist wie die Seekrankheit, pflegte Moreland zu sagen. Eine Zeitlang wogt alles um dich herum auf und ab, und du denkst, du würdest sterben – dann wankst du die Gangway hinunter auf das feste Land zu, und ein oder zwei Minuten später kannst du dich kaum noch daran erinnern, wie du gelitten und warum du dich so scheußlich gefühlt hast. Gwatkin befand sich noch in dem ersteren Stadium.

»Und hast du schon etwas unternommen?«

»Unternommen?«

»Bei Maureen?«

»Wie meinst du das?«

»Also, bist du schon mit ihr ausgegangen oder so was?«

»O nein.«

»Warum nicht?«

»Welchen Zweck hätte das?«

»Das weiß ich nicht. Ich denke, es würde dir vielleicht Freude machen, wenn du so viel für sie empfindest.«

»Aber ich müsste ihr sagen, dass ich verheiratet bin.«

»Das auf jeden Fall. Leg deine Karten auf den Tisch.«

»Aber glaubst du, sie würde annehmen?«

»Es würde mich nicht wundern.«

»Du meinst – ich sollte versuchen, sie zu verführen?«

»Es könnte – zur gegebenen Zeit – darauf hinauslaufen, meine ich.«

Er sah mich erstaunt an. Ich fühlte mich leicht unbehaglich; ein wenig so wie Mephisto, der ganz unerwartet eine hoffnungslos negative Reaktion von Faust erfährt. In der Oper, so dachte ich, gäbe eine solche Situation vielleicht eine gute Basis für eine Arie ab.

»Einige der Männer, denen du in der Armee begegnest, scheinen noch nie von Frauen gehört zu haben«, hatte Odo Stevens einmal gesagt. »In der Offiziersmesse weißt du nie, ob du neben einem sexbesessenen Neunzehnjährigen oder einem Mann mittleren Alters sitzt, der noch nicht aufgeklärt ist.«

In Gwatkins Fall war ich erstaunt über solche Skrupel, obwohl ich mich an die Haltung erinnerte, die er in der Sache Feldwebel Pendry eingenommen hatte. Im Allgemeinen waren die jüngeren Offiziere des Bataillons entweder, wie Kedward, verlobt oder, wie Breeze, frisch verheiratet. Sie mochten, wie Pumphrey, eine lockere Sprache führen, aber es war eindeutig ihr ›Mädchen‹ oder ihre Frau, der ihre Gedanken galten. Wie auch immer, niemand, ob nun verheiratet oder nicht, hatte Zeit für Frauen gehabt, bevor wir auf Castlemallock stationiert waren. Gwatkin hatte sich zweifellos an den Gedanken gewöhnt, dass Pumphrey mit jeder Schankfrau, die gerade verfügbar war, eine ›Schmuserei‹ anzufangen versuchte. Er hatte nie den Anschein erweckt, dass er das missbilligte. Ich wusste nichts über Gwatkins Eheleben, außer dass er und seine Frau, wie Kedward mir erzählt hatte, sich schon seit ihrer Kindheit kannten und dass er zuerst Breeze' Schwester heiraten wollte.

»Aber ich bin verheiratet«, sagte Gwatkin wieder.

Er sprach mit einem ziemlich verzweifelten Ton in der Stimme.

»Ich hab nicht gesagt, dass du mit Maureen ausgehen sollst. Ich hab dich nur gefragt, ob du es schon getan hast.«

»Und Maureen ist auch nicht diese Sorte von Frau.«

»Woher weißt du das?«

Diesmal hatte er einen ärgerlichen Ton in der Stimme. Dann lachte er, weil er, wie ich vermute, wohl einsah, dass es töricht war, so etwas zu sagen.

»Du hast Maureen heute zum ersten Mal getroffen, Nick.

Du weißt überhaupt nicht, wie sie ist. Du meinst, dieses ganze Gerede von ihr zeigt, dass sie eine schlechte Frau ist. Das ist sie nicht. Ich bin oft mit ihr alleine in dieser Kneipe gewesen. Du würdest dich wundern. Sie ist wie ein Kind.«

»Einige Kinder haben es faustdick hinter den Ohren.«

Er machte sich nicht einmal die Mühe, auf diesen Punkt einzugehen.

»Ich weiß auch nicht, warum ich sie für so wunderbar halte«, sagte er. »Aber ich tue es einfach. Es macht mir Sorgen, dass ich immer nur an sie denke. Ich hab festgestellt, dass ich Dinge vergesse, wichtige Dinge, meine ich.«

»Gehst du jeden Abend dahin?«

»Wann immer ich kann. In der letzten Zeit habe ich es aus verschiedenen Gründen nicht geschafft. Wegen all dieser Sicherheitskontrollen, zum Beispiel.«

»Weiß sie es?«

»Weiß sie was?

»Weiß Maureen, dass du verrückt nach ihr bist?«

»Ich glaube nicht«, sagte er.

Er äußerte diese Worte in einem sehr demütigen Ton, ganz anders, als er gewöhnlich sprach. Dann aber nahm seine Stimme wieder einen rauen, offiziellen Klang an.

»Ich dachte, es wäre vielleicht besser, wenn ich dir das alles erzählte, Nick«, sagte er. »Ich hoffte, die Sache würde mich nicht dauernd innerlich so beschäftigen, wenn ich sie mal jemandem gegenüber herausließe. Wenn das nicht ein bisschen nachlässt, dann, fürchte ich, werde ich mich irgendwie im Zusammenhang mit meiner Führung der Kompanie lächerlich machen. Eine Frau wie Maureen lässt dich an nichts anderes mehr denken.«

»Natürlich.«

»Du weißt, was ich meine?«

»Ja.«

Gwatkin schien noch immer nicht ganz zufrieden zu sein.

»Glaubst du wirklich, ich sollte mit ihr ausgehen?«

»Das ist es, was eine Menge Leute tun würden – eine Menge Leute tun es wahrscheinlich schon.«

»O nein, das stimmt nicht, wenn du damit Leute von der Schule für chemische Kriegsführung meinst. Ich hab noch nie jemanden von denen dort gesehen. Es war auch ganz zufällig, dass ich selbst da eingekehrt bin. Ich suchte nach einer Abkürzung. Maureen stand an der Tür, und ich fragte sie nach dem Weg. Die Kneipe gehört ihren Eltern. Sie ist nicht einfach nur eine Schankfrau.«

»Wie auch immer, es kann nicht schaden, einen Versuch zu machen, Schankfrau oder nicht Schankfrau.«

Während des Rests unseres Weges zurück nach Castlemallock erwähnte Gwatkin nicht mehr das Thema Maureen. Er sprach über Routineangelegenheiten, bis wir uns trennten und auf unsere jeweiligen Zimmer gingen.

»Die Offiziersmesse wird morgen Abend wieder zum Bersten voll sein«, sagte er. »Nächste Woche fängt ein neuer Gasabwehrkurs an. Ich vermute, es wird dann wieder damit losgehen, dass sie mir meine Männer für diese verdammten Vorführungen wegnehmen wollen. Na ja, so ist es nun mal.«

»Gute Nacht, Rowland.«

»Gute Nacht, Nick.«

Ich begab mich zu den Pferdeställen, wo ich mir das ehemalige Zimmer des Stallburschen mit Kedward teilte; es ähnelte dem Schlafquartier von Albert und Bracey in Stonehurst. Als diensthabender Offizier würde Kedward in dieser Nacht nicht anwesend sein und ich das Zimmer für mich alleine haben – etwas, dass mir stets sehr willkommen war. Ich merkte jetzt, dass es ein Fehler gewesen war, so viel Bier zu trinken. Der nächste Tag war ein Sonntag, also würde es verhältnismäßig wenig zu tun geben. Ich dachte daran, wie elendig sich Bithel am Morgen nach seinen gelegentlichen Sauftouren auf dem Exerzierplatz gefühlt haben musste. Das Nachdenken über Menschen kündigt oft ihr eigenes persönliches Erscheinen an. So verhielt es sich auch mit Bithel. Er gehörte zu den Kursteilnehmern, die in der folgenden Woche in der Schule eintrafen. Wir hätten in der Tat alle darauf vorbereitet sein sollen, dass Bithel zu einem Gasabwehrkurs geschickt werden würde. Das war ein Weg, ihn loszuwerden – jedenfalls solange er nicht endgültig aus dem Bataillon gejagt worden war, was nach Gwatkins Meinung früher oder später unweigerlich der Fall sein würde. Ich saß an einem der Behelfstische in der Offiziersmesse und adressierte gerade einen Briefumschlag, als Bithel durch die Tür spähte. Er befingerte seinen ungepflegten Schnurrbart und lächelte nervös. Als er mich erblickte, kam er sofort auf den Tisch zu.

»Schön, dich wiederzusehen«, sagte er. Wie üblich sprach er in einem Ton, als ob er eine Zurückweisung erwarte. »Ich hab dich nicht mehr gesehen, seit das Bataillon verlegt wurde.«

»Wie ist es dir ergangen?«

»'ne Menge Anschisse gekriegt, wie gewöhnlich«, sagte er.

»Maelgwyn-Jones?«

»Der Kerl hat mich eindeutig auf dem Kieker«, sagte Bithel, »aber ich glaub nicht, dass es jetzt noch lange dauern wird.«

»Warum nicht?«

»Ich werd wahrscheinlich das Bataillon verlassen.«

»Und warum?«

»Es ist davon die Rede, dass ich rauf zur Division soll.«

»Zum Stab?«

»Nicht wirklich – ein Kommando.«

»Im Divisionshauptquartier?«

»Nur ein untergeordnetes Kommando, natürlich. Irgendwie wird es mir leid tun, das Regiment zu verlassen, wenn das klappt, aber ich werde bestimmt nicht traurig sein, Maelgwyn-Jones von hinten zu sehen.«

»Was für ein Kommando ist es? Oder ist das ein Geheimnis?«

Bithel senkte seine Stimme, wie er es stets tat, wenn er über seine eigenen Angelegenheiten sprach, so als ob diese immer etwas Anrüchiges an sich hätten.

»Die Feldwäscherei«, sagte er.

»Die wirst du kommandieren?«

»Wenn sie mich auswählen. Zufälligerweise weiß ich, dass noch zwei andere Namen von anderen Einheiten der Division in Frage kommen – einer von ihnen sehr qualifiziert. Es ist gut, dass ich schon Werbearbeit für eine der Wäschereien in meiner Nachbarschaft gemacht habe. Deshalb hab ich ziemlich gute Chancen. Das spricht sehr für mich. Dem Bataillonskommandeur scheint es sehr darauf anzukommen, dass ich ernannt werde. Er hat deswegen schon mehr als einmal mit der Division telefoniert. Muss man ihm hoch anrechnen.«

»Welcher Rang ist mit dem Job verbunden?«

»Der eines Leutnants. Dennoch, es ist so was wie 'ne Beförderung. Man könnte es einen Schritt nach oben nennen. Die Kriegsberichte sind nicht sehr gut, seit die belgische Regierung sich ergeben hat, oder?«

»Was sind denn die Neuigkeiten? Ich hab die letzten Nachrichten verpasst.«

»Kämpfe an der Küste. Eins unserer regulären Bataillone ist dort im Einsatz, hab ich heute Morgen gehört. Sind feste verprügelt worden. Kannst du dich an einen ziemlich gutaussehenden Jungen namens Jones D. erinnern? Sehr blond.«

»Er war in meinem Zug – ist abkommandiert worden.«

»Er ist gefallen. Daniels, mein Bursche, hat es mir gesagt. Daniels kennt die ganzen Neuigkeiten.«

»Jones D. ist also gefallen, ja? Sonst noch jemand von unserer Einheit?«

»Progers. Kanntest du den?«

»Der Fahrer, der schielte?«

»Genau der. Er brachte manchmal das Essen zur Offiziersmesse. Der ist auch hin. Da wir gerade vom Essen sprechen, wie ist das hier so?«

»Wir hatten Rindfleisch zweimal am Tag etwas mehr als zwei Wochen lang – siebenunddreißigmal hintereinander, um genau zu sein.«

»Und wie schmeckt es?«

»Wie Ziege mit braunem Vanillepuddingpulver.«

Wir sprachen noch eine Zeitlang über das Essen bei der Armee. Als ich das nächste Mal Hauptfeldwebel Cadwallader traf, fragte ich ihn, ob er das von Jones D. gehört habe. Unteroffizier Gwylt stand neben uns.

»Nein, Sir, in der Tat, das hatte ich nicht. Eine Kugel hat den Jungen also erwischt.«

»Irgendetwas war es wohl.«

»Hatte immer viel Pech, Jones D.«, sagte Hauptfeldwebel Cadwallader.

»Erinnern Sie sich, wie übel ihm war, als wir über das Wasser kamen, Hauptfeldwebel?«, sagte Unteroffizier Gwylt. »Schrecklich übel.«

»Ich erinnere mich sehr wohl.«

»Hab noch nie einen Jungen gesehen, dem so übel war«, sagte Unteroffizier Gwylt. »Und auch keinen Mann.«

Dies war die Woche, in der sich die britischen Truppen über Dünkirchen aus Frankreich zurückzogen, und Jones D. und Progers waren zu dieser Zeit nicht die einzigen Gefallenen, die mir persönlich bekannt waren. Zu diesen zählte auch Robert Tolland, der in Frankreich bei der Feldsicherheitspolizei diente. Ich erhielt die Nachricht in einem Brief von Isobel. Es wurde nie geklärt, weder damals noch später, unter welchen Umständen Robert seinen Tod gefunden hatte. So wie die Dinge lagen, starb er ebenso mysteriös, wie er gelebt hatte; wie so viele andere junge Männer, deren Leben der Krieg ein Ende setzte, blieb er ein ungelöstes Problem. Hatte Robert wirklich, wie Chips Lovell behauptete, ein geheimes Leben gelebt, mit »Nachtclubhostessen, die alt genug waren, seine Mutter zu sein«? Hatte er mit seiner Exportfirma, die mit dem Fernen Osten Handel trieb, viel Geld verdient? Hätte er Flavia Wisebite geheiratet? Wie in dem Spiel ›Reise nach Jerusalem‹ – plötzlich stoppt das Klavier, und einer bleibt ohne Stuhl übrig, für alle Zeiten in der Haltung dieses besonderen Augenblicks versteinert. Die Bilanz wird an Ort und Stelle aufgestellt, und es ist eine Frage des Glücks, ob ihre Kalkulationen so oder so von großem Belang sind im Hinblick auf die Geschäfte, die abgeschlossen wurden. Einige sterben in einer offenbar angemessenen Weise; andere, wie Robert, auf dem Schlachtfeld in einer Wolke aus Widersprüchlichkeit. Doch das Schicksal hatte dieses Ende für ihn bestimmt. Oder hatte er es gar für sich selbst so entschieden? Hatte er die Chance, Offizier zu werden, beiseitegeschoben, um die Bestimmung zu erfüllen, die verlangte, dass er in Frankreich fallen sollte? Oder war das Pech Flavias so unerbittlich groß, dass ihre Verbindung mit ihm ausreichte, um – wie Dr. Trelawney vielleicht gesagt hätte – den Schlächter des Osiris herabzurufen, so groß, dass es ihr Lebensmuster war und nicht das von Robert selbst, das die Frage von Leben und Tod dominierte? Robert mochte sogar gestorben sein, um ihr zu entkommen. Die potentiellen Biografien derer, die jung sterben, besitzen die mystische Würde einer kopflosen Statue, die Poesie enigmatischer Passagen in einem unvollendeten oder verstümmelten Manuskript, das nicht die Last eines banalen oder konstruierten Endes trägt. Dies waren beunruhigende Tage, die wir in der erstickenden Sommerhitze durchlebten. Aus irgendeinem Grund heiterte sich in ihrem Verlauf Gwatkins Stimmung mehr und mehr auf. Im Krieg üben Katastrophen in wachsendem Maße eine stimulierende Wirkung auf Menschen aus. Ich vermutete, dass auch Gwatkin vielleicht zu dieser ziemlich umfangreichen Gruppe gehöre. Doch es stellte sich heraus, dass es einen anderen Grund für seine gute Laune gab. Er nannte ihn mir eines Nachmittags.

»Ich bin deinem Rat gefolgt, Nick«, sagte er.

Wir waren allein in dem Büro der Kompanie.

»Über die Lagerung der scharfen Mills-Granaten?«

Gwatkin schüttelte den Kopf. Gleichzeitig schluckte er nervös, so als ob der bloße Gedanke an die scharfen Handgranaten und die Frage, wo sie gelagert werden sollten, ihm ein unmittelbares Schuldgefühl verursache.

»Nein, nicht über die Mills-Granaten«, sagte er. »Ich denke immer noch darüber nach, wo man sie am besten lagern könnte. Ich möchte nicht, dass sich diese Leute von der Munitionsversorgung einmischen. Ich meine über Maureen.«

Für einen Moment sagte mir der Name nichts. Dann erinnerte ich mich an unseren Abend in der Kneipe: Maureen, die Frau, bei der Gwatkin so sehr Feuer gefangen hatte. Als mir am nächsten Tag unser Besuch in der Kneipe wieder durch den Kopf gegangen war, hatte ich seine Bemerkungen der Menge an Bier zugeschrieben, die wir getrunken hatten. Danach hatte ich nicht mehr an Maureen gedacht.

»Was ist mit Maureen?«

»Ich bat sie, mit mir auszugehen.«

»Wirklich?«

»Ja.«

»Was hat sie gesagt.«

»Sie hat angenommen.«

»Ich sagte dir doch, sie würde es tun.«

»Es war wirklich wunderbar.«

»Schön für dich.«

»Nick«, sagte er, »mir ist es ernst. Lach nicht. Ich möchte dir wirklich danken, Nick, dass du dafür gesorgt hast, dass ich was unternehme und nicht nur so blöd da herumhänge. Das ist meine Schwäche. Wie an dem Tag, als wir zur Unterstützung eingeteilt waren und ich solche Scheiße gebaut hab.«

»Und Maureen ist okay?«

»Sie ist wundervoll.«

Das war alles, was Gwatkin sagte. Er gab mir keinen Bericht über sein Rendezvous. Ich hätte gerne ein wenig mehr darüber gehört, aber offensichtlich betrachtete er die neueste Entwicklung in ihrer Beziehung als zu heilig, um sie im Detail zu beschreiben. Ich sah, dass Kedward, der in manchen Dingen kein großer Psychologe war, Recht gehabt hatte, als er sagte, dass es bei Gwatkin, wenn er einmal bei einer Frau Feuer gefangen habe, so sei, »als habe er die Masern«. Man konnte die Sache mit Maureen wohl nur als eine Strafe dafür ansehen, dass Gwatkin angenommen hatte, die Schwierigkeiten Feldwebel Pendrys seien leicht zu lösen. Jetzt war er selbst von Aphrodite für seine stolze Weigerung, ihr Weihrauch an ihrem Altar darzubringen, niedergestreckt worden. Die Göttin würde ihn zu züchtigen wissen. Wie auch immer, es konnte einen nicht sehr verwundern, dass eine solche Sache passierte, wenn man, selbst nach einem anstrengenden Tag des Exerzierens, nachts auf seinem Feldbett lag und die Höllenqualen sexuellen Verlangens durchlitt und keine Depraviertheit, die sich der Fantasie aufdrängte, unvorgestellt blieb. Ohne Zweifel führten diese Beschränkungen in der Armee oft zu gegenseitigen Verärgerungen, besonders zum Beispiel zu so etwas wie Gwatkins Abscheu gegenüber Bithel.

»Gott«, sagte er, als er ihn auf Castlemallock erblickte, »dieser verdammte Kerl ist uns hierher gefolgt.«

Bithel selbst war sich der gärenden Wut, die er in Gwatkin erzeugte, gar nicht bewusst. Zumindest gab es keine Anzeichen dafür, dass er dessen Hass wahrnahm, und manchmal drängte er sogar seine Gesellschaft Gwatkin förmlich auf. Manche Menschen fühlen sich zu denen hingezogen, von denen sie nicht gemocht werden, oder sie sind wenigstens entschlossen, eine Gegnerschaft dieser Art zu überwinden. Bithel betrachtete Gwatkins Unfreundlichkeit vielleicht als eine Herausforderung. Was immer der Grund gewesen sein mag, es war ihm stets wichtig, mit Gwatkin zu sprechen, wenn sich dazu eine Gelegenheit ergab, und er ließ sich davon auch weder durch verbale Schroffheit noch durch niederschmetternde Übellaunigkeit abschrecken. Gwatkins ablehnende Haltung gegenüber Bithels Gesprächsavancen beruhte jedoch nicht völlig auf simpler Brutalität. Die Beziehung der beiden war komplizierter. Der Verhaltenscode in der Armee, den Gwatkin für sich selbst akzeptiert hatte, erlaubte es nicht, dass sein eigenes Betragen gegenüber einem Mitoffizier einen Grad an Unfreundlichkeit erreichte, den er zweifellos gegenüber einem ihm bekannten Zivilisten, den er so wenig mochte wie Bithel, gezeigt hätte. Dieser Code – das heißt, Gwatkins Verständnis von ihm – erlaubte, ja verlangte förmlich einen gegen Bithel gerichteten Schauer von Brüskierungen, verhinderte sozusagen aber gleichzeitig, ihn endgültig als eine Person abzutun, die zu verachtenswert war, um sich von ihr seine Zeit verschwenden zu lassen. Bithel war ein Mitoffizier; folglich machte ihm Gwatkin letzten Endes immer ein kleines Zugeständnis, gewöhnlich in der Form einer Aufforderung, es besser zu machen oder sich zusammenzureißen. Außerdem konnte sich Gwatkin, wie viele andere auch, nie dazu durchringen, die Legende von Bithel, dem Bruder des Victoria-Kreuz-Trägers, endgültig aufzugeben. In dieser Hinsicht hing immer noch ein schwacher Hauch mystischen Prestiges über Bithel. Solche Legenden setzen sich, wenn sie einmal Form angenommen haben, endlos fort. Und ich habe auch nie gehört, dass Bithel selbst öffentlich irgendeine Anstrengung unternommen hätte, die Geschichte auszuräumen. Er fürchtete vielleicht, dass selbst die säuerliche Toleranz, die Gwatkin gelegentlich bereit war, ihm gegenüber zu zeigen, verlorenginge, wenn sich die Gestalt des Victoria-Kreuz-tragenden Bruders im Hintergrund völlig in Luft auflöste.

»Ich setz mich heute Abend hier zu unserem Regiment, Hauptmann Gwatkin«, sagte Bithel , als er sich zu uns gesellte, und in seinem murmelnden, zutraulichen Ton fuhr er fort: »Unter uns gesagt, es ist nicht viel los mit den Leuten in diesem Kurs. Ziemlich zweitrangig.«

Bithel hatte stets Schwierigkeiten damit, Gwatkin mit ›Rowland‹ anzureden. Anfangs hatte Gwatkin ein- oder zweimal gegen eine solche Formalität protestiert, aber ich glaube, insgeheim freute er sich eher über den Respekt, den dieser Gebrauch implizierte. Wie jeder andere Mensch auch besaß Bithel eine oder auch mehrere Initialen, doch keiner kannte den oder die Namen – oder jeder schien sie zumindest vergessen zu haben –, für die sie standen. Er wurde immer ›Bith‹ oder

›Bithy‹ genannt, eine irgendwie intimere Form der Anrede, die zu gebrauchen Gwatkin sich seinerseits nie durchzuringen vermochte.

Die abendliche Gesellschaft, die Bithel als »sich zu unserem Regiment setzen« bezeichnet hatte, fand in einer Nische statt, die Gwatkin, Kedward und ich für unseren Gebrauch als Angehörige des – im Gegensatz zu den wechselnden Teilnehmern an den Gasabwehrkursen – permanent auf Castlemallock etablierten Personals reserviert hatten. Der Fenstersitz, auf dem ich »Esmond« zu lesen pflegte, befand sich in dieser Nische, und wir nahmen dort gelegentlich Getränke zu uns. Seit dem Abend, an dem er zuerst zum Bataillon kam, war Bithels Trinken zwar, wenn es Getränke gab, regelmäßig, aber nicht exzessiv gewesen – außer anlässlich solcher Gelegenheiten wie Weihnachten oder Neujahr, und dann konnte man kaum Anstoß daran nehmen. Er pflegte ziemlich beschwipst zu sein, aber das war auch alles. Manchmal kam er selbst auf sein Maßhalten in dieser Hinsicht zu sprechen.

»Ich muss ein Auge auf die gute alte Rechnung in der Offiziersmesse halten«, pflegte er dann zu sagen. »Die gelegentlichen Gin-and-Oranges häufen sich an. Einmal hat mich schon der Bataillonskommandeur auf meine Weinrechnung angesprochen. Muss mich in dieser Richtung vorsichtig verhalten.«

Wie sich dann auf Castlemallock zeigte, kam die Ermunterung, über das Ziel hinauszuschießen, unerwarteterweise ausgerechnet von den Armeebefehlshabern selbst. Jedenfalls war das die Erklärung, die Bithel uns später gab.

»Es war alles die Schuld dieser törichten alten Instruktion«, sagte er. »Ich war erschöpft und wurde von ihr völlig irregeführt.«

Ein Teil des Trainings während dieses besonderen Kurses auf Castlemallock, an dem Bithel teilnahm, bestand darin, dass man ohne Maske die Gaskammer zu durchqueren hatte. Früher oder später hatte sich jeder Soldat der Armee einer solchen Routine zu unterziehen, aber die Angehörigen eines

Gasabwehrkurses mussten natürlich ein detaillierteres Ritual über sich ergehen lassen als andere, für die so etwas bloß in ihrer Einheit stattfand. Ein Aspekt des Tests war eine anschließende Erste-Hilfe-Behandlung, für die gegen ein angewandtes Giftgas, neben anderen Stärkungsmitteln, ›Alkohol in einer moderaten Menge‹ empfohlen wurde. An dem Tag, als Bithel das Missgeschick passierte, war für die Teilnehmer des Kurses die Gaskammer der letzte Punkt des Tagesprogramms gewesen. Nach dem Test folgten einige dem Rat des Lehrbuchs und nahmen einen Drink. Andere, weil sie Alkohol nicht mochten oder aus finanziellen Gründen, beschränkten sich auf heißen süßen Tee. Unter denen, die Alkohol wählten, war außer Bithel niemand, der die Ermahnung des Lehrbuchs, man solle in der Anwendung dieses Gegenmittels moderat sein, ignorierte.

»Der gute alte Bith trinkt sich heute Abend aber ganz schön einen, was?«, bemerkte Kedward schon vor dem Abendessen.

Bithel sprach stets mit einer dicken Zunge, und wie die meisten Menschen, die gewohnheitsmäßig eine ungewöhnlich große Menge an Alkohol zu sich nehmen, gab es bei ihm im Allgemeinen kaum einen Unterschied, ob er betrunken oder nüchtern war. Welchen Grad seine Trunkenheit erreicht hatte, zeigte sich nur bei solchen seltenen Gelegenheiten wie seinem Tanz um die Puppe herum. An diesem Abend auf Castlemallock hielt er sich zunächst nur in der Vorhalle auf und unterhielt sich zuerst mit einer Gruppe von Teilnehmern des Gasabwehrkurs, dann mit einer anderen, als sich erstere, angeödet von ihm, entfernte. Erst gegen Ende des Abends gesellte er sich zu uns in der Nische. Alle hatten sich früh zurückgezogen, so dass Gwatkin, Kedward und ich allein in dem Zimmer waren, als Bithel dort ankam. Wir sprachen gerade über den Vormarsch der Deutschen. Gwatkins Analyse der taktischen Situation hatte sich lange hingezogen, und ich machte schon Anstalten, ins Bett zu gehen, als Bithel sich näherte. Er ließ sich schwer auf einen Stuhl fallen, ohne vorher seine übliche, eher unterwürfige Bitte an Gwatkin gerichtet zu haben, sich unserer Gesellschaft anschließen zu dürfen. Eine Zeitlang hörte er der Unterhaltung zu, ohne etwas zu sagen. Dann fing er das Wort ›Paris‹ auf.

»Schon mal in Paris gewesen, Hauptmann Gwatkin?«, fragte er.

Gwatkin warf ihm einen Blick tiefer Missbilligung zu.

»Nein«, sagte er scharf.

Die Antwort verriet, dass Gwatkin die Frage für lächerlich hielt, so als ob Bithel sich danach erkundigt habe, ob er je in Lhasa oder Tierra del Fuego gewesen sei. Er fuhr damit fort, Kedward über die Prinzipien mobiler Kriegsführung zu belehren.

»Ich bin schon in Paris gewesen«, sagte Bithel.

Er machte ein pfeifendes Geräusch mit seinen Lippen, das ein Gefühl heiterer Geselligkeit ausdrücken sollte.

»Bin da für ein Wochenende hingefahren«, sagte er.

Gwatkin war offensichtlich wütend, sagte aber nichts. Ein Kellner kam aus der Offiziersmesse und begann, die Gläser einzusammeln und auf ein Tablett zu stellen. Zufälligerweise handelte es sich um den kräftig gebauten jungen Soldaten mit rotem Gesicht, der weinend und über seinen schmerzenden Rücken klagend eine solche Unruhe vor dem Kompaniebüro erzeugt hatte. Jetzt schien er in besserer Stimmung zu sein. Er beantwortete Bithels Bitte um einen letzten Drink mit der Information, dass die Bar geschlossen sei. Er sagte das mit jenem Ton der Befriedigung in der Stimme, den Kellner und Barkeeper annehmen, wenn es so weit ist, diese besondere Ankündigung zu machen.

»Nur einen kleinen irischen Whiskey«, sagte Bithel. »Mehr will ich gar nicht.«

»Die Bar ist geschlossen, Sir.«

»Doch jetzt noch nicht.«

Bithel versuchte, auf seine Uhr zu sehen, vermochte es aber offensichtlich nicht, die Zahlen zu lesen.

»Ich kann nicht glauben, dass die Bar geschlossen ist.«

»Der Messefeldwebel hat es gerade gesagt.«

»Holen Sie mir noch ein Glas, Emmot – Sie sind doch Emmot, nicht wahr?«

»Das ist richtig, Sir.«

»Gehen Sie und holen Sie mir einen Whiskey, Emmot.«

»Ich kann nicht, Sir. Die Bar ist geschlossen.«

»Aber man kann sie doch wieder öffnen.«

»Ich kann nicht, Sir.«

»Öffnen Sie sie nur für einen Augenblick – nur für ein kleines Glas Whiskey.«

»Der Feldwebel sagt nein, Sir.«

»Bitten Sie ihn noch einmal.«

»Die Bar ist geschlossen, Sir.«

»Ich flehe Sie an, Emmot.«

Bithel erhob sich. Hinterher war ich mir nicht sicher, was wirklich passiert war. Ich saß auf der gleichen Seite wie Bithel, und als er sich umdrehte, kehrte er mir den Rücken zu. Er torkelte plötzlich vorwärts. Vielleicht war er aber auch gestolpert, denn einige der Dielenbretter waren an dieser Stelle locker. Die Menge an Alkohol, die er konsumiert hatte, war nicht notwendigerweise der Grund dafür, dass Bithel plötzlich sein Gleichgewicht verlor. Andererseits war das vielleicht aber auch Absicht, intendiert als physischer Appell an Emmots Mitleid. Der schmeichelnde Ton in Bithels Stimme eine Minute zuvor gab dieser Interpretation zweifellos einiges Gewicht. Ich bin sicher, wenn es sich so verhielt, hatte Bithel nichts anderes vor, als in einer gewollt witzigen Geste seine Hand auf Emmots Schulter zu legen, vielleicht seinen Arm zu ergreifen. Eine solche Handlung konnte man vielleicht für würdelos halten, für schlecht für die Disziplin, aber nicht für mehr. Doch aus irgendeinem Grund stürzte Bithel seinen Körper nach vorn und warf, entweder um seinen Fall aufzuhalten oder um seiner Bitte um einen letzten Drink Nachdruck zu verleihen, seine Arme um Emmots Hals. Dort hing er für den Bruchteil einer Sekunde. Der äußere Eindruck, den diese Pose vermittelte, war eindeutig. Es sah exakt so aus, als ob Bithel Emmot küsse – zum Abschied, nicht so sehr aus Leidenschaft. Vielleicht tat er es ja. Wie auch immer, Emmot ließ das Tablett fallen, einige Gläser zerbrachen, und er stieß gleichzeitig einen misstönenden Schrei aus. Gwatkin sprang auf. Sein Gesicht war kreidebleich. Er zitterte vor Wut.

»Mr. Bithel«, sagte er, »betrachten Sie sich als unter Arrest stehend.«

Ich hatte angefangen zu lachen, sah aber jetzt, dass es sich um eine ernste Angelegenheit handelte. Das war kein Scherz. Es würde Ärger geben. Gwatkin hatte einen fanatischen Ausdruck in den Augen.

»Mr. Kedward«, sagte er, »gehen Sie und holen Sie ihre Mütze und ihren Gürtel.«

Die Nische, in der wir gesessen hatten, war in der Nähe der Tür, die zu der großen Halle führte. Dort ließ jeder seine Mütze und sein Koppel an einer Reihe von Haken zurück, ehe er die Räumlichkeiten der Messe betrat. Kedward hatte also nicht weit zu gehen. Hinterher sagte er mir, er habe nicht sofort die Bedeutung von Gwatkins Befehl begriffen. Er habe nur nach dem Prinzip gehorcht, dass man die Instruktionen seines Kompaniekommandeurs nicht in Frage zu stellen habe. Inzwischen hatte Emmot damit begonnen, die Glasscherben aufzusammeln. Er schien über das, was geschehen war, nicht besonders erstaunt zu sein. Ja, wenn man bedenkt, wie weit er, wie ich wusste, in Richtung eines hysterischen Verlustes an Selbstkontrolle gehen konnte, wurde er mit der ganzen Situation recht gut fertig. Vielleicht verstand er Bithel besser als wir Übrigen. Gwatkin, der nun in seinem Element zu sein schien, befahl Emmot, sich schnell zu entfernen. Den Rest des Mülls könne er am nächsten Morgen wegräumen. Emmot bedurfte keiner weiteren Ermunterung, seiner Tagesarbeit ein Ende zu setzen. Er zog sich sofort mit seinem Tablett und dem größten Teil der zerbrochenen Gläser aus dem Zimmer zurück. Bithel stand still da. Da er unter Arrest gestellt war, war diese

Haltung zweifellos militärisch korrekt. Er schwankte ein wenig und lächelte ziemlich stupide in sich hinein. Kedward kehrte zurück. Er trug jetzt seine Mütze und war dabei, seinen Gürtel und Schulterriemen anzulegen.

»Eskortieren Sie Mr. Bithel zu seinem Zimmer, Mr. Kedward«, sagte Gwatkin. »Er darf es ohne Erlaubnis nicht verlassen. Wenn er es tut, darf das nur unter Begleitung eines Offiziers geschehen. Er darf keinen Gürtel und auch keine Waffe tragen.«

Ein Ausdruck der Verzweiflung erschien auf Bithels Gesicht, so als sei er durch das Verbot, keine Waffe tragen zu dürfen, bis ins Mark getroffen. Er schien jedoch mehr oder weniger erfasst zu haben, was vor sich ging, und dem Ritual sogar eine gewisse masochistische Freude abzugewinnen. Gwatkin wies mit seinem Kopf zur Tür. Bithel drehte sich um und ging langsam auf sie zu. Er bewegte sich, als sei er auf dem Weg zu seiner unmittelbaren Exekution. Kedward folgte ihm. Ich war erleichtert, dass Gwatkin Kedward und nicht mich mit dieser Pflicht betraut hatte. Der Grund war wohl, dass Kedward ein höherrangiger Leutnant war und Bithel, der zwei Sterne trug, dem Rang nach näher stand. Als sie gegangen waren, wandte sich Gwatkin an mich. Diese Zurschaustellung disziplinarischer Energie schien ihn plötzlich erschöpft zu haben.

»Mir blieb nichts anderes übrig«, sagte er.

»Ich war mir nicht sicher, was passiert ist.«

»Hast du es denn nicht gesehen?«

»Nicht genau.«

»Bithel hat einen einfachen Soldaten *geküsst.*«

»Bist du sicher?«

»Hast du keine Augen im Kopf?«

»Ich konnte nur Bithels Rücken sehen. Ich dachte, er habe sein Gleichgewicht verloren.«

»Wie auch immer, Bithel war stark betrunken.«

»Das ist nicht zu bestreiten.«

»Es war meine Pflicht, ihn unter Arrest zu stellen. Das musste ich tun. Das war das Einzige, was ein Offizier tun konnte.«

»Und was ist jetzt der nächste Schritt?«

Gwatkin runzelte die Stirn.

»Geh rüber zum Kompaniebüro, Nick«, sagte er mit einer etwas ruhigeren Stimme. »Du weißt, wo das ›Handbuch der Militärgesetze‹ steht. Bring es mir hierher. Ich möchte unbedingt hier sein, wenn Idwal zurückkommt. Er würde denken, ich sei ins Bett gegangen. Ich muss noch etwas mit ihm besprechen.«

Als ich mit dem »Handbuch der Militärgesetze« zurückkam, beendete er gerade seine Instruktionen für Kedward. Danach sagte er uns beiden in einem barschen Ton gute Nacht und ging mit strengem Gesicht davon, das Handbuch unter dem Arm. Kedward schaute mich an und grinste. Er war offensichtlich von dem, was geschehen war, überrascht, aber keineswegs völlig entgeistert. Für ihn gehörte so etwas mehr oder weniger zur Routine.

»Dass das passieren musste«, sagte er.

»Es wird 'ne Menge Ärger geben.«

»Der gute alte Bith war total besoffen.«

»Das stimmt.«

»Ich konnte ihn kaum die Treppe hochkriegen.«

»Musstest du ihn am Arm halten?«

»Ich hab ihn irgendwie da hochgehievt«, sagte Kedward. »Fühlte mich, als ob ich 'n Polizist wär.«

»Und was passierte, als ihr in sein Zimmer kamt?«

»Glücklicherweise ist der andere Mann da krank geworden und hat gestern den Kurs verlassen. Bith hat jetzt das Zimmer für sich allein. Deshalb war das alles nicht so peinlich, wie es hätte sein können. Er torkelte nur auf sein Bett, und ich bin wieder gegangen. Ich selbst geh jetzt auch ins Bett. Du hast heut Nacht Dienst im Kompaniebüro, nicht wahr?«

»Ja, das stimmt.«

»Gute Nacht, Nick.«

»Gute Nacht, Idwal.«

Der Zwischenfall hatte mich erschöpft, und ich war froh, dass ich mich jetzt zurückziehen konnte. Konfuse, konfliktreiche Träume verfolgten mich durch die Nacht. Ich war gerade dabei, dem örtlichen Bauunternehmer zu Hause – der eine lange chinesische Robe trug und sich in Pinkus, den Adjutanten des Zeugmeisters auf Castlemallock, verwandelt hatte – zu erklären, ich wünsche, die Vorderfront unseres Hauses nach einem entsprechenden Entwurf Isobels in eine mit Säulen verzierte Fassade zu verändern, als ein mit Pygmäen besetztes Feuerwehrauto vorbeifuhr und wild seine Glocke läutete. Das Läuten in meinem Kopf hörte nicht auf. Ich erwachte. Es war zum Klingeln eines Telefons geworden. Für die ganz frühen Morgenstunden war das etwas Außergewöhnliches. Es gab keine Vorhänge in dem Zimmer, nur Bretter für die Verdunklung, die aber jetzt abgenommen waren, so dass ich, als ich meine Augen öffnete, sah, dass sich der Himmel über den Außengebäuden im Hof bereits aufzuhellen begann. Ich griff nach dem Hörer und nannte die Bezeichnung unserer Einheit und meinen Namen. Es war Maelgwyn-Jones, der Adjutant unseres Bataillons.

»Fischfrikadelle«, sagte er.

Ich war zuerst nur halbwach, und es schien fast so, als ob sich mein Traum fortsetze. Wie ich schon sagte, war es mit Maelgwyn-Jones' Geduld nicht zum Besten bestellt. Er wurde sofort sehr ärgerlich, und wie sich dann herausstellte, zu Recht.

»Fischfrikadelle ...«, wiederholte er. »Fischfrikadelle – Fischfrikadelle – Fischfrikadelle ...«

Offensichtlich war ›Fischfrikadelle‹ ein Kennwort; die Frage war nur, was es bedeutete. Ich konnte mich nicht erinnern, es zuvor je gehört zu haben.

»Es tut mir leid, ich ...«

»Fischfrikadelle!«

»Ich hab Fischfrikadelle verstanden. Ich weiß nur nicht, was es bedeutet.«

»Fischfrikadelle, sage ich Ihnen ...«

»Ich kenne Leder und Giftpilz ...«

»Fischfrikadelle steht jetzt anstelle von Leder – und Badewasser anstelle von Giftpilz. Wovon, zum Teufel, träumen Sie denn?«

»Ich glaube nicht ...«

»Sie haben's verdammt noch mal vergessen.«

»Es ist das erste Mal, dass ich von Fischfrikadelle höre.«

»Unsinn.«

»Es ist aber so.«

»Meinen Sie damit, dass Rowland es Ihnen und Kedward nicht gesagt hat? Ich hab ihm Badewasser vor einer Woche gegeben – persönlich –, als er hier ins Ordonnanzzimmer kam, um Bericht zu erstatten.«

»Ich weiß nichts von Fischfrikadelle oder Badewasser.«

»O Jesus Christus, ist das wieder eine von Rowlands halbgaren Ideen über Sicherheit? Wahrscheinlich wohl. Ich hab ihm gesagt, die neue Losung würde von vorgestern an gerechnet nach achtundvierzig Stunden in Kraft treten. Hat er das nicht erwähnt?«

»Mir gegenüber mit keinem Wort.«

»O Jesus. Hat es je einen größeren Trottel von Kompanieführer gegeben? Gehen Sie und holen Sie ihn. Aber ein bisschen zackig, wenn ich bitten darf.«

Ich ging, so schnell ich konnte, zu Gwatkins Zimmer, das im Hauptteil des Hauses war. Er lag auf der Seite, fast in Hab-Acht-Stellung, und schlief fest. Nur die Hälfte seines Gesichts oberhalb des Schnurrbarts schaute unter der graubraunen Decke hervor. Ich schüttelte seine Schulter. Wie gewöhnlich musste ich ihn kräftig schütteln, um ihn wachzubekommen. Gwatkin schlief stets wie betäubt. Schließlich kam er zu sich und rieb sich die Augen.

»Der Adjutant ist am Telefon. Er sagt, es ist Fischfrikadelle. Ich weiß nicht, was das bedeutet.«

»Fischfrikadelle?«

»Ja.«

Gwatkin saß jetzt aufrecht in seinem Feldbett.

»Fischfrikadelle?«, wiederholte er, als ob er seinen Ohren kaum trauen könne.

»Fischfrikadelle.«

»Aber wir sollten doch Fischfrikadelle erst kriegen, nachdem uns Knopfhaken signalisiert worden ist.«

»Ich hab auch noch nie was von Knopfhaken gehört – oder von Badewasser. Ich kenn nur Leder und Giftpilz.«

Gwatkin stieg schnell aus dem Bett. Seine Pyjamahose rutschte hinunter und enthüllte seine Genitalien und behaarten braunen Schenkel. Seine Beine waren dünn und knochig, aber wohlgeformt. Ihre Nacktheit suggerierte etwas Wildes, Unzivilisiertes, doch seiner Natur Angemessenes. Er zog das Kleidungsstück hoch und hielt es fest, während er sich mit der anderen Hand den Kopf kratzte.

»Ich glaube, ich habe fürchterliche Scheiße gebaut«, sagte er.

»Was ist jetzt zu tun?«

»Hab ich dir und Idwal nicht die neuen Losungen genannt?«

»Kein Wort davon.«

»Gott, ich erinnere mich jetzt. Ich dachte, ich warte aus Sicherheitsgründen damit bis zum letzten Augenblick – und dann bin ich mit Maureen ausgegangen und vergaß, dass ich sie gegenüber keinem von euch beiden erwähnt hatte.«

»Also, ich würde jetzt zum Telefon gehen, sonst kriegt Maelgwyn-Jones noch einen Schlaganfall.«

Gwatkin rannte schnell den Korridor hinunter, mit einer Hand immer noch die lose Pyjamahose festhaltend. Seine Füße waren bloß, sein Haar zerzaust. Ich folgte ihm, auch rennend. Als wir das Kompaniebüro erreichten, nahm Gwatkin den Hörer auf.

»Gwatkin ...«

Man hörte das Summen der Stimme des Adjutanten am anderen Ende der Leitung. Er klang sehr ärgerlich, und das wohl mit Recht.

»Jenkins wusste es nicht ...«, sagte Gwatkin, »ich hielt es für das Beste, den untergeordneten Offizieren erst im letzten Moment… Ich hab nicht damit gerechnet, dass das Signal schon am ersten Tag, an dem es in Kraft tritt, kommen würde… Ich wollte sie heute Morgen unterrichten…«

Diese Antwort muss Maelgwyn-Jones stark verärgert haben, denn seine Stimme überschlug sich mehrere Minuten lang immer wieder. Ich konnte hören, dass er zu stottern begonnen hatte, ein sicheres Zeichen dafür, dass er extrem wütend war. Was immer es war, worauf der Adjutant jetzt bestand, es muss für Gwatkin eine erneute Überraschung gewesen sein.

»Aber Badewasser sollte doch Walnuss ersetzen«, sagte er, offensichtlich entsetzt.

Jetzt sagte der Adjutant wieder etwas. Während Gwatkin zuhörte, verfärbte sich sein Gesicht, wie immer, wenn er stark erregt war.

»Anstelle von Giftpilz? Das heißt also…«

Ein weiterer Schwall ärgerlicher Worte war von der anderen Seite der Leitung her zu hören. Als Maelgwyn-Jones schließlich aufhörte zu reden, hatte Gwatkin seinen offiziellen Ton wiedergefunden.

»Sehr gut«, sagte er, »die Kompanie wird sich sofort in Bewegung setzen.«

Er lauschte noch eine Sekunde lang in den Hörer hinein, aber Maelgwyn-Jones hatte bereits eingehängt. Gwatkin wandte sich an mich.

»Ich musste ihm das sagen.«

»Was sagen?«

»Dass ich die Kennwörter verwechselt hatte. Tatsache ist, ich hatte es vergessen, wie ich dir vorhin schon sagte.«

»Vergessen, die Kennwörter an mich und Idwal weiterzugeben?«

»Ja, aber nicht nur die Kennwörter sind neu, die Instruktionen, die mit ihnen verbunden sind, haben sich auch in gewisser Weise verändert. Aber was ich gesagt habe, stimmte zum Teil. Ich hatte sie durcheinandergebracht. Ich war in Gedanken mit anderen Dingen beschäftigt. Gott, wie lächerlich ich mich gemacht habe. Aber wir dürfen hier nicht weiter herumstehen und reden. Die Kompanie muss sofort zum Bataillon hin marschieren. Wecke Idwal und sag ihm das. Schick den diensthabenden Feldwebel zu Kompaniehauptfeldwebel Cadwallader und sag ihm, er soll sich sofort bei mir melden, wenn die Männer geweckt sind – er braucht nicht vorschriftsmäßig angezogen zu sein. Lass deinen Zug antreten, Nick, und sag Idwal, er soll dasselbe tun.«

Er eilte davon, die Feldwebel weckend, Befehle erteilend, die veränderten Instruktionen erläuternd. Ich tat das Gleiche. Nachdem ich Kedward, der diese Störung gutgelaunt aufnahm, geweckt hatte, ging ich zum Kompaniebüro zurück und zog mich so schnell wie möglich an.

»Da hat ja Rowland einen Riesenscheiß angerichtet«, sagte Kedward, als wir auf dem Weg waren, unsere Züge zu inspizieren. »Was zum Teufel hat er sich nur dabei gedacht?«

»Er hatte die Vorstellung, er solle die Kennwörter bis zum letzten Augenblick zurückhalten.«

»Das wird einen ganz fürchterlichen Ärger geben.«

Mein eigener Zug befand sich, unter den gegebenen Umständen, in einem ziemlich guten Zustand, als ich ihn erreichte. Mit einer Ausnahme waren sie alle sauber, rasiert und korrekt ausgerüstet. Es war Sayce, der diese Ausnahme bildete. Ich brauchte nicht einmal den Zug zu inspizieren, um zu erkennen, was nicht stimmte. Es war meilenweit zu sehen. Sayce stand an seinem Platz, auf den ersten Blick nicht schmutziger als gewöhnlich, in sonstiger Hinsicht sogar richtig uniformiert, so schien es; nur, es fehlte sein Helm. Kurz gesagt, Sayce trug keine Kopfbedeckung. Sein Haupt war bloß.

»Wo ist der Helm von diesem Mann, Feldwebel?«

Feldwebel Basset hatte Feldwebel Pendry als Zugfeldwebel ersetzt, da Unteroffizier Gwylt, der dafür sehr qualifiziert gewesen wäre, nicht ernsthaft Wert auf die drei Streifen gelegt hatte. Basset, im Grunde ein verlässlicher Mann, war ein wenig langsam, was das Denken und Begreifen anging. Die kleinen Schweinsaugen in seinem breiten, wabbeligen Gesicht schauten oft verwirrt in die Welt, und seine Fähigkeiten schlossen nichts von Feldwebel Pendrys Sinn für das Angemessene ein. Selbst zur Zeit seiner schlimmsten Depressionen wegen seiner Frau hätte Feldwebel Pendry einem Mann nie erlaubt, ohne Helm zum Appell zu erscheinen, und noch viel weniger ihn sich in Reih und Glied stellen lassen. Er hätte einen Helm für ihn gefunden; ihm gesagt, er solle sich krank melden; ihn unter Arrest gestellt oder sonst einen Weg gefunden, ihn von der Bildfläche verschwinden zu lassen. Feldwebel Basset, stiernackig und besorgt, begann, Sayce zu verhören. Die Zeit wurde knapp. In einem Ausbruch erklärenden Jammerns brachte Sayce vor, warum er eher zu bemitleiden als zu tadeln sei.

»Sagt, jemand hat seinen Helm genommen, Sir.«

»Sagen Sie ihm, er soll abtreten und ihn blitzschnell finden, oder er wird wünschen, nie geboren worden zu sein.«

Sayce rannte davon. Ich hoffte, das sei das Letzte gewesen, das ich an diesem Tag von ihm gesehen hätte. Ich würde ihn mir nach unserer Rückkehr vornehmen. Alles war besser als die Aussicht, einen Mann ohne Helm in den Reihen meines Zuges zu haben. Was Gwatkin, und zweifellos auch Maelgwyn-Jones, betraf, würde das der letzte Tropfen sein, der das Fass zum Überlaufen bringt. Doch als ich gerade die Inspektion beendet hatte, erschien Sayce plötzlich wieder. Diesmal trug er einen Helm. Er war ihm zu groß, aber das war jetzt unwichtig. Dies war nicht die Zeit, allzu genau zu sein, noch weniger, Fragen zu stellen. Der Zug marschierte los und ordnete sich bei dem Rest der Kompanie ein. Gwatkin, der besorgt aussah, aber jetzt seine Selbstbeherrschung wiedergefunden hatte, führte eine rasche Inspektion durch und fand nichts zu beanstanden. Wir marschierten die lange Auffahrt Castlemallocks hinunter, dann die Landstraße entlang und durch die Stadt. Als wir die Gasse passierten, die zu Maureens Kneipe führte, sah ich, wie Gwatkin einen Blick in diese Richtung warf, doch es war zu früh am Morgen, als dass Maureen selbst oder sonst jemand aufgewesen wäre.

»Irgendwie sind die Frauen dieser Stadt schrecklich«, sagte Unteroffizier Gwylt laut vor sich hin, »noch nie sah ich ein solches Betragen.«

Als wir das Bataillonshauptquartier erreicht hatten, kam die Botschaft, der Adjutant wünsche Hauptmann Gwatkin sofort zu sprechen. Gwatkin kehrte von diesem Interview mit einem erstarrten Gesicht zurück. Es sah so aus, als ob seine Untergebenen eine böse Zeit zu erwarten hätten, so wie damals, als die Kompanie es versäumt hatte, ›Unterstützung‹ zu leisten. Doch es schien Gwatkin nicht unmittelbar danach zu verlangen, seinen Ärger an jemandem auszulassen, obwohl die zehn Minuten mit Maelgwyn-Jones alles andere als angenehm gewesen sein können. Wir begannen mit den Aufgaben des Tages, marschierten über die Berge und wieder zurück, durchzogen kahle, baumlose Ebenen. Was wir auch taten, alles ging schief. Es war ein katastrophaler Tag. Dennoch, wie Maelgwyn-Jones gesagt hatte, der Tag ging vorbei wie andere Tage in der Armee auch, und schließlich kehrten wir, schlecht gelaunt und müde, nach Castlemallock zurück. Kedward und ich befanden uns, mit wunden Füßen und froh, die Stiefel bald ausziehen zu können, auf dem Weg zu unserem Zimmer, als uns Pinkus begegnete, der Adjutant des Zeugmeisters, der bösartige Zwerg aus »Morte d'Arthur«. Sein süffisantes Lächeln ließ darauf schließen, dass Ärger in der Luft lag. Er hatte eine schrecklich kultivierte Stimme, die zu perfektionieren ihn Jahre gekostet haben musste und die mich irgendwie an Howard Craggs erinnerte, den Verleger linksgerichteter Schriften.

»Wo ist Ihr Kompanieführer?«, fragte Pinkus. »Der Kommandant will ihn sprechen, pronto.«

»In seinem Zimmer, nehme ich an. Er hat gerade die Kompanie wegtreten lassen. Er zieht sich wahrscheinlich um.«

»Was soll das denn heißen, einen der Offiziere des Kurses unter Arrest zu stellen? Der Kommandant ist verdammt sauer deswegen, kann ich Ihnen sagen – und dann ist auch noch der Helm des Kommandanten weg, und er glaubt, dass einer von Ihren Männern ihn genommen hat.«

»Warum das denn?«

»Ihr Zug steht beim Appell immer genau vor seinem Quartier.«

»Viel wahrscheinlicher, dass es einer vom festen Personal der Brandschutzwache war. Die gehen immer genau an der Tür vorbei.«

»Der Kommandant glaubt das nicht.«

»Ich wette, einer von der Brandschutzwache hat ihn geklaut.«

»Der Kommandant sagt, er traut keinem von eurer Bande über den Weg.«

»Warum das denn nicht?«

»Das ist es, was er sagt.«

»Wenn er das Regiment in Verruf bringen will, soll er die Sache am besten vor den Bataillonskommandeur bringen.«

»Überprüfen Sie das, oder es wird Ärger geben. Also, wo ist Gwatkin?«

Er entfernte sich, in seiner kultivierten Stimme mit sich selbst redend. Ich begriff, was passiert war. In dem Stress, der seiner Erkenntnis folgte, dass er die Kennwörter vergessen hatte, hatte Gwatkin auch Bithel vergessen. Während der Feldübungen des folgenden Tages hatte auch ich nicht mehr an die Ereignisse des vorhergehenden Abends gedacht, oder zumindest mir nicht ausreichend überlegt, wie wir die Situation nach unserer Rückkehr am besten handhaben könnten. Jetzt aber, zurück auf Castlemallock, wurde ich mir wieder der Gefährlichkeit des Bithel-Problems bewusst. Die Sache war an sich schon schlimm genug, aber dadurch, dass Gwatkin sich nicht mehr um sie gekümmert hatte, war sie noch verschlimmert worden. Auch Kedward hatte keine ideale Lösung parat.

»Mein Gott«, sagte er, »ich glaube, der gute alte Bith hätte den ganzen Tag unter Bewachung stehen müssen. Und unter meiner Bewachung, wenn man's genau nimmt. Das war Rowlands letzter Befehl an mich.«

»Wie auch immer, Bithel hätte routinemäßig innerhalb von vierundzwanzig Stunden dem Kommandanten vorgeführt und angeklagt werden müssen. Das ist die Vorschrift, oder?«

»Vierundzwanzig Stunden sind noch nicht um.«

»Dennoch, die Zeit ist schon weit fortgeschritten.«

»Es wird schwer werden für Rowland, da heile wieder rauszukommen.«

»Wir können daran nichts ändern.«

»Hör zu, Nick«, sagte Kedward, »ich gehe jetzt sofort und guck mal, was genau passiert ist, ehe ich meine Stiefel ausziehe. Großer Gott, meine Füße fühlen sich an wie Ballons.«

Nach einer Weile kehrte Kedward zurück und berichtete, dass Gwatkin bereits beim Kommandanten von Castlemallock sei, um die Bithel-Affäre zu bereinigen. Als ich Gwatkin später traf, sah er schrecklich besorgt aus.

»Diese Sache mit Bithel«, sagte er in einem harschen Ton.

»Ja?«

»Am besten ist, wir vergessen sie.«

»Okay.«

»Dieser Gasabwehrkurs ist fast zu Ende.«

»Ja.«

»Bithel wird zurück zum Bataillon gehen.«

»Vielleicht geht er auch zu Division.«

»Bithel?«

»Ja.«

»Warum denn das?«

»Um die Feldwäscherei zu kommandieren.«

»Das ist mir neu«, sagte Gwatkin. »Woher weißt du das?«

»Bithel selbst hat es mir gesagt.«

Gwatkin sah nicht besonders erfreut aus, enthielt sich aber eines Urteils.

»Der BK wird ohne Zweifel froh sein, ihn loszuwerden«,

sagte er. »Mein Standpunkt ist jetzt der: Bithel mag sich gestern Abend wie ein verdammtes Schwein benommen haben, aber es würde zu viel Umstände machen, ihm das zu geben, was er verdient.«

»Das kann ich verstehen.«

»Ich vermute, Bithel hat sich mit dem betroffenen Kellner verständigt. Die beiden sind bereit zu schwören, dass die ganze Sache nur ein Unfall war. Bithel ist den ganzen Tag im Bett geblieben. Er sagt, er hat die Grippe.«

»Woher wusste der Kommandant von dem Arrest?«

»Es ist irgendwie durchgesickert. Er scheint zu denken, ich wollte Bithel schikanieren. Ich glaube, er wollte mir einfach nur heimzahlen, dass ich ihn daran gehindert habe, zwischen mir und meinen Männern und deren Ausbildung zu stehen. Er sagte, es wäre ja gut möglich, dass Bithel was getrunken hatte, vielleicht auch zu viel getrunken hatte, aber schließlich sei er doch durch die Gaskammer gegangen und hätte, wie sich dann herausstellte, auch die Grippe gehabt. Der Kommandant sagte auch, er will an seiner Schule für chemische Kriegsführung einen solchen unliebsamen Streit nicht. Er hätte schon mal Ärger wegen dieses besonderen Kasino-Kellners gehabt, und es gäbe vielleicht richtigen Stunk, wenn die Sache vors Militärgericht käme.«

»Es ist vielleicht ganz gut, dass die Sache fallengelassen wird.«

Gwatkin seufzte.

»Glaubst du das auch, Nick?«

»Ja.«

»Dann liegt auch dir in Wirklichkeit nichts an der Disziplin«, sagte Gwatkin. »Denn das ist es ja, was das heißt. Du bist wie die Übrigen. Ja, ja, heutzutage scheinen nur wenige Offiziere Wert darauf zu legen – oder auch nur auf anständiges Betragen.«

Er sprach ohne Bitterkeit, hatte aber einen bedauernden Ton in der Stimme. Doch schien er, wie zweifellos alle anderen auch, erleichtert darüber, dass die Anklage gegen Bithel fallengelassen werden würde. Allerdings hatte die Geschichte an ihrem Anfang ein zu großes Ausmaß angenommen, um völlig unterdrückt werden zu können. Die darüber in der ganzen Garnison auf Castlemallock kursierenden Gespräche dehnten sich schließlich bis zum Bataillon aus und erreichten ohne Zweifel im Laufe der Zeit auch das Ohr des BK. Bithel selbst machte die ganze Sache, wie gewöhnlich, kaum etwas aus.

»Ich hab mich an diesem Abend ganz schön lächerlich gemacht«, sagte er zu mir, kurz bevor er Castlemallock verließ. »Ich hätte beim Bier bleiben sollen. Whiskey ist immer ein Fehler nach Gin-and-Orange. Hätte beinah meine Chancen vermasselt, dieses Kommando zu kriegen. Hauptmann Gwatkin regt sich aber auch immer maßlos auf. Man weiß nie, was er als Nächstes tun wird. Der Kommandant war sehr anständig. Der hatte Verständnis. Die Neuigkeiten über den Krieg sehen nicht zu gut aus, oder? Was hältst du davon, dass Italien sich jetzt auch beteiligt? Das sind doch nur 'n Haufen Eiscremeschlecker, meiner Meinung nach.«

Dann, an einem drückend heißen Nachmittag, ich war gerade mit meinem Zug, mit dem ich Angriff unter dem Schutz von künstlichem Nebel geübt hatte, zurückgekehrt, erfuhr ich mehrere Dinge, die das Muster des Lebens veränderten. Als ich das Kompaniebüro betrat, waren Gwatkin und Kedward anwesend. Sie standen sich gegenüber. Schon als ich durch die Tür kam und grüßte, lag eine gewisse Unruhe, ja, man könnte sagen, scharfe Spannung, in der Luft. Gwatkin war blass, Kedward ziemlich rot im Gesicht. Keiner von beiden sprach. Ich machte einige flüchtige Bemerkungen über die Übungen des Nachmittags. Sie wurden von Gwatkin ignoriert. Es entstand eine Pause. Ich fragte mich, was schiefgelaufen sei. Dann sprach Gwatkin in seinem kältesten, militärischsten Ton.

»Der Teil II des Tagesbefehls wird nächste Woche einige Veränderungen bekanntgeben, Nick«, sagte er.

»Ja?«

»Du wirst sie sicher kennen wollen, bevor sie offiziell werden.«

Ich konnte mir nicht vorstellen, warum dieses ganze Getue veranstaltet wurde; warum, wenn es Veränderungen geben würde, Gwatkin nicht einfach sagen konnte, welche Veränderungen das seien, anstatt sich aufzuführen, als ob er mich davon unterrichten müsse, dass die britische Regierung sich ergeben habe und Kedward und ich unmittelbare Vorbereitungen dafür zu treffen hätten, dass unsere Züge Kriegsgefangene werden würden. Solch ein Verhalten zerrte an den Nerven.

»Idwal ist dein neuer Kompanieführer«, sagte Gwatkin.

Alles war auf einen Schlag erklärt. Ich konnte nichts anderes tun als schweigen.

»Es hat auch andere Beförderungen gegeben«, sagte Gwatkin. Er sprach, als ob zumindest dieses Faktum ihm ein wenig Trost gewähre. Ich sah zu Kedward hinüber. Jetzt bemerkte ich, was ich zuvor übersehen hatte: Er befand sich in einem ekstatischen Zustand kontrollierten Entzücktseins. Ich hatte anfangs nicht wahrgenommen, dass das der Grund für seine angespannte Haltung war. Die Atmosphäre der Anstrengung ging von seinem Bemühen aus, nicht allzu sehr zu grinsen. Selbst Kedward musste sich bewusst sein, dass dies ein schmerzhafter Augenblick für Gwatkin war. Doch jetzt, wo die Gegenwart einer dritten Person die Situation ein wenig entkrampfte, ließ er zu, dass ein leises Lächeln auf seinem Gesicht erschien. Es weitete sich aus. Er konnte sein Ausmaß nicht länger begrenzen. Die Breite seines Grinsens verbarg fast seinen kleinen Schnurrbart.

»Meine Glückwünsche, Idwal.«

»Danke, Nick.«

»Und was wird mit dir, Rowland?«

Ich konnte mir kaum vorstellen, dass Gwatkin zum Major befördert worden war. Wenn das der Fall gewesen wäre, hätte er fröhlicher ausgesehen. Es bestand die Möglichkeit, dass er das Kommando über die Kompanie beim Hauptquartier erhalten würde – ein Posten, den er, wie man wusste, sehr begehrenswert fand. Ich selbst bezweifelte, dass er wirklich qualifiziert dafür sei, mit den vielen Anforderungen der Kompanie beim Hauptquartier fertigzuwerden, und ich erinnerte mich, neben anderen Dingen, an den Zwischenfall mit dem Maschinengewehrträger. Dennoch, auf die Antwort, die ich erhielt, war ich nicht vorbereitet, obwohl ich mir in dem Augenblick, in dem ich sie vernahm, bewusst war, dass ich das Urteil, das man über ihn verhängt hatte, beim ersten Anzeichen der Neuerungen hätte erraten müssen.

»Ich gehe zum Infanterieausbildungszentrum.«

»Und dann?«

»Warte ich auf eine Abkommandierung«, sagte Gwatkin abrupt.

Er konnte nicht verbergen, dass er sich gedemütigt fühlte. Sein Mundwinkel zuckte leicht. Es erstaunte mich nicht, dass er traurig war. Mir fiel kein angemessener Kommentar ein, um ihm mein Mitgefühl auszudrücken. Gwatkin war die Kompanie weggenommen worden. Was konnte man dazu noch sagen? Er würde auf das Abschiebegleis des Regiments – das Infanterieausbildungszentrum – geschickt werden, von wo er wahrscheinlich zu einem Verwaltungsbataillon abkommandiert würde, wo er Soldaten für die vordersten Linien zu rekrutieren hätte. Seine Karriere als ein militärisches Musterbeispiel war an ihr Ende gelangt, nicht vielleicht aber seine Visionen als Mönch des Krieges, nachdem die Echos und Träume von Kampfeinsätzen verblasst waren. Vielleicht bekam Gwatkin erneut eine Kompanie, vielleicht aber auch nicht. Seine Leistungen als Hauptmann der Landwehr waren beträchtlich gewesen, so dass er nicht, wie die für Notfälle ernannten Offiziere, degradiert werden konnte. Hauptmann zu sein war jedoch nicht in jeder Hinsicht ein Vorteil für jemanden, der hoffte, eine solche Katastrophe wieder reparieren zu können. Ein nicht zu degradierender Hauptmann konnte sich in irgendeiner Sackgasse wiederfinden, wo, der Konvention entsprechend, drei Sterne erforderlich waren – als Adjutant auf einem Schiff zum Beispiel oder wie Pinkus auf Castlemallock. Das würde kein erstrebenswertes Schicksal für einen Stendhal'schen Helden sein, für einen Mann, den es nach einer romantischen Karriere unter Waffen verlangte, für die Sorte von Mensch, für die ich Gwatkin noch einige Monate zuvor gehalten hatte; bei Stendhal, so überlegte ich, würde ein solches Schicksal böswilliger politischer Intrige zugeschrieben werden, dem Werk von ›Ultras‹ oder Freimaurern.

»Ihr könnt jetzt beide abtreten«, sagte Gwatkin mit gespielter Fröhlichkeit. »Ich werde die Papiere für dich in Ordnung bringen, Idwal. Wir können sie morgen zusammen durchgehen.«

»Wie steht es mit dem Vorschusskonto?«, fragte Kedward.

»Ich werd es auf den neuesten Stand bringen.«

»Und den anderen Konten der Kompanie?«

»Auch die.«

»Ich erwähn das nur, Rowland, weil du manchmal mit denen ein wenig in Rückstand bist. Ich möchte nicht viel Zeit mit Papierkram verschwenden müssen. Es gibt auch ohne den noch zu viel bei der Kompanie zu erledigen.«

»Wir werden alles überprüfen.«

»Ist das Maschinengewehr schon zurückgegeben worden, das wir der Gasabwehrschule geliehen haben?«

»Noch nicht.«

»Ich wünsche, dass es in aller Form übergeben worden ist, ehe ich den Waffenbestand der Kompanie abzeichne.«

»Natürlich.«

»Dann ist da die Beförderung von Unteroffizier Rosser.«

»Was ist mit ihr?«

»Hast du dich entschieden, ihn zu befördern?«

»Ja.«

»Hast du es ihm schon gesagt?«

»Noch nicht.«

»Dann sag's ihm auch nicht, Rowland.«

»Warum nicht?«

»Ich möchte mehr über Rosser wissen, ehe ich entscheide, ob er den dritten Streifen kriegen kann«, sagte Kedward. »Ich werde weiter darüber nachdenken.«

Gwatkins Gesicht nahm eine Spur mehr Farbe an. Wir erlebten gerade eindringliche Hinweise darauf, dass sich Kedwards Position geändert hatte. Ich war selbst ein wenig erstaunt über die Art und Weise, in der Kedward die Führung der Kompanie als sein unbestreitbares Recht akzeptierte. Einerseits hätte er im Hinblick auf die Übernahme sehr wohl mehr Takt zeigen, zumindest mit solchen Fragen warten können, bis sie gemeinsam die Unterlagen durchgehen würden; andererseits war es – nach Gwatkins eigener Definition – seine Aufgabe als designierter Kompanieführer, alles im besten Interesse der Kompanie zu arrangieren, und nicht höflich zu sein oder die Gefühle Gwatkins zu schonen. Dennoch, Gwatkin mochte es überhaupt nicht, in einer solchen Weise behandelt zu werden. Er klopfte mit den Knöcheln auf die Decke über dem Behelfstisch und spielte mit seinem Lieblingssymbol, dem Gummistempel. Er fühlte sich tief gedemütigt, hatte sich aber ganz unter Kontrolle.

»Ich möchte jetzt allein sein, Jungs«, sagte er.

Er begann, Papiere zu ordnen. Kedward und ich zogen uns zurück. Wir gingen zusammen den Korridor entlang, Kedward tief in Schweigen versunken.

»Das hat Rowland ziemlich hart getroffen«, sagte ich.

Kedward schien überrascht.

»Dass er die Kompanie verloren hat?«

»Ja.«

»Glaubst du wirklich?«

»Ja, sicher.«

»Er muss es doch kommen gesehen haben.«

»Das hat er nicht einen Moment lang erwartet, glaub ich.«

»Rowlands Effizienz hat in der letzten Zeit stark nachgelassen«, sagte Kedward. »Das musst du doch auch bemerkt haben.

Du hast doch selbst gesagt, dass etwas nicht stimmt, als du von dem Kurs in Aldershot zurückkamst.«

»Irgendwie hab ich nicht gedacht, dass es so schlimm um ihn stand.«

»Die Kompanie muss gründlich überholt werden«, sagte Kedward. »Es gibt ein oder zwei Punkte, die ich auch bei deinem eigenen Zug geändert sehen möchte, Nick. Er ist weit davon entfernt, zufriedenstellend zu sein. Ich hab bemerkt, dass es ihnen an Zackigkeit fehlt, wenn sie von den Übungen zurückmarschiert kommen. Daran lässt sich immer gut ablesen, was mit den Männern los ist. Sie sind auch bei den Schießübungen der schlechteste der drei Züge. Du wirst dem Schießstand besondere Aufmerksamkeit widmen müssen. Und noch eins, Nick, was dein eigenes Äußeres angeht. Sieh zu, dass dein Gasabwehr-Cape richtig gefaltet ist. So wie du es gemacht hast, entspricht es nicht den Vorschriften.«

»Ich werd mich um all das kümmern, Idwal. Wen kriegst du als neuen Leutnant?«

»Lyn Craddock. Er wird dir natürlich vorgesetzt sein. Ich glaube, Lyn wird mir helfen, die Kompanie auf Vordermann zu bringen.«

»Wann wirst du deine Sterne bekommen?«

»Montag. Übrigens, hab ich dir schon erzählt, dass auch Yanto Breeze zum Hauptmann gemacht werden soll – in der Verkehrsüberwachungskompanie? Ich hab's erst heute Nachmittag von einem der Fahrer gehört, der ein paar Sachen hierhergebracht hat. Es ist nicht das Gleiche, wie eine Kompanie in einem Bataillon zu kriegen, aber es ist immerhin eine Beförderung.«

»Weiß Rowland das mit Yanto?«

»Ich hatte es ihm gerade gesagt, als du ins Kompaniebüro kamst – sagte ihm, wie komisch es sei, dass zwei seiner Leutnants im gleichen Moment zum Hauptmann ernannt würden.«

»Wie hat Rowland das aufgenommen?«

»Er schien nicht besonders interessiert zu sein. Rowland hat

Yanto nie gemocht. Ich weiß nicht, ob diese ganze Sache mit seiner Schwester ihn noch wurmte. Also, Nick, weißt du was?«

»Ja?«

»Ich werd heut Abend schreiben und die Hochzeit für meinen nächsten Heimaturlaub arrangieren.«

»Und wann wird das sein?«

»Dass ich die Kompanie kriege, hat vielleicht eine Verschiebung zur Folge. Aber selbst dann wird es nicht mehr lange dauern. Übrigens, ich hab ein neues Foto von meiner Braut bekommen. Möchtest du es sehen?«

»Natürlich.«

Wir sahen uns das Foto an.

»Sie hat ihr Haar verändert«, sagte Kedward.

»Ja, das stimmt.«

»Ich bin mir nicht sicher, ob ich die neue Frisur mag«, sagte er.

Dennoch, er gab der Fotografie ihren Routinekuss, ehe er sie wieder wegsteckte. Seine Beförderung, seine Braut, die in Aussicht stehende Hochzeit – das alles war für Kedward etwas Selbstverständliches und nicht, wie es für Gwatkin gewesen wäre, ein wahr gewordener Traum. Als Gwatkin die Kompanie erhielt, muss ihm das als der erste wichtige Schritt in einer glorreichen Karriere erschienen sein, und als er zum ersten Mal Maureen ausführte, war das für ihn der Beginn einer ebenso glorreichen Romanze. Kedward nahm zwar den höheren Rang mit Enthusiasmus an, aber er verspürte nicht die leiseste Anwandlung von militärischer oder sonstiger Romantik. Wie Moreland gesagt hätte, alles hängt nur davon ab, wie man die Dinge betrachtet. Wir gingen durch die Eingangshalle. Emmot, der Kellner der Offiziersmesse, erschien in einem Türeingang. Die ganze Bithel-Affäre hatte ihn stark aufgeheitert. Er sah aus wie ein absolut neuer Mensch. Man konnte kaum glauben, dass er noch vor wenigen Wochen wie ein Kind geschluchzt hatte.

»Sie werden am Telefon verlangt, Sir«, sagte er und grinste, als ob er und ich über das Komische an dem Bithel-Zwischenfall größtenteils einer Meinung seien. »Ihre Einheit.«

Ich ging zum Telefon in dem Zimmer des diensthabenden Offiziers.

»Jenkins hier.«

Es war der Adjutant.

»Bleiben Sie einen Moment am Apparat«, sagte er.

Ich blieb am Apparat. Am anderen Ende der Leitung begann Maelgwyn-Jones mit jemandem im Ordonnanzzimmer zu reden. Ich wartete. Schließlich meldete er sich wieder.

»Wer ist da?«

»Jenkins.«

»Was wollen Sie?«

»Sie haben nach mir verlangt.«

»Was war es noch? Ach ja. Hier ist die Meldung. Fähnrich Jenkins. Sie werden sich bis morgen, siebzehn Uhr, im Zimmer des Stellvertretenen Assistenten des Generaladjutanten im Divisionshauptquartier melden. Sie werden Ihre ganze Ausrüstung mitnehmen.«

»Wissen Sie, was ich da tun soll?«

»Keine Ahnung.«

»Für wie lange?«

»Davon hab ich auch keine Ahnung.«

»Was ist der Name des SAGA?«

»Mir auch nicht bekannt. Er ist neu ernannt worden. Der alte Breitarsch wurde in den Ruhestand versetzt.«

»Wie komme ich zum Divisionshauptquartier?«

»Ein Wagen mit Leuten, die Krankenhausbehandlung brauchen, fährt morgen da rauf. Ich werd ihm sagen, er soll Sie auf dem Weg in Castlemallock abholen. Ich nehme an, Sie haben von gewissen Veränderungen in Ihrer Kompanie gehört?«

»Ja.«

»Genau genommen hätte Ihnen dieser Befehl von mir durch Ihren Kompanieführer erteilt werden sollen, aber ich dachte, um Verwirrungen zu vermeiden, sage ich es Ihnen lieber direkt. Es gibt auch noch einen anderen Grund, warum ich mit Ihnen persönlich sprechen wollte. Falls der neue SAGA ein zugänglicher Mann ist, finden Sie doch heraus, was das für ein Nachrichtendienstkurs ist, an dem ich teilnehmen soll. Und dann, wie es mit den zwei Offizieren steht, die uns als Verstärkung versprochen worden sind. Verstanden?«

»Verstanden.«

»Berichten Sie das, was ich Ihnen gerade über Sie gesagt habe, sofort den beiden betreffenden Offizieren – Rowland und Idwal. Sagen Sie ihnen, sie werden es morgen schriftlich bekommen. Verstanden?«

»Ja.«

Maelgwyn-Jones hängte ein. Ich würde also Castlemallock verlassen. Ich hörte diese Nachricht ohne Bedauern, obwohl in der Armee – wie in der Liebe – Veränderungen stets auch mit Befürchtungen einhergehen. Ich kehrte zu Kedward zurück und berichtete ihm, was mit mir geschehen werde.

»Verlässt du uns sofort?«

»Morgen.«

»Was wirst du bei der Division tun?«

»Keine Ahnung. Es könnte auch nur vorübergehend sein, nehme ich an. Vielleicht komme ich ja wieder.«

»Das nicht, wenn du einmal weg bist.«

»Glaubst du nicht?«

»Wie ich dir früher schon mal gesagt habe, Nick, du bist ein bisschen alt für einen Fähnrich in einer Kampfeinheit. Ich möchte meine Kompanie beweglicher machen. Ich war sowieso ein wenig in Sorge, dich am Hals zu haben, ehrlich gesagt.«

»Also, darüber brauchst du dir jetzt nicht länger Sorgen zu machen, Idwal.«

Ich hatte mit diesen Worten nichts anderes beabsichtigt als die bloße Feststellung einer Tatsache. Nicht mehr und nicht weniger. Sie beinhaltete auch nicht den leisesten Widerhall einer Bissigkeit meinerseits angesichts der Offenheit, mit der er mich als einen Bilanzposten von mehr als zweifelhaftem Wert behandelte. Für Kedward waren die Realitäten das, was zählte. Es spricht viel für Menschen, die sich von diesem Prinzip leiten lassen, vorausgesetzt, sie verlieren nie aus den Augen, dass die sogenannten Realitäten in der Regel nur einen kleinen Teil des Bildes darstellen. Diesmal jedoch stimmte ich, was meinen Weggang betraf, völlig mit Kedwards Ansichten überein; und der Gedanke, das Bataillon zu verlassen, stimulierte mich sogar in gewisser Weise.

»Am besten ist, du sagst es Rowland sofort.«

»Das tue ich jetzt.«

Ich ging zurück zum Kompaniebüro. Gwatkin war von Papieren umgeben. Es sah aus, als sei er dabei, eine ganze Armee im Feld zu übergeben statt einer Kompanie, die den Sonderauftrag hatte, für die Sicherheit einer Einrichtung zu sorgen. Er warf mir einen ärgerlichen Blick zu, als ich durch die Tür trat und so seinen Befehl, ihn nicht zu stören, missachtete. Ich wiederholte Maelgwyn-Jones' Worte. Gwatkin schob seinen Stuhl zurück.

»Du verlässt also auch das Bataillon, Nick?«

»Der Adjutant hat nicht gesagt, für wie lange.«

»Du wirst nicht zurückkommen, wenn du zur Division gehst.«

»Das hat Idwal auch gemeint.«

»Was könnte es sein? Sie würden dir kaum einen Posten im Stab geben. Wahrscheinlich so etwas wie Bithel. Ich höre, der geht zur Feldwäscherei. Das muss der Bataillonskommandeur so gedreht haben.«

Ich erkannte, dass sogar Bithels neues Kommando Gwatkin jetzt, wo er selbst zum Infanterieausbildungszentrum geschickt wurde, schmerzlich berührte. Mein eigener unerklärter Weggang war kaum weniger beunruhigend für ihn. Er runzelte die Stirn.

»Das muss Teil einer allgemeinen Umstrukturierung sein«, sagte er. »Auch Hauptfeldwebel Cadwallader verlässt das Bataillon.«

»Warum geht denn der Hauptfeldwebel?«

»Aus Altersgründen. Ich versteh nicht, warum Maelgwyn-Jones deinen Befehl nicht zuerst zu mir geschickt hat.«

»Er sagte, er spräche mich persönlich an, weil er mir einige Fragen erklären wolle, die ich an den neuen SAGA richten soll.«

»Er hätte das über mich tun sollen.«

»Er sagte, du würdest es morgen schriftlich kriegen.«

»Wenn der Adjutant den korrekten Dienstweg ignoriert, dann weiß ich nicht, was er von anderen Offizieren erwartet«, sagte Gwatkin.

Er lachte, als ob ihm der Gedanke einige Erleichterung verschaffe, dass sich die ganze Struktur der Kompanie, so wie wir beide sie gekannt hatten, nun aufgelöst habe und nicht sozusagen unversehrt den Erneuerungen Kedwards übergeben werde. Es konnte kein Zweifel daran bestehen, das erkannte ich jetzt, dass Gwatkin fast jeden anderen anstelle Kedwards als seinen Nachfolger vorgezogen hätte.

»Idwal wird Phillpots oder Parry als Ersatz für dich kriegen, vermute ich«, sagte er.

Er begann wieder, in seinen Papieren herumzublättern. Ich wollte gerade gehen, als Gwatkin plötzlich aufblickte.

»Hast du heute Abend was Besonderes vor?«, fragte er.

»Nein.«

»Lust auf einen kleinen Spaziergang im Park?«

»Nach dem Abendessen?«

»Ja.«

»Gut.«

Ich verließ ihn, um zu packen und um weitere Vorbereitungen für meinen Weggang am folgenden Tag zu treffen. Gwatkin kam verspätet zum Abendessen. Ich saß schon wieder im Vorraum, als er sich schließlich zu mir gesellte.

»Sollen wir gehen?«

»Gut.«

Wir verließen das Haus über die Treppe, die zu dem führte, was von dem Rasen noch übriggeblieben war, dessen Grasfläche jetzt kreuz und quer von Pfaden durchzogen wurde, die die Soldaten bei ihren Abkürzungen getreten hatten. Buschwerk trennte den Garten vom Park. Als wir die Bäume erreicht hatten, schlug Gwatkin den Weg ein, der zu ›Lady Caros Tal‹ führte. Nach der Hitze des Nachmittags war dieses Waldstück wunderbar kühl und friedlich. Wir hatten Vollmond, und der Himmel war fast so hell wie am Tag. Jetzt, da ich im Begriff war, Castlemallock zu verlassen, bedauerte ich, so wenig Zeit in dem Park verbracht zu haben. Ich kannte nur die unmittelbare Umgebung des Hauses. Vielleicht hätten häufige Besuche seiner Waldstücke und Lichtungen nur die Melancholie erhöht, von der dieser Ort durchdrungen war.

»Weißt du, Nick«, sagte Gwatkin, »obwohl die Kompanie alles für mich bedeutete, ist es doch der Befehl, dass ich das Bataillon verlassen muss, der mir den eigentlichen Schlag versetzt hat. Natürlich, die Übungsmethoden am IAZ sind auf dem neuesten Stand; ich hab Gelegenheit, die modernsten Waffen und Taktiken gründlich kennenzulernen – nicht nur mich oberflächlich mit ihnen vertraut machen und dann ihre Anwendung erklären, wie wir es hier müssen.«

Ich wusste nicht, was ich darauf antworten sollte, aber Gwatkin wollte sich nur etwas von der Seele reden. Er erwartete keine Antworten.

»Idwal ist jetzt sehr glücklich und zufrieden mit sich«, sagte er. »Er wird schon sehen, was es heißt, Hauptmann zu sein. Vielleicht ist es gar nicht so leicht, wie er glaubt.«

»Idwal hat ohne Zweifel Gefallen an der Vorstellung, Kompanieführer zu sein.«

»Und dann ist da Maureen«, sagte Gwatkin. »Das bedeutet, dass ich sie verlassen muss. Das war's, worüber ich mit dir sprechen wollte.«

Ich hatte vermutet, dass das der Grund für unseren Spaziergang im Park war.

»Wenigstens hast du Zeit, dich von ihr zu verabschieden.«

Das klang nicht gerade wie ein Trost. Ich dachte, er könne

froh sein, Maureen loszuwerden, wenn sie ihn wirklich so sehr beunruhigte, wie es den Anschein hatte; aber es ist leicht, kluge Ansichten über die Liebesbeziehungen anderer Menschen zu haben. Das ist oft nur ein Zeichen dafür, dass man ihre Stärke oder Komplexität nicht verstanden hat.

»Ich werde morgen versuchen, zu ihr zu gehen«, sagte er, »und abends mit ihr auszugehen.«

»Hast du sie in der letzten Zeit häufig getroffen?«

»Ziemlich häufig.«

»Es ist einfach Pech.«

»Ich weiß, ich hab mich verdammt lächerlich gemacht«, sagte Gwatkin, »aber ich weiß nicht, ob ich es anders machen würde, wenn ich noch mal anfangen könnte. Wie auch immer, es ist noch nicht vorbei.«

»Was ist noch nicht vorbei?«

»Maureen.«

»Inwiefern?«

»Nick ...«

»Ja?«

»Sie hat so gut wie zugestimmt zu – du weißt schon ...«

»Wirklich?«

»Ich glaub, wenn es mir gelingt, sie morgen zu treffen – aber ich will nicht darüber reden. Sie kann sich nicht entscheiden, weißt du. Ich verstehe das.«

Mir fiel Dicky Umfravilles Kommentar ein: »Heute Nacht nicht, Liebling, denn ich liebe dich nicht genug – heute Nacht nicht, Liebling, denn ich liebe dich zu sehr ...« Es hörte sich an, als ob Gwatkin reichlich von solcher Art von Einwänden abbekommen habe. Während wir durch den Park gingen, sprang seine Aufmerksamkeit unaufhörlich von einem Aspekt seiner Ärgernisse zu einem anderen.

»Wenn ich beim IAZ bin, und es gibt eine Invasion«, sagte er, »werde ich wenigstens näher an den Kampfhandlungen sein als hier. Ich glaub nicht, dass die Deutschen es mit diesem Land hier versuchen, du etwa? Es würde zwar nicht schwierig sein, hier zu landen, aber das würde bedeuten, dass sie nach ihrer Ankunft eine weitere Operation aufbauen müssten.«

»Kaum der Mühe wert, würde ich meinen.«

»Idwal brauchte nicht lange, um sich an die Vorstellung zu gewöhnen, dass er die Kompanie zu führen hat.«

»Ganz gewiss nicht.«

»Erinnerst du dich daran, dass ich mal gesagt habe, dass, was wir gute Manieren nennen, nichts sei als eine Form von Schwäche?«

»Sehr gut sogar.«

»Ich denke, wenn das stimmt, dann hatte Idwal Recht, so zu sprechen, wie er es getan hat.«

»Es spricht viel dafür, direkt zum Punkt zu kommen.«

»Aber das habe ich immer versucht zu tun, seitdem ich in der Armee bin«, sagte Gwatkin. »In meinem Fall scheint es jedoch nicht gewirkt zu haben. Hier bin ich nun und werde als ein Blindgänger zum IAZ zurückgeschickt. Es ist nicht so, dass ich nicht leidenschaftlich dabei gewesen wäre oder in irgendeiner Weise gleichgültig war – außer, ich weiß, bei der Sache mit den verdammten Kennwörtern – aber andere Leute bauen doch auch mal Mist.«

Er sprach ohne Selbstmitleid, drückte nur seinen Mangel an Verständnis aus, sein tiefes Verlangen, die Antwort zu hören, warum in seinem Fall die Dinge so schiefgelaufen waren. Es würde keinen Zweck haben, es ihm zu erklären. Ich war mir nicht einmal sicher, dass ich selbst eine Erklärung wusste. Alles, was Gwatkin gesagt hatte, stimmte. Er hatte hart gearbeitet; war in vieler Hinsicht ein ganz guter Offizier; war sich sogar solcher moralischen Aspekte des militärischen Lebens wie der Tatsache bewusst, dass die Armee eine Welt des Willens ist und dass, entsprechend, wenn der Wille schwach ist, auch die Armee es ist. Was ich jedoch erkennen konnte, war, dass einer seiner Irrtümer, die ihn so verwundbar machten, in der Annahme lag, dass Manieren, seien sie nun gut oder schlecht, irgendetwas mit dem Willen als solchem zu tun hatten.

»Ich hab die Kompanie sehr gern befehligt«, sagte Gwatkin. »Macht dir dein Zug keine Freude, Nick?«

»Vielleicht hat er das mal. Ich weiß es nicht. Es ist jetzt zu spät. Das ist sicher. Dreißig Soldaten geben mir nur ein Gefühl der Verantwortung, ohne aber auch nur im Geringsten das kompensatorische Gefühl der Macht zu vermitteln. Nur muss man sich immerwährend um sie kümmern.«

»Denkst du das wirklich?«, fragte er erstaunt. »Als der Krieg ausbrach, faszinierte mich der Gedanke, dass ich vielleicht Männer in den Kampf führen würde. Ich nehme an, dass das immer noch möglich ist. Dies hier ist vielleicht nur ein vorübergehender Rückschlag.«

Er lachte ein unglückliches Lachen. In der Zwischenzeit hatten wir ›Lady Caros Tal‹ erreicht, eine Lichtung, die von einer Art Buschwerk eingeschlossen war. An einer Seite war ein großer Steinsitz angebracht, an dessen beiden Enden ornamentale Urnen auf Säulenplatten standen. Ganz plötzlich begann jemand zu singen.

»Arm in Arm mit dir vereint,
So wie wir einst waren,
Seit' an Seit' mit dir zu geh'n,
Bedeutete mir alles auf der Welt ...«

Es war eine Männerstimme, eine vertraute Männerstimme. Das Lied, das an altmodische Varietétheater-Melodien von fünfzig Jahren zuvor erinnerte, stammte in Wirklichkeit aus der Gegenwart und war, vielleicht wegen seines nostalgischen Klangs und Rhythmus, bei unseren Männern beliebt. Das Singen hörte abrupt auf. Eine Frau begann zu kichern und zu quieken. Gwatkin und ich hielten an.

»Einer unserer Männer?«, fragte er.

»Ich meine, er hörte sich an wie Unteroffizier Gwylt.«

»Ich glaube, du hast Recht.«

»Lass uns nachsehen.«

Wir gingen über einen schmalen Pfad zwischen den Büschen um die Lichtung herum und schritten leise durch das sie umgebende Unterholz. Auf dem Steinsitz lagen ein Soldat und eine Frau ausgestreckt in einer langen Umarmung. Der Arm des Soldaten trug zwei weiße Streifen. Der gewaltige Hinterkopf war unverwechselbar der von Unteroffizier Gwylt. Wir sahen einen Moment lang zu. Plötzlich zuckte Gwatkin zusammen. Er holte tief Luft.

»Mein Gott«, sagte er sehr ruhig.

Er begann sehr vorsichtig, sich einen Weg zurück durch die Büsche und Lorbeersträucher zu bahnen. Ich folgte ihm. Mir war zuerst nicht bewusst, warum er so schnell wegging, und auch nicht, dass er wegen etwas bestürzt war. Ich dachte, sein Ausruf sei einem Kratzer durch Dornen zuzuschreiben, oder dass er sich an einen zusätzlichen Punkt erinnert hatte, den er noch erledigen musste, ehe er die Kompanie übergab. Als wir die unmittelbare Umgebung der Lichtung hinter uns gelassen hatten, begann er schnell zu gehen. Er sprach nicht, bevor wir auf dem Pfad waren, der zu dem Haus führte.

»Hast du gesehen, wer die Frau war?«

»Nein.«

»Maureen.«

»Großer Gott, wirklich?«

Ich wusste absolut nicht, wie ich das kommentieren sollte. Es verschlug mir noch mehr die Sprache als die Neuigkeit, dass Gwatkin in seinem Kommando abgelöst worden war. Wenn man in eine Frau verliebt ist – und Gwatkin war ohne Zweifel verliebt –, kann man sie erkennen, selbst wenn sie meilenweit entfernt ist. Die Tatsache, dass ich selbst Maureen in dem Abendlicht nicht identifiziert hatte, beeinträchtigte Gwatkins Gewissheit nicht im Geringsten. Man konnte davon ausgehen, dass seine Feststellung korrekt war.

»Unteroffizier Gwylt«, sagte er, »ist das zu glauben?«

»Es war Gwylt, das ist sicher.«

»Was hältst du davon?«

»Da gibt es nichts zu sagen.«

»Mit ihm da so zu liegen.«

»Sie hielten sich zweifellos umschlungen.«

»Also, sag jetzt was.«

»Gwylt sollte mehr zu Mithras beten.«

»Was meinst du damit?«

»Du weißt doch – das Gedicht von Kipling – ›halte uns rein bis zur Dämmerung des Morgens‹.«

»Mein Gott«, sagte Gwatkin, »du hast verdammt Recht.«

Er begann zu lachen. Das war einer der Momente, in denen ich das Gefühl hatte, nicht falsch zu liegen, wenn ich meinte, er habe einen gewissen Stil. Als wir das Haus erreichten, trennten wir uns, ohne dass einer von beiden noch etwas gesagt hätte, obwohl Gwatkin hin und wieder laut aufgelacht hatte. Ich stieg die wackelige Treppe des Pferdestalls hinauf. In dem Schlafzimmer war das Licht ausgeschaltet und die Verdunklung von dem Fenster genommen, durch das das Mondlicht auf den Fußboden schien. Gewöhnlich bedeutete das, dass Kedward schon schlief. Doch als ich durch die Tür trat, setzte er sich in seinem Bett auf.

»Du bist spät dran, Nick.«

»Ich bin noch mit Rowland im Park spazierengegangen.«

»Ist er sauer?«

»Nur ein bisschen.«

»Ich konnte nicht einschlafen«, sagte Kedward. »Ist mir noch nie passiert. Ich vermute, es ist, weil ich mich so verdammt freue, das Kommando über die Kompanie zu kriegen. Ich hab dauernd neue Ideen, wie ich sie führen werde. Ich dachte, ich werde wahrscheinlich Phillpots oder Parry als Ersatz für dich kriegen, da du ja jetzt zur Division gehst.«

»Mit Phillpots kann man sehr gut zusammenarbeiten.«

»Parry ist der bessere Offizier«, sagte Kedward.

Er drehte sich um und schlief bald ein, vermute ich, trotz dieser Aufregungen, die ihm die Aussicht auf Macht verursachte. Eine Zeitlang dachte ich noch über Gwatkin, Gwylt und Maureen nach, dann schlief auch ich ein. Am nächsten

Tag stand das Lebewohlsagen an. Ich unternahm es am Nachmittag.

»Ich höre, Sie verlassen auch das Bataillon, Hauptfeldwebel.«

»Das tue ich, Sir.«

»Ich nehme an, Sie bedauern es zu gehen.«

»Das tue ich, Sir, und dann auch wieder nicht. Schön, die Heimat wiederzusehen, das bestimmt, aber es braucht Beförderungen für diese jüngeren Männer, die vorwärtskommen müssen.«

»Wer wird Ihre Stelle einnehmen?«

»Das wird Feldwebel Humphries tun, glaube ich.«

»Ich hoffe, Humphries macht den Job so gut, wie Sie ihn gemacht haben.«

»Ach, also, Sir, Humphries ist ein guter Feldwebel, und er wird schon in Ordnung sein, glaube ich.«

»Vielen Dank für Ihre Hilfe.«

»Ach, es war ein Vergnügen, Sir …«.

Ehe Hauptfeldwebel Cadwallader noch mehr sagen konnte – und als ein Mann, der die Gelegenheit, bei einem Anlass wie einer Verabschiedung länger zu reden, bestimmt nicht leichtnahm, war er gewiss im Begriff, mehr, viel mehr zu sagen –, kam Unteroffizier Gwylt angerannt. Er grüßte flüchtig. Ich war offensichtlich nicht das Ziel seines Kommens. Er war zerzaust und außer Atem.

»Verzeihung, Sir, darf ich mit dem Hauptfeldwebel sprechen?«

»Tun Sie das.«

Gwylt konnte sich vor Empörung kaum im Zaum halten.

»Jemand ist eingebrochen und hat die Butter der Kompanie gestohlen, Hauptfeldwebel, und das Schloss ist ganz kaputt, und die Schnur ist vorne am Fleisch-Safe rausgerissen, wo sie gelagert war, und der Messe-Unteroffizier meint, es war wieder dieser Scheißkerl Sayce, der die Butter geklaut und verscherbelt hat, so wollen Sie sofort kommen und sich das ansehen, der

Messe-Unteroffizier meint, dass wir Sie als Zeugen brauchen, Hauptfeldwebel, wenn es eine Beweisaufnahme gibt, wie bei diesen Decken …«

Hauptfeldwebel Cadwallader verkürzte seine Rede auf ein paar Begleitworte zu einem bloßen »Auf Wiedersehen« und dem Drücken meiner Hand. Unter diesen Umständen hatte er keine andere Wahl. Er schien enttäuscht, stellte jedoch, charakteristischerweise, die Pflicht selbst über das Vergnügen einer salbungsvollen Abschiedsrede. Er und Unteroffizier Gwylt eilten davon. Inzwischen war der Wagen, der mich zum Divisionshauptquartier bringen sollte, vorgefahren. Ein Feldwebel ließ die Männer, die zu medizinischen Behandlungen dorthin fuhren, antreten. Gwatkin erschien. Er war den ganzen Morgen beschäftigt gewesen, hatte aber versprochen, er werde kommen, um mir Lebewohl zu sagen. Wir sprachen ein paar Minuten über Angelegenheiten der Kompanie und die Veränderungen, die Kedward vorgeschlagen hatte. Gwatkin hatte wieder seine formale Art angenommen.

»Vielleicht erscheinst du dann ja auch beim IAZ, Nick«, sagte er, »auf dem Weg zu etwas Besserem, natürlich, aber es wird als Übergangsaufenthalt benutzt. Ich bin sicher, ich bin dann nicht mehr da, aber es wäre ein schönes Wiedersehen.«

»Vielleicht landen wir beide ja beim selben Stab«, sagte ich ohne große Ernsthaftigkeit.

»Nein«, sagte er in einem gewichtigen Ton, »ich werde niemals beim Stab sein. Das macht mir nichts aus. Das Einzige, das ich will, ist, meine soldatischen Pflichten anständig zu erfüllen.«

Er schlug mit dem Offiziersstock, den er bei sich trug, gegen seine Gamaschen. Dann änderte sich sein Ton.

»Ich hatte heute Morgen ein paar ziemlich schlechte Nachrichten von zu Hause«, sagte er.

»Du bist in einer Pechsträhne.«

»Mein Schwiegervater ist verschieden. Ich glaube, ich hab dir mal gesagt, dass er lange krank gewesen ist.«

»Ja, richtig. Mein Beileid. Bist du gut mit ihm ausgekommen?«

»Ziemlich gut«, sagte Gwatkin, »aber das bedeutet, dass Blodwens Mutter zu uns ziehen wird. Ich mag sie ganz gern, aber mir wäre lieber, das brauchte nicht zu sein. Hör mal, Nick, du wirst doch mit niemandem über gestern Abend sprechen?«

»Natürlich nicht.«

»Es war verdammt schrecklich.«

»Natürlich.«

»Aber es war mir eine Lehre.«

»Man nimmt sich nie irgendwelche Lehren zu Herzen. Es ist nur das, was Leute so sagen – durch Erfahrung klug werden und so was alles.«

»Ach, aber ich nehme mir Lehren zu Herzen«, sagte er. »Was denkst du denn dann?«

»Dass man einfach von Zeit zu Zeit solche Schläge kriegt.«

»Das glaubst du?«

»Ja.«

»Du glaubst wirklich, dass jedem mal so etwas zustößt?

»Auf verschiedene Weise.«

Gwatkin dachte einen Moment lang darüber nach.

»Ich weiß nicht«, sagte er, »ich muss immer denken, das ist nur passiert, weil ich so ein verdammter Idiot war – die Sache mit Maureen und auch, dass ich Mist mit der Kompanie gebaut hab. Ich dachte, wenigstens tauge ich etwas als Soldat, aber ich lag verdammt falsch.«

Mir fiel Pennistone wieder ein und sein Verweis auf de Vigny.

»Ein französischer Schriftsteller, der ein Berufssoldat war, sagte, dass es die Langeweile sei, die das Soldatsein wirklich ausmache. Der Glamour, wenn man das so nennen wolle, sei, wenn man ihn erfährt, nur ein kleines Stück außergewöhnlichen Gückhabens.«

»Wirklich?«, sagte Gwatkin.

Er sagte das ohne eine Spur von Interesse. Mir wurde zum

zehntausendsten Mal wieder die Tatsache bewusst, dass die Literatur nur das Leben jener erhellt, für die Bücher eine Notwendigkeit sind. Bücher sind unkonvertierbare Schätze, die nur an die weitergegeben werden können, die sie schon besitzen. Ehe ich zu einem Entschluss kam, ob es wert sei, eine letzte Anstrengung zu unternehmen, ihm de Vignys Standpunkt klarzumachen, oder ob die so aufgewandte Energie nur zu einer Verschwendung sowohl von Gwatkins als auch meiner Zeit führen würde, kam Kedward über den Hof.

»Rowland«, sagte er, »komm bitte sofort zum Küchenhaus. Es ist eine ernste Angelegenheit.«

»Was ist passiert?«, fragte Gwatkin, ärgerlich über diese Unterbrechung.

»Die Butter der Kompanie ist verscherbelt worden. Soweit ich sehen kann, waren die Lagerverhältnisse ziemlich unsicher. Ich möchte, dass du dabei bist, wenn ich die Dinge mit dem Hauptfeldwebel und dem Messe-Unteroffizier überprüfe. Außerdem, die Galantine, die gerade geliefert wurde, ist schlecht. Ihre Entsorgung muss von einem Offizier genehmigt werden. Ich muss diese Butter-Geschichte klarstellen, bevor ich irgendetwas anderes tun kann. Nick, kannst du da hingehen und das mit der Galantine abzeichnen? Ist nur 'ne Formsache. Sie steht gleich hinter den Waschräumen.«

»Nick ist gerade auf dem Weg zum DivHQ«, sagte Gwatkin.

»Ach wirklich, Nick?«, sagte Kedward, »also dann, alles Gute. Aber du wirst doch vorher noch das mit der Galantine abzeichnen, oder?«

»Natürlich.«

»Auf Wiedersehen, dann.«

»Auf Wiedersehen, Idwal, und alles Gute.«

Kedward schüttelte mir hastig die Hand; während er hin zum Schauplatz des Butterraubs eilte, sagte er noch: »Mach nicht zu lange, Rowland.«

Auch Gwatkin schüttelte mir die Hand. Er lächelte seltsam, so als ob es ihm schwach dämmere, dass es sinnlos war, gegen das Schicksal anzukämpfen, das, vom richtigen Standpunkt aus besehen, fast immer für eine gewisse Schönheit im Lebensentwurf sorgt, und manchmal sogar für ein gelegentliches herzhaftes Lachen.

»Ich überlasse dich deiner Galantine, Nick«, sagte er. »Alles Gute.«

Ich vollführte zum letzten Mal für ihn den militärischen Gruß, denn ich meinte, dass er das verdient habe. Gwatkin schritt davon. Er sah eine Spur absurd aus mit seinem dünnen Schnurrbart, aber irgendwie war er weit mehr als das. Ich ging in die andere Richtung, dorthin, wo das Zertifikat zum Begräbnis der Galantine auf meine Unterschrift wartete. Eine sengende Sonne brannte hernieder. Für diese, meine letzte Amtshandlung auf Castlemallock hatte Unteroffizier Gwylt in Vertretung des Messe-Unteroffziers, der anderweitig mit der Untersuchung des Butter-Zwischenfalls beschäftigt war, den immensen Klumpen Galantine in ihrer Verpackung auf eine Art Tragbahre platziert, so dass sie aussah wie ein Leichnam in einer Totenhalle. Neben die Galantine hatte er einen Federhalter und das entsprechende Armeeformular gelegt.

»Oh, die Galantine riecht wirklich ganz furchtbar, Sir«, sagte er. »Unterzeichnen Sie das Papier, ohne an ihr zu riechen, würde ich Ihnen raten, Sir.«

»Ich will lieber sichergehen.«

Ich beugte mich vorsichtig hinunter und richtete mich schnell wieder auf. Unteroffizier Gwylt hatte absolut Recht gehabt. Der Geruch war erschreckend, unbeschreiblich. Ähnlich wie auf der »Potemkin«, dachte ich, und ich meinte, ich müsse mich erbrechen. Nachdem ich mehrere Male tief Luft geholt hatte, setzte ich meinen Namen unter das Dokument und bestätigte damit die Verwesung des Tierprodukts.

»Ich gehe jetzt fort, Unteroffizier Gwylt. Ich gehe rauf zur Division. Ich möchte mich verabschieden.«

»Sie verlassen die Kompanie, Sir?«

»Das tue ich.«

Die Art des Bataillons zu reden hatte schon auf mich abgefärbt.

»Das bedauere ich, Sir. Alles Gute für Sie. Ich nehme an, es wird schön sein bei der Division.«

»Ich hoffe es. Treiben Sie es nicht zu wild mit den Frauen.«

»Ach diese Frauen, Sir, die lassen einen doch nie in Frieden, oder?«

»Sie müssen die Frauen aufgeben und einen dritten Streifen kriegen. Dann werden Sie wie der Hauptfeldwebel und denken nicht länger an Frauen.«

»Das werd ich tun, Sir. Es wird auch besser sein, obwohl ich nicht ein Mann wie der Hauptfeldwebel sein werde. Ich hab nicht seine Höhe. Aber glauben Sie ja nicht, der Hauptfeldwebel mag keine Frauen. Der tut nur so. Ich weiß, die tun was in unseren Tee, damit wir sie nicht wollen, aber das wirkt nicht bei Jungs wie mir, scheint es, und beim Hauptfeldwebel auch nicht.«

Wir schüttelten uns die Hände. Jeder Versuch, die uralte Soldatenlegende von dem Beruhigungsmittel im Tee zu unterminieren, wäre genauso vergeblich gewesen, wie Gwatkin über de Vigny zu belehren. Ich kehrte zu dem Wagen zurück und kletterte auf den Sitz neben dem Fahrer. Wir rumpelten durch den Park mit seinen traurigen, absterbenden Bäumen, seinen Byron'schen Assoziationen. In der Stadt sprach Maureen gerade mit ein paar Eckenstehern auf der Hauptstraße. Sie winkte und warf uns einen Kuss zu, als wir vorbeifuhren. Das war eher eine Routinegeste, dachte ich, als ein für mich schmeichelhaftes Zeichen dafür, dass sie mich wiedererkannt hatte, zumal sie in Richtung der Männer hinten auf dem Wagen zu blicken schien, die ihr irgendetwas zugerufen hatten. Diese begannen jetzt zu singen:

»Und sie trägt jetzt lila Strümpfe,
Hat den Tripper ganz gewiss,

Und sie ist Mickey McGilligans Tochter,
Mary-Anne …«

Es gab keine Dörfer in dem Land, das wir durchfuhren, und auch nur sehr selten eine Farm oder eine armselige Hütte. Eine Meile ähnelte der anderen, außer als wir einmal an zwei Steinsäulen vorbeifuhren. Die Elemente hatten ihnen stark zugesetzt. Auf ihren Kapitellen ruhten heraldische Tiere, die Schilder hielten. Es handelte sich um ein ehemaliges Eingangstor zu einem Landhaus. Die Greife, die Schilder und die Heraldik waren im Design des neunzehnten Jahrhunderts gehalten. Jetzt standen die Säulen, statt dem Zugang zu einem Park eine gewisse Würde zu verleihen, nackt in dem offenen Land, einsam inmitten weiter Felder: kein Tor, keine Mauer, keine Auffahrt, kein Park, kein Haus. Jenseits von ihnen erstreckte sich bis zum fernen Horizont heckenloses, grasüberwuchertes Ackerland, über dessen weite Flächen sich niedrige Mauern aus geschichteten Steinen wie die Abteilungen auf einem Schachbrett zu erheben begannen. Die Säulen markierten den Eingang zum Nirgendwo. Nichts war geblieben von dem, was einst ein Landgut war, außer jenen beschädigten, überladenen Wappen – Embleme wahrscheinlich irgendeines hohen Richters wie des ersten Castlemallocks, oder eines der Industriemagnaten, die ihm folgten. Auch hier hatte es keine Erben gegeben, oder nur solche, die es vorzogen, irgendwo anders zu leben. Ich konnte es ihnen nicht verdenken. Nord- oder Südirland – dieses Land war mir nicht sehr sympathisch. Dennoch, die Sonne schien, und ein Gefühl der Erleichterung erfüllte mich, dass es mir erspart blieb, das Problem der Kompaniebutter zu lösen oder meinen Zug zu einer Gasübung zu führen. Die Unterbrechung war nur vorübergehend, aber willkommen. Die Krankenhausgruppe hinten auf dem Wagen sang leise:

»Öffne nun die klare Quelle,
Die den heilend' Strom mir bringt:

Lass die Säul' aus Wolk' und Feuer
Führen mich auf meiner Reis':
Starker Heiland,
Starker Heiland,
Sei du stets mein Schild und Wehr ...«

Gwatkin, Kedward und die Übrigen schienen bereits in weiter Ferne. Ich trat nun in eine andere Phase meines Krieges ein. Inzwischen waren wir ein oder zwei Stunden gefahren. Das Land hatte langsam seinen Charakter geändert. Es erschienen jetzt mehr und mehr schäbige Häuser, dann die äußeren Vororte einer großen Stadt. Der Wagen fuhr eine lange, gerade Straße hinauf, die von trostlosen Häusern gesäumt wurde. Wir kamen an eine Kreuzung, wo sich ein halbes Dutzend Wege trafen, ein unheilvoller Ort, ähnlich dem, wo Ödipus, sich weigernd, den Weg freizugeben, seinen Vater erschlug, ein Platz wie geschaffen für Bürgerkrieg und Straßenkampf. Wir fuhren weiter und erreichten ein weniger desolates Wohngebiet. Hier hatte das Divisionshauptquartier zwei oder drei angrenzende Häuser belegt. Vor einem von diesen stand ein Militärpolizist Wache.

»Ich möchte zum Büro des SAGA.«

Ich wurde zum Schreibstuben-Feldwebel geführt. Niemand schien von meiner Ankunft unterrichtet zu sein. Der Wagen musste weiterfahren. Meine Ausrüstung wurde abgeladen. Von der Telefonzentrale aus wurde das Büro des SAGA konsultiert. Die Nachricht kam zurück, dass ich ›hinaufkommen‹ solle. Ein Schreibstuben-Soldat zeigte mir den Weg. Wir gingen Korridore entlang, an deren Türen Schilder mit Namen, Dienstgrad und Stellung der Bewohner angebracht waren. Auf einem von ihnen stand:

Generalmajor H. de C. Liddament, DSO, M.C.
Divisionskommandeur

Der Soldat verließ mich an einer Tür, an der noch der Name des früheren SAGA – des ›alten Breitarschs‹, wie Maelgwyn-Jones ihn genannt hatte – stand. Aus dem Innern des Zimmers erklang das monotone Gebrumm einer Stimme, die anscheinend einen endlosen Sprechgesang intonierte, der anstieg und absank, aber nie endete. Ich klopfte. Niemand antwortete. Nach einiger Zeit klopfte ich erneut. Wieder gab es keine Antwort. Dann trat ich ein und salutierte. Ein Offizier, der Majorskronen auf seinen Schultern trug, saß mit dem Rücken zur Tür und diktierte, während ein Schreiber mit Bleistift und Block die Briefe in Kurzschrift aufnahm. Der Rücken des SAGA war fett und gewölbt, im Nacken wulstete sich eine Fleischrolle.

»Einen Moment noch«, sagte er und wedelte mit der Hand durch die Luft, wandte sich aber nicht um.

Er fuhr mit dem Diktat fort, während ich dort stand.

»... Dementsprechend sind wir der Ansicht ... dass der Fall des fraglichen Offiziers – fügen Sie den Namen und die Personalnummer ein – angemessener unter Bezug auf die oben zitierten Armeeratsinstruktionen – fügen Sie den Verweis ein – behandelt würde – nein – reguliert würde, von denen Paragraf II, Absätze (d) und (f), und Paragraf XI, Absätze (b) und (h), ergänzt durch den Brief des Kriegsministerium AG 27/9852/73 vom 3. Januar 1940, die, wie es scheint, außergewöhnliche Fälle dieser Art in Erwägung ziehen ... Es muss gleichzeitig betont werden, dass dieser Verband in keiner Weise verantwortlich ist für den Zusammenbruch der Administration – nein, nein, das sag ich besser nicht – für gewisse routinemäßige Unregelmäßigkeiten, die sich anscheinend im Verlauf der Untersuchung dieses Falles ereignet haben, *vide* Seite 23, Paragraf 17, der Ergebnisse des Untersuchungsgerichts, und Paragraf VII des oben zitierten ARI, Absatz (e) – Unregelmäßigkeiten, die, so ist zu hoffen, bald von den betroffenen Behörden abgestellt werden ...«

Die Stimme – wie so viele diktierenden oder ermahnenden

Stimmen selbst während dieses frühen Stadiums des Krieges – hatte das Timbre und die Intonation von Churchills Radioansprachen angenommen: Verzerren der Konsonanten, rhythmische Betonungen und Dehnung der Silben. Die Nachahmung dieser Aussprache war, unter gewissen Umständen, bis hinunter auf die Ebene des Bataillons anzutreffen. Zum Beispiel fiel einem aufmerksamen Zuhörer gewiss auf, dass Gwatkins Ansprachen an die Kompanie in der letzten Zeit leicht von dem Stil eines nonkonformistischen Predigers zu der individualistischen Vortragsweise des Premierministers umgeschwenkt waren. Gwatkins Tiraden verloren dadurch nicht wenig von ihrem ansonsten traditionellen Charme. Falls wir den Krieg gewinnen, dachte ich, werden diese vollen, charakteristischen Töne ohne Zweifel wenigstens eine Generation lang nachhallen. Ich sann noch über dieses seltsame Phänomen nach, dass sich eine Sprechweise Menschen aufdrängen konnte, für die sie völlig unangemessen war, als der Schreiber seinen Block zusammenklappte und aufstand.

»Werden *Sie* diese unterzeichnen, Sir?«

»›Für den Generalmajor‹«, sagte der SAGA, »ich werde sie mit ›Für den Generalmajor‹ unterzeichnen.«

Er drehte sich in seinem Stuhl um.

»Wie geht es dir?«, sagte er.

Es war Widmerpool. Er richtete seine großen Brillengläser wie Suchscheinwerfer auf mich und streckte seine Hand aus. Ich nahm sie. Ich freute mich gewaltig, ihn zu sehen. Unser Verhältnis zu anderen Menschen wird genauso sehr durch das gesteuert, was sie repräsentieren, wie durch das, was sie sind; und ihre individuellen Eigenschaften werden von Zeit zu Zeit von allgemeineren Implikationen überschwemmt. In diesem Augenblick brachte Widmerpools Gegenwart, obwohl ich nie eine Beziehung zu ihm gehabt hatte, die auch nur entfernt als herzlich bezeichnet werden konnte, mit einem Schlag alle Arten von Dingen, schöne und weniger schöne, in mein Bewusstsein zurück, von denen ich seit einer Ewigkeit abgeschnitten war.

Ich fragte mich, wie ich ihn je in jenem ungünstigen Licht hatte sehen können, das ihn so wie angeboren zu umgeben schien, seit wir zusammen auf der Schule gewesen waren.

»Nimm Platz«, sagte er.

Ich sah mich um. Der Stenotypist hatte auf einem Blechkasten gesessen. Ich wählte die Kante eines Tisches.

»Innerhalb dieser vier Wände«, sagte Widmerpool, »brauchst du jedenfalls nicht das Gefühl zu haben, dass wegen unseres unterschiedlichen Rangs ein Graben zwischen uns besteht.«

»Woher wusstest du, dass ich es war, als ich in das Zimmer kam?«

Widmerpool zeigte auf einen kleinen runden Rasierspiegel, der, fast völlig verdeckt durch Stapel von Dokumenten, auf seinem Tisch stand. Möglicherweise dachte er, dass bereits diese Frage angesichts des Unterschieds in unseren Rängen doch zu weit ginge, denn er hörte sofort auf zu lächeln und begann, mit den Fingern auf seinem Knie zu trommeln. Sein Kampfanzug war ihm, wie seine Zivilkleidung, ein wenig zu klein. Gleichzeitig aber war er in seiner gegenwärtigen Rolle eine irgendwie eindrucksvolle Erscheinung.

»Ich will dich schon gleich zu Anfang ins Bild setzen«, sagte er. »Zuerst einmal, ich habe nicht die Absicht, es lange bei diesem Stab auszuhalten. Das bleibt natürlich unter uns. Die Division gilt als potentiell einsatzbereit. Meiner Ansicht nach ist sie ein öder Haufen. Außerdem muss ich hier die meiste Arbeit machen. Mein unmittelbarer Vorgesetzter, der Oberst Ack-und-Quack, dem die Abteilungen A, Personal, und Q, Logistik, unterstellt sind, ein Berufssoldat, ist ein guter Kerl, aber schrecklich langsam. Er ist nicht schlecht, was den Nachschub angeht, besitzt aber nur wenig oder kein Gefühl für die personelle Seite.«

»Und wie ist der General?«

Widmerpool nahm seine Brille ab. Er beugte sich zu mir herüber. Sein Gesicht nahm unter seinem Blinzeln einen strengen Ausdruck an. Er sprach mit leiser Stimme.

»Ich verzweifle an dem General.«
»Ich dachte, jeder bewundere ihn.«
»Das ist ein völlig falsches Urteil.«
»Ist es wirklich so schlimm?«
»Schlimmer.«
»Er hat den Ruf, sehr effizient zu sein.«
»Fälschlicherweise.«
»Er ist bei den Einheiten beliebt.«
»Die Leute mögen Clownerien«, sagte Widmerpool, »Soldaten so wie jeder andere auch. Übrigens, ich vermute, General Liddament mag mich auch nicht besonders. Aber das nur so nebenbei. Ich sehe zu, dass er nichts an meiner Arbeit auszusetzen hat. Das Ergebnis ist, dass er in einen spöttisch-ernsten Sprachstil verfällt, wann immer ich mit ihm zu tun habe. Sehr würdelos bei einem relativ hohen Offizier. Ich wiederhole, ich habe nicht vor, lange bei dieser Formation zu bleiben.«
»Welchen Job willst du denn machen?«
»Das ist meine Sache«, sagte Widmerpool, »aber in der Zwischenzeit, solange ich noch hier bin, wird die Arbeit anständig erledigt. Also, in der letzten Zeit hat sich eine Flut von Kriegsgerichtsverfahren ergeben; keins davon von besonderem Interesse; aber alle erfordern aus dem einen oder anderen Grund eine Menge Arbeit von dem SAGA. Zusätzlich zu seinen sonstigen Pflichten ist das mehr, als ein Mann schaffen kann. Es war zu viel für meinen Vorgänger. Das war zu erwarten gewesen. Also, Arbeit ist mein Leben, aber ich hab sofort gesehen, dass selbst ich Unterstützung brauche. Entsprechend habe ich die Erlaubnis des Kriegsministeriums erwirkt, zeitweise einen Offizier niedrigen Dienstgrades einzustellen, der mir bei solchen Dingen wie dem Erstellen von Beweisaufnahmen behilflich ist. Verschiedene Namen aus der Division wurden genannt, neben anderen auch deiner. Er fiel mir auf. Ich hatte keinen Grund anzunehmen, dass du der effizienteste Mann seist, aber da keiner von euch irgendeine juristische Ausbildung hatte, ließ ich es zu, dass die Bande einer alten Bekanntschaft den

Ausschlag gaben. Ich entschied mich für dich – vorausgesetzt, natürlich, dass du zufriedenstellend arbeitest.«

Widmerpool lachte.

»Vielen Dank.«

»Ich vermute, du hältst dich selbst nicht besonders dafür geeignet, Offizier einer Kampftruppe zu sein.«

»Nicht besonders.«

»Ich bezweifle, dass mir sonst dein Name vorgeschlagen worden wäre. Lass uns hoffen, dass du für Stabsaufgaben besser geeignet bist.«

»Wir können das nur hoffen.«

»Ich erinnere mich, dass du bei unserem letzten Treffen mit der Bitte zu mir gekommen bist, dir dabei zu helfen, in die Armee eintreten zu können. Wie bist du reingekommen?«

»Ich bin schließlich einberufen worden. Wie ich dir damals sagte, stand mein Name schon auf der Reserveliste. Ich wollte dich nur darüber konsultieren, wie ich den Einberufungsprozess am besten beschleunigen könnte.«

Ich sah keinen Grund, warum ich Widmerpool weitere Details zu diesem besonderen Thema liefern sollte. Ich hatte es nicht ihm zu verdanken, dass dieser Prozess schneller verlaufen war. Inzwischen hatte er es geschafft, und zwar mit außerordentlicher Geschwindigkeit, dass ich meine frühere Auffassung verlor, in der Armee seien Kontakte mit Personen, die man vom Zivilleben her kannte, zwangsläufig denen mit anderen vorzuziehen. Ich fragte mich, ob ich nicht bereits bedauerte, nicht mehr bei Gwatkin und Kedward zu sein.

»Wie so viele Einheiten und Formationen«, sagte Widmerpool, »ist auch die Division gegenwärtig personell unterbesetzt. Während du hier bist, wird von dir erwartet werden, auch in anderen Bereichen als der reinen Administration auszuhelfen. Wenn wir im Feld sind – bei Manövern, meine ich –, wirst du so etwas wie ein Wasserträger sein, um einen beliebten Armeeausdruck zu gebrauchen, mit dem du zweifellos vertraut bist. Hast du verstanden?«

»Völlig.«

»Gut. Du wirst in der Offiziersmesse F sein. F ist tief, aber nicht der Bodensatz des Stabs beim Divisionshauptquartier, wenn man denn von einem Stab sprechen kann. Der Offizier der Feldhygieneeinheit und solche Leute sind in der Messe G. Übrigens, ein Mann von deiner Einheit, ein gewisser Bithel, kommt hierher, um die Feldwäscherei zu leiten.«

»Das hab ich gehört.«

»Der Bruder eines Victoria-Kreuz-Trägers, sagt man, und selbst ein bekannter Sportler, als er jünger war. Schade, dass man keine bessere Aufgabe für ihn finden konnte, denn er ist sicher ein guter Typ. Aber wir müssen mit der Arbeit vorwärtskommen, nicht unsere Zeit mit Herumpalavern verschwenden. Ist deine Ausrüstung unten?«

»Ja.«

»Ich geb den Befehl, dass sie zu deinem Quartier gebracht wird. Am besten ist, du gehst auch da hin und siehst es dir an. Komm dann sofort wieder hierher. Ich werde mit dir deine Aufgaben durchgehen und dich dann mit zur Messe nehmen, wo du einige Mitglieder des Stabs kennenlernen kannst.«

Widmerpool nahm das Telefon auf. Er sprach einige Minuten lang über meine Angelegenheiten. Dann sagte er zu dem Vermittler: »Verbinden Sie mich mit Major Farebrother beim Kommando.«

Er hängte den Hörer ein und wartete.

»Mein Gegenüber bei der Abteilung Kommando ist ein gewisser Sunny Farebrother, jemand, den ich von meiner Zeit in der Londoner Finanzwelt her kenne – ein aalglatter Typ. Er war zu Beginn des Krieges der Brigademajor meiner Einheit bei der Landwehr.«

»Ich habe ihn vor Jahren kennengelernt.«

Das Telefon klingelte.

»Also los«, sagte Widmerpool, ohne diese letzte Bemerkung zu beachten. »Je eher du gehst, desto eher bist du wieder zurück. Wir haben viel zu besprechen.«

Er hatte schon mit dem Telefongespräch begonnen, als ich das Zimmer verließ. Mir wurde bewusst, dass ich nun in Widmerpools Gewalt war. Irgendwie erfasste mich ein unbehagliches, niederdrückendes Gefühl. Die Nachrichten an diesem Abend berichteten, dass motorisierte Verbände der deutschen Armee die Vororte von Paris besetzt hatten.